No culpes al karma

de lo que te pasa por gilipollas

Biografía

Laura Norton, gracias al buen karma, ha conseguido convertir la escritura en su modo de vida. El éxito de *No culpes al karma de lo que te pasa por gilipollas*, *Gente que viene y ¡bah!* y *Ante todo, mucho karma* es un sueño hecho realidad que se ha visto refrendado por la adaptación al cine de sus dos primeras novelas.

Laura Norton

No culpes al karma de lo que te pasa por gilipollas

ESPASA

El papel utilizado para la impresión de este libro es cien por cien libre de cloro y está calificado como **papel ecológico**.

Avinguda Diagonal, 662, 6.ª planta. 08034 Barcelona (España)
www.espasa.com
www.planetadelibros.com

Adaptación de la cubierta: Booket / Área Editorial Grupo Planeta
Imagen de la cubierta: © María Jesús Gutiérrez Serrano
Primera edición en Colección Booket: marzo de 2018

Depósito legal: B. 1.417-2018
ISBN: 978-84-670-5188-9
Impresión y encuadernación: CPI (Barcelona)
Printed in Spain - Impreso en España

A mi hermana Marta.

No sé qué habré hecho en otra vida para que ahora todo me pase a mí. Yo sé que no es culpa mía, tiene que ser del karma, o de él, sí, de Aarón. Para qué nos vamos a engañar. Porque desde que apareció en mi vida...

Maldito Aarón.

1

Una guerra de almohadas

Recuerdo el día y el momento exactos en que descubrí a lo que me quería dedicar.

Fue al sentir los aplausos encima de un escenario. Aunque lo mío nada tiene que ver con la interpretación, yo nunca he querido ser actriz. Ocurrió en el teatro del instituto, el último año antes de entrar en la universidad. En 1998 aún no existía Facebook, ni Twitter, ni Instagram. Aún escuchábamos la radio, porque un invento como el Spoty a nadie le cabía en la cabeza, y por aquel entonces sonaba Manu Chao a todas horas. «Me llaman el desaparecido...». Y acabé participando en la representación de fin de curso por una razón tan simple y tan obvia como que me gustaba un chico. Aarón. No iba a mi clase, nunca había hablado con él. Solo me lo encontraba por los pasillos. Era alto, delgado, con un flequillo que le tapaba parte de sus ojos marrones y grandes. Me lo imaginaba con una sonrisa preciosa, aunque nunca lo había visto sonreír. Y era guapo. Era tan guapo que podría estar en la portada de cualquier revista de adolescentes. (Sí, aún había revistas de adolescentes). Y siempre llevaba algo colgado, o una guitarra, o una cámara de fotos, o una bolsa de cuero cargada de novelas. Y hasta eso me gustaba de él. Tenía un grupo de música, Los Humildes. Y siempre acababan a mitad de concierto sin camiseta, calentando al personal y luciendo sus abdominales con orgullo. De humildes tenían poco. No eran los mejores músicos del mundo, pero qué gusto daba verlos. Aarón pocas veces llegaba a quitarse la camiseta, solo cuando los otros del grupo directamente lo obligaban. Y tenía cierto atractivo verlos abalanzarse sobre él para desnudarlo. Era el mejor momento del concierto. Yo solo lo presencié un par de veces, pero ay, después, durante semanas, me iba a la cama con esa imagen perturbadora en mi cabeza. Cuatro chicos sin camiseta obligando a desnudarse al chico que me quitaba el sueño. Qué ombligo y qué manera tan encantadora de resistirse.

Cuando iba a verlos a un concierto siempre tenía la secreta intención de acercarme a hablar con él al finalizar. «Qué bien habéis estado hoy... Cada día sonáis mejor...». Mil frases que ensayaba delante del espejo horas antes. El caso es que para armarme de valor bebía una cerveza tras otra, y acababa siempre demasiado borracha como para abordarle. Además, Los Humildes tenían una multitud de *groupies* dispuestas a lo que fuera por estar a su lado. Y todas eran más guapas, más sexys e iban más sobrias que yo. En resumidas cuentas, no tenía la más mínima oportunidad. Y nunca hacía nada. Él era el centro de todas las miradas, yo transparente.

Por eso cuando lo vi en el pasillo del instituto escribiendo su nombre para formar parte de la obra de teatro no me lo pensé y escribí el mío debajo. Aarón y Sara. Qué bien quedarían dentro de un corazón tallado en el tronco de un árbol. O en una invitación de boda. Aarón y Sara se complacen en invitarlos a su enlace, que tendrá lugar...

Esa iba a ser mi oportunidad de estar cerca de él, sin *groupies* que lo rodearan, y sin cervezas que llevarme a la boca y me dejaran fuera de combate. Íbamos a representar *El sueño de una noche de verano*. Una función muy libre, sin apenas atenernos al texto, y en la que el profesor de literatura, encargado de dirigirla, pretendía dejarnos hacer y deshacer. Aarón no quería actuar, él simplemente se había inscrito para ser uno de los músicos. Y yo agradecí que no quisiera salir a escena, porque con tal de estar a su lado habría sido capaz de ofrecerme para ser la protagonista. Pero no hizo falta. Él sería uno de los músicos y yo trabajaría en la escenografía y el vestuario. Fue el puesto más sensato que se me ocurrió aceptar de entre los que había disponibles.

Entre las actrices estaba Paola, de madre polaca y de padre italiano. Tan guapa... ¿Cómo debe ser saberse la más atractiva de todo el lugar? ¿Las guapas serán conscientes de que el mundo es mucho más amable con ellas que con el resto? Todos los chicos revoloteaban en torno a Paola. Los Humildes, que se habían apuntado siguiendo los pasos de Aarón, también se habían fijado en ella. Yo, mientras trabajaba con los de escenografía, intentaba descubrir si Aarón había sucumbido a los encantos de la chica. Pero, aunque había cruzado varias palabras con ella, la cosa no parecía haber ido a más. Y yo, feliz.

Los días pasaban, los actores se iban aprendiendo el texto, los músicos aparecían muy de vez en cuando porque el director solo necesitaba contar con ellos cuando ya tenía alguna escena ensayada. Y mi corazón botaba cuando veía a Aarón entrando por la puerta. Y aunque yo no llevaba ninguna cerveza en el cuerpo, seguía sin saber cómo abordarle. Quería llamar su atención, y si no era capaz de hacerlo con un simple saludo, tal vez tendría que utilizar mi trabajo en la obra para dejar de ser transparente. Así que un día llegué al ensayo con una propuesta estrafalaria y llamativa para la escenografía y parte del vestuario. La idea enseguida entusiasmó al profesor. Consistía en convertir el escenario en un lugar de fantasía con ayuda de mis plumas. Sí, plumas. Las plumas me habían acompañado desde la infancia.

Mi abuela tenía una tienda de corte y confección en el barrio de Malasaña, en la calle Velarde, a unos metros de la plaza Dos de Mayo. Era un local enorme, con una gran cristalera que daba al exterior, un suelo de cerámica de colores, estanterías de madera de roble que cubrían de arriba abajo todas las paredes, un mostrador nacarado lleno de mil cajones diminutos y, al fondo, un pasillo altísimo y estrecho con acceso a otra sala y a un gran patio de luces lleno de plantas, helechos y jaulas de pájaros, donde mi abuela tenía el taller. Se dedicaba sobre todo a hacer sombreros y tocados. Yo pasé allí parte de mi niñez jugando entre fieltros y alfileres y viendo a mi abuela trabajar con sus manos, creando verdaderas piezas de arte. Cómo conseguía transformar un pedazo de fieltro en un sombrero exquisito. O cómo con cuatro plumas convertía una pequeña estructura cónica en un tocado espectacular. Sin duda lo que más me fascinaba era verla trabajar con las plumas. Plumas de lechuza, de avestruz, de perdiz, de faisán, de pavo real, de ave del paraíso, plumas de periquito, de tucán, plumas de gorrión o de jilguero. De todas las formas, tamaños y texturas. Suaves, ligeras, de vivos colores, o más toscas y apagadas. A veces las teñía, aunque prefería no tener que hacerlo, y a otras les daba un baño de vapor para doblarlas y moldearlas a su gusto. Y con esas plumas diversas, colocándolas de una manera a veces intuitiva, otras muy estudiada y geométrica, lograba unos tocados de ensueño, exóticos, delicados, exuberantes, fantasiosos... Yo siempre acababa cogiéndole alguna de esas plumas para disfrazar a mis muñecas. A los seis años me tocó ser el ángel en el belén viviente de la escuela, y las alas con plumas que confeccionamos entre mi abuela y yo dejaron a todo el mundo pasmado. Si es que parecía un ángel auténtico; tanto que yo no acababa de entender por qué no volaba cuando agitaba con fuerza mis brazos alados.

Y así fue como se me ocurrió la idea para *El sueño de una noche de verano*. Propuse que en una escena determinada, ahora no recuerdo cuál, los personajes emprendieran una batalla de almohadas, que llenaría el escenario de plumas, y cuando apenas se pudiera ver otra cosa invadiendo todo el espacio, con ayuda de un juego de luces, las plumas acabarían por convertirse en parte de la vestimenta de los actores, transformando sus vestidos comunes en algo espectacular, circense, mitológico. Al menos así me lo imaginaba yo. Una cuando tiene diecisiete años solo piensa en términos absolutos: o la grandeza, o la tragedia. O el amor puro, o la soledad abismal. Había dibujado unos bocetos para vender mi propuesta. Me había inspirado en diseños de los modistas que más arriesgaban en la pasarela en aquel momento, como Alexander McQueen, o en mi venerada Vivienne Westwood. Diseñadores que no le tenían miedo al color, ni a las telas vaporosas, y que eran capaces de plasmar todas sus fantasías en esos trajes de ensueño. Al profesor de literatura le entusiasmaron. Supongo que era tan crío como nosotros, o simplemente pretendía alentar nuestra creatividad sin ponerle freno. Así que recluté a unos cuantos compañeros para que me ayudaran a llevar a cabo mi ambicioso proyecto. Fue un trabajo arduo y lleno de altibajos. Porque había días en los que parecía que todo salía según lo planeado, y otros en los que me venía abajo porque creía que jamás sería capaz de llevar a buen puerto semejante desvarío. En esos días en los que dudaba de todo, descubrí algo de mi carácter que no me gustó nada. El miedo al fracaso me paralizaba, me hundía. En esos días en los que no creía que fuera capaz de salir triunfante, me derrumbaba de tal manera que me convertía en un ser apático, desagradable y lleno de pensamientos negativos. ¿Sería eso lo que sentían los artistas cuando la inspiración les fallaba? Si era así, maldita sensación. Entonces no sabía que esa angustia me acompañaría para los restos, y que en más de una ocasión el fracaso volvería a paralizarme. Y de qué manera. Aunque también aprendí que después de unos días malos podían venir otros mejores. Y he de reconocer que al final siempre seguía adelante con la esperanza de ver a Aarón entrar por la puerta. Quería que me viera al mando de todo aquello y que creyera que era capaz de conseguirlo.

Y por fin un día Aarón se acercó para ver lo que hacíamos. Acarició con la mano varias plumas de pavo real.

—¿De dónde las sacas?

—¿Las plumas? Del antiguo taller de mi abuela. Aún quedan muchas. Y, bueno, tampoco son tan difíciles de conseguir.

—¿Hay que matar a los pájaros para desplumarlos?

—Con estresarlos un poco es suficiente —contesté.

—¿En serio?

—Los aztecas lo hacían. Criaban todo tipo de aves de una manera placentera y cuando necesitaban sus plumas, metían a sus hijos en las granjas para que las alborotaran. Así se estresaban y perdían parte de su plumaje.

Aarón sonrió al escuchar mi historia. Y sí, como había imaginado, tenía una sonrisa preciosa.

—Unos tipos curiosos, los aztecas —dijo.

Por su lado pasó Santi, uno de los de su grupo, un chaval espigado y enclenque, con una nariz enorme y lleno de pecas. Era el mejor amigo de Aarón, o al menos con el que mejor se llevaba. Le pasó el brazo por encima del hombro.

—¿Tú sabías que los aztecas criaban aves para desplumarlas?

—¿Esos quiénes son?

—Santi, que hay vida más allá de Martita.

Los dos se alejaron y Aarón se despidió de mí arqueando las cejas y con una media sonrisa. Me habría gustado haberlo retenido. Contarle todo lo que mi abuela me había contado sobre las plumas y su historia. Sobre plumas o sobre cualquier cosa, con tal de demostrarle que yo, aunque no era tan *grupie* como sus *grupies,* ni tan guapa como Paola, podía ser... Bueno, no sé muy bien qué podía ser.

No volvimos a cruzar más palabras hasta la noche del estreno, aunque sí había conseguido un gran avance con él. Ahora cuando me veía por los pasillos hacía un gesto con la cabeza, levantando ligeramente la mandíbula, a modo de saludo, que venía a ser un: «Eh, ¿qué tal?». Y yo sonreía como una tonta, y rezaba porque no se me notara el tembleque de mis piernas.

Y llegó el estreno. Y ni el alzhéimer hará que me olvide de ese día.

Puedo revivir, sin ningún esfuerzo y sin omitir ningún detalle, el momento en el que en el escenario empezó la guerra de almohadas. La música en directo de Los Humildes comenzó a sonar, yo sentí cómo Aarón me sonreía, yo estaba entre bambalinas. Las luces cambiaron de color, el humo y las plumas lo cubrieron todo y de la niebla poco a poco fueron surgiendo los actores transformados en esos seres de plumajes inverosímiles, excesivos y maravillosos. Era como si el sueño más alucinado, el sueño de una noche de verano cobrara vida ante nuestros ojos. Y en parte se debía a mí, a mis diseños, a mi ocurrencia llena de plumas. El público comenzó a aplaudir de una manera atronadora, y yo sentí un orgullo y una sensación de éxtasis desconocida hasta ese momento. Aarón me hizo una pequeña reverencia. «Lo has conseguido», me dijo. O al menos eso fue lo que quise leer en sus labios. Yo volaba sin necesidad de alas.

Ahí lo supe. Ahí supe a lo que quería dedicarme el resto de mi vida. Aunque no tuviera valor para decidirme por ello, lo supe.

Después de la función y para celebrar el éxito, muchos de los actores trajeron litronas y champán del más barato que encontraron. Bebimos mientras recogíamos todo el escenario, plumas incluidas. Estábamos eufóricos, y acabamos recreando de nuevo la lucha de almohadas de la función. Y de nuevo las plumas volaban y nos envolvían, ingrávidas, suaves, acariciándonos la piel. Risas, alcohol, plumas y Aarón. Como para olvidarlo. Aarón se acercó a mí. Las plumas aún caían sobre nosotros, y yo lo viví todo a cámara lenta. Aarón cada vez estaba más cerca. Las plumas planeaban sobre su cabeza, él soplaba para apartarlas. Yo quería que ahí, entre las plumas, en el escenario, me diera un beso de infarto. Quería sentir sus labios contra los míos, que sus brazos me rodearan. Quería que todo el mundo viera que era a mí a quien deseaba. Pero lo único que hizo cuando llegó a mi lado fue darme la enhorabuena. Y me preguntó si me vería el próximo año en la escuela de Bellas Artes. Yo no entendí por qué me lo preguntaba.

—¿Bellas Artes? Yo no voy a estudiar Bellas Artes —dije—. Yo voy a hacer Química.

Él me miró con cierto estupor.

—¿Vas a desperdiciar todo ese talento en la facultad de Química?

—¿Talento?

—Sí. Lo que has hecho ha sido lo único bueno de esta obra.

Tuve que apoyarme en la pared, tocar algo sólido que me amarrara al suelo. No sé si me ruboricé, pero sí que intenté responder de manera modesta. Más que nada para no inflarme como un globo. Temía salir volando y que nadie consiguiera hacerme regresar.

—Esto solo es un *hobby*. Sería muy raro trabajar en algo que para mí no es un trabajo. Estas dos semanas han sido como una fiesta.

—No sabía que fueras calvinista.

—¿Calvinista? —pregunté. ¿Qué sabía él sobre los calvinistas? Yo al menos no sabía nada.

—Sí, ya sabes —me explicó—, los calvinistas son los que creen que solo se complace a Dios trabajando y con mucho esfuerzo.

Cuanto más sufres y más trabajas, más cerquita estás de alcanzar el cielo.

—Ah... —Pues sí que sabía quiénes eran los calvinistas, sí—. No sé, solo quiero estudiar una carrera de verdad. Y Bellas Artes... no, no me veo.

—Qué pena.

Paola, tan guapa o incluso más con su atuendo y su maquillaje, en ese momento le dio un almohadazo y él se alejó de mí, para devolverle el golpe a ella con otra almohada. Se llenaron de plumas, mis plumas. Y deseé con todas mis fuerzas que sus labios no rozaran los de ella. Porque si ocurría, yo no iba a poder superarlo. Cerré los ojos. No quería verlo. No podía pasar. Al menos no esa noche.

Volví a abrir los ojos y vi que ya no estaban. Se habían evaporado. Los dos. Sentí un pinchazo en el estómago. Seguro que no ha pasado nada entre ellos, pensé. Y si ha pasado, al menos no lo he visto. Yo, intentando que no se notara mi decepción, acabé de recoger e intenté volver a contagiarme del espíritu festivo del resto. El único que parecía algo mustio era Santi, el chico enclenque amigo de Aarón, aunque tampoco me animé a preguntarle por qué. Solo podía pensar en Aarón y en Paola, aunque me obligué a no hacerlo.

Esa noche acabamos todos los de la obra haciendo botellón. Yo ya no estaba tan animada como hacía unas horas, pero como no perdía la esperanza de volver a verle, decidí seguirlos hasta Malasaña. Muy cerca de donde mi abuela había tenido su local de confección, cerrado desde su muerte. Mi padre, su único hijo y heredero, no se decidía ni a alquilarlo ni a venderlo. Supongo que porque no se quería desprender de él, o simplemente porque siempre aplazaba las decisiones importantes. Además allí había conocido a mi madre, cuando trabajaba de aprendiza para mi abuela. Ella, una vez que se casó con mi padre, no quiso saber nada más de telas ni de costuras, y ya solo iba a la tienda para llevarme a ver a mi abuela.

A las tres de la madrugada entramos en el Nasti, yo bebía para olvidar a Aarón y a Paola. Y miraba a todos lados buscándolo. Porque aunque quería olvidarlo, deseaba con todas mis fuerzas encontrarme de nuevo con él.

Y por fin lo vi. Se acercó sonriente. Y yo también sonreí al ver que Paola no le acompañaba.

—¿Te llamabas Sara, verdad? —preguntó acercándose a mí.

—Sí. —Sabía mi nombre, se había preocupado de preguntarlo. Sabía mi nombre.

—De verdad que me gustó mucho lo que hiciste en la obra. Mucho —dijo él—. Y es una pena que no quieras pasarte la vida disfrutando y haciendo disfrutar a otros.

—Cada uno es como es —acerté a decir. ¿De verdad? ¿De verdad eso era lo mejor que tenía para decirle? ¿Toda la noche suspirando por él y ahora le respondía como una niña estúpida «cada uno es como es»?

—Supongo —respondió él, seguramente un tanto decepcionado.

Los dos nos quedamos callados. Yo, porque prefería no volver a abrir la boca para no decir alguna estupidez y él... no lo sé, tal vez se arrepentía de haberse aproximado, qué sé yo. Se acercaron dos de Los Humildes para llevárselo.

Yo no podía dejarle ir así. No. De ninguna manera. Así que le grité:

—¡A mí también me gustó lo que tocasteis en la obra!

Él se dio la vuelta.

—¿Sí? —Y con cierto orgullo dijo—: Lo compuse yo.

—La mejor banda sonora para una guerra de plumas —dije.

Le vi esbozar una sonrisa tímida y noté cómo sus ojos brillaron. Quería decirme algo pero se quedó a la mitad.

—A lo mejor...

No se atrevía a terminar la frase.

—A lo mejor ¿qué? —pregunté, animándole a seguir.

—A lo mejor... un día te compongo una canción.

—¿A mí? —pregunté, sorprendida.

—Sí, a la chica que sabía hacer magia con las plumas pero prefirió ser química.

Sentí que si me moría ahí mismo mi vida habría merecido la pena. Eso fue lo que sentí.

Los Humildes se lo llevaron. Y yo, haciendo acopio de valor, tomé la única decisión que se puede tomar en un momento así. Beberme una cerveza de un trago e ir a por él. ¿Qué más prueba necesitaba para saber que quería algo conmigo? Me quería componer una canción. No había más que hablar. Después de beberme la cerveza, me metí un chicle de menta en la boca y fui a por él. Lo busqué entre la multitud del Nasti. Pero no lo encontré por ningún sitio. Se habría ido. Volví a darme una vuelta por todo el local, hasta me acerqué al baño de los chicos, sin atreverme a entrar. Salí de allí frustrada y, de repente, en la salida lo vi, alguien tiraba de él, Aarón miró hacia dentro del local y al verme hizo un gesto para que me acercara.

—Oye, Santi está mustio por culpa de Marta, su chica. Las monjas la tienen encerrada en la residencia y no ha podido venir a ver la obra de teatro.

—¿Y?

—Y vamos a colarnos unos cuantos en el patio de la residencia. Ya que nunca la dejan salir para vernos tocar, vamos a improvisar un concierto allí.

—¿Con las monjas?

—Sí, a ver qué pasa.

—Estáis locos.

—Por un amigo hay que hacer lo que sea. Vente, va a ser divertido.

Yo negué con la cabeza, pero de repente vi que Paola entraba en la discoteca.

—Aarón, que te estamos esperando.

—Ya voy. —Me miró—. ¿De verdad que no te vienes?

Al ver a Paola me di cuenta de que tenía que estar a la altura, si ella iba, ¿por qué no iba a atreverme yo? ¿Acaso quería parecer más pavisosa que ella?

—¿Está muy lejos? Que tampoco puedo llegar a casa a las mil.

—Aquí al lado.

—Venga, vale —dije de manera decidida.

—¡Genial!

Salí a la calle y allí estaban todos Los Humildes, más unos cuantos amigos y fans. Varios subieron a una furgoneta, en donde estaban los instrumentos. Llamaron a Aarón para que subiera con ellos, pero se negó.

—No cabemos todos, nos vemos a la entrada. Además, yo tengo que abriros la puerta.

Aarón cerró la puerta de la furgoneta y dio un par de palmadas sobre ella para que arrancaran.

—Vámonos —nos dijo a los cinco o seis que nos habíamos quedado en tierra, Paola incluida. Mientras recorríamos el camino, nos íbamos pasando litronas de una mano a otra. Y aunque a mí me habría gustado ir hablando con Aarón, este iba pegado a su amigo Santi, intentando convencerle de la viabilidad del plan. Porque Santi no lo veía nada claro.

—Que es una locura, Aarón. Que ya verás como las monjas nos pillen...

—Que no nos van a pillar. ¿Y qué nos van a hacer si nos pillan?

—Llamar a la policía.

—Y antes de que lleguen ya nos habremos ido. ¿Dónde está el problema? No nos va a pasar nada.

—Pero a lo mejor a Marta sí. La pueden expulsar por la tontería.

—¿Alguna monja sabe que sale contigo?

—No creo.

—Pues mientras no le dediquemos ninguna canción, estará a salvo.

—No sé, tío, que es asaltar una propiedad privada...

—Que no vamos a robar, que vamos a regalarles nuestra música. Si eso es delito, que nos detengan. Va a ser la leche, Santi, ya verás. Algo para contar a vuestros nietos.

Aarón acabó por convencer a Santi, y antes de que nos diéramos cuenta habíamos llegado a la residencia. Yo estaba feliz porque durante el trayecto Paola apenas había hablado con Aarón y parecía entretenerse con otro chaval con el que claramente tonteaba. O tal vez fuera la manera de relacionarse de Paola con el mundo, flirteando. Y tal vez yo estaba viendo fantasmas donde no había y con Aarón no estuviera haciendo ningún acercamiento especial. Simplemente ella solo sabía establecer comunicación así. Ojalá. La furgoneta ya estaba allí, aparcada en doble fila. Había una puerta enorme por donde podría entrar el vehículo si Aarón conseguía abrirla. Tenía acceso directo al patio donde había una cancha de baloncesto.

—Por aquí es por donde entran los camiones de comida.

—Y ¿tú cómo lo sabes? —preguntó Santi.

—No eres el único que ha tenido una novia aquí.

Se acercó a los de la furgoneta y les dijo algo que no escuchamos. Volvió a nuestro lado y sin más se aproximó a uno de los árboles que había junto al muro de la residencia, y se puso a trepar por él sin demasiada dificultad. Llegó hasta una de las ramas que cruzaba al otro lado del muro, y colgándose de ella saltó dentro del patio. Al minuto estaba abriendo la puerta y haciéndole señas al conductor de la furgoneta para que entrara. Aunque este no encendió el motor, fueron varios los que bajaron del vehículo y se pusieron a empujar. Acabamos empujando todos para conseguir meterla cuanto antes en el patio, que a pesar de estar a oscuras se adivinaba enorme. Aarón comenzó a organizarlo todo sin levantar la voz.

—Hay que darle la vuelta a la furgo por si tenemos que salir escopetados. Pero ponedla allí, y así cuando tengamos colocados los instrumentos, utilizaremos las luces del coche para iluminarnos. Va a ser la caña.

Así que en silencio seguimos empujando la furgoneta mientras el conductor maniobraba y la ponía exactamente en el sitio que había dicho Aarón. Tan pronto este dio por buena la colocación, empezamos a bajar los instrumentos para ponerlos sobre la cancha. Yo estaba muerta de miedo y de emoción. Jamás en la vida había hecho nada ilegal, y sentía la adrenalina recorriendo todo mi cuerpo. Sobre todo cuando Aarón pasaba cerca de mí, y me sonreía. ¿También sonreiría a Paola? Lo dudaba, porque ella seguía muy pegada al chico con el que había tonteado en el camino. Bien, que siguiera así.

—Sé dónde hay un enchufe, al lado del motor del agua. Espero que llegue el alargador —dijo Aarón a uno de la banda.

Cuando la batería, el bajo y los dos micrófonos estuvieron colocados, Aarón enchufó el alargador al amplificador y se colgó la guitarra al cuello.

—¿Preparados?

Los Humildes asintieron. Y nosotros, los que habíamos venido de público, pegaditos a una de las paredes, también asentimos.

—Enciende las luces de la furgo —dijo.

El conductor entró en el coche y arrancó el motor para encender las luces. Aarón miró a su banda.

—¿Listos? —Todos asintieron—. Un, dos, tres, ¡ya!

Y los primeros acordes de guitarra empezaron a sonar. Seguidos del bajo, de la batería y por último de la voz de Aarón. Se me pusieron los pelos de punta. Era emocionante. El plan descabellado de Aarón haciéndose realidad. Él tocando a las cuatro de la mañana en pleno patio de una residencia de monjas. Con esa canción de letra tonta, que en ese espacio resultaba incendiaria en su simpleza:

Quiéreme como la escuadra quiere al cartabón,
geométricamente.
Quiéreme como la abeja a su aguijón,
todo veneno.

Una a una las luces de las ventanas se fueron encendiendo y las chicas comenzaron a asomarse mientras Aarón seguía cantando.

Quiéreme, que no me olvido del condón
y estoy muy bueno.
Quiéreme, hasta la muerte de la religión.
Quiéreme, quiéreme, amor.

Algunas de las chicas empezaron a silbar emocionadas, a aplaudir, a gritar. Aarón cantaba y yo lo miraba embelesada. Y entonces, como una revelación, me percaté de que si antes me gustaba, ahora lo que empezaba a sentir era algo mucho más doloroso. Como la picadura de esa abeja y su aguijón. Todo veneno. Sí, ahí me di cuenta de que el amor, cuando llega así de esa manera, duele. Pero ¿cómo no enamorarse? Si estaba tan sexy y tan valiente... Porque había que tener mucho valor, mucha inconsciencia y ser muy generoso para montar todo ese disparate por un amigo. Y como le veía tan sexy, y tan generoso, y tan todo, lo sentí completamente inalcanzable. De ahí el dolor. ¿Cómo ese dios se iba a sentir atraído por una simple mortal como yo? Y ¿cómo iba a soportar yo ahora, una vez herida por el rayo del amor, que no me quisiera? Así que de una manera absoluta por fin entendí la expresión que mi amiga Inma utilizaba cuando le gustaba mucho un chico: tan guapo que duele. Y en el caso de Aarón no solo era su belleza lo que me estaba doliendo. Era todo él.

Todo veneno.

De repente se oyeron los gritos alarmados de varias monjas. Unas asomadas a las ventanas del bajo y otras en la puerta que daba al patio.

—Pero ¿qué hacen ahí? —gritó una de ellas—. ¡Esto es un asalto! ¡No pueden estar ahí! ¡Vamos a llamar a la policía!

Pero Aarón seguía tocando sin importarle los gritos y las amenazas. Y yo lo veía tan increíble, allí, desafiando a la autoridad, aunque la autoridad en este caso llevara hábitos y velos, que me daban ganas de saltar sobre él y devorarlo a besos. La gente habla de la erótica del poder, o de la erótica del escenario, pero nadie menciona la erótica de alguien cantando en una cancha de baloncesto de una residencia de monjas, mientras estas te amenazan con llamar a la policía. Aarón era un puto héroe. Era Espartaco sublevándose ante los romanos, Kunta Kinte arremetiendo contra sus amos esclavistas, era aquel manifestante de la flor frente a los tanques, era... Aarón, el humilde. Aarón, el grande.

Las monjas siguieron con sus amenazas y las chicas en las ventanas empezaron a gritarles para que dejaran tocar a los chicos. Santi señaló una ventana, allí estaba su novia. La saludó con la mano. Se acercó al micrófono.

—Esto es para ti, guapa. ¡Quiéreme hasta la muerte de la religión!

Y tan pronto dijo eso, el micrófono dejó de sonar. Una de las monjas había desenchufado el cable. Pero Aarón, en vez de rendirse, empezó a cantar a pleno pulmón, y los que estábamos allí le ayudamos a corear el estribillo. Al principio de una manera tímida, pero luego como si nos fuera la vida en ello.

Quiéreme, que no me olvido del condón
y estoy muy bueno.
Quiéreme, hasta la muerte de la religión.
Quiéreme, quiéreme, amor.

Y de pronto, desde una de las ventanas, una de las chicas arrojó un sujetador. Y enseguida otras empezaron a imitarla. Y mientras Aarón cantaba y nosotros cantábamos con él, decenas de sujetadores y bragas caían en la cancha. Las monjas gritaban escandalizadas. Ahora ya no solo amenazaban a los músicos, también amenazaban a las chicas.

—¡Todas para dentro! ¡La que no se meta estará castigada para siempre! ¡María Jesús, para dentro! ¡Y tú, Luján, que te reconozco! ¡Venga!

Oímos a lo lejos la sirena de la policía. Yo me acerqué a Aarón.

—La policía, vámonos —dije.

Aarón asintió. Pero antes de moverse de donde estaba se dirigió a las chicas de las ventanas. Y alzó la voz a pleno pulmón.

—Nos tenemos que ir. Ha sido un placer tocar para vosotras. Los Humildes, humildemente, se despiden de todas vosotras.

—¡Quiéreme, amor! —gritó Santi.

Y mientras las chicas aplaudían enfervorecidas, nosotros ayudamos a meter lo antes posible los instrumentos en la furgoneta. Esta vez el conductor sí que utilizó el motor para salir de allí. Unos cuantos se subieron a la furgo y otros nos marchamos a pie. Y conseguimos escaparnos antes de que llegara el coche de la policía. Corrimos por las calles, y yo cuando me quise dar cuenta ya había perdido de vista a Aarón.

Lo busqué por varias calles, pero ni rastro. ¿Dónde se había metido? Decidí volver al Nasti, era probable que volviera allí. O al menos eso esperaba. Entré en la discoteca después de convencer a los de la puerta de que ya había pagado la entrada, y que si no me habían puesto un sello en la mano había sido por culpa de ellos. Y una vez dentro lo busqué. Vi a uno de Los Humildes y me acerqué para preguntarle por Aarón.

—Entró conmigo, así que seguro que lo encuentras.

Seguí buscándolo, aunque ahora ya más esperanzada. Por un momento pensé que no había hecho otra cosa que perseguirlo durante toda la noche. Durante toda la vida. Y por fin lo vi.

Allí estaba, en medio de la pista. Levanté la mano para saludarlo y de pronto vi cómo Paola se acercaba a él a la velocidad de un puma y le metía la lengua hasta la garganta. Y a él no pareció disgustarle. Es más, la agarró fuerte y siguió besándola. Yo sentí que el mundo se me venía encima. Y por primera vez entendí a todos los asesinos en masa de la historia. Me di la vuelta. Me encerré en el baño. Bajé la tapa del retrete y me senté sobre ella.

—No vas a llorar, Sara. No seas una cría. No vas a llorar.

Pero fui incapaz de obedecer mis propias palabras. Y sin poder evitarlo, y maldiciéndome por ello, lloré. Conseguí serenarme a los diez minutos. Y después de enjuagarme la cara y de jurar a las chicas del servicio que no había llorado, que si tenía los ojos vidriosos era porque había vomitado, me escabullí del Nasti y me fui a casa.

No vi a Aarón al día siguiente, ni en las semanas antes de la selectividad. Tampoco se presentó al examen, o al menos yo no lo encontré. Mejor. Así era todo mucho más fácil. Aunque enseguida empecé a oír rumores, todos distintos, todos extraños y turbios, sobre las razones de su marcha. Algo que tal vez tenía que ver con su madre, o con un abuelo, un asunto de adicciones o de una hermana que tenía problemas y querían alejarla de Madrid. Otros hablaban de que su padre tenía deudas de juego con Hacienda. Nadie se ponía de acuerdo, y yo, aunque estaba muerta de curiosidad, dejé de preguntar, porque nada parecía tener sentido. Como entonces no había Facebook, ni Twitter, ni Instagram, la gente podía desaparecer sin que uno pudiera hacer mucho para remediarlo. Y, qué caramba, tampoco conocía tanto a Aarón el calvinista como para seguir preguntando a todos por él. Yo solo quería olvidarlo, y que hubiera desaparecido era lo mejor que me podía pasar.

«Me llaman el desaparecido... », seguía cantando Manu Chao.

Pasaron los años. Yo salí con varios chicos que me ayudaron a recuperar parte de mi confianza perdida y en una fiesta de San Cemento, donde se celebraba el patrón de la escuela de Arquitectura, conocí a Roberto y me enamoré. Y esta vez sí fue un amor correspondido.

Hacía mucho que había olvidado a Aarón. Pero algunas de sus palabras se me quedaron grabadas. Y años después de acabar la carrera, cuando estaba sufriendo como una bellaca preparando unas oposiciones para profesora y sintiéndome bastante desgraciada, volví a recordarlo. ¿De verdad quería seguir sufriendo para alcanzar un cielo en el que no creía? Las palabras de Aarón sobre mi actitud calvinista, como gotas constantes que durante años van calando en la tierra, por fin habían hecho mella en mí. Y un día, en casa, solté la bomba:

—Papá, mamá, ¿qué pensaríais si me quisiera quedar con la tienda de la abuela?

—¿Con la tienda? ¿Para qué? —preguntó mi padre con extrañeza—. ¿Para montar un laboratorio de química?

—No, para ser plumista.

Aarón no me había besado aquella noche tan llena de emociones contradictorias, pero tal vez me hubiera dado algo muchísimo mejor: el impulso que necesitaba para hacerme con el timón de mi vida.

Pero qué equivocada estaba si creía que Aarón había salido de mi vida para siempre. Qué equivocada.

2

Ave del Paraíso

Cuando solté la bomba en casa de que quería ser plumista, mis padres se quedaron patidifusos. Era domingo, el único día en que nos juntábamos los cuatro para comer en familia. Nos juntábamos en el inmenso jardín, que mi padre siempre imaginó minimalista, pero mi madre convirtió poco a poco en frondoso y florido, del chalé a las afueras de Madrid, en Aravaca, diseñado hacía quince años por mi padre: «Cemento y hormigón, ¿será que no había más materiales?», se quejaba siempre mi madre. Nos habíamos mudado cuando mi hermana Lucía era una niña y yo estaba a punto de alcanzar la adolescencia. Qué berrinches me pillé porque me alejaban del centro de Madrid. «Respiraremos aire puro, tenemos piscina, podrás traer a tus amigos». Como si a alguien de quince años le importara el aire puro. Es más, desde que nos mudamos, los catarros fueron constantes, por esa obsesión que les entró de comer todos los domingos en el jardín, hiciera sol o lloviera. «Si aquí nunca llueve, y siempre podemos poner una carpa». El primer año en el chalé diluvió. Y no hubo manera de que comiéramos dentro. Lo de la carpa iba en serio.

De hecho el día que solté lo que solté, hacía un frío invernal, y allí estábamos comiendo en el jardín, con mantas, con bufandas, con tres estufas de terraza, último diseño de mi padre y que tiraban más mal que bien. Hasta a mi hermana, que en ese momento tenía quince años y que protestaba mucho más que yo a su edad, se le pasó el frío de golpe cuando me escuchó. Dejó caer la cuchara sobre la crema de calabacines y se le escapó la risa.

—¿Plumista?

—Sí. Quiero seguir el negocio de la abuela. Pero especializándome en los diseños con plumas.

Mi padre al escucharme dejó de manipular una de las estufas. Llevaba media hora intentándonos convencer de que eran el invento del siglo, a pesar de algún pequeño fallo que iba a arreglar en breve. Se sentó a la mesa y pensó con calma lo que me quería decir.

—Pero si has estudiado una carrera, si te has licenciado en Químicas...

Y mientras lo decía se limpió las manos llenas de grasa con una de las servilletas de hilo, que había cosido mi madre en su enésimo taller temático que hacía ese año.

—Arturo, por Dios, que me las desgracias. Límpiate esas manos sucias en las de papel, que para eso las pongo. Que parece que nadie las ve pero están ahí.

—¿Tú crees que este es el problema ahora? ¿Que estoy manchando una servilleta? Tu hija quiere ser plumista y a ti te preocupan las servilletas...

—Yo solo digo que habiendo de papel...

Mi padre cedió, como siempre cedía con mi madre. Y mientras apartaba la servilleta de hilo y cogía una de papel, me exigió que me explicara. Y yo intenté mostrarme fuerte, enérgica, firme. Aunque me salió un hilillo de voz.

—No quiero ser profesora, nunca he querido.

—Y entonces ¿para qué estás estudiando oposiciones? —preguntó mi madre, mientras se aflojaba un poco la bufanda. Estaba claro que mi noticia les empezaba a dar más calor que las tres estufas que mal funcionaban.

—Porque tampoco hay trabajo en investigación. Y no quería irme al extranjero —me justifiqué—. Por eso lo de las oposiciones me pareció lo más lógico...

—Y ahora, como te has cansado de estudiar, sales con esa idea absurda —dedujo mi padre.

—No quiero ser profesora —insistí, ahora sí con mejor tono de voz. Voz de soprano, casi.

Mi padre apartó el plato, se le había quitado el hambre. Tampoco es que hubiera comido mucho hasta entonces, obsesionado como estaba con demostrarnos que las estufas eran lo que llevaría a su estudio al estrellato. Pero con ese gesto quería dejar claro su punto de vista. De pequeña temía cuando lo hacía. No es que fuera un hombre autoritario, todo lo contrario, era razonable, calmado y tirando a calzonazos según mi amiga Inma, «vamos, que tu madre lo tiene dominado», pero cuando algo no le gustaba nada de nada lo hacía notar de una manera u otra. Y apartar el plato era toda una declaración de intenciones.

—Así que te hemos pagado una carrera para que acabes siendo costurera. Qué maravilla.

—Tampoco lo flipes, papá, que Sara estudió en la pública. Muy cara no saldría —soltó mi hermana.

—Tú calla, que no va contigo —dijo mi padre.

—Vale, vale... —dijo Lu—. Yo si eso no intervengo, que total, como debo de ser adoptada, para qué opinar sobre lo que pase en esta familia.

—¿Quieres dejar de decir que eres adoptada? —le pidió mi madre perdiendo la paciencia—. Si eres igualita que tu padre. Igualita.

—Pues qué bien —respondió Lu con ironía.

—Tu hija y yo no nos parecemos en nada —puntualizó mi padre.

—Ah, que ahora es solo mi hija, que la debí de tener con el carnicero.

Yo ahí interrumpí antes de que la discusión acabara sabe Dios dónde, algo bastante habitual en mi familia. Empezar hablando sobre la castración de una de nuestras gatas y terminar discutiendo sobre el año en que el hombre pisaría Marte.

—Estábamos hablando de mí —insistí.

—Sí, sí, pero como ves casi preferimos imaginarnos que Lu es hija del carnicero —dijo mi padre.

—Bueno. Yo ya lo he dicho. Se acabaron las oposiciones.

—¿Tú te estás escuchando? ¿Cómo una chica de veintisiete años, con estudios, con cabeza e inquietudes, va a querer encerrarse en una tienda de corte y confección del siglo pasado? —preguntó mi padre.

—No tiene por qué ser del siglo pasado. Hay muchas maneras de llevar un negocio. Y tengo miles de ideas...

Mi padre buscó el apoyo de su mujer.

—Cariño, dile lo que era trabajar en el taller de mi madre, y aguantar luego a las clientas y cuadrar las cuentas para que a fin de mes eso pudiera seguir adelante y... Cuéntaselo. Se enterró en vida en esa tienda.

—Lo único bueno de aquella época fue conocer a tu padre —reconoció ella.

—Y cazarlo y no volver a dar palo al agua —remató Lu.

—¿A que te ganas un sopapo?

—Uy, uy, cuánta violencia —dijo Lu, y me miró—. Lo que has conseguido en un momentito.

—Pues yo no sé qué tiene de malo querer seguir la tradición familiar. Y lo haría de otra manera.

—¿Cómo? A ver. Ilumínanos —dijo mi padre—. Dime cómo haciendo sombreros vas a poder pagarme un alquiler a final de mes.

—¿Tengo que pagarte un alquiler? —pregunté un tanto sorprendida. Con eso no contaba.

—Ah, que también pretendes que te deje la tienda de la abuela gratis. ¿Tú sabes la de dinero que me han ofrecido por ese local y por el piso de arriba?

—Ya te dije yo que lo tenías que vender —intervino mi madre—. Y por no hacerlo, mira ahora las ideas que se le ocurren a tu hija.

—Voy a crear muchos tipos de piezas, no solo tocados. Vestidos de plumas, pajaritas, corbatas, sombreros, bolsos, incluso muebles recubiertos de plumas.

—Tu hija está delirando —dijo mi padre.

—Yo creo que me voy a poner un Martini —dijo mi madre. Y se levantó para hacerlo. En la mesa auxiliar tenía todo tipo de bebidas, y sobre todo muchas botellas de Martini. Su gran debilidad. Se sirvió uno y se lo bebió de un trago. Enseguida se puso otro y solo necesitó dos segundos para acabar con él. A lo largo de los años había adquirido una gran técnica. Y volvió a rellenar la copa.

—Los mejores diseñadores las están utilizando —dije sin dejarme influir por la amenaza alcohólica de mi madre—. Las plumas empiezan a ser tendencia. Y en este país apenas hay nadie que sepa trabajar con ese material. Y yo sé. Me puedo hacer un hueco y un nombre. ¿Sabes cuántos opositan para los quince puestos de profesor que hay? Veintitrés mil personas. ¿Sabes cuántas plumistas hay?

—Me imagino que pocas.

—Muy pocas, por no decir ninguna —concluí triunfante.

—¿Y eso no te da una pista de que a lo mejor no es el camino? —preguntó mi madre con esa perspicacia que le daba el alcohol y que yo tanto odiaba. Ya iba por el cuarto Martini.

—Existe un hueco, existe una demanda. Y yo la quiero cubrir. —Ni un presidente habría hablado con tanta contundencia.

—Hala, vamos a brindar por mi hermana la emprendedora —dijo Lu—. Ponme un poco de vino, que brindar con Fanta limón da mal rollo. Y habrá que ponerse a la altura de mamá.

—Aquí no se va a brindar por nada —sentenció mi padre—. Pero ¿tú sabes cómo está el país? Nos ha estallado la burbuja inmobiliaria en plena cara. Se va todo a la mierda. El paro va a subir hasta niveles nunca vistos, la gente no va a poder pagar ni sus hipotecas...

—Ya se ha puesto apocalíptico —dijo mi hermana.

—Y si no pueden pagar las hipotecas, van a estar como para comprar plumas.

Yo me lo pensé bien antes de contestar. Quería dejar claro mi punto de vista, y no pretendía repetirlo.

—Papá, ya he tomado mi decisión. Si no me quieres dejar la tienda, ya me buscaré la vida. Y yo no digo que no vaya a haber paro. Pero los ricos van a seguir existiendo. Y el mercado del lujo también. Te apuesto lo que quieras.

Mi padre empezaba a ablandarse. Lo noté. Así que seguí con mi discurso.

—¿O acaso no dices tú que en épocas de crisis los ricos se hacen más ricos y los pobres más pobres? Pues yo, si es necesario, monto el negocio para los ricos.

—Ahí te ha dado, papá —dijo mi hermana disfrutando de mi pequeña victoria.

—Muy bien —concedió—. Búscate la vida. Demuéstrame que se puede vivir de eso. Y tal vez me piense lo de la tienda.

—¡Arturo! —protestó mi madre—. ¿De verdad vas a alentar a la niña a que desperdicie su vida entre plumas? Me entran hasta mareos.

—Eso va a ser el Martini, mamá —dijo Lu.

—¡No la estoy alentando! —gritó mi padre—. Alentarla sería darle las llaves. Le estoy diciendo que me demuestre que puede. Ya verás como dentro de un mes vuelve a las oposiciones.

Pero no volví. Como había dicho, mi decisión estaba tomada.

Así que me encerré a trabajar. No convencí a mi padre de que me diera las llaves para abrir la tienda, pero sí de que pudiera trabajar en el taller de la abuela. Y aunque rezongó lo suyo acabó aceptando. Me daba de plazo nueve meses. Como un curso académico, o un embarazo. Nueve meses en los que me seguiría manteniendo en casa, y dejándome ocupar el taller. Si en nueve meses conseguía hacer algunas piezas vendibles y realmente las vendía, luego empezaríamos a hablar. Y no de que me fuera a alquilar la tienda, sino sobre mi futuro.

Me lo tomé muy en serio. Trabajaba de ocho de la mañana a dos de la tarde en el taller. Me distribuía el tiempo documentándome, inspirándome en diseños de todas las revistas de moda que compraba, de todo lo que veía en internet que pudiera serme útil. Colgué fotografías en las paredes de los vestidos y tocados de los diseñadores que más me gustaban, Cavalli, Westwood... Y luego pasaba varias horas dibujando y haciendo patrones, que después intentaba cortar de la mejor manera posible, para acabar llevándolos al fieltro, la mejor tela de base para luego insertar las plumas.

Las mañanas se me pasaban volando. Y luego por las tardes me acercaba a las escuelas de diseño de moda, para ir a alguna clase suelta que me pudiera venir bien para coger algo de técnica. Ahí acabé haciéndome amiga de un grupo de alumnos muy jóvenes, entre ellos, David y Chusa, que querían ganarse la vida en el mundo de la moda. También conseguí que una modista, antigua conocida de mi abuela y que aún seguía cosiendo, me aceptara en su taller un par de horas por la tarde.

Poco a poco fui adquiriendo la habilidad y el oficio que necesitaba. Roberto se pasaba muchas mañanas por el taller, para hacerme compañía y para estudiar mientras me observaba pelearme con los patrones. Él estaba con el proyecto de fin de carrera de Arquitectura, y había días en los que nuestros trabajos parecían similares. Al fin y al cabo los dos proyectábamos sobre papel lo que luego intentábamos levantar, yo en un sombrero, él en una maqueta de su auditorio construido con materiales reciclados. Y he de reconocer que me llenaba de paz verlo a mi lado, con sus gafas negras de pasta, que se le empañaban con la humedad cada vez que yo hervía alguna pluma, o concentrado, enredando sus dedos entre el pelo rizado y alborotado, y resoplando cuando no conseguía con la maqueta el resultado que buscaba.

Y cuando los dos nos cansábamos de trabajar, una mirada nos bastaba para perdernos en el piso de arriba, subiendo de dos en dos las escaleras de caracol, y desnudarnos con prisa para acabar abrazados y sudando en el sofá. Creo que aún tengo una contractura debida a ese sofá maldito, que tanto dio de sí aquellos días. Nunca fuimos tan felices Roberto y yo como en aquellos meses. Y además éramos conscientes de ello. O al menos yo. Roberto siempre ha sido muy de guardarse sus sentimientos. Apenas teníamos un duro y a veces el miedo al futuro, y la inseguridad que nos generaba, ensombrecía ligeramente nuestro ánimo, pero también nos llenaba de energía. Cuando tienes todo el futuro por delante, es mucho más fácil sobrellevar un presente de escasez. Nunca he entendido a esa gente que dice que solo existe el presente y que hay que disfrutarlo sin pensar en el ayer ni en el mañana. Como si el pasado y el futuro no condicionaran de manera determinante el presente. Como si fuera lo mismo el presente de un chaval de veinte años que el de un anciano de ochenta. ¿Acaso pesa lo mismo un presente en el que solo hay futuro que un presente en el que ya solo queda pasado?

Por eso nuestro presente, a pesar del miedo, del sofá incómodo, del poco dinero, era envidiable. Estaba todo por hacer. Todo era posible. Y sí, tal vez Roberto no encontrara trabajo de arquitecto y tuviera que emigrar, como ocurriría más pronto que tarde, y tal vez yo no consiguiera convencer a mi padre para que me alquilara la tienda, pero estábamos trabajando por construir algo bueno y, a pesar de las sombras, eso nos llenaba de optimismo. Nuestra relación se acabó de consolidar esos meses. Nos reíamos en la cama y fuera de ella. Yo más que él, porque yo soy más risueña. A Roberto le costaba mucho más llegar a la carcajada, pero cuando lo hacía, si estábamos en público, llegaba hasta a avergonzarme por lo exagerado de su comportamiento. Y la prueba de que estábamos compenetrados es que Inma ya nos llamaba «las siamesas». Es verdad que Roberto era mucho más hermético que yo —solo se mostraba elocuente hablando de trabajo—, pero en la intimidad se dejaba llevar al menos un poquito. Yo ya solo me veía compartiendo la vida con él. Aunque nunca hablamos de boda, ninguno de los dos necesitaba pasar por el altar o el ayuntamiento, estábamos hechos el uno para el otro. Esas cosas se notan, ¿no? Roberto y Sara, el arquitecto y la plumista. Roberto y Sara, cada uno en su campo labrándose un camino. Roberto y Sara, en la maternidad haciendo monerías a su primer bebé. Roberto y Sara...

—Tu vida empieza a dar un poco de asco —me dijo un día mi amiga Inma—. Ya lo tienes todo planificado.

—Pero ¿qué dices? Si está todo en el aire. Si aún no sé si voy a poder vivir de lo mío.

—Tú siempre has sido de planificar, Sara. Siempre. Si ya tienes hasta pensado el nombre de tus hijos.

—Mentira.

—Henar y Guillermo, si son niño y niña. María y Henar si son dos niñas. Lucas y Guillermo si son dos niños.

—¿Cuándo te lo dije? —le pregunté asustada.

—Con tres tequilas lo sueltas todo. Eres una floja.

Bueno sí, tal vez lo tuviera todo un poquito planificado. Pero cada una es como es, y si había tenido la suerte de conocer a Roberto, y si nos iba así de bien, ¿por qué no iba a planificar las cosas? Es verdad que el tema niños aún no estaba hablado, pero yo le veía disfrutar como un enano con sus dos sobrinos; podía ser igual de crío que ellos, así que imaginaba que lo de los niños entraba en su futuro como entraba en el mío. Tampoco era cuestión de sacar el tema antes de tiempo. Ya bastante le había costado dar el paso de llamarme «novia», como para meterle ahora prisa con el resto. Teníamos toda la vida por delante. Íbamos paso a paso. Y nos los pasábamos bien.

Al octavo mes, por fin conseguí hacer las dos primeras piezas que estaban a la altura de lo que imaginaba. Una pajarita elaborada con plumas de colibrí y un tocado en el que dejé volar mi imaginación, tanto que el propio tocado parecía querer echar a volar. Se las enseñé a mi padre, en una de las comidas familiares a la intemperie. Y él solo hizo una pregunta.

—¿Las has vendido?

—Aún no. Pero lo haré.

—¿Si consigues venderlas podrás pagar un mes de alquiler?

—¿Cuánto me vas a cobrar por un mes?

—Por ser mi hija, podemos llegar a un acuerdo.

Sonreí al ver que mi padre se ablandaba. Las piezas habían dado su resultado.

—Mil euros —contestó.

Ahí se me congeló la sonrisa. No iba a poder vender esas dos piezas por tanto dinero.

—¿Lo valen? —preguntó mi padre intuyendo mis pensamientos.

—Lo valen si alguien los paga. —Aunque acabé por admitir que dudaba que alguien pagara tanto por dos piezas.

—Pues cuando vendas mil euros, hablamos.

El muy capullo no me lo iba a poner fácil. Tenía que seguir trabajando, diseñando prendas, tantas como me fuera posible. Y luego empezar a venderlas. Algo que casi me preocupaba más que la confección en sí. Porque no sabía por dónde empezar, si no podía exponerlas en una tienda, ¿cómo podía darlas a conocer? Intentarlo por internet era bastante absurdo, porque iba a ser muy difícil que la gente llegara hasta mi página. Sobre todo si no tenía dinero para ningún tipo de promoción. E ir por las tiendas ofreciendo mis piezas aún se me hacía más cuesta arriba. ¿Quién iba a querer comprar mis tocados, bolsos y pajaritas, si aún no me había hecho un nombre?

—Tienes que conseguir que algún famoso lleve algo tuyo en una alfombra roja. O que en alguna boda haya alguna mujer importante llevando uno de tus tocados. Así empezarás a hacerte un nombre —dijo Roberto.

—Y ¿cómo consigo eso? No soy capaz de convencer a mi padre, como para convencer a un famoso de que lleve algo mío. Si no sé ni cómo acceder a ellos.

—No será tan difícil.

—¿Los acoso? ¿Me planto en sus casas y les regalo lo que hago?

—Pues a lo mejor no es mala idea, a los famosos también les gustan las cosas gratis.

—No, Rober, no puedo hacer eso.

—Le puedo decir a mi madre que te compre algo.

—¡Yo no quiero empezar mi carrera así! Es hacer trampa.

Pasaron los días y las semanas. Yo seguía elaborando nuevos diseños. Roberto a mi lado, trabajaba y me alentaba, opinando sobre lo que le gustaba y lo que no. Aunque él siempre tendía a valorar más mis piezas geométricas, supongo que por su querencia arquitectónica. Ya apenas quedaban días para que acabara el plazo que me había dado mi padre. Y yo empezaba a agobiarme más y más. Y cuando ya estaba pensando cómo convencerle para que me diera un poco más de tiempo, una mañana, al despertarse —habíamos pasado la noche en el piso de mi abuela, algo que empezaba a ser habitual, porque yo no quería perder tiempo yendo hasta la casa de mis padres en Aravaca—, a Roberto se le ocurrió algo. Me miró con un brillo en los ojos de niño pequeño a punto de hacer una travesura.

—Creo que sé cómo vender una de tus piezas.

Y sin más empezó a quitarse la camiseta de *StarWars* con la que dormía.

—¿Desnudándote?

—Déjame la pajarita.

Yo no entendí muy bien qué pretendía pero le pasé la pajarita hecha de plumas de colibrí. Y él, ya sin la camiseta, se la ató al cuello.

—¿Qué tal me queda?

—Las pajaritas se ponen sobre una camisa —respondí de una manera un tanto pacata. No sé por qué en algunos momentos saco un lado mojigato que incluso a mí me desconcierta.

—Tan valiente para unas cosas y tan convencional para otras —me dijo.

Se colocó del todo la pajarita, se miró al espejo y luego me sonrió.

—¿Estoy guapo o no?

Y la verdad es que sí, que lo estaba. Allí en la habitación de mi abuela, de paredes empapeladas de rosas rojas, el sol entrando por el balcón e iluminando sus rizos. Estaba guapo y morboso. Con la pajarita tornasolada, con sus gafas de pasta negra y su torso desnudo, luciendo esa barriguilla incipiente, con los pantalones del chándal de algodón gris por debajo de la cintura y con sus cuatro pelos en el pecho, que siempre amenazaba con quitarse —«un día me hago metrosexual y me los depilo»—, y yo me reía. El caso es que daban ganas de echarse encima de él, desnudarle dejándole solo la pajarita y...

—Pero a ti no te la voy a vender.

—Ya lo sé. Pero mañana tengo tutoría con Tomás Ferro.

No entendía lo que quería decir y mi cara debió de ser un reflejo de ello.

—Esta semana lo entrevistan para *El País*. Para hablar de su último proyecto, la torre más alta de Dubái. ¿Quieres que lleve la pajarita en su sesión de fotos?

—Y ¿cómo vas a conseguir eso? —pregunté.

—Le gusto. Y le gustan las cosas que se salen de lo convencional.

—¿Cómo que le gustas? —me había quedado en la primera frase. Ni había escuchado el resto—. ¿Tú? ¿Le gustas tú? ¿Y cómo lo sabes? ¿Se te ha insinuado alguna vez? ¿Te ha invitado al cine o a su casa?

—Esas cosas se saben, Sara.

—Y ¿te vas a presentar así, sin camisa? ¿Te vas a prostituir por tu novia?

Roberto soltó una carcajada.

—Bueno... tan lejos no pensaba llegar...

—Roberto, yo te lo agradezco, pero no puedes presentarte a una tutoría sin camiseta y en pajarita. Y si lo haces no puedes luego no... acabar en la cama con él. Porque con esas pintas vas pidiendo guerra sí o sí.

—Tú déjame a mí. Esta pajarita te digo yo que se vende sola. Y Tomás sabe apreciar las cosas bonitas.

—Me estás dando miedo, Roberto —le dije con una media sonrisa y lanzándole una almohada—. Hablas como un prostituto. Y mira que me gustaría que apareciera un diseño mío en *El País*, pero preferiría no usar a mi novio de mercancía.

—Confía en mí.

Y confié en él. Siempre lo hacía. Y a las tres semanas Tomás Ferro llevaba mi pajarita sobre una camisa negra en las fotos de *El País Semanal*. Y lo que es mejor, decían de quién era la camisa, Calvin Klein, y de quién era la pajarita, mía. De Sara Escribano. Mi nombre ahí, impreso. ¡Y hasta la mencionaba en una de sus respuestas!: «La inspiración me puede encontrar en cualquier parte y puede estar en cualquier lado. Esta pajarita que llevo puesta, por ejemplo, es una verdadera obra de arte. Y podría ser una muestra de lo que digo. Es una pieza casi arquitectónica, por su estructura de capas y por cómo las plumas están dispuestas de una manera delicada e inteligente para jugar con el color y la luz. Podría inspirarme en ella para crear un edificio. O al menos para que mi mente se abra a nuevas posibilidades, y las explore».

Y no hizo falta más. Ni vender mil euros ni hacer más diseños. Mi padre estaba impresionado. Mucho. Uno de los mejores arquitectos del mundo, o al menos uno de los más reputados, llevaba un diseño de su hija y lo alababa diciendo que le servía de inspiración. El nombre de su hija y su apellido asociado al de Tomás Ferro. Algo que él no había conseguido en treinta años de profesión yo lo había hecho con una pajarita.

Mi padre por primera vez me tomaba en serio. Y yo no podía estar más feliz. Y mi novio, mi Roberto, era el mejor novio del mundo. Aunque me preocupaba un poco cómo habría conseguido que el arquitecto más reputado llevara mi pajarita. Y por mucho que le preguntaba, él no soltaba prenda.

—Nada que no hubiera hecho cualquiera.

Y esa respuesta era tan ambigua que me desesperaba. ¿Cómo que cualquiera? Era estupendo que se quitara méritos, que no se diera importancia. Pero ¿cualquiera? ¿No eran las prostitutas unas cualquieras?

—Rober, dime que no has tenido que... —Y ahí era incapaz de acabar la frase.

—No he tenido que —repetía él, divertido.

—¡Acaba la frase!

—Es que no sé cómo acaba. —Y se reía.

—Sabes cómo acaba. Lo sabes perfectamente.

—Qué va.

—Maldito.

—Guapa.

—Tonto, dime la verdad.

—La verdad es que la pajarita me quedaba mucho mejor a mí.

Era imposible discutir con él.

Mi padre me dio las llaves de la tienda. Aunque yo ya las tuviera, y también mi hermana, claro, el piso de la abuela desde hacía años era nuestro refugio cuando queríamos pasar un fin de semana en Madrid. En casa decíamos que nos quedábamos a dormir con alguna amiga, pero en realidad nos quedábamos ahí. Y aunque Lu y yo nunca lo hablamos, creo que las dos perdimos la virginidad en ese piso. Era mucho más cómodo que estar dando explicaciones en casa. Mi padre me dio unas copias con un llavero de plumas, hecho por mí y que debió de encargar a alguien que me comprara, porque yo desde luego no se lo había vendido a él. Me las dio de manera ceremoniosa durante una comida familiar.

Esta vez hacía calor, estábamos a treinta grados y las estufas habían dado paso a unos ventiladores que esparcían partículas de agua y que funcionaban mucho mejor que las estufas. Aunque nos empapaban. Y también mojaban la comida. Lu, que se estaba convirtiendo en un pibonazo —con una belleza que tenía asombrados a todos, había tenido una suerte increíble en eso de la lotería genética—, se quejaba de que los ventiladores estaban mojando su modelito exclusivo. Lu, que en ese momento estaba a punto de cumplir diecisiete años, estaba empezando su carrera de modelo. Había desfilado para mi amiga Chusa, de la escuela de moda, y a partir de ahí le empezaron a salir otros trabajos. Y la cosa iba a más. Ya había conseguido un par de portadas, y en su móvil no dejaban de entrar Whatsapp de cientos de chicos, a los que volvía loca. Vamos, igualita que yo a su edad. A veces yo también pensaba que debía de ser adoptada. Pero a pesar de nuestras diferencias de carácter, de físico y de experiencias vitales, Lu y yo nos llevábamos muy bien, y ella se alegró de manera genuina cuando mi padre me entregó el llavero.

A mi madre, sin embargo, casi la tuvimos que llevar a urgencias de un coma etílico, porque aunque intentó compartir la decisión de mi padre, y asentía y afirmaba y decía que claro, que yo podía hacerlo, que si era lo que quería, que por qué no intentarlo, el caso es que lo estaba llevando bastante mal y a la tercera botella de Martini mi padre empezó a preocuparse.

—Cariño, estaría bien que la carrera laboral que emprende hoy tu hija no te llevara directa a alcohólicos anónimos.

—Para nada, para nada, estoy muy feliz. Muy feliz. Felicísima. Tan feliz que deberíamos hacer un brindis.

—Yo hacía mucho que no veía a mamá tan pasada —me susurró Lu al oído. Y dirigiéndose a ella y de manera festiva le pidió—: Mami, sírveme a mí también.

—Claro, hija, si es una ocasión para brindar. ¡Por las plumas! —dijo mi madre, mientras abría una cuarta botella.

Brindamos varias veces esa noche. Por la tienda, por el cumpleaños de Lu, que se acercaba, por la decisión de Rober de irse un año a París a probar fortuna como arquitecto si en un tiempo razonable de dos años no encontraba nada aquí. Mi padre le había ofrecido entrar en su empresa, pero él quería labrarse un futuro sin utilizar al padre de su novia. Y no solo actuaba así por nobleza, lo hacía porque el estudio de mi padre tampoco le volvía loco, y porque no quería tenerlo como jefe. Y aunque yo le entendía, la idea de que dentro de dos años se fuera a vivir a Francia no me hacía precisamente feliz.

—Y ¿cómo se va a llamar? —preguntó Lu.

—¿El qué?

—La tienda. ¿O vas a conservar el nombre de la abuela?

—¿Confecciones Josefina? No, no. Estaba pensando en otro.

En otro nombre que también le gustaba mucho a mi abuela. De hecho era el que habría querido ponerle si los tiempos hubieran sido otros, o más bien si ella hubiera tenido un poco de valor. O al menos eso decía. Que no quería echarle la culpa a la época, sino a su falta de arrojo. Porque el nombre soñado le sonaba demasiado exótico, demasiado exuberante. Demasiado para el género que iba a vender y para ese barrio castizo, tal vez.

—Ave del Paraíso —anuncié. Así se iba a llamar.

Mi padre casi se atraganta al escuchar el nombre. Noté que me miraba con orgullo. Un orgullo que pocas veces había visto en él.

—Ese era el nombre que a tu abuela... —dijo visiblemente emocionado. Tanto que no pudo acabar la frase.

—Lo sé, papá...

—A ella le habría encantado...

Intentó contener la emoción, pero no lo consiguió y los ojos se le llenaron de lágrimas, que pronto corrieron por sus mejillas.

—Hala, ya has hecho llorar a tu padre —protestó mi madre—. Tómate otra copita, Arturo.

—Es que mamá habría sido tan feliz... —insistía él, entre balbuceos.

—Que sí, Arturo, que sí. Tú bebe, bebe, que estamos de celebración, no en un funeral.

—Tan feliz...

Y meses después abrí la tienda. Con el poco dinero que tenía ahorrado de unas cuantas clases particulares de química que había dado a lo largo de los años, más las cuatro perras que me había dejado mi abuela en herencia, y un minicrédito ridículo que conseguí del banco gracias a la coacción de mi padre por ser un buen cliente, conseguí darle un lavado de cara a Confecciones Josefina para transformarlo en el Ave del Paraíso.

Fue toda una fiesta cuando por fin, entre Roberto, dos operarios y yo, conseguimos colgar el rótulo en la fachada. El diseño y la tipografía eran de Roberto, que había captado perfectamente el espíritu exuberante que yo quería transmitir. Esa noche salimos hasta las mil para celebrarlo. Roberto era el mejor novio del mundo. Hasta cuando se emborrachaba me gustaba. Y esa noche los dos acabamos muy borrachos, liándonos en la trastienda. Entre plumas.

Al día siguiente abriría al público.

Y ese día mi padre me trajo enmarcada la página de *El País*, donde Tomás Ferro hablaba de mi pajarita. Y literalmente me obligó a que la colgara en una de las paredes de la tienda. Tal vez en la de ladrillo visto, que tanto trabajo me había costado restaurar, pero que era mi orgullo por lo bien que quedaban parte de mis piezas sobre ella y todo lo que transmitía. Reflejaba muy bien aquello que pretendía contar con la tienda. A mí me daba mucha vergüenza colgar el cuadro, pero no me quedó más remedio que buscar una alcayata y un martillo y ponerme manos a la obra. Y he de confesar que mientras lo colgaba observé complacida mi Ave del Paraíso, y cómo había transformado la tienda de mi abuela en ese espacio entre *vintage* y moderno, tan acorde con los nuevos locales que estaban abriendo en el barrio y que estaban convirtiendo esas calles de Madrid en algo similar al East Village neoyorquino. Tiendas de creps con un aire al Barrio Latino de París; comercios de bicicletas; de ropa *vintage* o de segunda mano; de pastelerías de *cupcakes;* locales de comida para llevar de todas las nacionalidades, italianos, los que más, japoneses, griegos, turcos, indios; peluquerías de nombres divertidos con peluqueros llenos de *piercings,* perforaciones y tatuajes; las tiendas de flores que inundaban toda la acera de margaritas, rosas y tulipanes; o esas cafeterías empapeladas con estampados de los años setenta, coloridos y geométricos.

Y ahí estaba yo, con mi Ave del Paraíso. Lo había logrado. Por fin pertenecía a un lugar. Este pedacito de suelo en pleno Malasaña, en el corazón de Madrid, era mío. Y eso era tan, pero tan reconfortante...

La tienda llamó la atención en el barrio, sobre todo al principio. La gente entraba, comentaba, alababa los tocados y los bolsos. Pero apenas se atrevían a comprar. Era demasiado cara para el barrio. Pero yo no podía bajar más los precios, cada pieza llevaba tantas horas de trabajo y era tan exclusiva que no podía rebajarla más. Tenía que conseguir atraer a otro tipo de público.

Y lo fui consiguiendo a lo largo del primer año. Vendía poco, pero diseñaba mucho. Estaba llena de optimismo y de ilusión. Y cada vez tenía más mano con las plumas. Me estaba convirtiendo en una profesional, en una artesana, ya me veía dando conferencias por todo el mundo, como una de las pocas expertas en esto del arte plumario. Mi imaginación siempre ha ido muy por delante de mí. El caso es que por poco que vendiera eso no me desanimaba a seguir. Aunque con las ventas apenas me llegaba para pagar la luz, los impuestos y el alquiler, que mi padre todos los meses me reclamaba puntualmente. Qué poco me gustaba tenerlo de casero. «Y da gracias que no te cobre alquiler por el piso. Que ya sé que vives de hecho ahí, porque por casa apenas pasas». Y tenía toda la razón, yo ya había empezado a redecorar el piso de mi abuela para hacerlo mío. Sobre todo la cocina, la sala y la habitación en la que dormía. Las tres restantes estaban tal cual las había dejado mi abuela.

Lo que más salida tenían eran los tocados para las bodas. Poco a poco algunas mujeres de clase alta se atrevían a venir hasta Malasaña para probárselos. Eran mujeres que sabían bien lo que querían, exigentes, poco dadas a dejarse aconsejar, aunque había honrosas excepciones. Miraban más que compraban, pero siempre conseguía convencer a alguna y las cuentas a final de mes no rozaban los números rojos. Eso sí, aún estaba lejos de tener beneficios. Mi ilusión era empezar a diseñar otra línea de objetos algo menos elaborada y más barata para que la gente del barrio también pudiera comprar algo, pero no me llegaban las horas. Los tocados, tan laboriosos, ocupaban casi todo mi tiempo. Y no dejaba de ser paradójico que intentara vender mis piezas como objetos casi de lujo y yo no tuviera ni para pagar la calefacción.

Uno de mis proyectos era tener una línea de prendas de segunda mano, escogidas con mucho mimo y cariño, customizadas a base de mis plumas. Y poco a poco, me fui haciendo con una pequeña colección de vestidos con vuelo de plumas, o cola de pavo real, cazadoras de cuero con alas de ángel, camisas de corte sesentero de cuyo bolsillo salían plumas de ave del paraíso. Qué orgullosa estaba de esas piezas que empezaban a construir el espíritu de la tienda.

Así fueron pasando los meses. Hasta que la cosa se estancó. Si el primer año y medio había conseguido engañarme diciendo que los clientes irían aumentando, lo cierto es que no había sido así, y después de llevar dos años con la tienda abierta ya no tenía ni para el alquiler. Y cómo odiaba tener que darle la razón a mi padre. Yo, que me las creía tan felices, que pensaba que todo iba a venir rodado, igual que al principio con la foto de Tomás Ferro en *El País*, pero luego nada había sido así de fácil. Me consolaba pensando que mis amigos de la escuela de moda también estaban luchando para salir adelante, y lo tenían incluso más difícil que yo. La crisis había golpeado duro en todos los sectores, y el de la moda no se libraba de la quema. Muchas veces acabábamos de cañas, David, Chusa y yo, lamentando la mala suerte de haber arrancado nuestra carrera en estos tiempos y en este país. A veces se unía mi hermana, a la que parecía no afectarle la crisis, ni la económica ni la personal ni ninguna. A sus diecinueve años recién cumplidos ya había desfilado en París, en Milán, en Nueva York, y siempre estrenaba vestidos nuevos, y chicos nuevos, muchos de ellos, compañeros de pasarela, modelos guapísimos que sobre todo cortaban la respiración a David.

—Serás hija de puta... Tíratelos, pero no nos los restriegues.

—Y pensar que empezaste desfilando conmigo —se lamentaba Chusa—. La única que no quería trabajar en esto, y la única que ha acabado triunfando. Hay que joderse.

Sí, mi hermana lograba sacar lo peor de mis amigos. Nunca se oían tantos tacos como cuando ella aparecía radiante, explosiva, alocada, feliz y del brazo de algún modelo que siempre, siempre la miraba embobado.

—Si es que encima los enamora, la muy guarra —remataba David.

Y mientras ella disfrutaba del éxito, yo estaba vislumbrando el desahucio. Ahogada. Con pesadillas por las noches. El miedo al fracaso me empezaba a paralizar, como ya me había ocurrido en la función de teatro. Siempre había tenido terror al fracaso. Y ahora lo estaba viviendo en primera persona y eso no me dejaba respirar. Tuve dos breves crisis de pánico. Sentí que las paredes de la tienda se me caían encima, que mis pulmones se colapsaban y no podía respirar. Qué sensación tan terrible y desagradable, como si mi cuerpo no respondiera a mis deseos, como si fuera por libre. Qué horrible sentir que no eres dueña de ti. Menos mal que Roberto estuvo cerca en esas dos ocasiones, porque si me hubiera pasado a solas no sé si habría podido superarlo.

Fue por aquel entonces cuando empezó a salir una mancha negra de humedad en el taller de la tienda. Al principio no le hice caso, porque no estaba yo como para meterme en una obra, pero cuando fue creciendo no me quedó más remedio que hacer algo al respecto. Llamé a un fontanero y a un albañil, y por más que miraron y picaron, no encontraron el origen de la humedad. Así que después de pagarles el precio de un riñón en el mercado negro, llamé a un pintor para que viniera a pintar encima de la mancha que según los dos expertos, albañil y fontanero, ya estaba seca. A los dos meses la mancha volvió a aparecer. Y yo opté por integrarla a mi día a día, a mi trabajo, a mi estado de ánimo. Vamos, que acepté que había cosas peores en la vida y que podía vivir con ella. Aunque, eso sí, cada día la veía más como una metáfora de la nube negra que se cernía sobre mi negocio. No me imaginaba mejor imagen de mi fracaso que aquella mancha de humedad que no podía eliminar. Yo, que en los primeros meses me veía ya triunfando en las pasarelas de medio mundo y exportando mis piezas a Inglaterra, Alemania y Estados Unidos, y acaparando las portadas de *Vogue*, de *Elle*, de *Vanity Fair*,y lo único que había conseguido era una mancha de humedad que no sabía cómo eliminar.

Necesitaba que ocurriera un milagro o tendría que cerrar. Y justo en esos meses de incertidumbre, Roberto tomó la decisión de marcharse a París. Todo un año. Él llevaba tiempo amenazando con hacerlo, y después de buscar como un poseso trabajo en cualquier estudio y harto de trabajar con contratos de prácticas en los que casi tenía él que poner dinero, decidió irse. Yo palidecí. Tenía la sensación de que no podría superarlo sin él. Así de frágil me sentía.

—Solo va a ser un año. Y París no está tan lejos. Puedes venir las veces que quieras. Y yo también vendré a verte. Ya verás qué rápido se pasa.

—Y si hablo con mi padre y te hace un hueco...

—Sara, ya sabes lo que pienso.

—Ya, ya, pero París... Un año entero... Y con lo mal que hablas francés, porque tú hablas fatal francés.

Pero no pude convencerle. Y además sabía que no podía atarlo. Era lo que tenía que hacer.

Los dos años de vida del Ave del Paraíso se me habían pasado más rápido que el primer mes sin él. Qué largos eran los días sin Roberto. Intentábamos hablar todas las noches por Skype, pero eso apenas me consolaba. Sobre todo porque yo ya no sabía qué contarle que no fuera un continuo lamento y él, sin embargo, estaba lleno de proyectos, arrancando su vida en París. Así que al final hablaba él y yo asentía. Me alegraba por Roberto, claro que me alegraba. Aunque me causaba mucha impotencia sentir que yo estaba en un punto muerto, por no decir sin freno y cuesta abajo, mientras él iba hacia arriba. Y temía que París le estuviera gustando mucho más que su vida en Madrid de becario penoso y con una novia quejica, con ataques de pánico, y tendera.

Yo estaba deseando que se tomara algún fin de semana largo para que viniera a verme. Pero no había manera. Demasiado trabajo, poco dinero... Y yo tampoco estaba como para permitirme muchos viajes a París. Así que durante ese año solo fui a verlo dos veces. Y las dos fueron un auténtico desastre. En el primer viaje pillé un virus estomacal y me pasé toda la semana tumbada en la cama. Solo me levantaba para ir a evacuar por todos los orificios de mi cuerpo lo poco que conseguía comer. Así que ni paseos a la orilla del Sena, ni vértigo en la torre Eiffel, ni creps en el Barrio Latino, ni cruasanes de desayuno, ni nada de nada. Roberto, por miedo a contagiarse, ni me rozó. No le culpo, tenía una presentación muy importante en su trabajo y no podía permitirse el lujo de enfermar. En el segundo viaje, directamente no lo vi. O casi, su jefe lo secuestró y solo le dejaba venir a casa a dormir un par de horas. Estaba tan cansado que los intentos sexuales que tuvimos se quedaron en eso, en intentos. Un horror. Nos pasábamos media hora de intento, y hora y media disculpándonos.

Cuando volví del último viaje empecé a estar preocupada por nuestra relación. A ver si no era tan fuerte como imaginaba y ese año de distancia acababa con lo nuestro. Y por eso me inquieté mucho cuando una noche, por Skype, Roberto me dijo que quería hablar conmigo pero que no me lo quería contar a través del ordenador. Y justo me lo decía el día en que yo tenía que darle una buena noticia. Porque David, uno de los diseñadores de la escuela de moda, había conseguido un desfile en Cibeles y quería que yo, yo, Sara Escribano, a la que hace dos años largos habían mencionado en *El País*, le hiciera varios complementos con plumas.

—Voy a llenar a todos los chulazos de plumas. De arriba abajo. Cuanto más heteruzos, más los voy a llenar de plumas. Y para eso te necesito, Sara. Tienes que volverte loca. Va a ser nuestro momento de gloria. Tenemos que ser la sensación de la Fashion Week.

Y sí, podía ser la oportunidad que llevaba tanto tiempo esperando. Y tenía que salirme bien. Ya me veía lanzada al estrellato si el desfile funcionaba. Y tal vez lo del estrellato era exagerar, claro. Pero sí que podía significar un antes y un después para mí. Y vale, me estaba dejando arrastrar por el entusiasmo de David, pero ¿acaso podía hacer otra cosa? Además, aunque no supusiera mi consolidación, con un poco de suerte sí podía significar unos cuantos encargos extra para poder seguir pagando el alquiler y salir de una vez de la agonía y del pozo en el que estaba. Con cualquier cosa me emocionaba, lo sé, pero es que no me quedaba más remedio que hacerlo. Cuando las cosas van mal, o te agarras a un clavo ardiendo y magnificas las expectativas o te hundes del todo.

Así que el «tenemos que hablar» de Roberto me pilló a contrapié y con mil ideas en la cabeza para el desfile.

¿Quería romper conmigo? Porque yo sabía, como sabe todo el mundo, lo que significan las tres palabras «tenemos que hablar». Pero también sabía que a veces uno podía querer hablar de otras cosas. Un «tenemos que hablar» de un hermano a otro no significaba lo mismo que un «tenemos que hablar» de un jefe a un empleado. Sí, es verdad, casi nunca auguraba nada bueno. Y por eso mismo ni me atrevía a preguntárselo, pero era mejor salir de dudas, porque, si no, no me iba a poder concentrar de allí a Cibeles. Me armé de valor y se lo pregunté de sopetón, mirándolo cara a cara a través de la pantalla de mi ordenador portátil y sentada en la cama de matrimonio de la habitación de mi abuela, esa que ya era de facto mi habitación pero que yo seguía llamando la habitación de mi abuela.

—¿Me vas a dejar? —le pregunté con un tono de voz que aparentaba una serenidad que no sentía.

Roberto abrió los ojos y no parpadeó en varios segundos. Cómo manejaba el tiempo dramático, el muy mamón. Yo ahí muerta en vilo y él como en un concurso de parpadeos. Se quitó las gafas de pasta y las limpió con un calzoncillo, práctica que hacía a menudo y que a mí me daba bastante asquito. Pero según él era lo que mejor limpiaba las lentes.

—Sara, pero ¿tú eres tonta? —respondió por fin—. ¿Cómo piensas semejante cosa?

—No sé, es que después del desastre de visitas que te hice... Y con lo mal que se nos da el sexo vía Skype... Que ya no sé qué pensar y entendería que me dijeras que te has liado con cualquier francesita de labios apiñonados.

Porque si para mí estaba siendo duro todo un año sin sexo, imaginaba que para él estaba siendo un infierno. Y decidí hacerme la moderna. Si había tenido sus líos parisinos, solo por aquello de aliviarse y sobre todo si no habían tenido importancia, prefería no saberlo. Claro que entonces para qué me metía en ese jardín y para qué le hablaba de labios apiñonados. Su año en París me estaba convirtiendo en una celosa de libro.

—Labios apiñonados... a saber qué será eso —dijo burlándose de mí.

—Esos labios que se les ponen como de boquita de piñón de tanto hablar francés. —Y yo venga a insistir y venga a explicarle lo obvio, como si él no supiera cómo eran unos buenos labios franceses. Si lo sabía hasta yo, que no había vivido un año en París, pero que me había tragado mi buena ración de películas de la Nouvelle Vague, como toda universitaria que se precie.

—Qué tonta eres... Y si se nos da mal el sexo por Skype es porque a ti siempre te entra la risa...

—Ya... ya... Si es que me frustro por verte ahí, en bolas, y no poder tocarte ni olerte, y me da por reír...

—Tranquila, que pronto vas a poder tocarme.

—¿Qué?

—Dentro de dos semanas estoy ahí. El martes 14 llego.

—¿Qué? ¿Te vuelves ya? Si llevas diez meses... Que llevo la cuenta como una beata con el rosario.

—No, aún no me vuelvo. Pero voy a verte y me quedo una semana.

Una semana. A mí se me iluminó la cara. Una semana enterita con Roberto. Si el antiguo testamento decía que el mundo se había hecho en una semana, yo en una semana podía construir una vida entera con mi novio.

—Así que te vas a cansar de tocarme —remató.

—Yo soy de cansarme poco.

Se rio. Y me aseguró que en esa semana podríamos hacer de todo. Que iba a ser todo para mí. Y que así podríamos hablar con calma y contarme lo que quería contarme. Y también estaría para el desfile, él llegaba el martes y el desfile lo tenía tres días después. Me llenaba de tranquilidad saber que iba a estar presente en ese momento tan decisivo para mí.

—*Au revoir* —dijo, cada vez con mejor acento. Porque Roberto no sabría cómo tenían los labios los franceses, pero ya hablaba casi como ellos. Y se despidió con un beso. Muy a lo *Lulu, c'est moi.*

Lo importante es que no me iba a dejar. No me iba a dejar. Me quería y quería hablar conmigo. Y en persona. Y ahí mi imaginación echó a volar. Y por más que volaba, llegaba siempre a la misma conclusión. Quería casarse conmigo. Solo podía ser eso. Sara, no te embales, por

Dios. Que nos conocemos. Sarita, tranquila. No te dejes llevar por la emoción. Sobre todo porque a mí lo del matrimonio me daba igual. Yo lo que quería era que se viniera de una vez y empezáramos a vivir juntos. Con anillo, sin anillo, con altar o sin él. Eso era lo de menos. A estas alturas no me iba a quitar el sueño una boda. Pero ¿dónde había metido esas revistas de vestidos de novia? ¿En qué cajón las había visto por última vez? Ay, madre, su año en París no solo me estaba volviendo celosa, me estaba transformando en una cosa muy rara.

Tenía catorce días para planear la mejor semana de la historia. Porque yo en esa semana tenía que conseguir que Roberto se olvidara de París y se viniera de una vez conmigo. Tenía que convencerlo, por si acaso no era de matrimonio de lo que quería hablar y quería darme alguna otra sorpresa. Siempre hay que tener preparado un plan B. Y mi plan B era igual que el plan A, o sea, conseguir que se quedara, con boda o sin ella. Pero que se quedara conmigo. Para poder seguir con la vida que habíamos planeado. O que al menos yo había planeado, y que estaba convencida de que él también quería compartir.

Tenía una misión por delante. O mejor dicho dos: salvar mi Ave del Paraíso creando unos complementos que hicieran caerse de culo a todos los visitantes de la Fashion Week de Cibeles, y que Roberto se viniera de una vez a vivir conmigo y así empezar a vivir. Nuestra vida.

Dos semanas para preparar el desfile y para organizar los mejores siete días con Roberto. Los dos solitos en casa. El uno para el otro. Nada podía salir mal. Y todo iba a ser coser y cantar.

Ja. Ja. Ja.

3

TODO LO QUE SALIÓ MAL

¿Por dónde empiezo a contar todo lo que salió mal? ¿Por dónde empiezo a contar que a cinco días de que llegara Roberto no hubo una hora en que no entendiera aquella expresión de «monto un circo y me crecen los enanos»? Y ¿cómo puede ser que las cosas se puedan desbarajustar de esa manera y en el momento menos adecuado? Y sí, me hago muchas preguntas porque no sé muy bien por dónde empezar.

Cronológicamente. Creo que va a ser lo mejor.

Yo estaba con una mascarilla puesta, y con mi bata blanca, ese atuendo con el que según Inma parecía más una química que una plumista. La verdad es que solo me ponía la mascarilla cuando tenía que teñir en frío alguna pluma, porque usaba anilina disuelta en alcohol y los vapores eran muy tóxicos. Me decantaba por el tinte en frío cuando quería que las plumas adquirieran un tonto muy vivo. Y como quería impresionar a David estaba dispuesta a dejarme la piel y los ojos. Aunque fuera de manera literal. Ya tenía a medio hacer casi todos los complementos que David me había pedido para su desfile. El problema con David es que iba cambiando de idea sobre la marcha. Y lo que él llamaba pequeños ajustes en realidad eran verdaderos cambios de propuesta. Aunque siempre procuraba que a mí no me afectaran demasiado. Pero eso no impedía que donde me había pedido unas alas blancas para reinterpretar el mito de Ícaro para la espalda, para tobillos y para un casco, ahora las quería coloridas y con un toque *underground:* «¿Qué tal si en vez de blancas utilizáramos alguna pluma de pavo real?». Y yo le decía a todo que sí, en mi afán de ser eficaz y para que viera que yo estaba dispuesta a lo que fuera, pero luego me tocaba a mí romperme la cabeza en la soledad del taller para que la propuesta no se convirtiera en un disparate estético.

Y ahí estaba, peleándome con las alas de Ícaro cuando mi hermana entró en el taller, como suele entrar ella, con ese ímpetu y esa alegría, y ese aquí estoy yo, miradme, que a veces pienso que hasta trae un ventilador incorporado para que su melena vuele al viento y nos deje a todos impactados. Venía vestida con un abrigo ceñidísimo y de un color eléctrico, que solo una guapa se puede poner sin parecer una mamarracha.

—Qué mal huele aquí dentro. ¿Acabas de matar a un pollo? Y cómo me pican los ojos...

—Es la anilina.

—Mira —dijo ella sacando de su bolso una revista de moda. Buscó una página y me la mostró—. ¿Has visto qué maravilla?

Era un vestido de novia espectacular, con un cuerpo todo elaborado con plumas blancas.

—Quiero una cosa así para mi boda.

—Muy bien, Lu —dije sin inmutarme—. Aparta que puedo mancharte.

Quité las plumas del tinte y las puse delicadamente sobre un papel de periódico para que absorbiera el líquido sobrante. Mi hermana le echó un vistazo al dibujo que había hecho sobre la tela de las alas, pero no le prestó atención.

—Dime que me lo vas a hacer tú. El vestido, digo.

—Que sí, que sí —dije sin hacerle caso y observando embobada el resultado del tinte—. ¿Te gusta el color de estas plumas?

—¿No me vas a felicitar? —preguntó con cierta indignación.

—¿Por? ¿Has conseguido otra portada?

—Por mi boda. Te estoy diciendo que me caso.

—¿Cómo que te casas? ¿Tú? Si aún no has cumplido los veinte.

—¿Y eso qué tiene que ver?

—Ay, Lu, deja de decir tonterías, que tengo mucho trabajo.

—¿Me harás el vestido de novia? No tiene por qué ser exactamente así, claro. La foto te la enseño para que te inspires. Pero yo confío mucho en ti y en tu criterio. Y sé que me vas a hacer una cosa espectacular. Quiero ser la novia más guapa y más sexy de todo el planeta Tierra. Vamos, quiero que nada más entrar en la iglesia todos los hombres heteros tengan una erección de caballo. No sé si pillas la idea. Esta noche se lo cuento a papá y a mamá.

Me quité la mascarilla y observé a mi hermana. ¿Estaba hablando en serio?

—¿Que les vas a contar a mamá y a papá qué?

—Que me caso.

—Lu, si de verdad te ha dado la ventolera de casarte, yo mejor no se lo contaba y me casaba en secreto en Las Vegas, porque papá y mamá no te lo van a permitir.

—Yo no se lo voy a decir para pedirles permiso, solo para invitarlos. No soy como tú, que necesitas su aprobación para todo.

—¿Perdona? ¿Desde cuándo les pido permiso?

—¿Hola? Y ¿para abrir esta tienda qué hiciste?

—Es que la tienda es de papá, ¿a quién se la iba a pedir si no?

—Sara, eres una mujer decimonónica, admítelo, siempre buscando el apoyo de tu padre o de tu novio.

—Lo dijo la que se quiere casar a los veinte.

—Yo lo hago por rebeldía. Es justo lo contrario.

—Pues la verdad es que preferiría que lo hicieras por amor. Ya puestos.

—¡Claro que estoy enamorada!

—¿Ah, sí? ¿Y de qué modelo te has encaprichado ahora, a ver?

—No es un modelo. Es...

—Mira, no quiero ni saberlo. Date una ducha fría, que se te pase. Y mejor no le des un disgusto a lo tonto a nuestros padres. Si, total, en una semana ya estarás con otro...

—No se me va a pasar. Estoy enamorada. Me he enamorado hasta las trancas, y quiero pasar el resto de mi vida con él.

—Lu, por favor... No seas cursi, que no te pega nada decir esas cosas.

—Decir «hasta las trancas» no es ser cursi. ¿Me vas a hacer el vestido o no?

—¿Puedes pagármelo?

—Qué fuerte eres. Hija de papá, sin duda. ¿No le vas a regalar a tu hermana el vestido el día de su boda?

—Ay, Lu, déjame trabajar, ¿vale?, que no estoy para tonterías.

—Vale, pero esta noche te quiero en casa. Apoyándome.

—Pero ¿no has escuchado nada de lo que te he dicho?

—A las nueve y media.

—Lu, tengo el desfile de David en diez días. Y está todo a medio hacer. No me llegan las horas, no puedo perder el tiempo yendo hasta casa y...

—¿Cómo que no? Si lo tienes todo más que encarrilado. Como si no nos conociéramos, Sara. Cosa que planificas, cosa que cumples de sobra.

—Que no, que encima David lo está cambiando todo sobre la marcha. Y no le puedo fallar, Lu.

—Yo ya le he dicho a mamá que venías, y no veas lo contenta que se ha puesto. Así que te quiero allí. Adiós.

Y sin dejar que yo replicara, salió del taller de la misma manera que había llegado: con su abrigo ceñido, con el pelo al viento y como si estuviera lista para rodar la escena de su vida con el director de cine del momento. Mi hermana casándose. Pero ¿qué bicho le había picado? Y si quería mi complicidad iba lista. Miré todo lo que llevaba hecho del desfile: los patrones medio cortados, los diseños en DIN A3, las tres piezas ya terminadas... Mi hermana tenía razón, no iba del todo mal. Y siempre podría madrugar al día siguiente antes de ir al taller de David a enseñarle lo que llevaba. Así que me podía permitir ir a cenar a casa de mis padres. Además no quería perderme sus caras cuando mi hermana contara el disparate de que se iba a casar.

A las nueve y treinta y dos llamé al timbre de mi casa. Tenía llaves, claro, pero me las había dejado en el otro bolso.

—Y ¿tú por qué llamas al timbre? Y ¿por qué llegas tan tarde? —preguntó mi madre al abrir la puerta.

—¿Tarde?

—Pasa, pasa, que tenemos a tu hermana acelerada, que no sé qué nos quiere contar... ¿Tú sabes algo?

—Mejor que os lo cuente ella. Que a mí me puede dar la risa.

La mesa ya estaba puesta en el jardín. Aunque la carpa, menos mal, estaba retirada. No soportaba esa maldita carpa, siempre me daba la sensación de que iba a salir un trapecista por algún lado o unos novios brindando por su enlace. Mi padre estaba acabando de poner la mesa, y mi hermana se servía un gintónic. Supongo que para darse ánimos.

—Ya era hora, bonita —me reprochó Lu—. ¿Quieres un gintónic?

—Prefiero estar sobria. Para no perderme ningún detalle, gracias.

Lu me sacó la lengua. Mi padre tropezó con una de las patas de una silla y casi vuelca la ensaladera. Últimamente, por no decir los dos últimos años, papá estaba bastante cabizbajo y desanimado. La crisis económica le había golpeado duramente. Su estudio de arquitectura, como los de casi todo el país, había perdido clientes, y él incluso había tenido que reducir la plantilla. «Un bonito eufemismo para decir que he dejado en la calle a empleados que llevaban conmigo veinte años». Le resultaba durísimo, y yo lo entendía. Lo entendíamos todos, claro. Pero nos generaba mucha impotencia que algo puramente económico le hubiera afectado de esa manera. Y al fin y al cabo, su estudio, aunque estaba facturando mucho menos, se mantenía en pie, y esos empleados a los que según él había echado se reducían a dos que había jubilado prematuramente. Vamos, que la cosa era grave, pero había muchos otros que lo estaban pasando peor. Mucho peor. Por eso nos frustraba verlo tan abatido. A saber cómo se tomaba la noticia de mi hermana.

Nos sentamos a la mesa. Y mi madre sacó algún tema absurdo de conversación. Yo ya estaba temiendo que se alargara hasta los postres, así que miré en un par de ocasiones a mi hermana, animándola a hablar. Cuanto antes saliéramos de esa nebulosa de palabras vacías de mi madre, mejor.

—Tengo que anunciaros algo —dijo Lu por fin—. Papá, mamá, me caso.

—Ah, muy bien, hija mía. Arturo, pásame la carne.

Mi madre ni por un instante se lo iba a tomar en serio, algo que frustró muchísimo a Lu.

—Me caso. Dentro de dos meses.

—¿Y con qué novio imaginario te casas? —preguntó mi madre, siguiéndole a medias la corriente—. Porque digo yo que cuando una anuncia que se casa lo suele hacer con el novio delante.

Mi madre estaba tan acostumbrada a los disparates de Lu que no quería caer en su juego.

—Es que me parecía muy violento traerlo a casa precisamente hoy, dar la noticia y soltarle a los leones. Pero ya lo conoceréis.

Mi madre me miró, como interrogándome. ¿Algo de lo que decía Lu era verdad?

—Y no, no estoy embarazada, tranquilos.

—Míranos, si estamos tranquilísimos, ¿a que sí, Arturo?

Mi padre no había abierto la boca. Solo comía. A desgana, pero comía.

—Arturo, ¿vas a decir algo? —insistió mi madre.

De repente a mi padre le empezó a temblar la mano con la que sujetaba el cuchillo de sierra de cortar carne y acabó dejándolo sobre la mesa, entre temblores. Yo lo miré preocupada. ¿Estaba enfermo? ¿Estaba enfermo y nos lo ocultaba? ¿Párkinson? Pero ¿no era muy joven para tener esa enfermedad? Claro que Michael J. Fox no debía de tener ni treinta cuando se la diagnosticaron. Mi padre enfermo, con párkinson, y yo ya me imaginaba visitándolo en una residencia, ayudándolo con la sopa porque él solo no podría apañarse con la cuchara. Ay, qué pena más grande.

—Papá, ¿estás bien?

Y de pronto, de la nada, y como un torrente incontrolable, comenzó a llorar. Pero a llorar como un niño pequeño que acaba de perder a sus padres en un centro comercial, a llorar de manera desconsolada, entre hipidos y movimientos convulsos de cabeza.

—Papá, ¿qué pasa? —dije mientras miraba a mi hermana queriéndole echar en cara algo de lo que no estaba segura que tuviera la culpa—. Mira lo que has conseguido.

—¿Yo? Pero... joder... si tampoco es para tanto, ¿no?

—Arturo, por favor, tengamos la fiesta en paz. Dijimos que no íbamos a montar una escenita, y menos delante de las niñas.

—¿Qué está pasando?

Yo no entendía nada. Pero estaba claro que no debía de tener que ver con el anuncio de boda de mi hermana.

—Que me alegro mucho por ti, hija. Que una boda siempre es motivo de alegría —consiguió decir mi padre entre balbuceos—. Aunque luego las cosas no salgan como imaginabas y te lleves más de una sorpresa...

—Arturo, por favor. —Mi madre intentaba contener su rabia y de paso contenerle a él—. Que no es el momento ni el lugar.

—Pero ¿me vais a explicar qué está pasando? —pregunté yo a punto de perder la paciencia, los nervios y la compostura. Todo me estaba sonando a chino, porque además en casa no éramos nada dados al melodrama, al menos mis padres no lo eran, y no conseguía entender a qué venía todo aquello.

—¿Ves? Ya has asustado a Sara. —Mi madre intentó tranquilizarme—. No es nada, cosas de tu padre y mías.

—¿Nada? ¿Nada? —preguntó él con indignación y mucha retórica.

—Arturo... —Mi madre hacía esfuerzos inútiles por contener a mi padre, pero era como intentar tapar con un corcho la fisura de una presa. Él estaba rojo de ira, y arrasado por las lágrimas.

—¿Que lleves dos años acostándote con otro entra en la categoría de nada?

Reconozco que me cortocircuité. Y tuve que repetirme una y otra vez lo que acababa de escuchar por boca de mi padre. ¿Quién llevaba dos años acostándose con otro? ¿Mi madre? ¿Mi madre? ¿Mi madre la mujer tradicional, ama de casa moderna según ella pero a todas luces de otro siglo? ¿Mi madre la mujer de cincuenta y siete años que llevaba usando la misma marca de crema hidratante desde que yo era pequeña? Y vale que ella tenía una piel a prueba de bombas, que parecía que había hecho un pacto con el diablo de lo tersa que la tenía a su edad. Y no es que lo de la crema fuera prueba de nada, pero yo siempre había imaginado que las esposas infieles se gastaban un pastón en todas las cremas antiarrugas del mercado, en sérum, en reafirmantes, en colágeno, y que se parecían más a... no sé, a otro tipo de mujer. Porque mi madre no podía estar con otro. Que no, que no le pegaba. Si mi madre adoraba a mi padre. Y él a ella, si eran un matrimonio que llevaba toda la vida la mar de bien avenidos, si apenas discutían, si... No, no podía ser y, además, no era el momento. Porque ¿no era suficiente con el anuncio de que mi hermana de veinte años se quería casar como para que ahora nos enteráramos de esto?

Nos quedamos sin saber cómo reaccionar. Hasta Lu, que siempre tiene salidas para todo, estaba muda.

—Lo tenías que soltar —le reprochó mi madre—. No te podías estar callado. Le tenías que robar todo el protagonismo a tu hija el día en que anuncia que se casa.

—Pero si no se lo cree ni ella —le reprochó mi padre.

—Que sí, que me caso.

—Se casa. ¿Ves? Y tú venga a fastidiarlo todo —dijo mi madre.

—Eso, tú échame las culpas a mí. Como si fuera yo el que te está poniendo los cuernos. Porque yo jamás, me escuchas, jamás, y no será por falta de oportunidades, jamás he mirado a otra.

Señalé las botellas de alcohol y le dije a mi hermana:

—Creo que sí me voy a tomar ese gintónic. Pero sin tónica, mejor me lo rebajas con vodka.

Mi hermana asintió y se dispuso a prepararme una copa. Ella empezaba a verle ventajas a la situación, porque de repente su idea de casarse parecía de lo más sensata al lado de lo que estaba ocurriendo. Y ni corta ni perezosa decidió estirarlo:

—¿Y le conocemos? —preguntó Lu.

—¿De verdad quieres saberlo, Lu? —pregunté yo, mientras le daba un trago a la bomba que me había preparado.

—Dile, dile quién es —insistió mi padre.

—Arturo, por mucho que te empeñes no voy a montar una escena delante de tus hijas. Si tú las necesitas a ellas para hablar de algo que solo nos atañe a nosotros, no es mi problema.

—¿Solo nos atañe a nosotros? ¿Estás destrozando a esta familia y solo nos atañe a nosotros?

—Arturo, por Dios, que las niñas hace mucho que dejaron de ser niñas, que una se va a casar. ¡La pequeña! Y la otra vive por su cuenta.

—En casa de la abuela —puntualizó la muy canalla de mi hermana.

—Pero ¿quién se va a casar? —preguntó mi padre señalando a mi hermana—. ¿Esta? ¡Por encima de mi cadáver se va a casar a los veinte años! —gritó dando un golpe en la mesa—. Y solo espero que en esto me apoyes, a no ser que se te haya ido del todo la cabeza.

—A mí no se me ha ido la cabeza.

—Pues dile a tu hija que no se casa.

Mi hermana ahí se quedó muy desconcertada. De repente todo se volvía en su contra sin saber muy bien por qué.

—Pero si hace un momento me has dado la enhorabuena, y decías que una boda es motivo de alegría.

—Pero ¿no ves que no sé ni lo que digo? Que estoy fuera de mí —dijo mi padre.

—Bueno, pues entonces a lo mejor no es el momento de hablar de mi boda —señaló mi hermana intentando una maniobra que no le salió.

—No hay boda, Lu. No hay ninguna boda —dijo mi madre.

—Menos mal —dijo mi padre, con alivio—. Menos mal que entras en razón. Olvídate de la boda, Lucía.

Mi padre era el único que siempre había llamado a Lu por su nombre completo. Lo de Lu le parecía una ridiculez de tres pares de narices. Y siempre se lamentaba de haberle puesto ese nombre: «Llego a saber que se iba a quedar en monosílabo y como poco te pongo Margarita. Que al menos Mar suena más sensato que Lu, y significa algo».

Lu entonces decidió sacar su carácter.

—Yo me caso si me da la gana. Y me la da. Que para algo soy mayor de edad desde hace dos años.

—Un año y nueve meses —puntualizó mi padre.

—Y vives aquí, y mientras vivas aquí, eres tan menor de edad como cuando tenías diecisiete —dijo mi madre.

—A una madre infiel le pega muy poco decir ese tipo de topicazos —soltó Lu con muy mala baba.

—¿Ves? Eso es lo que has conseguido, minar tu autoridad moral —dijo mi padre—. Ahora tu hija se va a echar a perder por tu culpa.

—Cómo te gusta exagerar. Tu hija no se va a echar a perder porque no se casa.

—Y dale. Que os estoy diciendo que sí.

—Lu, entérate bien. Si quieres seguir viviendo bajo este techo, olvídate de esa boda.

—Pero qué techo ni qué techo, si estamos siempre en el jardín, que parecemos feriantes, coño.

—Me has entendido perfectamente. No te casas y punto.

—Pero... ¿por qué?

—Porque todos los matrimonios son una farsa, ¿o no lo ves? —gritó mi padre, perdiendo la poca compostura que le quedaba, si es que le quedaba alguna. Se levantó de la mesa—. Ya no tengo hambre.

Aun así cogió media barra de pan y un chorizo y se metió dentro de casa.

Silencio. Las tres nos miramos. Tres mujeres bajo la luz de la luna, y bajo la luz de las tres farolas y de las cuatro velas que mi madre aún había tenido el ánimo de encender para la cena. Que ya son ganas, digo yo. Ella follando por ahí con otro y luego encendiendo velitas para la cena. Incoherencias de una madre infiel que estábamos empezando a descubrir. Yo de hecho la estaba mirando como si la viera por primera vez. Porque aunque me da vergüenza admitirlo, a mis treinta años recién cumplidos, era la primera vez que miraba a mi madre y no veía a mi madre, si no a una mujer de cincuenta y muchos que tenía deseos sexuales, y que los llevaba a cabo con otro señor que no era mi padre. Raro, raro. Y aunque ese tipo de cosas nunca te extrañan en otras mujeres, en presentadoras de la tele, en empresarias, o en otras madres de amigas, de repente le ocurre a la tuya y es como si el mundo se descolocara. No de una manera brutal, pero sí ligeramente, como si el universo estuviera hecho de piezas de Lego de colores y de repente se cambiaran dos de sitio y el resultado fuera parecido al de antes pero a la vez diferente. No sabes dónde reside el cambio pero sientes que algo ha dejado de ser igual. Como si intuyeras que esa pieza amarilla, o tal vez la azul, no iba ahí, y eso te produce una desazón difícil de explicar.

—Pero ¿con quién te has liado, mamá? —preguntó Lu.

—Eso no es cosa tuya.

—Y sin embargo mi boda sí es cosa tuya.

—¡Me está doliendo la cabeza, Lu! No hagas que te lo repita. Mientras vivas aquí...

—Vuélvemelo a decir y hago ahora mismo las maletas.

—Pues hazlas y vete con ese novio tuyo. A ver cuánto te aguanta. Ya verás qué rápido se le pasan las ganas de casarse contigo.

Lu, sin pensárselo dos veces, se metió dentro de la casa. Nos quedamos mi madre y yo. Allí, a la intemperie. Con la cena en la mesa. Y con ninguna gana de proseguir con la conversación. Yo no sabía si quería saber o no saber. Y desde luego mi madre parecía con muy poca intención de contar más. Y la entendía, claro. Con lo que me costaba a mí sincerarme con mi familia con respecto a mis relaciones y sentimientos, y eso que mis relaciones siempre habían sido «para todos los públicos»; ni había salido con chicos que pudieran asustar a mis padres, ni había sido infiel, ni me había dado al embarazo adolescente, ni a la bebida de una manera desaforada... Es más, todos adoraban a Roberto. «Como para no adorarlo, decía mi hermana, si hasta te has buscado a un arquitecto, como papá, y buenecito, que parece mimosín con sobredosis de suavizante. Llega a ser saharaui y lo adoptan». Así que si a mí me costaba hablar con mis padres de mi relación, si me resultaba incómodo a pesar de lo estándar que era todo, no quería imaginarme a mi madre allí y ahora, intentando compartir un momento Madame Bovary con su hija sosa y monógama.

—¿Qué hacemos? ¿Seguimos cenando o nos damos a la bebida? —pregunté.

—Yo creo que va a ser mejor que te vayas. ¿No tenías mucho trabajo?

—Sí, además Roberto vuelve dentro de nada y quiero tener tiempo para él y la casa arreglada. Se queda una semana.

—Mira qué bien.

Y me marché, y no sé si me quedé con las ganas de preguntarle por qué y quién era él y a qué dedicaba el tiempo libre y... Mamá, ¿de verdad?

Lo malo es que Lu no se fue a casa del novio. Se vino a la mía. Me abordó justo cuando me subía a mi flamante Fiat 500 color perla. El coche se lo había comprado de segunda mano a Inma, porque ella, después de cuatro meses con él, había decidido que ese coche no la representaba, que había sido un error, que era demasiado pequeño y ridículo, que a ella le pegaba más un cuatro por cuatro, y que no entendía cómo no la habíamos disuadido de la idea de comprarlo. Así que yo, que estaba enamorada de ese modelo, vi la oportunidad de mi vida y se lo compré. A un precio ridículo, porque Inma es una cabra loca, pero generosa y desprendida con el dinero. Y yo, aunque estaba con el agua al cuello, no quise desaprovechar la oportunidad y me lo quedé.

—¿Me puedo ir a tu casa? —preguntó Lu.

Yo la miré despavorida. Llevaba una maleta muy grande. Demasiado. Eso podía suponer una estancia de varios días, tirando a semanas...

—¿Y tu novio?

—Mi novio ahora mismo está viviendo en casa de unos amigos, así que no es plan de que me presente con la maleta.

—Pero Lu, en mi casa...

—La casa de la abuela, querrás decir.

—Sí, pero es que Roberto está a punto de llegar y necesito la casa para nosotros solos, que no estamos en nuestro mejor momento. Y lo tenemos que arreglar y me tengo que esforzar y quiero que todo sea perfecto y...

—¿Vas a dejar a tu hermana en la calle?

—Lu...

—Gracias —dijo, dando por hecho que la había aceptado. Me besó efusiva y sonoramente en la mejilla y metió, como pudo y a golpes, la maleta en la parte de atrás del coche. Yo noté un crujido en el asiento, pero preferí no mirar—. ¿Me dejas conducir? —Pero antes de subir al coche se hizo un autorretrato con su móvil con el coche al fondo.

—Para el Instagram —dijo.

Lu estaba completamente enganchada a subir fotos al Instagram. No había día que no subiera ocho o diez. Yo le decía que la seguía, que las veía, pero apenas le hacía caso. Porque no acababa de entender esa fiebre de mi hermana por inmortalizar y compartir cada momento de su vida. Aunque más me habría valido meterme de vez en cuando en su Instagram, me habría ahorrado un par de sorpresas.

—¿Te pones en una conmigo?

—No, Lu, venga, vámonos ya.

Mi hermana subió al coche, puso las llaves en el contacto y arrancó el motor.

Maldije mi suerte. Mi hermana en casa. Adiós a la intimidad con Roberto. Tenía que conseguir que se fuera antes de cinco días. Pero sabía que iba a ser difícil, por no decir imposible. Arrancó el coche.

—¿Tienes Colacao?

—Sí.

—¿Y ginebra?

—No sé.

—¿Cómo puedes no saber si tienes ginebra?

—Al llegar miramos y si no, hay un chino al lado.

—Qué fuerte lo de mamá, ¿no? Yo no me lo creo.

—¿Y por qué se lo iba a inventar, Lu?

—No sé... Oye, y ¿por qué no te has quedado con ella? A lo mejor te necesitaba.

—Y ¿por qué no te has quedado tú?

—Porque me ha echado.

—También es verdad.

—Y ¿ahora de qué lado nos ponemos? Porque seguro que se crean bandos. Y, claro, la infiel ha sido ella, se supone que habrá que apoyar a papá. Pero a mí no me va a salir de dentro. Lo noto. Si hasta creo que me empieza a caer mejor mamá y todo.

—Lu, qué cosas tienes.

—Reconoce que tú tampoco te esperabas algo así de ella. ¡Que tiene coño y que lo usa!

—¡Lu!

—¿Se separarán?

—Yo qué sé.

Lu se concentró en la carretera. Puso las luces largas y entrecerró los ojos para intentar enfocar mejor. Lu se había sacado el carné hacía un año y poco, tan pronto había cumplido los dieciocho, y, sin embargo, parecía que llevaba media vida conduciendo.

—Vaya mierda de luces que tiene este coche. Y los dos gintónics tampoco ayudan.

—Te has empeñado tú en conducir.

—Me relaja. ¿Qué dirección cojo? ¿Vamos a casa o a tomar algo? Hay una fiesta en Castellana.

—A casa. No estoy yo para tomar nada. Y tengo que madrugar para acabar las alas. Métete por ahí.

—Pues a mí para la boda me viene fatal que se separen. ¿Los tendré que poner en mesas separadas?

—¿Eso es lo que te preocupa de que mamá y papá se divorcien?

—No, si seguro que nos comemos más marrones por culpa de esto, ya verás.

Y no le faltaba razón. Siempre crees que un divorcio ha de afectar más a unos niños pequeños o adolescentes, y que apenas tendrá repercusión en unos hijos ya adultos, pero luego llega la realidad y se encarga de desbaratar todo lo que pensabas.

Entramos en mi portal cargadas de bolsas del chino. Como no habíamos cenado, teníamos un hambre canina. Y tuve que frenar a Lu para que dejara de pillar bolsas de patatas de todo tipo y sabores. «¿Cómo puede haber patatas con sabor a mayonesa? Y ¿cómo no vamos a probarlas?». Cogió tres bolsas, por si acaso estaban muy buenas y una bolsa nos sabía a poco.

Allí en las escaleras, de pronto, nos encontramos a mi padre. Estaba sentado en un escalón, abatido, mustio, con la cara descompuesta, con los ojos hinchados de tanto como había llorado. Parecía que le hubieran echado diez años encima. Llevaba una bolsa de viaje con él.

—¿Qué haces aquí, papá?

—¿Has cambiado la cerradura? —preguntó él.

—No, es que a veces se atasca.

—Y ¿cómo has llegado tan rápido? —preguntó mi hermana—. ¿Te has teletransportado? —Y ahí me miró—. Nos debería dar vergüenza que un señor mayor le pise más al acelerador que nosotras.

—¿A quién llamas mayor?

—A nadie, a nadie.

—¿Quieres entrar? —pregunté.

—Como comprenderás no voy a dormir en casa después de lo que ha ocurrido.

—¿Vas a dormir aquí, con nosotras? —preguntó Lu.

—Hay habitaciones de sobra, ¿no?

—Pero hechas un desastre... —dije yo intentando justificarme.

—¿No querrás que vaya a un hotel? Esta es mi casa.

—No, no, claro... ¿Y cuánto te vas a quedar?

—¿Te tengo que repetir que esta es mi casa y que tú aquí estás de prestado?

Y me callé, claro. Y les di sábanas limpias a los dos. Los dos únicos juegos que tenía además del que estaba usando. Y volví a maldecir mi suerte. Mi hermana de veinte años a punto de casarse y mi padre de sesenta pensando en separarse, los dos en mi casa. Perdón, en casa de la abuela, que era la casa de mi padre. Y por eso no me quedaba otra que acogerlos. Los dos ahí metidos cuando más necesitaba la casa para mí sola. Que habían tenido un año entero para esto, que había estado yo más sola que la una durante todos estos meses y justo ahora, precisamente ahora, tenían que colarse. Maldición. Si es que no se podía tener más mala suerte.

—¿Tú también vas a dormir aquí? —reaccionó mi padre cuando se dio cuenta de que también le había dado un juego de sábanas a mi hermana.

—Mamá me ha echado.

—¿O sea, que la hemos dejado sola en casa?

—Hay tres sistemas de alarmas, la urbanización está protegida por un guardia y una barrera, y un coche de la empresa de seguridad pasa cada hora. Yo creo que está a salvo —puntualicé.

Aunque no era eso lo que le preocupaba.

—Sola. La hemos dejado sola. Seguro que ya se ha llevado a su amante para disfrutar de la piscina. Seguro que ahora mismo están los dos ahí haciéndose unos largos. ¡En mi piscina!

—Papá, a estas alturas del año el agua debe de estar a punto de congelarse, así que deja de inventarte películas.

—¡Este septiembre la hemos climatizado. Si pasaras más por casa, lo sabrías! —dijo con tono alterado. El hombre estaba al borde de un ataque de nervios.

—Y ¿quién es él? —volvió a preguntar mi hermana. Desatinada como siempre.

Mi padre la miró de arriba abajo, de manera desgarrada, que a puntito parecía de arrancarse a cantar un bolero a lo Chavela Vargas.

—Eso mejor se lo preguntas a la infiel —respondió mi padre, y sin más se metió en la habitación y cerró la puerta—. Buenas noches —nos dijo desde dentro—. Qué frío hace en esta habitación. Y ¡olvídate de tu boda!

Me desperté a las cuatro de la mañana. Había vuelto a soñar con un viaje que tenía que hacer a Los Ángeles, no sé por qué esa ciudad, pero así era. Llegaba tarde al aeropuerto, como en todas mis pesadillas, y me entretenía de manera minuciosa en hacer la maleta. Mis vaqueros favoritos, cuatro pares de calcetines, dos pantalones de tela, varios jerséis, tres camisas, el vestido de flores rojas, guantes por si hacía frío, dos fulares, uno de los sombreros de mi minicolección... Qué agotada me desperté de esa maleta que jamás se acababa de llenar. Oí voces en la cocina. Risas. Me puse la bata por encima del pijama y salí de la habitación. ¿Estarían mi padre y mi hermana de confidencias y risas a estas horas? ¿Tan desequilibrado estaba que lo mismo reía que lloraba? Ay, pobre papá...

Al llegar a la cocina, vi a mi hermana en bragas. Solo llevaba bragas, con sus tetas ahí redondas, perfectas, ni muy grandes ni muy pequeñas, desafiando todas las leyes de la gravedad. Vale, ley de la gravedad solo hay una, pero las tetas de mi hermana parecían demasiado desafiantes para solo una ley. Y a su lado un chico de espaldas, de anchas espaldas, para ser exactos, y brazos musculados. Alto, atlético. Y yo ya me lo estaba imaginando guapo de caerse, porque hay espaldas que solo pueden corresponder a un guapo. Y más si estaba con mi hermana.

—Sara, qué bien que estés despierta, así te puedo presentar a mi prometido.

El chico se dio la vuelta con una sonrisa. Pero al verme su expresión cambió y el vaso de leche que tenía en la mano se le escurrió entre los dedos y se rompió en siete pedazos; lo sé porque los conté luego, al golpear el suelo.

—Aarón, Sara. Sara, Aarón.

4

MALDITO AARÓN

Allí los tenía a los dos. A mi hermana en bragas y a Aarón, mi obsesión de la adolescencia, mi primer amor, en calzoncillos. Se iban a casar. Los dos casi desnudos, en mi cocina, con un vaso de leche roto y desparramado por el suelo. Él con treinta años y ella sin haber cumplido los veinte. Lu con sus tetas redondas, perfectas, como muy bien operadas sin estar operadas, Aarón con esa tableta de abdominales, barba de cuatro días, los mismos labios, el pelo más corto, sin flequillo, los mismos ojos, con un poco de ojeras, con la misma cara, pero más curtida; si antes era guapo, ahora era irresistible. Tenía dos tatuajes que a los diecisiete no estaban allí: una enredadera que se transformaba en serpiente y le recorría el brazo izquierdo, y una rosa en el pecho. Qué feos, pensé. Pero fue por puro instinto de supervivencia, para intentar bajarle de un plumazo del pedestal en el que lo había subido aquella noche en la residencia de monjas hacía trece años. Pero no funcionó: por muy feos que fueran los tatuajes, que encima no lo eran, no conseguí bajarlo ni medio centímetro.

Aarón estaba en mi cocina. Con mi hermana. Los dos semidesnudos.

Y se iban a casar.

Y mi padre roncaba su desgracia a cinco metros de distancia.

Y yo que creía que hacer una maleta de manera minuciosa para viajar a Los Ángeles era la peor de las pesadillas posibles.

—Hala, lo has desparramado todo —se lamentó mi hermana mirando al suelo—. Y no queda más leche. ¿Por qué no me dijiste que no había leche? Hemos comprado de todo menos leche. Y sabes lo que a mí me gusta la leche. Que sin leche no puedo dormir. Y tampoco cuesta tanto tener un par de cartones de leche de reserva, ¿no? Digo yo. Que es leche, que es un artículo de primera necesidad. Leche.

—Creo que ya te ha entendido, Lu —dijo Aarón. Esas fueron las primeras palabras que escuchaba de sus labios, trece años después—. ¿Qué tal, Sara? —preguntó, clavando sus ojos marrones en mi cara de dormida y asombrada, en mi pijama horrible, en mi bata más espantosa que el pijama, en mi pelo alborotado. Clavando sus ojos en la peor versión de mí que yo misma pudiera imaginar. Yo instintivamente metí el estómago para dentro, aunque llevaba casi dos semanas yendo a correr, para intentar ponerme en forma para la llegada de Roberto; los efectos del ejercicio aún no se notaban sobre mi barriga un tanto flácida y de ahí el reflejo de ocultarla y tensar los abdominales. Con muy poco resultado, he de decir. Me seguía sintiendo igual de fofa que hace un segundo. Tantos minutos corriendo, bueno, ocho minutos el primer día, no había aguantado más, y diecinueve el último, desperdiciados sin sentido. Con la de programas como el de *Cuerpos embarazosos* o *Mil maneras de morir* que habría podido estar viendo en la tele durante todo ese tiempo.

Aarón me miraba esperando una respuesta. Pero yo estaba muda. En mi mente solo retumbaba la palabra leche. Creo que mi hermana había mencionado algo al respecto. Y fue mi hermana la que, sin pretenderlo, me rescató.

—¿Dónde tienes una fregona? —preguntó mi hermana.

—Ya lo recojo yo, no te preocupes —dije reaccionando. Necesitaba tiempo para procesar toda esa información, para asimilarla, para aceptarla, para comportarme como una adulta que está por encima de todo. De su pasado, de su presente, de la leche derramada por un chico en calzoncillos que se iba a casar con mi hermana y que a mí no me había besado cuando era lo único que deseaba. Por un chico que había marcado mi vida de una manera que yo no estaba dispuesta a admitir ni ante un pelotón de fusilamiento. Allí estaba. En calzoncillos. Mientras yo fregaba la leche derramada.

—Cuidado, no te cortes.

Eso fue lo que dije mientras él se agachaba para recoger los pedazos. Los siete pedazos. Ahí los conté. Siete. Esas fueron mis primeras palabras dirigidas a él. «Cuidado, no te cortes». «Cuidado, no te cortes». «Cuidado, no te cortes».

—Tranquila. ¿Dónde tienes la basura?

—Allí —dije señalando un armario bajo, el que estaba al lado de la lavadora que había comprado en el Carrefour cuando la de mi abuela decidió dejar de funcionar. Me había costado trescientos doce euros. Una ganga. Y funcionaba de maravilla. No sé por qué la gente se compra electrodomésticos caros cuando a veces los baratos van tan bien. Y ¿por qué me ponía yo a pensar en esos momentos en la lavadora del Carrefour?

Aarón abrió la puerta del armario, que yo había pintado de rojo como el resto de los muebles de madera apolillada de la cocina de mi abuela, en un intento de modernizar y hacer la cocina más mía. Ahora ese color rojo chillón me parecía ridículo. Casi tanto como estar en bata y en pijama. Aarón vio el cubo de basura y tiró los pedazos. Al agacharse, sus glúteos se marcaron de una manera indecorosa a través de la tela de su slip. Yo aparté la vista. Sara, por favor. Por favor. Es el prometido de tu hermana, ¿qué haces mirándole el culo?

—¿Le tenías mucho cariño a ese vaso?

Yo de nuevo muda. Qué difícil se me estaba haciendo eso de comportarme como una adulta.

—Si era de Nocilla —dijo mi hermana—, ¿cómo le iba a tener cariño?

—No sé, podía ser un vaso con historia. De repente he podido romper, sin pretenderlo, cientos de recuerdos.

—Hala, no lo flipes, deja la poesía para tus canciones.

Canciones. Seguía componiendo canciones.

—Solo era un vaso de Nocilla —dije repitiendo las palabras de mi hermana.

—¿Ves? No has roto nada importante.

Nada importante. Mi corazoncito hace trece años, mi autoestima, toda mi seguridad. Nada importante. Nada que no haya podido recomponer con mucho esfuerzo día a día, semana a semana, mes a mes. Nada que no haya podido pegar con el Loctite más poderoso que existe: el tiempo, el trabajo y el esfuerzo. Y estoy tan bien pegada que ni tú en calzoncillos al lado de mi hermana en bragas, ni tú ahora que te vas a casar con mi hermana adolescente, que ya hay que tener muy poquita vergüenza, ni tú ni ella, ni esta maldita situación, ni tú, ni ella, ni esa guerra de almohadas con la que aún sueño los días de fiebre, ni tú, ni tu sonrisa, ni tus abdominales, ni tu calvinismo, ni tu manera de colarte y de cantar ante las protestas de unas monjas y el fervor de las colegialas, ni tú, escúchame bien, ni tú, ni tu calvinismo, vais a conseguir despegar estos pedacitos de mí tan bien pegados y que han hecho que sea la mujer adulta que ahora ves, aunque lleve esta bata y pijama horrorosos, porque esta mujer adulta está muy por encima de sus anhelos y desvaríos adolescentes. Que lo sepas. Porque tengo una vida, porque tengo un novio estupendo, en París, y al que hace un año que no me follo, pero estupendo, y también tengo un negocio, que va como el culo, sí, y en el que tú tienes mucho que ver, también, pero que es mío, es mi negocio, y lo voy a sacar adelante porque aunque se esté hundiendo ahora tengo una oportunidad increíble para reflotarlo y lo voy a hacer. Y me da igual que tú estés aquí en calzoncillos, tan guapo y tan para comerte, tan deseable, y me da igual, me oyes, me da igual que te vayas a casar con la adolescente guapísima de mi hermana, si es que siempre te han gustado así, chulo de tres al cuarto, músico de pacotilla, roquero de tercera, y te digo que me da igual y que no me importa nada ni me afecta lo más mínimo. Nada de nada. Y ahora mismo me voy a la cama y si hace falta me tomo tres valiums, lástima que no tenga valiums, porque hay que ver que una nunca prevé que va a necesitar un Valium y luego, claro, lo necesita, pero seguro que tengo dormidinas, y me tomo cuatro, que por sobredosis de dormidina no creo que nadie se haya muerto, y si con cuatro no me duermo, pues ya me bajo al taller y me pongo a trabajar. Porque tengo mucho que hacer y no voy a dejar que todo esto me despiste. Y porque el trabajo siempre está ahí para hacerme olvidar que... llevo una calvinista dentro. Maldito Aarón.

—Sara, la fregona está chorreando. Que te has quedado alelada.

—¿Eh?... Ah, sí... sí.

—Estás igual —dijo Aarón.

Y ahí mi hermana lo miró intrigada.

—¿Igual? ¿Cómo que igual? ¿Igual a quién? ¿A ella misma? ¿Conoces a mi hermana?

—Coincidimos en el instituto, en una guerra de almohadas, ¿a que sí?

—No jodas —exclamó mi hermana—. Es verdad que tienes su edad, claro —dijo ella como cayendo en la cuenta de semejante obviedad—. Qué fuerte.

—Sí, ya ves. Te vas a casar con un viejo —dije yo, y luego le expliqué a él—: Porque mi hermana lleva llamándome vieja desde hace cinco años.

—Es que vas a comparar —dijo ella señalándome a mí y luego a él. Y dejando claro con ese movimiento de dedo que por supuesto yo era una mujer acabada, consumida por mis treinta años de vida, pero que a él esos treinta años solo le dejaban minihuellas atractivas en la piel y en el cuerpo. Y que estaba en todo su esplendor y en todo su derecho de casarse con una niñata como ella.

—Gracias, Lu. Eres un amor —le dije con la mayor ironía de la que fui capaz. Intentando fastidiarla, pero sin conseguirlo.

—No le hagas caso a tu hermana. Estás igual —volvió a repetir él.

—Sin bata y sin pijama mejoro.

—¿No te irás a desnudar delante de mi novio? —preguntó mi hermana, alarmada.

—Pero ¿por qué me iba a desnudar?

—Pues para demostrar que sin bata y sin pijama mejoras.

—Yo no sé qué tipo de conexión hacen las neuronas en tu cerebro...

—Es que a lo mejor te sentías demasiado vestida aquí entre nosotros.

—Tranquila, Lu, no me voy a desnudar. No sufras.

—Mejor.

—También nos podemos vestir nosotros —dijo Aarón.

—Da igual —dije yo—. Si ya me voy a la cama.

—¿Ya? Pero, después de tantos años... ¿por qué no nos tomamos algo para celebrar esta casualidad?

¿Celebrar? ¿Exactamente qué había que celebrar? Bastante es que lograra mantener la dignidad durante esos minutos como para estirar más el momento bebiendo alcohol. A saber qué salía de mi mente, y lo que es peor, de mi boca con un poco de alcohol. Mejor no tentar al diablo.

—No tiene ginebra. Te dije que teníamos que comprar, Sara.

—Pero yo he traído cerveza para aburrir —dijo Aarón—. Decías que se podía subir al tejado, ¿verdad? —le preguntó a mi hermana.

—Desde la terracita de atrás, sí.

—Pues vamos, agarro unas cervezas.

—Yo me voy a dormir.

—De eso nada —dijo Aarón. Y me cogió del brazo—: Guíame hasta esa terraza.

—De verdad que tengo mucho sueño.

—No seas agonías, Sara —replicó mi hermana—. Una cervecita para dejar tranquilo a este que si no se pone muy cansino. Y seguro que tenéis muchas historias que contaros, y yo quiero saber cómo era Aarón de adolescente.

—Tampoco coincidimos mucho —dije.

—¿Te acuerdas de Santi?

—¿Santi?

—Sí, el concierto que improvisamos colándonos en la residencia de monjas.

—¿Que os colasteis dónde?

—Ah, sí, Santi. ¿Qué fue de él?

—Vamos a tomarnos esas cervezas y te lo cuento.

Refunfuñé pero me dejé enredar. Salimos a la terracita y desde allí subí por unas escalerillas que conducían a otra terraza y luego más escaleras que daban a una parte del tejado por la que era posible caminar. Hacía años que no me subía allí. Aarón nos pasó las latas de cerveza y nos sentamos en el tejado. Hacía una temperatura agradable y se estaba a gusto. Quién me iba a decir que después de los años iba a compartir el tejado con él. Y con mi hermana.

—Cómo molan las vistas desde aquí. ¿Eso es el edificio de Telefónica?

—El mismo. Y allí Callao. ¿Qué pasó con Santi?

—Se casó con Marta, su novia de entonces. Así que nuestro concierto dio sus frutos.

—¿De verdad?

—Y tienen dos niñas, yo soy padrino de la mayor.

Miré a Aarón intentando imaginármelo como un adulto responsable, padrino de una niña. Y la verdad es que también encajaba con su imagen de roquero y de niño grande.

—Viven en Londres. A veces voy a visitarlos.

—O sea, que seguiste en contacto con él, después de haber desaparecido... ¿Sabes que corrieron mil rumores sobre dónde te habrías marchado y por qué?

Una sombra de tristeza nubló el rostro de Aarón, pero solo duró un segundo.

—Fue una pena no poderse despedir de los amigos, pero bueno. Eso fue hace mucho. —Aarón miró al cielo—. Un chupito a quien adivine qué planeta es ese.

—Eso es una estrella, ¿no? —dijo Lu—. Porque brilla.

—¿Porque brilla? —dijo Aarón entre la burla divertida y la sorpresa.

—Te vas a casar con una modelo, no se lo tengas muy en cuenta —le dije yo.

—Estoy estudiando una carrera también, lista. ¿Acaso tú sabías que los planetas brillan?

—Es Marte, Lu, Marte —dije.

—Muy bien, ya me puedo morir tranquila —ironizó ella.

—¿Y tú? —me preguntó, Aarón—. ¿Qué tal tú? ¿Qué fue de tu vida?

—Yo bien, gracias, me va bien, y aquí bebiendo una cerveza.

Aarón sonrió. Y se levantó de un salto.

—¿Qué se ve al otro lado? —preguntó señalando a lo alto—. ¿Se ve la plaza del Dos de Mayo?

—No es muy seguro subir —le dije.

Pero Aarón me ignoró y empezó a escalar por el tejado. Una de las tejas se desprendió al pisarla y le hizo perder el equilibrio, pero consiguió recuperarlo antes de caerse.

—Cuidado —le dijo Lu.

Aarón llegó hasta la cima del tejado y pudo ver lo que había al otro lado.

—¡Sí se ve la plaza! Molaría hacer un concierto desde aquí. ¿No subís?

Lu comenzó a escalar.

—Lu, no subas.

—Ña, ña, ña... —contestó haciéndome burla y tratándome como a una niña pequeña. Al llegar junto Aarón, pasó sus pies al otro lado y la perdí de vista. Seguro que estaban aprovechando mi ausencia para besarse. Pero preferí no pensarlo. Al rato oí un desprendimiento de tejas y un grito.

—¡Socorro!

Vi que Aarón asomaba la cabeza, alarmado.

—¡Ven, rápido, ayúdame! ¡Yo solo no puedo!

Yo subí lo más rápido que pude por las tejas. Que no le pase nada a mi hermana, por favor, por favor...

Llegué lo antes posible y cuando estaba a dos centímetros de Aarón vi que mi hermana estaba perfectamente al otro lado, riéndose. Los dos se reían.

—Eres una buena hermana, Sara —dijo él.

—Y vosotros unos capullos. Pero... ¿qué tenéis, quince años? Tú casi, Lu, pero tú... Tú... —dije señalándole con el dedo.

Aarón hizo un gesto que seguro que él pensaba que era encantador a modo de disculpa. Pero a mí no me sirvió.

—Ahí os quedáis. Imbéciles.

Comencé a bajar por el tejado y seguía renegando.

—A quién se le ocurre, de verdad...

—Sara, no te enfades... —me dijo Aarón.

—Sara, va, perdona —se disculpó Lu—. Que fue una tontería, idea mía...

Pero yo ni me giré y salté a la terraza. Que se fueran a reír de otra.

Entré en casa y me encerré en la habitación. Busqué unas dormidinas que no encontré. Y ni siquiera me esforcé en tratar de conciliar el sueño. Sabía que iba a ser imposible.

A los diez minutos empecé a escuchar el crujir de muelles y los gemidos de mi hermana. Estaba montándoselo con Aarón.

Yo no podía dormir y él se estaba beneficiando a mi hermana, después de haberse reído de mí. Nada más que añadir, señoría.

Pensé en despertar a mi padre, para que los echara de mi casa, de su casa. Seguro que lo hacía. No iba a permitir que su niña pequeña estuviera siendo violada por un depredador de treinta años que le había sorbido el seso, que le había mentido diciendo que se quería casar con ella. Era un depredador guapo y maldito, un depredador con cara y mentalidad de niño, que se lo estaba montando a escasos metros de distancia con una adolescente, cuando a mí ni siquiera me había besado trece años atrás. Pensé en despertar a mi padre, de verdad que lo pensé. Pero acabé haciendo lo único sensato que podía hacer. Conectarme a Skype. Para hablar con Roberto. Para sentirme acompañada, para recordarme que tenía un novio estupendo. Y que si mi hermana estaba a dos metros haciéndoselo con Aarón, yo podía hacer lo mismo con mi novio. Aunque fuera a través del ordenador y a más de mil kilómetros de distancia. Y esta vez no me iba a reír. Íbamos a hacerlo con más jadeos si cabe, con orgasmos múltiples. Iba a ser el polvazo de los polvazos. La madre de todos ellos. Pondrían nuestra foto en la Wikipedia al lado de la definición de «Sexo telefónico».

Abrí el Skype, pero Roberto no estaba conectado. Así que le dejé un Whatsapp: «Conéctate a Skype, estoy revoltosa». Sí, confieso que le puse el adjetivo «revoltosa». Y eso debió darme una pista de lo poco dotada que estoy para el sexo de videoconferencia, pero estaba empeñada y tenía que conseguirlo. El caso es que, a pesar de lo ridículo de mi mensaje, Roberto se conectó al Skype. Tenía cara de sueño. Y apenas entreabría los ojos.

—Sara, ¿qué pasa?

Yo conecté los auriculares para que nadie pudiera oírlo, y sobre todo para no seguir escuchando los jadeos de mi hermana. Hablé bajando el tono de voz.

—Que te echo de menos.

—Si en cuatro días estoy ahí.

—Es que estoy un poco... cachonda.

¿Mejor cachonda que revoltosa? Lo mío sin duda no eran los términos medios.

—¿Ahora? —preguntó él con cierta extrañeza, de la que no le podía culpar, pero tampoco quería yo entrar en detalles. Que a lo mejor no le sentaban bien mis detalles.

—Ahora —me limité a decir. Mejor ser concisa que arriesgarme a contar de más y cagarla.

—Sara, pero si siempre que lo intentamos...

—Me río, lo sé. Y tú te quedas ahí con la frustración y el empalme... Pero hoy te prometo que llegamos hasta el final.

—No sé... Es que son las tantas...

—Mira...

Y ahí yo empecé a acariciarme un pezón, por encima del pijama, y sin ser demasiado guarra, porque no iba conmigo y no quería sentirme impostada. La naturalidad es tu mejor baza, Sara, no lo olvides. Surtió efecto porque vi cómo Roberto se acomodaba en la cama, desperezándose y apoyando la espalda en la pared.

—Apenas te veo, hay una luz horrible. Estás casi a contraluz —dijo Roberto.

Intenté modular la luz de la lámpara de la mesilla, pero el resultado seguía siendo malo.

—Nada, que solo veo una sombra.

—Espera —dije.

Encendí la luz del techo y me subí con los pies a la cama buscando una posición que fuera favorable a la luz. Alejé y acerqué el portátil, hasta donde me permitía el cable de los auriculares, y lo fui moviendo como un zahorí buscando agua con su ramita. Aunque yo en vez de agua buscaba la posición adecuada para que se me viera mejor y estuviera además sexy. Empezaba a sentirme como una equilibrista del Circo del Sol en horas bajas. Qué manera de contorsionarme para atrapar la luz y un ángulo bueno. Y todo eso mientras seguía acariciándome y sostenía el portátil.

—¿Mejor? —pregunté.

—Algo... ¿Te vas a dejar el pijama?

No necesité más para desnudarme lo antes posible, aunque se me olvidó desenchufar el cable de los auriculares y casi mando el portátil a freír espárragos. Lo recuperé al vuelo, quité el cable y por fin conseguí quedarme en ropa interior. Al ver mi imagen en el recuadro pequeño de la pantalla, maldije no haberme puesto algo más sexy esa mañana, pero claro, es que no esperaba acabar así, y con la urgencia que me había entrado por conectarme ni había reparado en lo obvio. Volví a conectar los auriculares. Yo allí, de pie en la cama, en sujetador y bragas, intimando con mi novio. Si es que no se podía ser más moderna. Orgullosa que estaba de mí.

—¿Y tú? ¿No te quitas la camiseta? —le dije intentando una sonrisa picarona y para que no reparara demasiado en mi sujetador.

—Eso está hecho.

Se quitó la camiseta. Había engordado un poco desde la última vez, o tal vez no y es verdad eso de que la pantalla te pone cuatro kilos. O que simplemente lo estaba comparando con el *six pack* de Aarón, con esos abdominales tan definidos y tan... No, ese no era el camino. Nada de Aarón.

—¿Qué quieres que haga? —le pregunté.

—No, no. Tú mandas. Que ha sido cosa tuya.

—Quiero verte, en toda tu... plenitud.

Sí, lo del lenguaje guarro tampoco era lo mío. Iba a tener que esmerarme un poco más.

—Que te enseñe el rabo, vamos —dijo él riendo.

—Eso.

—Y tú acaríciate... Y sube un poco más la pierna derecha, que hace sombra y no...

Empezaba a pillarle el truco, a pesar del cable del auricular, de tener el portátil en la mano, de estar subida a la cama apoyada solo con una pierna, mientras la otra la subía en alto, y me acariciaba con la mano derecha metida en mis bragas horrorosas y procuraba que las sombras no estropearan el momento. Todo superexcitante, vamos. Y yo venga, ahí, acariciándome y fijándome en lo que crecía entre las manos de Roberto, y todo para no pensar en lo que estaba haciendo mi hermana en la habitación de al lado.

—¿Te gusta? —le pregunté.

—¿A ti qué te parece?

—Que sí, que te gusta.

—¿Y a ti?

Y como estaba enfrascada en el momento caricia con la pierna levantada, con el portátil en la mano, buscando la luz, y susurrándole a mi novio, no me di cuenta de que la puerta de la habitación se acababa de abrir.

—¿Otra manta no tendrás?... Sara, pero ¿qué haces?

Era mi padre. Allí, en mi habitación. Con cara horrorizada al ver a su hija haciendo equilibrios mientras se masturbaba. Yo grité y quise cerrar el ordenador pero me hice tal lío con el cable de los auriculares que el portátil salió volando y aterrizó a los pies de mi padre. Con la pantalla abierta hacia él.

—¡Me encanta! —gritó Roberto, que no se había enterado de nada.

La cara de mi padre fue un poema al ver que Roberto estaba allí desnudo y con el miembro en todo su esplendor.

—¡Roberto! —gritó mi padre.

—¿Arturo?

Yo me quería morir. Roberto se quería morir. Y mi padre se quería morir.

—Papá, pero ¿por qué entras sin llamar? —dije mientras me ponía a toda velocidad la parte de arriba del pijama.

—Pero si he llamado...

—¿Arturo? Pero... pero... pero... —Roberto había entrado en *shock* anafiláctico.

—¿Y qué quieres a estas horas, papá?

—Olvidar este momento. Eso es lo que quiero. Pero creo que ya no voy a poder.

Y sin más salió de la habitación cerrando de un portazo.

—Arturo... Esto no es lo que... Arturo...

—Ya se ha ido —le dije recuperando el portátil.

Roberto estaba pálido, como si fuera el pasajero en el camarote de un barco en medio de una tormenta.

—Sara, dime que ese no era tu padre... ¿Qué hace ahí tu padre? Dime que no nos ha visto... , que no me ha visto...

Yo estaba muda de la impresión y de la vergüenza. Intenté explicarle qué hacía allí en mi casa, lo de mi madre, pero Roberto estaba tan anonadado que apenas me escuchó. Le pedí mil perdones, le eché la culpa al cerrojo, a la casa de mi abuela, a la situación, a la vida... Y luego intenté buscarle el lado divertido, y que hay que ver que iba a ser verdad que nunca conseguíamos llegar al final por una cosa o por otra. Pero Roberto aún seguía tan descolocado por el momento que no me secundó.

—Será mejor que durmamos. Si podemos, claro. Hablamos mañana o pasado. ¿Vale?

—Lo que tú quieras, Roberto. Y perdona.

—Es que solo a ti se te ocurre, Sara, con tu padre al lado.

—Piensa que yo me he llevado la peor parte...

—Hasta mañana.

—Adiós.

No pude dormir. Claro. Como para dormir estaba yo. Si es que no se podía acabar de peor manera un día que ya de por sí había sido desconcertante. Así que me vestí y salí de la habitación. Bajé al taller y me puse a trabajar. Deseando que el trabajo me hiciera olvidar todo lo ocurrido.

Cuando la luz del amanecer empezó a entrar por el patio del taller, tuve que admitir que llevaba varias horas haciendo y deshaciendo, que nada de lo que estaba intentando construir tenía el más mínimo interés. Porque lo de las plumas de pavo real no funcionaba, y las que había teñido tampoco. Que me estaban quedando unas alas muy raras. Y aunque me había documentado y estudiado todos los cuadros donde se representaba a Ícaro y su vuelo, por más vueltas que le daba no acababa de encajar esas plumas de pavo real en mi diseño. Y que no, que así no triunfaba yo en el desfile ni aunque todos los asistentes estuvieran borrachos como cubas. Pero como no quería dejar de intentarlo seguí aferrándome al trabajo. Pero nada, ni agarrándome a la técnica, al trazado geométrico, conseguía que aquello se mantuviera en pie. Solo podía pensar en Aarón y en mi hermana, en Roberto y yo dale que te pego y en mi padre entrando y... Dios. Aún seguía poniéndome colorada cada vez que venía esa imagen a mi mente. Cómo odiaba que la vida se interpusiera en mi trabajo. Qué asco.

La luz de la mañana ya iluminaba todo el patio de luces cuando mi padre bajó al taller. ¿Qué hacía ahí? ¿Por qué no había salido por la puerta principal del piso que daba a las escaleras del portal? Así habría podido evitar este encuentro que seguro le apetecía tan poco como a mí. Yo no quería ni mirarlo. Hice como si no lo hubiera visto, debido a lo enfrascada que estaba trabajando.

—No hay leche.

Eso fue lo primero que dijo. Yo por fin lo miré, ya que era absurdo mantener una conversación con él sin levantar la cabeza. Y bueno, sí, me había pillado unas horas antes en un momento incómodo, pero yo era una mujer con derecho a disfrutar de su cuerpo y de su novio, aunque este estuviera a mil kilómetros de distancia, ¿o no? Y que había tenido la mala suerte de que me pillara en plena faena, pues sí. Pero no sería el primer padre que pilla a su hijo o hija en pleno fragor de la batalla. Así que lo mejor era superarlo y listo. O hacer como si no hubiera pasado.

Mi padre se había puesto un traje sin corbata y me sorprendió que no tuviera ni una arruga. ¿Se había parado a plancharlo? Supongo que lo había hecho en su afán de disimular las ojeras y la mala noche que había pasado. Primero por su esposa, la infiel, luego por su hija, la masturbadora.

Pobre hombre.

—¿Me estás escuchando? No hay leche.

—Ayer tu hija la pequeña y su novio se la debieron de acabar.

Muy bien, Sara, buena táctica la de desviar el centro de atención y enfocarlo en tu hermana y en su novio. Diez puntos.

—¿Ha pasado su novio la noche aquí?

—Sí.

Esperaba que dijera algo al respecto, que se quejara, que se llevara las manos a la cabeza, algo que le hiciera olvidar lo que había visto hacía unas horas, pero apenas musitó algo parecido a un quejido.

—¿Te parece bien que duerma con ella aquí, en casa de la abuela? —pregunté. Yo seguía aferrándome a ese clavo. No se me ocurría nada mejor como maniobra de distracción.

—Seguro que no es la primera vez.

—No sé por qué lo dices.

—Porque lleváis utilizando esta casa para venir con vuestros novios desde los dieciséis.

—Eh...

—Sara, ¿por qué crees que he seguido pagando la luz y el agua todos estos años? Para que no tuvierais que iluminaros con velas y pudierais usar el baño y la ducha... Vosotras y vuestros novios. Claro que a veces no necesitáis ni el novio.

Golpe a la yugular.

—No sé a qué te refieres. Si lo dices por lo de ayer...

—Ayer no ocurrió nada —dijo mi padre rectificando lo más rápido que pudo y soltando lo primero que se le vino a la cabeza, aunque a lo mejor lo había meditado, claro—. Soy sonámbulo.

—¿Sonámbulo?

Sí, me gustaba la idea. Era absurda, pero nos venía de maravilla.

—¿Quién es sonámbulo? —preguntó Lu, que bajaba en esos momentos las escaleras de caracol que daban al taller. Esta vez cubría su cuerpo con una camiseta dos tallas más grande que ella.

—Me ha dicho tu hermana que no has dormido sola —le dijo mi padre.

Lu me echó una mirada que lo decía todo.

—Se ve que me tiene envidia.

—¿Envidia de qué? —pregunté rauda y veloz, y casi ofendida.

Envidia, decía. Si no había una palabra para describir lo que yo sentía por mi hermana, la envidia se quedaba en bragas y en tetas al lado de lo que yo sentía. Yo sentía una cosa que iba mucho más allá. Que mi hermana estuviera disfrutando de lo que yo había anhelado durante parte de mi vida era una sensación a la que la Real Academia de la Lengua aún no le había puesto nombre. Pero lo negué, claro. Y pensaba estar en esa fase de negación hasta que se me pasara, o hasta que Aarón desapareciera, o hasta que consiguiera echarlos a ambos del piso. Y también a mi padre, y quedarme yo allí sola, con Roberto.

Y disfrutar de él y así comprobar que el pasado era solo pasado, y que yo ya era otra, y que en nada me afectaba que mi hermana se quedara con mi amor de adolescencia y jadeara por las noches con sus caricias y con sus abrazos y con sus embestidas y oliera su cuerpo, y lamiera su piel y... Porque hay cosas que una supera y listo, y que yo tenía una vida estupenda y un novio estupendo. Y punto.

—Envidia de que no tienes a tu Robertito aquí contigo.

—Ah, eso... —contesté aliviada—. Solo faltan unos días. Y con todo lo que tengo que hacer...

—Ah, ¿que tu novio se va a atrever a venir? —preguntó mi padre.

Y yo bajé la cabeza. No había contado con eso, si mi padre seguía aquí a lo mejor Roberto no se atrevía a pisar la casa. Lo que me faltaba.

—Vamos a parecer una familia numerosa —continuó diciendo.

—Viene dentro de unos días, papá. Y digo yo que ya estaréis cada uno por vuestro lado, ¿no? —tanteé.

—Qué prisas tienes en echarnos. Te recuerdo que esta casa...

—Que sí, que es tuya, papá, que es tuya —dije perdiendo la paciencia—. ¡Si quieres me voy yo y te quedas con ella toda para ti!

Mi padre se quedó un tanto estupefacto con mi salida de tono. Miró a Lu buscando respuestas.

—¿A tu hermana qué le pasa?

—Sara es un misterio indescifrable, sobre todo por las mañanas.

—Perdón —dije avergonzada—, es que tengo mucho encima. ¡Y estas alas son un horror!

—Pues tranquilita, ¿eh? —dijo mi padre—, que aquí si alguien puede perder los nervios y la paciencia soy yo. Que soy el único al que su mujer le ha puesto los cuernos después de treinta y dos años de feliz matrimonio. Y el único que te ha visto...

—Sonámbulo, ¿recuerdas? Eras sonámbulo.

—Sí, sí, tienes razón —rectificó mi padre, arrepentido—. Pero bueno, que un poco de solidaridad por parte de mi hija mayor no me vendría mal.

—Perdona.

—No pasa nada —dijo, magnánimo—. Me marcho a trabajar. Compra leche.

Ya iba a salir cuando se dio la vuelta y nos miró a las dos.

—Y si habláis con vuestra madre le decís que estoy estupendamente, estupendamente. Ah, y Sara, me debes este mes, el pasado y el anterior de alquiler.

—Lo sé, papá, lo sé.

—Si no puedes hacerle frente, nos tendremos que sentar a hablar...

—No me agobies, ¿vale? Ahora no.

—Tenemos un trato. Soy tu padre pero no una ONG. —Y añadió de manera categórica—: Necesito el dinero.

Oírle hablar con tanta seriedad me preocupó. Nunca me había reclamado el dinero del alquiler en esos términos. ¿Por qué iba a necesitar el dinero? ¿Tenía más problemas aparte de la infidelidad de mi madre? ¿Estarían pasando por apuros económicos y no nos habían dicho nada y de ahí esa tristeza que llevaba arrastrando meses y meses? ¿O simplemente estaba tan incómodo por lo que había visto al entrar en mi habitación que reaccionaba hablando de dinero?

—Papá, ¿va todo bien en el estudio? —pregunté para asegurarme.

—No te preocupes por eso. Pero lo dicho: no te demores más en el pago. Cada uno se tiene que hacer responsable de lo suyo.

Y sin más salió del taller.

Al segundo oímos la voz de Aarón desde las escaleras de caracol.

—¿Ya se ha marchado?

—Sí, ya puedes bajar.

Aarón, vestido con unos vaqueros, camiseta con la portada del plátano del álbum de la Velvet Underground, botas de puntera y una cazadora gastadísima de cuero, bajó por las escaleras. Estaba incluso más guapo que desnudo. Qué desgraciado. Así que intenté sobreponerme a esa visión de la única manera que se me ocurrió, atacando.

—¿No me digas que te estás escondiendo de mi padre? ¿Y tú te quieres casar con mi hermana?

—Es que prefiero conocerlo en otras circunstancias, y no así, deprisa y corriendo.

—Ya... Lo que viene a ser un cobarde de libro. Todo fachada por fuera y Blandiblue por dentro —le acusé.

—Sara, relaja un poquito, ¿vale? —dijo mi hermana.

Aarón había bajado con uno de mis tazones para cereales en la mano, pero más que cereales parecía alpiste lo que comía.

—¿Has robado la comida de mi loro?

—Qué graciosa, es avena integral.

—¿Había en la despensa de eso?

—Siempre llevo en la mochila. Por si paso la noche fuera.

—¿Te llevas el desayuno contigo? —pregunté sorprendida.

—Es un friki de todo lo orgánico —me dijo Lu—. No dejes que se ponga a hablar de limpiezas hepáticas, de las enzimas y del tránsito del colon...

—¿En serio? —me burlé—. Un roquero preocupado por su salud...

—¿Decepcionada de que no responda al estereotipo?

—¿Y no eres un poco joven para preocuparte por esas chorradas?

Aarón se limitó a encoger los hombros como toda respuesta. Como si no quisiera perder el tiempo contestándome.

—¿Este es tu taller? —preguntó Aarón fijándose en cada detalle. Y yo pude sentir cómo lo veía a través de sus ojos.

Yo había construido un espacio de trabajo muy agradable, donde la tecnología, o sea, mi Mac Pro, se daba la mano con lo más artesanal, o sea, las plumas, las telas, y los hilos. Las estanterías de madera estaban llenas de cachivaches coloridos, de cartulinas, telas, hormas de madera para los sombreros, lápices y juguetitos de plástico que desde pequeña había ido coleccionando. No había tantas plantas como en época de mi abuela, pero sí dos enormes kentias y un ficus. Y si mi abuela tenía el taller lleno de jaulas con pájaros, yo solo me había quedado con dos. Una vacía y en la otra estaba Paco, el loro que no hablaba y que mi hermana me había regalado cuando abrí la tienda. «Por si te quedas escasa de plumas».

—Así que al final aparcaste la carrera de Químicas —dijo Aarón.

Me extrañó mucho que se acordara de lo que quería estudiar una total desconocida con la que había coincidido solo dos semanas y hace trece años. Pero no quise darle el gusto de que se me notara.

—No la aparqué, la acabé. Y luego decidí...

—Seguir mi consejo —dijo él con una sonrisa de triunfo.

—¿Tú le dijiste que abriera esta tienda? —preguntó Lu, muy sorprendida. No entendía nada.

—No, no exactamente —dijo Aarón—. Le dije que tenía demasiado talento para desperdiciarlo estudiando una carrera del montón.

—Pues que no se entere mi padre de que fue cosa tuya —dijo Lu—. A él no le hizo nada feliz.

—Vamos a dejar una cosa clara —maticé yo sin ocultar mi enfado, porque me estaba tocando mucho las narices esa actitud condescendiente de Aarón—. La tienda la monté yo porque quise. Tu novio no tuvo nada que ver. Así que no te arrogues un mérito que no es tuyo.

—¿Y eso es lo que haces ahora? —preguntó Aarón, cogiendo las alas inacabadas y coloridas—. Unas alas de ángel.

—De Ícaro, ¿por qué?

Aarón observaba en silencio mi obra.

—Están sin acabar —me excusé.

—Ya...

—¿No te gusta? No es que me importe lo que pienses, pero te veo deseoso de emitir un veredicto.

—Está bien —dijo. Pero no parecía nada convencido. Y eso me dolió.

—No te cortes, di lo que piensas.

—Que no, que está bien. Solo que te recordaba más... osada.

—¿Osada? ¿Y eso a qué viene?

—En la obra de teatro nos dejaste a todos impresionados. —Ahí miró a mi hermana—. Fue lo mejor de esa obra. Hizo una cosa asombrosa. Como una escenografía de Francisco Nieva.

—¿Quién? —preguntó mi hermana.

—No habías nacido cuando se murió —le expliqué. Y miré a Aarón—: Y no fue para tanto. Y esto —afirmé cogiendo las alas— también está bien.

—Por supuesto —dijo él—. Pero Ícaro desafió a los dioses queriendo volar más alto que el sol.

—¿Y? —No entendía a dónde quería llegar.

—No sé, que se debería notar en tu propuesta. También tendrías que intentar volar más alto, ¿no?

—¿Para quemarme como él?

—Mejor quemarse que volar a saltitos, ¿no? ¿Dónde está la épica en un vuelo raso?

Vi mis alas a través de sus ojos y me di cuenta de que no le faltaba razón, de que estaba siendo muy poco ambiciosa, de que con ese miedo, y ese vuelvo raso, no iba a ninguna parte. Así que cogí las alas, las partí en dos y las tiré a la basura.

—Pero... ¿qué haces?

—Lo que tenía que haber hecho hace horas. Claro que a ver qué le llevo yo a David...

Y como una loca empecé a meter los diseños que tenía en DIN A3, con muestras de las plumas que quería utilizar, en una carpeta enorme de arquitecto, de las que le había robado a Roberto. Cómo me gustaban esas carpetas, y los tubos para guardar planos. A veces hasta creía que era un poco fetichista de todo lo relacionado con la arquitectura.

Aarón intentó rescatar las alas de la basura.

—¡Ni se te ocurra coger eso! —le amenacé.

—Es que me da no sé qué que por mi culpa...

—¡No ha sido culpa tuya! ¡No te quieras tanto!

Él no soltó las alas.

—Pero mujer, si...

Y yo se las arrebaté de manera brusca y las tiré a la basura de nuevo.
—¡Son mis alas y hago con ellas lo que me da la gana! ¡Y este es mi taller y lo de ahí arriba, mi casa! Y tengo muchísimo trabajo y la verdad es que me viene fatal tener a gente a la que no he invitado pululando por aquí.
—¡Esta es la casa de la abuela! —protestó mi hermana.
—¡Y ahora es la mía!
—Tranquila, he pillado la indirecta. No me quieres tener aquí, y es lógico. Yo cojo mi guitarra y desaparezco. Y gracias por dejarme pasar la noche.
Aarón empezó a subir las escaleras.
—Espera —le ordenó Lu.
Aarón se paró a mitad de camino. Lu echaba fuego por la mirada, noté hasta el calorcillo de su ira.
—¿Se puede saber qué te pasa? —me gritó—. Sí que te has levantado torcida, sí. Ya te estás disculpando porque él no te ha hecho nada. Y no sé por qué tienes que ser así de maleducada con mi novio.
Tenía razón. Me había dejado llevar. Y no podía permitírmelo. Lu no se podía enterar de lo que yo había sentido por ese chico, no era justo para ella. Y desde luego ya todo era agua pasada. Y era mejor que empezara a demostrárselo a ella y a mí misma.
—Perdona, Aarón. Es que estoy nerviosa y lo he pagado contigo.
—No hay nada que perdonar, es tu casa, tu taller y tu vida. Está todo bien, tranquila. Pero mejor me voy.
Aarón acabó de subir las escaleras y desapareció.
—¿Te parece bonito? —Lu aún estaba muy enfadada.
—Es que me está superando todo esto... Debería tener acabadas las piezas, y mira, solo tengo bocetos. Me voy —dije cerrando la carpeta y cogiendo una de las piezas terminadas de la estantería. Era una enorme pajarita.
Y salí del taller, dejándola allí. Tenía que serenarme. Y centrarme en lo importante, o sea, el desfile, mi trabajo. Todo lo demás era accesorio. Todo lo demás podía esperar. Tenía que sobreponerme. Esa tarde le volvería a pedir perdón a Lu, y seguro que lo entendería. Aunque viendo su cara ahora iba a tener que esmerarme bastante.

El taller de David, que compartía con otros diseñadores, Chusa entre ellos, estaba en una antigua estación de bomberos convertida en un espacio de *co-working*. Era un sitio espectacular para trabajar. En la reforma del lugar habían dejado los ladrillos blancos y las barras rojas que utilizaban los bomberos para bajar desde el primer piso, que le daban un encanto especial al local. Estaba por la zona de Delicias y lo lógico es que yo hubiera cogido el coche para ir, pero nunca he sido una gran conductora, y no tenía ánimos para enfrentarme al tráfico alterado y susceptible de Madrid entre semana, así que preferí caminar hasta plaza de España y coger allí el metro. La niebla apenas dejaba vislumbrar los edificios, y el aspecto fantasmagórico de la ciudad, unido a la humedad, extrañamente, me sentó bien. Me metí en el vagón, con la gran carpeta de arquitecto y mi pajarita enorme, y me dediqué a contemplar a las personas que viajaban a mi lado. Y poco a poco empecé a relativizar todo lo que me estaba pasando. Qué me importaba a mí que mi hermana se fuera a casar con alguien que había estado en mi pasado. Miento, con alguien que había rozado mi pasado y que estaba sobre todo en mi cabeza. No es que Lu fuera a casarse con un antiguo novio mío, con el que hubiera compartido años de relación. Si ni siquiera habíamos tenido contacto físico más allá de un abrazo. Por lo tanto no podía permitir que algo tan inocuo como aquello condicionara mi vida. Y, en todo caso, con frecuentar lo menos posible a Aarón, solucionado.

Llegué a la antigua estación de bomberos y me sorprendió que a esas horas ya hubiera tanta actividad. Desprendían una energía contagiosa. David, que cuando se emocionaba parecía convulsionar entre aspavientos, enseguida empezó a contarme, sin dejar un momento las manos quietas, los nuevos cambios para el desfile. Que esta vez hasta él admitió que iban más allá de dos pequeñas modificaciones. Porque era cambiar del todo el concepto. Pero le daba igual. Estaba lleno de entusiasmo y qué importaba si yo tenía que tirarlo todo y empezar de cero. Allí estaba David, tan largo y delgado como era, con sus pantalones con la cintura casi por la rodilla, dejando ver los calzoncillos como si fuera un imitador de Justin Bieber, moviendo las manos de manera tan expresiva, y utilizándolas para puntualizar y subrayar cada frase, cada intención. ¡Y para cambiarlo todo!

—Quiero que ellas lleven unos trajes de pantalón de colores muy neutros, oscuros y superceñidos. Y, ¡atención!, por encima de los trajes voy a ponerles miriñaques blancos, ¿cómo te quedas? Quiero que sean muy exagerados, y que no cubran solo las piernas y la cintura, que también lleguen al tronco.

Yo le miré un tanto extrañada. Los miriñaques eran las estructuras sobre las que se sustentaban los vestidos de época, para lograr un gran volumen en las faldas. Pero no entendía muy bien qué pretendía David.

—Y tengo que conseguir que sean muy fáciles de poner y de quitar. ¡Eso es fundamental!, porque cuando las modelos lleguen al final de la pasarela, quiero que se los saquen y los dejen sobre el escenario como una escultura. ¡Va a ser maravilloso! —Enfatizó el momento con las manos e hizo la forma de esos miriñaques en el aire—. Y que cuando los chicos salgan a la pasarela y lleguen hasta allí, se los puedan poner encima de la poca ropa que lleven, porque ellos irán casi desnudos. ¡Grandioso! ¿A que sí?

Yo no sabía muy bien qué pensar, no acababa de ver la grandiosidad por ningún lado.

—¿Lo pillas?

—¿Qué es exactamente lo que tengo que pillar?

—El concepto.

—Pues... —No sabía muy bien qué responder.

—Estás alelada, Sara. ¿Se puede saber qué te pasa? Te estoy contando la idea del siglo y tú sin inmutarte. Cuéntame.

—Nada, nada, no me pasa nada. Que tengo la cabeza en mil sitios, y que no sé muy bien dónde van las plumas en todo esto. Ni qué pintan.

—Tranquila, primero quiero que pilles el concepto. Luego ya hablamos de plumas.

—El concepto, sí, miriñaques que se quitan ellas y se ponen ellos... —resumí lo que había dicho a ver si a base de repetirlo veía la luz. Pero nada.

—Sara, es bien sencillo. Las mujeres se quitan lo que las objetualiza sexualmente, lo que las ha convertido durante siglos en piezas de decoración, en simples floreros —y más movimiento de manos—, y son ellos los que ahora abrazan ese estatus con alegría. ¡Ellos son ahora los objetos sexuales, porque así lo han decidido!

—Ah... ¿Y las plumas?

—¿No te gusta? —preguntó David al ver mi cara.

—Sí, sí... —dije sin estar del todo convencida—. Pero es que no sé si entonces ahora todo lo que tengo sirve para algo.

—A ver, enséñame. ¿Has traído las alas?

—No, las alas... es que no acababa de dar con lo que querías... Pero ¿aún las necesitas?

—Claro. Las alas de Ícaro van sí o sí. Es la representación del hombre capaz de crear hasta unas alas y alzar el vuelo para salir del laberinto, y que hoy en día hasta está dispuesto a aparcar ese sueño, esa ambición, para convertirse con alegría e inconsciencia en un objeto sexual.

—Ah, bueno... pero he traído otras cosas.

Y empecé a sacar los bocetos de la carpeta, mientras se los explicaba. Pero me iba desinflando por momentos.

—No te gustan, ¿verdad? Y, claro, no sé si ahora, en todo esto que propones, caben... y... uf... Es que es todo un desastre... y ¿a quién quiero engañar? Esto... es...

—Sara, por favor, tranquilízate. Cuéntame qué te pasa.

—Que soy mediocre, que ya no sé ni qué estoy haciendo, que todo esto...

—¡Sara! *Stop!* Aquí las crisis existenciales las tiene el diseñador principal, no la de las plumas, ¿de acuerdo?

—Si yo no quiero fastidiarte nada. Y a lo mejor soy un estorbo... y...

David no salía de su asombro. Pocas veces me había visto así de abatida.

—Va a ser mejor que me cuentes qué te pasa y luego seguimos, porque, hija, me estás contagiando tu negatividad y me estás haciendo dudar de todo. —Llamó a Chusa, que estaba al otro lado de la nave peleándose con unas telas enormes, y parecía perdida allí en medio, con su melena rizada, tan oronda y bajita. David la llamaba a veces la *hobbit*—: ¡Chusa, ven, que Sara tiene algo que contarnos!

—David, que no.

—¿Cómo que no? Tú tienes mucho que contarnos, si te conoceré...

Y tenía razón. Con un café entre las manos y con David y Chusa, escuchándome, acabé por confesárselo todo. Lo de Aarón y mi hermana, lo de la infidelidad de mi madre, otra vez lo de Aarón. El episodio del Skype se lo ahorré.

—Qué fuerte, qué fuerte, qué fuerte. Normal que no estés en lo que tienes que estar. Lo que no te pase a ti... Y ¿qué vas a hacer? —preguntó David.

—Pues rezar para que se vayan lo antes posible de casa —dije.

—Y un conjuro o algo para que tu hermana rompa cuanto antes con él —dijo Chusa.

—Hala, no seas bruta —protesté, fingiendo una dignidad que no tenía pero necesitaba aparentar.

—Eso, nada de magia negra, que nunca funciona. A este lo alejas de la vida de tu hermana por métodos tradicionales —dijo David.

—Que no voy a hacer nada de eso, pero... ¿qué tipo de bruja creéis que soy? Están en su derecho de casarse y ser felices.

—Y tu felicidad ¿qué? —preguntó Chusa—. Si el bombón de tu hermana puede estar con el guapo que le dé la gana, si tiene millones donde escoger, ¡que se busque a otro!

—¿Está bueno? ¿Es tipo empotrador? —preguntó David.

—¿Empotrador?

—Sí, mujer. De los que te empotrarían contra una pared. De los que más que hacer el amor te taladran.

—La de tiempo que no me taladran a mí —dijo Chusa, con cierta nostalgia.

Lo pensé un momento.

—Pues no sé si Aarón entra dentro de esa categoría.

—¿Se llama Aarón? ¿Y es músico? No me digas que se parece a Aarón Humilde, porque entonces ya me muero aquí mismo —dijo David.

Al oír el adjetivo Humilde al lado de su nombre, algo se activó dentro de mí. Su grupo de adolescencia se llamaba Los Humildes.

—¿Quién es ese Aarón Humilde?

—¿Cómo que quién es? Sara, pero ¿tú en qué mundo vives? ¿No me digas que no lo has escuchado nunca? Si ahora están empezando a sonar en todos lados.

—Enséñamelo.

David sacó su móvil con pantalla de siete pulgadas, que más que un móvil parecía una tableta, y buscó una actuación en directo de Aarón. Y allí estaba él. Era mi Aarón, bueno, el de mi hermana. Pero vamos, que era él.

—Es él.

—¿Qué? ¿Qué? ¿Qué? —repitió David.

—Es él.

—¿Que tu hermana se va a casar con el amor de tu adolescencia y es Aarón Humilde? Yo lo estoy flipando.

—Pero ¿tan conocido es? —pregunté yo sin entender tanto entusiasmo.

—A ver, no es Elton John, pero está sonando tanto como Lori Meyers o We Are Standard...

—¿Y esos quiénes son?

—No tienes remedio, bonita —sentenció Chusa.

—Ay, qué fuerte, qué fuerte, qué fuerte. Es que es muy *hard core*, esto. *Superhardcore*.

—*Superhardcore* —repitió Chusa—. Yo estoy por emborracharme, fíjate lo que te digo. O por volver a fumar, incluso.

—Crack.

—Con tabaco me conformo.

—¿Queréis dejar de exagerar? Que parecéis adolescentes en celo. Se trata de quitarle importancia, de que no hagamos un mundo de esto, y estáis consiguiendo justo lo contrario con tanto qué fuerte, qué fuerte.

—Es que es muy fuerte.

—Y dale.

—Vas a ser la cuñada de Aarón Humilde. Tía. Y estabas enamorada de él.

—Y no has conseguido olvidarlo.

Los miré como si estuviera hablando con dos extraterrestres. ¿Ante qué clase de amigos había decidido sincerarme? Así que intenté traer un poco de cordura a la conversación.

—Pero ¿de dónde sacas que no he conseguido olvidarlo, Chusa, por favor?

—Pues de que esa historia tú no la tienes superada.

—Y la está superando tu hermana por ti —añadió David—. Y eso escuece. Eso escuece más que el wasabi en una herida abierta.

—Cuando os he pedido que dejarais de exagerar, ¿vosotros qué habéis entendido?

—¡Ya sé! —gritó David—. ¡Es lo que necesito para que el desfile sea un éxito absoluto! Para que todo el mundo hable al día siguiente de él. Para que sea el evento de la temporada.

¿Y ahora David por qué saltaba con esto?

—¡Que toque Aarón Humilde en directo! Dime que se lo vas a pedir.

—Yo a ese no le pido nada, lo siento mucho, David. Si lo he echado de mi casa...

—¿Lo has echado de tu casa? —Chusa se echó a reír—. ¿Ves como no lo tienes superado? —dijo con muy mala baba, a mi parecer.

—Y ¿por qué lo has echado? —preguntó David.

—Porque... porque estaba enredando con mis diseños y... opinando y... me puse nerviosa, ¿vale?

—Pues quedas con él, lo arreglas y luego se lo pides.

—Pero ¿cómo le voy a pedir semejante cosa, si apenas lo conozco, si... ni sabía que era famoso? Y que si es famoso no va a querer venir...

—Famoso tampoco es, si ahora todos los músicos están de capa caída, ¿no ves que no venden nada?... Y siendo tu cuñado, seguro que lo puedes liar. Hazlo por mí, porfa.

—Hace un momento estabais dispuestos a hacer magia negra para que desapareciera de mi vida, y ahora me pides esto.

—Ya después del concierto hacemos lo que sea para que rompan —dijo David.

—Pero ¡si yo no quiero que rompan! —grité.

—Bueno, pues entonces no veo el problema en que lo traigas. Y si no ya se lo pido a tu hermana, porque ella va a ser una de las que va a desfilar. Así queda todo en familia. Va a ser un bombazo, Sara, un bombazo. Y ya verás qué bien nos va a venir a todos. A ti y a tus plumas a las que más, te lo aseguro. Si es un favorcillo de nada...

—Que no lo veo, David.

—Porque tú estás muy perdida, por eso no lo ves. Y lo necesitamos. Tus diseños lo necesitan.

Cómo odié que dijera eso, pero a lo mejor tenía razón. Si realmente quería hacerme perdonar mi falta de profesionalidad, no haber acabado las alas y haber perdido la fe en mis diseños, tendría que compensarlo de alguna manera. Aunque me pesara. Así que tenía que hacer de tripas corazón y pedirle ese «favorcillo de nada» al novio de mi hermana. Al que había echado de malos modos de mi taller.

Yo había ido a la antigua estación de bomberos para olvidarme de Aarón, y había conseguido justo lo contrario. Meterlo hasta en el trabajo. Qué alegría.

5

Cuatro días

De camino a casa, cuando iba en el metro, mi madre me llamó al móvil. Ay, qué tiempos en que debajo de la tierra no había cobertura.

—Sara, tu padre se ha quedado a dormir allí, ¿verdad?

—Es que no sé si quiere que lo sepas.

—Tranquila, ya sé que se ha quedado contigo. Han venido los de una empresa de mudanzas con una furgoneta para llevarse sus cosas. Pregunté a los chicos adónde las llevaban y me dieron la dirección de la abuela.

—Pero ¿cuántas cosas se han llevado? —pregunté alarmada.

—Tenía que decidirlo yo. Así que le metí todo el armario. Y catorce cajas de libros. Incluidos los de arquitectura. Los pobres mozos van a tener lumbago para el resto de la semana. Deberían meter en la cárcel a los que editan esos libros, ¡no hay quien los mueva!

—¡Mamá!

—¿Qué?

—Pero... ¿no os vais a arreglar papá y tú?

—Tú lo que pasa es que no quieres tenerlo en la casa de la abuela, claro.

—Estoy preocupada por vosotros.

—Y yo. Pero tu padre es muy tozudo, no hay manera de hablar con él.

—Mamá, es que le has puesto los cuernos.

—Y ¿qué tendrá que ver eso con que es tozudo?

—Digo que a lo mejor tiene derecho a no querer dar su brazo a torcer, ¿no?

—Pero su brazo a torcer, ¿sobre qué?

—No sé, no sé si quiere volver a casa contigo, o si tú quieres que vuelva. No sé. ¿Ya no quieres estar con él?

—Yo ahora mismo no sé lo que quiero.

—¿Le sigues viendo?

—¿A quién?

—Al señor ese con el que estás.

—No es un señor.

—¿No? No me asustes, mamá... ¿Te has liado con una mujer?

Yo ahí noté cómo varios pasajeros me miraban. Seguían atentamente mi conversación telefónica. No les podía culpar, porque yo habría hecho lo mismo de estar en su lugar. No hay nada mejor que hacer en el metro: escuchar las conversaciones ajenas o leer. Pero aunque entendiera que me espiaran, me hacía sentir incómoda.

—Mamá, contesta, ¿es una mujer? Que si es así no pasa nada, claro. Solo que me sorprende. Aunque ya a estas alturas tampoco tanto, no creas. De hecho, a estas alturas ya no hay nada que me sorprenda lo más mínimo. Me parecería hasta normal, fíjate.

—¿Yo con una mujer? Pero ¿cómo te va a parecer normal que yo me líe con una mujer? ¿Tú crees que tu madre es lesbiana? Tengo que cambiar de peluquero.

—No, mamá, no lo creo.

—¿Entonces? ¿Por qué me lo preguntas? ¿No estarás bebiendo alcohol a estas horas?

—Entonces, ¿quién es? ¿Es un... jovencito?

—No digas disparates, Sara, por Dios. ¿Qué jovencito iba a querer estar conmigo?

—A lo mejor le pagabas.

—Tu madre no necesita pagar para tener un poco de acción.

¿Acción? ¿Mi madre había dicho la palabra acción para referirse al sexo? Ay, Dios...

—Entonces, ¿con quién le has puesto los cuernos?

—Qué expresión más fea. Y nunca la he entendido. Nunca. Poner los cuernos, qué tendrá que ver una cosa con la otra. Como eso de la velocidad y el tocino.

—Mamá, llámalo como quieras, pero ¿con quién estás...? Si no es un señor, ni una mujer, ni un jovencito...

—Solo digo que no me he liado con un señor.

—No entiendo nada. Entonces, ¿con quién te has liado?

Ahí grité y sentí cómo todo el vagón quería también saber la respuesta. Si conseguía finalmente sonsacar a mi madre iba a tener que compartirla con el resto. Que ya que estaban aguantando mi histeria, qué menos que recompensarlos con la información.

—Me he liado con un hombre, Sara. Con un hombre, pero no es un señor. Al menos no lo es en la manera en que tú lo dices.

—Bueno, pues el hombre ese. ¿Sigues con él?

Y ahí se perdió la cobertura.

—Mamá, mamá... Mierda.

Noté que todos los pasajeros compartían mi frustración.

Tenía hora para hacerme la cera con mi amiga Inma. Quería estar impecable para Roberto. Aunque no sabía si después del incidente con mi padre y el Skype él sería capaz de anular su semana conmigo. Para que eso no ocurriera yo debía conseguir que mi padre no estuviera en casa para entonces. A ver cómo hacía para echarlo en cuatro días. Tal vez si se arreglara con mi madre... Claro que una infidelidad de dos años después de treinta de matrimonio no parecía que fuera a solucionarse en tan poco tiempo. Esas cosas deben de tener un proceso, digo yo. Y cuatro días era un plazo demasiado corto. Al igual que hay un tiempo establecido de luto, o de penar por una ruptura amorosa, también debía de haberlo para superar una infidelidad, y seguro que estaba por encima de los cuatro días.

Pero aun así tenía que intentarlo y de paso echar a Lu, para que no volviera a meter en casa a Aarón. Y olvidarme de él, aunque antes tenía que pedirle que tocara en el desfile, a ver cómo manejaba esas dos cosas. Y luego tendría que buscar un restaurante bonito y no muy caro para la primera noche de Roberto en Madrid, y pensar en alguna excursión, tal vez a Segovia, o a Toledo, o por la sierra, para nosotros dos. Pasar el día entre las hojas otoñales, haciéndonos arrumacos. Una punzada de dolor me arrancó de mis pensamientos. Y de paso debió de arrancar todos los pelos de mi pubis.

—¡Dioooooos! ¡Inma, cuidado!

—Ya casi está.

—Pero si acabas de empezar.

—A las clientas siempre les reconforta cuando se lo digo. ¿Quieres en los brazos?

—¿En los brazos? Pero si apenas tengo.

—Sara, corazón, sé que te cuesta admitirlo, pero tú eres de piel folclórica. La Pantoja a tu lado es imberbe.

—Qué manera de exagerar.

—Los pelos no son sexys, Sara. Si hasta los chicos se los quitan. ¿Sabes que ya empiezo a tener más clientes masculinos que femeninos? Y heteros.

—¿Y se desnudan del todo para ti?

—Lo que más demandan son los pelos del culo. Me estoy haciendo una experta en el ano masculino.

Yo la miré horrorizada.

—No es lo mismo comerse un culo con pelos que sin ellos —dijo con una naturalidad que me desarmó.

Yo estaba sin palabras. Pero ¿acaso había heterosexuales que se dejaban comer el culo? Pero ¿por qué? ¿Les gustaba? ¿De verdad? ¿Y qué clase de mujer querría hacerlo? Pensé en el culo de Roberto y yo allí... y me dio la risa.

—Ahora me vas a decir que nunca te has comido el culo de tu chico.

—Inma, depílame todo lo que quieras pero muda, por favor. Gracias.

Inma llevaba año y medio trabajando de empleada en ese centro de depilación. Después de acabar la carrera de Química conmigo, y después de dos másters, y de hablar con fluidez inglés y algo de alemán, no había conseguido trabajo en ninguna parte. Y al igual que yo, tampoco se veía marchándose al extranjero. «Porque para que te llamen de un laboratorio de fuera hay que ser buena, pero buena de verdad, y yo, reconozcámoslo, siempre seré normalita. Que yo no sé por qué se quejan tanto con lo de la fuga de cerebros al extranjero. Nena, si tienes cerebro para huir de esta tristeza de país, ¡hazlo sin dudar! Pero las que tenemos un coeficiente intelectual tirando a pobre, no nos queda otra que lo nacional. Así que me quedo aquí y algo encontraré». Y harta de buscar, lo único que encontró fue trabajo en el centro de depilación. Y aunque al principio lamentó su suerte, ahora empezaba a pillarle gusto a eso de torturar a todos los clientes femeninos y masculinos que pasaban por su camilla. Y después de sus dos másteres, uno en biología molecular y otro en nanotecnología, se estaba haciendo el tercero, más a pie de calle, en anatomía genital. «Nunca había visto tanto rabo flácido en mi vida, y cambian, ¿eh?, parece que no, pero cambian. Que se les ve ahí indefensos, pequeñitos... Que a veces le entran ganas a una de acariciarlos y jalearlos a ver si se animan. Y que empiezo a entender por qué la autoestima del hombre radica en esa cosa tan pequeñita y arrugada».

Salí del centro como siempre que me atrevía a ir, escocida. Un día de estos, cuando empezara a ganar dinero, tendría que animarme a hacerme la láser. Claro que al ritmo que crecía mi economía —crecimiento negativo, exactamente—, me veía dando la primera sesión a los sesenta años.

Llamé a Roberto pero no me lo cogió. Eso me llenó de intranquilidad, pero intenté no sacar las cosas de quicio. Es probable que estuviera reunido. Eso, reunido, no rehuyéndome. Si además, en dos o tres días estaríamos riéndonos de lo que había ocurrido la noche anterior. Si no podía ser de otra manera. Volví a llamarle. Y esta vez le dejé un mensaje informal.

—Roberto, soy yo. Espero que ya se te haya pasado el sofocón de anoche. Mi padre me ha dicho que él estaba sonámbulo. Ya ves. Es un hombre de recursos. Así que por él está olvidado. Y además no va a estar en casa cuando tú vengas, lo prometo. Bueno, llámame cuando puedas.

Colgué, arrepentida de haber prometido algo que no estaba segura de que pudiera cumplir. Sobre todo cuando vi a mi hermana en medio de la tienda, intentando levantar una de las cajas de los libros que habían traído los de la mudanza. Al menos no parecía enfadada.

—No sabía dónde querías que los dejaran y les dije que aquí mismo, pero luego pensé que tal vez no era la mejor idea, porque están en todo el medio. ¿Papá se muda aquí?

—¡No!

—Y ¿para qué quiere entonces todos estos libros? Ayúdame, que no hay quien los mueva.

Me acerqué a mi hermana y entre las dos conseguimos mover una de las cajas, y era verdad que pesaban. Y de qué manera.

—¿Has pensado en mi vestido? —preguntó.

—¿En qué vestido?

—¡En el de boda!

—Pero ¿aún estás con esas? ¿Cuánto te va a durar la cosa esa de casarte?

—Pues espero que toda la vida. Porque esa es la idea, ¿no? Y por mucho que te enfades con mi novio, eso no va a cambiar nada.

—Lu... Nos tienes preocupadísimos a todos. A papá, a mamá...

—Papá y mamá tienen otras cosas de las que preocuparse.

Conseguimos dejar la primera caja de libros en una mesa del taller y volvimos a por otra.

—¿Por qué te cae tan mal Aarón? Si el hombre solo estaba intentando ser amable contigo y... —De repente una idea surgió en su mente y quiso descartarla cuanto antes—. Oye, ¿no te lo habrás tirado?

—Pero ¿qué dices?

—Ya, ya... si no te pega nada. Y él me lo habría contado. Y tú tampoco eres su tipo, la verdad.

—No sé por qué no —dije, ofendida. Aunque rectifiqué en el acto—: Ah, bueno, sí lo sé: porque le gustan menores.

—¿A quién llamas menor?

—A ti, Lu, a ti. Que eres muy joven para casarte.

—Ya. Si tampoco estaba en mis planes. Pero cuando las cosas suceden tampoco te vas a negar a que sucedan solo porque no las tenías planeadas, ¿no? Sería supertriste.

—No sé, Lu, no sé. No tienes ni veinte años. ¿Qué eres? ¿Norteamericana? ¿Del Opus? ¿De raza gitana?

—¿Eh? ¿Norteamericana? —preguntó sin seguir mi razonamiento. Errático, por otra parte.

—Esas en las pelis se casan muy pronto. Y mira —dije como razonamiento irrefutable, si no la convencía con eso ya no sé cómo podría hacerlo—: la hija de Aznar también se casó a los diecinueve. ¿Quieres ser como ella?

—Es mucho más sencillo que eso. Cuando una encuentra al amor de su vida, ¿para qué esperar?

—Será que no te queda vida por delante. No puedes saber si en todo lo que te queda vas a encontrar a siete como Aarón.

—Aunque no te lo creas, he conocido a suficientes tíos como para darme cuenta de que él está a años luz de todos. Y que lo que yo siento no lo había sentido jamás. Y mira que había sentido cosas. Es que no te lo puedes imaginar, Sara.

El caso es que podía, claro que podía. Pero prefería no ahondar. Así que dije lo único sensato.

—Oye, que yo también tengo novio. —Y lo dije más por lealtad hacia Roberto y nuestra historia que por creérmelo del todo. Que me lo creía, a ver, no es eso. Que yo con Roberto, genial. Solo digo que yo no había tenido esas ganas locas de casarme con él nada más conocerle.

—Pero no es lo mismo. Aarón... es Aarón.

—¿Y él también quiere casarse? Porque conociéndote a lo mejor ni lo sabe.

—¿Cómo no va a querer? Si me lo propuso él.

Al escucharla me quedé de repente sin fuerzas, y casi provoqué que la tercera caja de libros se cayera. Yo ya estaba empezando a sudar, no sé si por la conversación o por el esfuerzo titánico de mover las cajas a lo tonto. Que mi hermana ya les podía haber dicho a los de la mudanza que las dejaran donde las estábamos colocando ahora. Pero ella era así, impulsiva para todo. Para tomar decisiones erróneas como dónde decir que dejaran unas cajas de libros, o para casarse.

—Pues yo no sé por qué un señor de treinta años va por ahí proponiéndole matrimonio a una de veinte. Me parece terrorismo sentimental.

—Oye, que yo lo estaba deseando. Y lo dices como si se lo pidiera a la primera que pasa. Y no.

—Eso no lo sabes.

—Pero ¿por qué estás tan negativa? —gritó.

Quería decirle que no me apetecía que cometiera un disparate. Pero, para ser sincera conmigo misma, no sabía si se lo quería decir porque se iba a casar con quien se iba a casar y eso me dolía, o simplemente porque pensaba que casarse a los veinte le podía amargar el resto de su vida. O al menos hasta el divorcio. Así que me callé. Ella entendió mi silencio como una tregua.

—¿Te cuento cómo me lo propuso?

—No hace falta. —Me revolví incómoda. Era lo que menos me apetecía. Eso y perder los dedos por aplastamiento de una de las cajas de libros—. Yo creo que esas cosas son muy íntimas y no es necesario compartirlas.

—¿Cómo que no? A ver, que tampoco fue a orillas del Sena, ni con un anillo y él de rodillas. Que es roquero.

—Y a los roqueros se lo prohíbe su religión.

—No, pero están por encima de esas cosas.

—Claro, y por eso un roquero no compone canciones de amor —ironicé.

—¿Lo has escuchado?

—Creo que no.

—Pues ahora está sonando mucho.

—Ya me han dicho, ya... De hecho creo que tengo que pedirte algo al respecto...

—¿No me vas a dejar que te cuente cómo me lo pidió?

Resoplé y asentí. Si total, me lo iba a contar quisiera o no. Cuanto antes pasara el mal trago, menos doloroso sería.

—Fue después de un concierto en Chinchón. Hace nada, una semana y poco. Toda la banda estaba eufórica, hacía una noche increíble, y ninguno nos queríamos ir al hotel. Aarón cogió seis botellines de cerveza y me agarró por la cintura. Nos escapamos de los demás. Estábamos en medio del campo, se veían todas las estrellas. Y allí, con la noche estrellada, con las cervezas, felices, me lo dijo: «Quiero que seas tú. Y que haya mil noches como esta. Y que todo el mundo lo sepa. ¿Tú quieres que esto no se acabe nunca?».

Sus palabras se me iban clavando como puñales. No lo podía evitar. Mi hermana estaba viviendo mi sueño adolescente. Un pelín horterilla, el Aarón, con noche estrellada y eso, pero oye, tenía su punto. Y no era Bali, de acuerdo, era Chinchón, pero dolía igual. Aunque el sentimiento era ambivalente porque también me alegraba por Lu. Por estar viviendo intensamente su vida. Por atreverse, porque tal vez estaba cometiendo un error garrafal, pero se lanzaba a vivir sin miedo. Eso era algo que siempre había envidiado de mi hermana. Y por eso me alegraba por ella. ¿O no? No, no me alegraba. La verdad es que empezaba a estar hecha un verdadero lío.

—Y yo le dije que sí, que me casaba con él —prosiguió.

—Pero en ningún momento te pidió matrimonio —puntualicé. Seguía estando puñetera con ella, sí. Por lo tanto no debía de alegrarme tanto como creía.

—Claro que sí. No me dijo: «¿Quieres casarte conmigo?». Me dijo: «Quiero que seas tú y que todo el mundo lo sepa».

—A ver si lo malinterpretaste...

—Sara, ¡luego elegimos la fecha, el sitio, todo! Se quiere casar conmigo y me lo pidió de una manera preciosa.

—Vale, vale... Yo solo lo decía por si acaso. ¿Y va a ser por la iglesia, en Las Vegas, en el ayuntamiento de Chinchón?

—En el pantano de San Juan. Ya tenemos a un concejal amigo de Aarón para oficiar la ceremonia. Al aire libre, al lado del agua. Y seremos la familia íntima, y los amigos más cercanos. Ochenta y nueve invitados.

¿Ochenta y nueve? Pero ¿cuántos eran en la familia de Aarón? Porque nosotros éramos cuatro, más tres tíos y cinco primos. Ahí se acababa nuestra familia. ¿Y qué consideraba Lu amigos más cercanos?

—Luego te enseño la lista, que tengo un par de dudas.

Tragué saliva. Empezaba a sonar todo demasiado real. Era verdad que lo tenían planeado...

—¿Y entre esos invitados estás contando a papá y a mamá?

—Claro.

—Eso si los convences.

—Y ¿para qué te tengo a ti?

—A mí tampoco me tienes aún.

—¿Cómo que no? Te tengo y me vas a hacer el vestido de boda.

—Qué pesadita estás.

—Además, te va a venir muy bien para el negocio. Yo pienso obligar a todas las mujeres a que se pongan un tocado hecho por ti. Por lo menos a la familia de él, que como aún no hay confianza no me pueden decir que no.

—Lu, no puedes obligar a tu familia política a eso.

—Claro que sí. Les diré que les haces precio y luego tú haces como que les rebajas algo y listo. Son de pelas, les puedes cobrar el pastizal que quieras. Pero, eso sí: te encargas de mi vestido. Di que sí.

Lu me lanzó una de esas miradas que tan bien le deben de funcionar para conquistar a guapos, a tontos, a listos, a modelos y a Aarón. Y no pude resistirme. Con mi hermana era imposible. Y asentí. Claro. ¿Qué otra cosa podía hacer? Además en ese mismo momento se me ocurrió la manera de que Lu se fuera de casa. Y la aproveché.

—Yo te hago el vestido, pero tú llama a mamá y arréglalo con ella. Camélatela e involúcrala en la boda. No hay madre que se resista a eso.

—No sé...

—Que sí, preséntate hoy en casa con la maleta y le dices que lo de marcharse fue un impulso de lo más tonto y que la quieres en tu boda y en tu vida. ¡Y que necesitas su ayuda!

—Que no, Sara, que no voy a hacer eso. Mejor que me eche de menos, que se ablande y luego ya hablo con ella. ¿Te importa mucho que Aarón vuelva por aquí alguna noche?

—Y digo yo, si a Aarón le va bien con lo de la música, ¿no tiene casa?

—En Barcelona. Aquí se queda con unos amigos cuando viene, o en un hotel. Pero odia los hoteles.

—Son caros, claro.

—Aarón no es nada tacaño. No le gustan porque le recuerdan a lo peor de su pasado. Se pasó media vida en hoteles, yendo de un país a otro, de una ciudad a otra. Muy triste.

Yo no tenía ni idea de todo eso. Me llamó la atención y me llenó de curiosidad. De repente quería saber el porqué de esa vida nómada, ¿qué había de verdad en todos los rumores que se contaron en el instituto? Pero hice un esfuerzo para contener mis ganas de preguntar.

—¿Le puedo decir que no te importa que pase por aquí? ¿O te molesta?

—A papá, seguro.

—Pero ¿papá cuánto se va a quedar?

Yo miré las cajas de los libros y las maletas y bolsas de ropa.

—No sé, pero está claro que mamá no lo quiere en casa por ahora.

—Bueno, seguro que Aarón y papá se acaban haciendo amigos. Aarón tiene una facilidad asombrosa para caer bien a todo el mundo.

La idea de que Aarón y mi padre congeniaran me hizo sentir un escalofrío por todo el cuerpo. Tenía que convencer a mi madre de que volviera a admitir a Lu en casa, pero ya. Y tenía que convencer a mi padre para que se buscara un hotel.

Por supuesto, no lo conseguí.

Al menos esa noche Aarón no pasó por casa. Y tampoco las siguientes, al parecer no quería volver a ser un estorbo. Mi padre sí pasó, claro. Y esa noche se presentó con una extraña euforia. Había dejado las lágrimas atrás, o eso decía él, y se enfrentaba a su nueva etapa de separado lleno de energía. Tanta energía tenía que al pasar por la calle Colón, antes de venir a casa, decidió cometer una pequeña locura.

—Pero... ¿me queda bien o no me queda bien?

—Papá, si es que es muy raro, que ya no tienes edad.

—¿Por qué no? ¿Acaso hay una edad para eso?

—Pues sí, la adolescencia —respondió mi hermana—. Y anda que no pusisteis el grito en el cielo mamá y tú cuando yo aparecí por casa con uno igualito.

—Tenías doce años, Lucía. Aún era muy pronto.

—¿Ves como sí hay una edad? Los doce muy pronto, y los sesenta y uno tardísimo.

—Harrison Ford se hizo uno a los sesenta. ¿Él puede y yo no?

Mi hermana y yo no salíamos del asombro. Le mirábamos el *piercing* de la oreja sin poder emitir un veredicto. Allí con su metro setenta, su pelo cortado al dos y canoso, su barba de cuatro días también complemente blanca, su barriguilla que tan bien disimulaba con sus polos negros y americanas, sus caderas anchas y sus piernas cortitas, y... ese apósito en la oreja. Era un claro síntoma de que a su manera estaba pidiendo auxilio, por mucho que la euforia momentánea lo cegara.

—Papá, Harrison Ford es un actor de Hollywood. Él puede llevar *piercing*.

—Y yo un arquitecto de Madrid. Y esto no es un *piercing*, es una dilatación. De dos milímetros.

—¿O sea, que no solo te la has agujereado, sino que también te la han dilatado? —grité—. Pues ya verás cuando te lo quites y no te cierre el agujero.

—Y ¿por qué me lo voy a quitar? Con lo bien que me queda. ¿Qué hay de cena? —preguntó abriendo la nevera y comprobando que además de dos latas de cerveza, medio limón, y cuatro yogures desnatados no había nada más.

—Si en vez de por el local de tatuajes te hubieras pasado por algún sitio de comida para llevar, tendríamos cena.

—Pero ¿no hay ni siquiera huevos para poder hacerme una tortilla?

—Ahora bajo al italiano y pillo algo de pasta. ¿Te parece bien?

—¿Hidratos para cenar? —preguntó mi padre, y luego negó con un gesto.

Y ahí sí que mi hermana y yo casi nos descompusimos del susto. ¿Desde cuándo mi padre hablaba como una modelo? Pero ¿cuándo le había preocupado algo de su dieta?

—Lo leí en una revista de esas que te dan trucos para tener el vientre plano en tres semanas.

—Eso, lo único que te faltaba, que te pusieras a hacer abdominales. Papá, ¿tú crees que sin cenar hidratos, con el *piercing* y el vientre plano vas a recuperar a mamá?

—¿Y quién habló de recuperarla? Soy un hombre libre en la flor de la vida. Los sesenta son los nuevos cincuenta.

—Seguro que también lo decían en la misma revista.

Como no quería escuchar más sandeces, bajé al italiano a por una ensalada de pollo para mi padre y una pizza para mí y para mi hermana. Porque Lu quería pizza, y yo como no podía conseguir lo que quería, o sea, que se fueran de mi casa, decidí entregarme a los hidratos cual náufrago recién rescatado. Sin importarme el peso de mañana. Si en dos semanas corriendo por el parque no había conseguido adelgazar, una pizza tampoco me podía hacer engordar. Ya, ya sé que nunca funciona así, pero una se engaña como puede. Además, tenía que coger energía para pasar la noche despierta, trabajando.

Con el estómago lleno, la conciencia intranquila por la ingesta de hidratos grasientos, y ya con mi hermana y mi padre en la cama, bajé a trabajar. Mi hermana había intentado sonsacar algo a mi padre sobre la infidelidad de mamá, pero se negó a hablar del tema. Él, decía, ya estaba en otra cosa.

—Hay más peces en el río —dijo.

—Di que sí, papá, y los prostíbulos llenos de putas —remató mi hermana.

Miré mis bocetos, cada vez me gustaban menos. Pero no podía desanimarme. Tenía que sacar fuerzas de donde fuera para hacer algo grande. Pensaba en las palabras de Aarón. Tenía que volar alto, como Ícaro. Mejor correr el riesgo de quemarme por el sol, que ir a lo seguro, y elaborar algo mediocre. Cogí la tiza y empecé a dibujar encima de la tela una idea para las alas de los tobillos. Aunque enseguida me desanimé. No era eso, no era eso. Volví a intentarlo. Mi cabeza bullía con todo lo que había pasado estos días: la llegada de Aarón, la infidelidad de mi madre, que Roberto estuviera a punto de llegar a esa casa repleta de gente, si es que se atrevía a venir... Y de nuevo Aarón. De repente me di cuenta de que no había escuchado ninguna de sus canciones. ¿Y qué? Cuanto más lejos estuviera de mi vida a todos los niveles, mejor. Seguí trabajando. Y según pasaban los minutos mi curiosidad por saber cómo sonarían las canciones de Aarón iba creciendo. Y pensé: si David quiere que toque en el desfile, no me vendrá mal saber cómo suena. Cada una se engaña como puede. Encendí el ordenador para buscarlo en el Spoty, pero como quería tener toda la movilidad mientras trabajaba y no tenía ninguna intención de despertar a mi hermana o a mi padre, y menos con la música de Aarón, decidí ponerme los auriculares en el iPhone y escucharlo desde ahí. Puse su nombre en el buscador y enseguida aparecieron los dos álbumes que tenía publicados. *Humareda* y *Globos de papel*. Empecé por el último, *Globos de papel*. Tras varios acordes de guitarra acústica y una base de percusión, sonó su voz. Era grave, casi cavernosa, susurraba más que cantaba. Me gustó. Y poco a poco dejé que su música y sus palabras, a veces herméticas, a veces sugerentes, a veces tristes, me fueran guiando mientras trabajaba. La letra de una de las canciones me dejó muy intrigada. ¿Hablaba de su adolescencia? ¿Del porqué de su repentina marcha? Coincidía además con lo poco que me había dicho Lu.

Ella dijo:
la esperanza es lo último que se pierde.
Pero en el camino
solo encontramos tristeza.
Ciudades, países, hoteles...
Lo fuimos perdiendo todo
sin apenas darnos cuenta.
Señales de humo,
persiguiendo quimeras.

Algún día seré yo
quien marque el rumbo.
Y ese día llegará.
Sé que llegará.

Era tan triste... Aunque en los últimos versos latía el impulso del que no se quiere rendir, tal vez porque la esperanza, como decía la mujer de la canción, es lo último que se pierde. La escuché varias veces. Pero por más que quería imaginarme la historia real que había detrás fui incapaz de llegar a ninguna conclusión satisfactoria. Lo único que conseguía era contagiarme su tristeza. Y, con la tristeza, Aarón se me hacía más interesante, más profundo, más complejo. Y no sé si eso era lo más conveniente. Ya lo había mitificado una vez, en mi adolescencia. Así que para no correr riesgos, para no volver a agrandar su personalidad, acudí a su otro álbum, mucho más luminoso, simple, divertido, roquero. Y enseguida me sentí reconfortada. De ese Aarón yo jamás me volvería a enamorar. Aunque era estimulante, es verdad, y contagioso. Y no tardé mucho en tararear algunos de los estribillos.

Y no sé si inspirada por su música, pero de repente sentí que me volvía valiente y ambiciosa, tal vez contagiada por el arrojo de Ícaro, y decidí que las alas tenían que ser enormes, fastuosas. Me imaginaba al modelo completamente cubierto, de la cabeza a los pies, con un manto de plumas y que, al expandir sus brazos, las alas se alzaran de una manera espectacular, ocupando parte de la pasarela, y que al moverlas tuvieran la fuerza de un ventilador, que el público sintiera que realmente podría volar si se lo propusiera. Claro que para eso iba a tener que usar casi todas las plumas que tenía en el almacén. Y serían muchísimas horas de trabajo. Pero decidí que merecía la pena. Ícaro solo podía ser ambicioso o no ser. ¿Corría el riesgo de quemarme, de acercarme al sol y que sus rayos calentaran la cera que sostenían las alas al cuerpo, haciéndome caer? Sí, era una posibilidad. Pero no podía dejarme vencer por el miedo. Esta era la oportunidad que llevaba un año esperando. Me lo tenía que jugar todo. Todo mi talento, todas mis plumas, todo lo que era. En estas alas iba a depositar mi futuro.

A las tres de la madrugada, mientras escuchaba por tercera vez el primer álbum y me peleaba con las plumas, y las iba distribuyendo en el esqueleto que había creado con varios alambres de un grosor que pudiera sostener el peso, mi padre bajó las escaleras de caracol. Al verlo me quité rápidamente los cascos, y casi tuve la misma sensación de vergüenza que había experimentado la noche anterior cuando nos había pillado a Roberto y a mí. Como si ahora me estuviera sorprendiendo en un momento igual de íntimo. Aunque él no pareció percatarse de mi apuro, porque estaba dando alaridos de dolor. Se tocaba la oreja.

—Esto se ha infectado. Me duele. Llévame a urgencias.

—¿Cómo te voy a llevar a urgencias por una oreja dolorida?

—¿Y si se gangrena?

—Papá, deja de decir tonterías.

—Me duele mucho.

—Pues no habértelo hecho.

—¿Tienes alcohol?

—¿Te quieres poner a beber ahora? ¿Pero qué le pasa a esta familia con el alcohol?

—¡Para la herida!

—Ah.

—Aunque un poco de whisky tampoco me vendría mal.

Mientras le desinfectaba la herida, mi padre se bebió su whisky de un trago. Y se puso otro. Yo miraba de reojo la botella deseando que no hubiera caducado, porque debía de llevar allí desde antes de que mi abuela falleciera. ¿Caduca el alcohol? Tendría que mirarlo en la Wikipedia.

—Soy un viejo patético y acabado.

—Lo que eres es una montaña rusa. Ayer llorando, esta tarde eufórico y ahora lamentándote. Un poquito de equidistancia, papá, de equilibrio... Que no eres el primero al que le pasa algo así.

—¿A ti Roberto también te los ha puesto?

—¡No! Digo que no serás el primero de la historia de la humanidad al que le pasa.

—¿Tú crees que tu madre ya no me quiere?

Lo preguntó a bocajarro, y se le veía indefenso, como un chaval haciéndole esa pregunta a su amigo sobre su novia. Como si no llevaran treinta años casados. Como si después de treinta años se pudiera hablar así de amor. Claro que tal vez se podía, ¿por qué no? Me llenó de ternura y de tristeza. Mi padre, esa roca sólida, ese hombre seguro de sí mismo, tanto en su profesión como en su vida y en su matrimonio, abatido por una pena de amor.

—Papá, esta historia me ha pillado más de sorpresa que a ti. Y tengo muchos menos datos. Por no saber no sé ni lo que ha pasado, ni por qué, ni con quién...

—Yo creo que será una fase. O una llamada de atención, ¿verdad?

—No sé...

—Hija, ¿tanto te cuesta darme la razón, aunque sea mentira? Un poquito de apoyo.

—Es que nunca me había imaginado en esta situación. Aquí desinfectándote la oreja por un *piercing* y hablando de la infidelidad de mamá.

—A mis sesenta y uno, ¿quién me iba a decir que me vería separado? Cuando crees que todo está más que hecho... De repente, zas, la vida te mete una sacudida. Pero yo creo que es una fase, que pasado mañana me estará pidiendo que vuelva. Y yo espero poder tragarme mi orgullo y mi dolor, y volver sin más. Sin demasiadas preguntas y sin...

Justo en ese momento mi padre vio el primero de los libros de arquitectura apilados en un rincón.

—Yo también tengo ese libro.

—Es el tuyo.

—¿Y para qué lo has cogido de casa? ¿Para qué lo quieres?

—Yo, para nada. Toda esa pila es tuya. Te los ha enviado mamá.

—¿Qué?

Vi cómo se le transformaba la cara.

—Y ¿para qué los ha mandado aquí? ¿No me quiere en casa? ¿En mi casa? Ay, Dios...

—Papá, estará furiosa.

—¿Ella?

—No sé... O te estará intentando mandar un mensaje, igual que tú al irte así, de repente.

—Pero ¿qué querías que hiciera?

—No sé, papá, de verdad que me encantaría saber qué decir, pero no.

—Ya, ya, perdona por involucrarte. Perdona. Cambiemos de tema.

Buscó desesperadamente algo que decir. No se le ocurría. A mí tampoco. Podríamos haber hablado del tiempo, pero claro, habría quedado un pelín forzado. Cogió las alas en las que estaba trabajando.

—Y esto que estás haciendo ¿qué es?

—Unas alas de Ícaro, para un desfile, ¿te gustan?

—Sí, muy bonitas.

Yo sonreí agradecida. Y entonces él me contestó:

—¿Ves lo poquito que cuesta decirle algo bonito a alguien aunque sea mentira?

Le estrujé la oreja con rabia.

—¡Cuidado, que me haces daño!

—Hala, a la cama, que ya está desinfectada. ¡Y esto es solo la estructura! ¡Ya verás cuando estén acabadas!

Mientras mi padre subía las escaleras de caracol rumbo a la habitación en la que dormía, se fijó en la humedad del techo.

—Esta humedad tiene muy mala pinta. ¿La has hecho mirar?

—Sí, pero no saben de dónde viene. Ya me he acostumbrado a ella, le da personalidad al taller.

—Si quieres le digo a uno de los jefes de obra que venga a echarle un vistazo.

—No quiero a más gente en la casa, trasteando. No te preocupes papá, tú vete a dormir.

Los tres días que me separaban de la llegada de Roberto transcurrieron con más pena que gloria. Yo trabajaba como una obsesa en rematar las piezas del desfile y sobre todo en las inmensas alas. Estaba acabando con todas las existencias del taller. De hecho, tenía que hacer un nuevo pedido, a las tres empresas que me surtían, lástima que estuvieran dos en India y la otra en China. Tardarían más de dos semanas en traerme un nuevo cargamento de plumas. David se pasaba a veces a supervisar. Estaba emocionado con las alas gigantes.

—Tú quieres ser la estrella del desfile, desgraciada.

Entre los dos recorrimos todas las tiendas *vintage* y de segunda mano del barrio buscando un casco para su Ícaro, al que yo pudiera ponerle unas alas. David no dejaba de preguntarme si ya había convencido a Aarón para que tocara en el desfile. Pero este seguía sin pasar por casa. De hecho mi hermana estaba bastante enfadada, quería que lo llamara para disculparme y para invitarlo formalmente. «Ni que fuera un vampiro para necesitar mi permiso para entrar. Bien que lo hizo la primera noche sin invitación ni nada». Yo aún no estaba preparada para llamarlo, la verdad. Aunque sabía que tendría que hacerlo.

Mi padre acaparaba por demasiado tiempo el baño todas las mañanas, mi hermana y yo hacíamos cola en la puerta. Luego él se quejaba de que no se nos hubiera ocurrido ir a por cruasanes, porque él por la mañana sí podía tomar hidratos, claro. Incluso grasas saturadas; eso sí, sin pasarse. Luego se iba a trabajar y por la noche regresaba siempre con un estado de ánimo cambiante. Yo le preguntaba si había hablado con mi madre, pero él negaba con la cabeza. «Aún es pronto, aún es pronto».

Intenté a la desesperada que mi madre se reconciliara con mi hermana, con muy poco éxito. Quedé para comer con las dos, sin que ninguna lo supiera, en un restaurante indio de la calle Jorge Juan que sabía que le gustaba a mi madre. Pero después de esperarlas media hora, recibí dos llamadas telefónicas. Una era de mi hermana diciendo que no se tragaba lo de la comida, que sabía que mamá iba a estar allí. Y la otra de mi madre, diciéndome básicamente lo mismo.

—Mamá, tienes que hablar con ella. Que va en serio con lo de la boda.

—Y ¿qué quieres que haga? Si se quiere casar, allá ella, es mayor de edad, ¿no? Pues que apechugue con sus decisiones.

—Mamá, si yo creo que lo hace por rebelarse. Si te tiene de su parte seguro que se le pasa la tontería. Déjala que vuelva a casa.

—Tú lo que quieres es librarte de ella. Si te conoceré...

—Pues tú no hagas nada y cuando esté dando el sí quiero, piensa que tuviste en tu mano evitarlo.

—Que no se casa.

—Tiene lista de invitados, concejal para la boda y el lugar donde se va a celebrar. Y yo le voy a hacer el vestido.

—¿Tú? Pero ¿estás loca? ¿Qué sabes de vestidos de novia?

—No he podido negarme.

—Pero no se puede casar hecha unos zorros...

—Muchas gracias, mamá.

Y en ese momento mi madre entró en el restaurante con el teléfono móvil en la mano.

—¿Estabas aquí?

Mi madre iba vestida de manera elegante, maquillada como para un evento y con uno de mis sombreros de plumas, algo que me enterneció. Sabía cómo hacerse querer. Y también llevaba en la mano una pancarta hecha con una cartulina. Mi madre, esa señora de su casa, se había entregado de una manera un tanto desaforada a defender los ahorros de su padre, mi abuelo, al que habían estafado con todo el asunto turbio ese de las preferentes. Los bancos habían vendido a muchos incautos participaciones de alto riesgo. Y ahora, por culpa de la crisis financiera mundial, esas participaciones eran invendibles y la gente había perdido su dinero. Desde hace años luchaban en los tribunales y en las calles para recuperar lo invertido. Y mi madre había sacado toda su indignación, que hasta ahora desconocíamos, para ponerla al servicio de esta causa. No quería que estafaran a su padre, y, sobre todo, le indignaba que los bancos, en los que siempre había tenido una fe inquebrantable, se la hubieran jugado de esa manera. Leí lo que ponía la pancarta: «La banca siempre gana, pues no me da la gana».

—Mamá, ¿te has puesto así de arreglada para ir a manifestarte?

—Y ¿desde cuándo está reñida una cosa con la otra? Y tampoco me tienen que confundir con una del 15-M. Que esto es una cosa seria.

—Vale, vale.

—¿Y esas ojeras? —me preguntó.

—Estoy trabajando mucho. Apenas duermo.

—Hija, no te ofendas, pero tú no le puedes hacer el vestido. —Volvía a la carga con el temita del vestido de boda—. Si le pondrás hasta plumas, seguro. Y un vestido de novia es una cosa muy seria.

—Y yo no puedo ser seria.

—Tú no sabes nada de vestidos. No, no, no puede ser.

—¿Eso es lo que te preocupa, mamá, que tu hija vaya con un diseño mío?

—Tengo que hablar con ella y quitarle esa idea de la cabeza. Antes la llevo a una casa de Pronovias, fíjate lo que te digo. ¿Por qué no está aquí?

Mi madre se sentó, abrió su bolso y empezó a sacar cosas.

—No sé dónde he metido las pastillas de la garganta, esto de manifestarse te deja las cuerdas vocales hechas polvo.

Mi madre siguió sacando cosas del bolso: un pintalabios, unos kleenex, un par de folletos del zoo de Madrid, que enseguida volvió a meter en el bolso como si se avergonzara de ellos, algo que me extrañó, pero tampoco le quise dar importancia. Mi madre en más de una ocasión me había acompañado al zoo, porque a mí me encantaba fotografiar los plumajes de todos los pájaros y ella se entretenía pintando las jirafas y los hipopótamos. Mi madre llevaba a una artista dentro. El resultado de sus dibujos se alejaba bastante del realismo. De hecho se alejaba tanto que yo no acababa de entender para qué necesitaba tomar apuntes del natural, si después lo subvertía de aquella manera.

—¿Dónde está tu hermana?

—No va a venir. Y tú tampoco ibas a venir.

—Yo estaba esperando ahí afuera a ver si aparecía. Que no quería verla. Pero comer contigo siempre me apetece.

—Gracias. No sirvo para hacer vestidos de novia pero sí como compañera para almorzar. Bueno es saberlo.

—Ay, no me dramatices ahora. Si tu hermana se casa será con un vestido maravilloso, y punto.

—Mamá, no te emociones. Se trata de que no se case.

—Ya, ya... es verdad. ¡Camarero! Un Martini, mejor dos. Tú quieres, ¿no?

—¿No me vas a preguntar por papá?

—¿También quieres que me lo lleve a casa?

—¿Tú has leído *Zonas húmedas?*

—¿Qué es eso, una de esas novelas guarras que triunfan entre todas las marujas?

—No, no es nada guarra. Bueno, de hecho la protagonista es un poco guarra, pero guarra de no lavarse y de comerse los mocos y así.

—Por Dios, hija, qué asco, ¿por qué me hablas de eso ahora?

—Porque ella está muy afectada por el divorcio de sus padres, y ¿sabes qué hace? Autolesionarse para que la lleven al hospital y ahí provocar el encuentro entre sus padres.

—Guarra y retrasada mental, por lo que veo.

—Pues yo estoy a un tris, mamá. A un tris de inventarme lo que sea para que quedéis y habléis. Papá está hecho polvo. Fatal. Desconcertado. Se ha hecho hasta un *piercing*.

—¿Tu padre?

—Sí.

—¿Dónde?

—En la oreja derecha.

—¿Tu padre?

—Sí.

—Y ¿qué tal le queda?

—Pues mal, se le infectó y ahora tiene una herida de lo más fea.

A mi madre se le escapó una sonora carcajada. Yo la miré de manera censora y eso provocó otra carcajada en ella. No podía parar de reír. Yo me acabé contagiando de su risa. Mi madre pidió otra ronda de martinis.

—Mamá, ¿qué ha pasado? Eso de la infidelidad, ¿era la primera vez? O sea, ¿antes hubo otros?

—No voy a hablar de eso contigo, cariño. Lo siento mucho. Y claro que no hubo otros, ¿por quién me tomas?

—Y ¿por qué?

—¿Te pregunto yo por Roberto, si le has sido fiel en estos años o si ahora que está en París os ha dado por abrir la relación o si... ?

—¿Abrir la relación?

—Hija, que yo estoy en este mundo. Yo no sé la imagen que tienes de tu madre.

—Será más bien la que tienes tú de mí. ¿Tú me ves con una relación abierta?

—¿Y tú me ves con un amante?

Ahí me había dado.

—¿No me vas a decir quién es? ¿O si vas a seguir viéndolo? ¿Te has enamorado?

—Corazón, que no te lo voy a contar, que no estoy cómoda.

—Pues nada, otra como papá. Como si tuviera dos padres mudos.

—¿Él tampoco te cuenta?

—No.

—Claro, bastante tiene con perforarse la oreja. Ahora que como le dé por comprarse un descapotable, me lo quedo en el reparto del divorcio.

—¡Mamá! ¡No bromees con lo del divorcio! Que eres mi madre. ¡Y que no estoy preparada!

—Ay, hija, y que ni los martinis te relajen... A ver si llega ya de una vez ese novio tuyo y te das una alegría.

—Mañana voy a buscarlo al aeropuerto.

—Oye, y ¿quién es el novio de tu hermana?

—Un músico.

—Justo lo que esta familia necesita.

Mi madre se fue habiéndose dejado el cordero masala a medias y sin tomar el postre, ni siquiera un café. Algo que me extrañó. Porque mi madre nunca perdona ni el postre ni el café. Tenía prisa. Se despidió con un beso y ni esperó a que trajeran el cambio de la cuenta. Y ella no era de dejar propina en los sitios. Así que cuando la vi salir del restaurante, tan arreglada y con esa premura, tuve la certeza de que iba a reunirse con su amante. ¿Y si la seguía?

Pero no debía hacerlo. Era su vida, su historia, y si ella no había querido contarme nada, ¿quién era yo para involucrarme? Pero he de reconocer que me podía la curiosidad. Me levanté y me asomé a la puerta para ver qué dirección tomaba. La vi en la esquina intentando coger un taxi, pero por más que levantaba la mano, ninguno paraba. Yo había tenido la suerte inaudita de aparcar delante del restaurante, así que decidí dejar la decisión de seguirla a la suerte. Me subiría al coche, daría la vuelta a la manzana y si ella aún estaba allí y se subía a un taxi, entonces yo la seguiría. Y si ya no estaba, dejaría mis ansias detectivescas para otro momento.

Al dar la vuelta a la manzana con el coche la vi. Justo en ese momento se estaba metiendo en el taxi. Era el destino. Tenía que seguirla.

Jamás en la vida había seguido a un coche, y menos a un taxi. Y algo como seguir a un coche, que en las películas se ve tan sencillo, si no eres una conductora experta, se convierte en toda una odisea. Sobre todo si te da miedo el tráfico de Madrid, y sobre todo si lo tuyo no es meter el morro con el coche, y ser capaz de arrollar antes de que te arrollen. Lo seguí durante cuatro calles, colándome en el carril bus y ganándome por ello una sonora pitada de dos taxistas y un conductor de autobús, que además me hizo un gesto amenazante de rebanarme el pescuezo. Pero a mí, por primera vez, no me importaron los pitidos ni los insultos, yo tenía una misión: seguir al taxi, seguir a mi madre al encuentro con su amante. Lo malo es que a pesar de mi arrojo inusitado, en María de Molina lo perdí de vista. Bueno, en realidad, acabé siguiendo a otro taxi y me di cuenta cuando de él bajó un señor trajeado con maletín. Y ni rastro de mi madre. Había fracasado.

Decidí poner rumbo a mi barrio. Doblé una esquina y me paré ante un semáforo en rojo. Y allí en la acera vi a un grupo nutrido de personas a las puertas de un bar, que llevaban varias pancartas con lemas sobre las preferentes. Estaban tomándose unas cañas en un ambiente relajado y festivo. Y de pronto vi a mi madre aparecer y meterse en el bar. La saludaron como si la estuvieran esperando con ansia. Todo sonrisas, besos y abrazos. Y de repente vi que un señor de bigote y con un sombrero de fieltro gris le rodeaba la cintura y le daba un beso en los labios. Mi madre le abrazó con ganas y alargó su beso. A mí casi me da un patatús.

Unos bocinazos me alertaron de que el semáforo estaba en verde y tuve que arrancar. Mi madre se había liado con un pancartero. Con un manifestante. Ahora tenía sentido todo ese afán reivindicativo y entusiasta que la había poseído. Entre manifestación y manifestación, entre consignas y gritos, mi madre había encontrado el amor. Mi abuelo había perdido sus ahorros por culpa de las preferentes. Y mi madre había conseguido transformar esa desgracia, esa avaricia de los bancos, en una oportunidad para el escarceo sexual, para la aventura extramatrimonial, para darse una nueva oportunidad lejos de los brazos de su marido. Y no pude evitar pensar en mi padre. Al pobre la crisis le estaba golpeando por todos lados. Le estaba dejando sin clientes en su estudio, y ahora le robaba a su mujer.

En ese momento me llamaron al móvil y tuve que aparcar mi reflexión. Era David. Quería saber si ya había hablado con Aarón y lo había arreglado todo. Y no sé por qué le mentí. Le dije que sí, que estaba ya todo más que encauzado, que esa tarde lo vería y que seguro que lo convencía.

Supongo que mentí a David para obligarme a cumplir lo prometido. Así que tan pronto vi a mi hermana le pedí el teléfono de Aarón para llamarlo. Me sentía rara con su número de teléfono en la agenda. Lo que habría dado por tenerlo hace quince años... Aunque seguro que tampoco me habría atrevido a utilizarlo. Pero ahora tenía que hacerlo, tenía que llamarlo. No encontraba el momento, no sabía qué decirle exactamente, por dónde empezar. Así que lo retrasé durante horas y por fin me decidí. Llamé una vez y no respondió. Algo que agradecí. A las dos horas volví a llamarlo y tampoco lo cogió. Y ya empecé a mosquearme. Así que lo llamé una tercera y tampoco. Le dejé un mensaje y otro. Pero Aarón seguía sin dar señales de vida.

—Vamos a verlo esta noche al concierto. Y ahí podrás hablar con él —me dijo Lu—. Tocan en La Riviera.

—Lu, es que tengo mucho trabajo.

—Ay, no seas cansina, por favor. Tenéis que arreglarlo ya. Sobre todo si le quieres pedir que toque en el desfile.

—¿Cómo sabes lo del desfile?

—David me lo contó. Pero no pasa nada. Me da igual que lo quieras hacer por un motivo egoísta. Yo mientras lo arregléis y Aarón vuelva a pasar las noches conmigo, perfecto.

—Yo creo que si no me coge el teléfono tampoco me querrá ver por ahí.

—Es que tiene su orgullo, ¿sabes?

—Aarón Humilde tiene su orgullo. Qué apropiado.

—¿Vas a venir o no?

—Yo es que en los conciertos nunca sé muy bien qué hacer, y me canso de estar de pie, allí en medio de todos... y fingiendo una pasión que nunca siento.

—Más mustia y te secas, de verdad. Deja algo de esa cosa rancia que tienes para cuando seas vieja, digo yo.

Como a mí nadie me llama mustia y rancia en la misma frase, fui a verlo tocar al concierto. El público en la sala La Riviera estaba entregado. Botando, coreando los estribillos, desgañitándose, aplaudiendo. Y no era para menos. Si me habían gustado sus dos álbumes, en directo ganaba muchísimo. Eran vibrantes. Aarón y su banda, sin apenas hacer un aparente esfuerzo, se metían al público en el bolsillo. Y me dejé arrastrar por la música y el entusiasmo. No pude evitar sentirme como a los diecisiete, cuando le iba a ver tocar con su grupo

Los Humildes. Desprendía el mismo carisma, qué digo el mismo, lo había mejorado. Ahora ya no necesitaba ni quitarse la camiseta para seducir. Y cuando tocó la canción triste de las ciudades y los hoteles la gente encendió mecheros, sus pantallas de móvil y corearon la letra. Y mientras tanto, en el escenario, se proyectaban fotos de hoteles horribles en ciudades horribles y en alguna se colaba la cara de Aarón adolescente. Ese Aarón al que había conocido yo.

Después de varios bises el concierto terminó y Lu me llevó al *backstage*. Mi hermana parecía la verdadera estrella allí detrás. Todos la conocían, la besaban y saludaban por su nombre. Y estaba claro que todos envidiaban a Aarón por estar con una mujer como Lu. Se les notaba en la manera en que la miraban, y en que la complacían. Ella me presentó a toda la banda, y yo volví a sentirme transparente, igual que a los diecisiete.

—Guapo, mira quién ha venido a verte.

Aarón estaba bebiendo una botella de agua de un litro y medio. Me miró e hizo un gesto con la cabeza a modo de saludo.

—Vaya, y yo que creía que los roqueros se alimentaban de *bourbon* y cerveza —dije.

Sí, sé que no fue la mejor frase para reconciliarme, pero cuando estoy nerviosa no sale lo mejor de mí.

—¿Qué tal, Sara? ¿He mejorado algo en estos años?

—Algo.

La que debía mejorar su actitud y a toda velocidad era yo.

—Me ha gustado mucho, en serio.

—Puedes decir lo que piensas. Yo al menos sé soportarlo.

Qué hijo de la grandísima... Sonreí. Yo había venido a hacer las paces, a pedirle que volviera a casa a follarse a mi hermanísima, que estaba todo bien, que no me importaba, que mi casa era su casa y que mi hermana era su polvo, digo, su novia, digo, su prometida. Y que estaba todo bien, de verdad que sí. Y que ya de paso, ya que todo estaba bien y que éramos tan amigos y tan enrollados, que por qué no tocaba en el desfile de mi amigo. Si, total, íbamos a ser familia y nos llevábamos la mar de bien...

—Me ha encantado. Tenéis un directo contagioso.

—¿Contagioso como un virus mortal, o como una gripe de invierno?

Sonreí incómoda. Ayúdame un poquito, desgraciado.

—Vamos, que te has aburrido como una ostra. Dilo, no pasa nada.

Miré a mi hermana.

—Tu novio debe de ser masoca o algo. Yo ya no sé qué decir para convencerle de que me ha gustado. —Me dirigí a él—: A ver, no sois U2 pero no estáis mal.

—¿U2? Pero ¿tú cuántos años tienes, Sara?

—Los mismos que tú y muchos más que mi hermana.

La cosa no estaba yendo bien. La cosa empezaba a descarrilar sin remedio. Volví a pedir ayuda a Lu.

—Lu...

—Aarón, venga, no se lo pongas tan difícil, que viniendo de mi hermana esto es toda una proeza.

—¿Qué es lo que le pongo difícil? —preguntó él.

Yo decidí coger el toro por los cuernos de una vez por todas.

—He venido para disculparme por el otro día. Y para pedirte que vuelvas a nuestra casa cuando quieras. Porque esa casa no es solo mía, es de las dos, bueno, en realidad era de mi abuela y ahora es de mi padre. Vamos, que es de la familia, y que no tenía ningún derecho a ponerme como me puse.

—Sí lo tenías.

—No. No lo tenía. Y quiero que vuelvas. Vuelve a dormir allí cuando quieras, como quieras, con quien quieras.

—¿Con quien quiera? —Los ojos de mi hermana casi saltaron de sus órbitas.

—Digo... —¿Había dicho yo eso? Sara, Sara...—. Que ya ni sé lo que digo. Que eres bienvenido, Aarón.

—Y que yo acepto tocar en el desfile de tu amigo. No sufras —contestó él.

En ese momento quise asesinar a mi hermana. Pero asesinarla de verdad, de coger un cuchillo y rebanarle el pescuezo y luego clavárselo costilla a costilla y acabar arrancándole el corazón, y, a poder ser, sin que hubiera perdido la conciencia para que sufriera como una bellaca.

—¡Lu! Pero ¿se puede saber por qué le has dicho nada?

—Es mi prometido. No tengo secretos con él.

—Pero me acabas de dejar completamente vendida. ¡Y ahora debe de pensar que soy la tía más interesada del planeta!

Lu abrazó a Aarón.

—Lo importante es que él acepta tus disculpas y va a tocar en el desfile, y, sobre todo, sobre todo, vuelve a casa de la abuela.

Aarón me sonrió.

—Y tranquila que no me voy a llevar ninguna maleta. Ni me mudo ni nada. Como mucho me pasaré alguna noche que otra.

Y sin más se puso a besar a mi hermana como si fuera esa noche la última vez. Bésame, bésame mucho. Que tengo miedo a perderte, perderte después.

Eso que había dicho Aarón, de «alguna noche que otra» empezó justo esa noche. Y no solo vino él. Mi hermana decidió invitar a toda la banda para celebrar el éxito del concierto y la reconciliación de su hermana, o sea yo, con su prometido, o sea Aarón. Y yo no me pude negar, claro. No era el momento de sacar a la rancia que según mi hermana llevaba dentro.

No pude dormir. Y esta vez no era mi mente torturándose con imágenes de ellos dos montándoselo, era por el ruido que provenía de la sala. Llena de gente, de músicos, de humo, de botellas vacías, de porros que pasaban de una mano a otra, de chicas en tetas... Bueno, lo último tal vez me lo estaba inventando desde mi habitación, pero no podía evitar imaginar a muchas chicas en tetas, mi hermana incluida. Si mi abuela levantara la cabeza... Aunque lo peor es que es probable que estuviera allí unida a la fiesta, y no como yo, toda mustia e intentando dormir encerrada en la habitación. Pero es que al día siguiente me tocaba ir a buscar a Roberto al aeropuerto y quería estar despejada y descansada para él. Me había costado tres días convencer a Roberto de que se quedara en mi casa. El pobre seguía aterrorizado con la idea de que se iba a tener que cruzar con mi padre. Yo tuve que jurarle y perjurarle que todo estaba bien, que mi padre ya había convertido la pillada en una anécdota para contar en el trabajo. Aunque decirle eso no ayudó demasiado a Roberto. Así que rectifiqué y le dije que me lo estaba inventando, que lo único real era que mi padre estaba en su propio proceso de aceptación de lo que le estaba ocurriendo con mi madre. Y que era incapaz de pensar en nada más.

La música seguía sonando y yo por más que me ponía la almohada encima de la cabeza, por más que intentaba contar ovejitas, por más que me hubiera tomado tres dormidinas (sí, ya había comprado), no conseguía pegar ojo. Así que me levanté, me quité el pijama, porque lo último que quería es que nadie me viera de esa guisa, me puse unos vaqueros, una camiseta y me adentré en la sala. Tenía que pedirles de manera amable que bajaran un poco la música y el tono de voz. Que no lo hicieran por mí, que lo hicieran por mi padre, que era un señor mayor pasando por un trance complicado, y que necesitaba sus horas de descanso y de sueño.

Y tan pronto entré en la sala, al primero que vi, sentado en el sofá rodeado de tres rubias y dos músicos que bebían a morro de dos cervezas, fue a mi padre. Feliz, bebiendo. Y alguien le pasaba un porro. ¡Y él fumaba!

—¡Papá!

—¿Has visto qué majos son los amigos del prometido de Lu?

¡Lu! Había llamado a Lucía ¡Lu! ¡Mi padre!

—Y a estas chicas les encanta mi *piercing*. Así que me lo he vuelto a poner. Ya apenas escuece. Majísimas, oye, son majísimas. Y Aarón un partidazo. ¡Un crack, el tío! Y el caso es que ese nombre me suena. Tú no tenías en la escuela un amigo... o un...

—¡Papá! —grité—. Y ¿tú mañana no trabajas?

—Sí, ¿y?

—No sé, que son las cuatro de la madrugada...

—Tu padre es capaz de estar de fiesta y de cumplir al día siguiente.

—Pero ¿cuándo fue la última vez que estuviste de fiesta? Y ¡eso que estás fumando es un porro! Seguro que se te baja la tensión, que tú eres propenso a tener la tensión baja...

Noté cómo alguien en ese momento me abrazaba por detrás y me levantaba, mis pies dejaron de tocar el suelo por un momento. Era Aarón.

—Deja que disfrute el hombre, que está pasando un mal trago.

Yo empujé todo mi cuerpo con fuerza hacia abajo, para tocar el suelo cuanto antes, y me zafé de su abrazo.

—Papá, no me digas que le has contado lo de mamá.

—Hija, a mi edad o das pena o no llamas la atención. Y yo quería llamar la atención de estas dos jovencitas.

—¡Papá!

Lu, que acababa de entrar en la sala, se acercó a mí y me dio una cerveza.

—Relájate un poco, tonta. Y deja que papá disfrute.

—Yo creo que os habéis vuelto todos un poco locos, la verdad. Sabes que papá es un tornado emocional, que lo mismo va para un lado que para el otro. Y no creo que el alcohol y otras sustancias...

—Tu padre ya es mayorcito, amor —me dijo mi padre—. Tú deja de preocuparte. Que está todo bien. Venga, bebe. La de tiempo que no me daba una fiesta.

—Que no, que me voy a la cama. No me queméis la casa con los porros. Y si viene la policía os arregláis vosotros con ella.

—En mi habitación hay tapones para los oídos. Están sin usar. Píllalos si quieres —dijo mi padre.

Y yo salí de allí, fui a por los tapones, me metí otra dormidina y caí redonda. Desperté a las doce del mediodía. Y tenía que estar en el aeropuerto a la una. ¡Mierda! Me levanté a toda prisa, quise entrar al baño pero alguien lo estaba ocupando y no tenía intención de salir, por más que yo aporreara la puerta. Me asomé a la sala y vi los restos del naufragio: varios músicos dormían en el sofá, en el suelo, botellas por todas partes, un cojín quemado por una colilla, un cartón de leche desparramado en el suelo, las ventanas abiertas y con las cortinas al viento, una de ellas empapada seguramente por culpa de alguna botella de ron o de whisky... Y alguien había subido la jaula del loro y la había abierto, y el loro volaba de un lado a otro. Era un milagro que no se hubiera escapado por la ventana. Conseguí meterlo en la jaula aunque me gané un picotazo de desaprobación por su parte. Miré el desaguisado. Yo que quería la casa para Roberto y para mí, y había conseguido justo lo contrario: la había convertido en un vertedero, en una casa okupa. Pero no tenía tiempo ni de ponerme a limpiar ni de despertar a tanto extraño.

Pero tampoco podía dejar la casa así y que Roberto se encontrara con ese panorama nada más llegar. Eso no era forma de darle la bienvenida. Así que, haciendo de tripas corazón, decidí entrar en la habitación de mi hermana. Y si me la tenía que encontrar con Aarón, los dos desnudos y entregados el uno al otro y con sus cuerpos enredados y... pues que así fuera. Pero tenía que despertarla y obligarla a que recogiera todo aquello antes de que yo volviera del aeropuerto. Si en algo apreciaba su vida, más valía que me hiciera caso.

Entré.

Allí estaba, en la cama, pero al menos tapada con la sábana, abrazada a Aarón. Los dos durmiendo pegaditos, exudando alcohol y oliendo a... saber qué. La llamé, pero ni se inmutó. Volví a llamarla y nada. Así que la zarandeé hasta que conseguí que reaccionara. Abrió un ojo y la luz la cegó.

—¿Qué pasa?

—¿Qué pasa? Que voy ahora mismo a por Roberto. Y quiero que en dos horas la casa esté como nueva. No quiero a nadie aquí y lo quiero todo limpio.

—Vale.

Y volvió a cerrar los ojos. Yo la zarandeé otra vez.

—De vale nada. Ahora mismo te levantas y empiezas a recoger. Quiero ver cómo lo haces.

—Tú lo estás flipando.

La agarré de la oreja. Sí, de la oreja, y la levanté de la cama. Ella chilló de dolor. Tanto que Aarón se despertó.

—¿Qué pasa? ¿Qué pasa? ¿Qué se quema?

—¡Sigue durmiendo! —le ordené. Y me hizo caso porque volvió a cerrar los ojos—. Y tú, despierta.

—Sara... —protestó.

—Escúchame bien —le dije sin soltarle la oreja—. Si de verdad quieres casarte, me necesitas de aliada.

—Papá también...

—Calla y escucha. Papá no está ni para pensar. Aquí a quien necesitas es a mí. Así que más te vale tenerme contenta. Empieza a recoger, echa a todos de la casa y me tendrás de tu lado. Y a mamá en la boda. Pero como haya un solo vaso, una sola colilla, o como huela mínimamente a alcohol, a marihuana o a cualquier rastro de que aquí hubo anoche una fiesta, olvídate de casarte con ese. ¿Me he expresado con claridad?

—Pobres hijos cuando los tengas. Pobrecitos. Eres una madre castradora.

—¿Me has entendido? Asiente con la cabeza.

—Que sí, pesada, que ahora mismo me pongo.

—¡Ya!

Bajé las escaleras de caracol. Le eché un vistazo a las alas de Ícaro, cada ala estaba colgada de las estanterías y cubrían prácticamente las paredes del taller. Las miré orgullosa. Lo había conseguido. Iba a ser muy impresionante. Y nadie de la fiesta las había tocado, estaban intactas. Menos mal que solo les había dado por coger la jaula del loro y no se pusieron a jugar con las plumas. Así que respiré aliviada. Todo iba a salir bien, cuando volviera no quedaría rastro de fiesta y yo me encerraría con Roberto en la habitación para recuperar un año de ausencia. Todo iba a salir bien.

6

Roberto y el vikingo

El vuelo de Roberto llegaba a la T4, y después de coger varias salidas equivocadas y de intentarlo tres veces, por fin conseguí dar con el aparcamiento de la terminal y pude dejar el coche. Llegaba tarde, es probable que a Roberto ya le hubiera dado tiempo hasta de recoger la maleta de la cinta. Entré a todo correr a la terminal y busqué en la primera pantalla que vi la puerta por la que saldrían. Jadeando y sin apenas aire en los pulmones, comprobé que el vuelo se había retrasado una hora. Así que aún no había tomado tierra. Agradecí el retraso. Me daba tiempo de pasar por el baño, peinarme un poco, acicalarme, tomar un café, un cruasán de precio prohibitivo y recibirlo con la mejor sonrisa.

Después de una hora la pantalla anunció un nuevo retraso. Pero esta vez solo de treinta minutos. Que se convirtieron en otros treinta. Y otros treinta más. Aproveché para llamar a David y decirle que ya tenía banda para su desfile, que Aarón había aceptado. Creo que se oyeron sus chillidos de alegría a través del móvil en toda la T4. Y sí, pasaríamos al día siguiente para un ensayo, y sí, llevaría a Aarón para que se conocieran y para que decidieran los temas y cuándo tocarlos. Me preguntó por mis piezas y le conté que ya solo me faltaba ultimar cuatro detalles. Y sí, estaba contenta. Moderadamente, aunque eso último no se lo dije. Le había ido mandando fotos a través del móvil, y David había aprobado casi todo, así que de poco más teníamos que hablar.

—A tu hermana le he reservado el modelo más alucinante de todos. Va a ser una diosa de la pasarela. Y ¿sabes qué? Espero que no te importe...

—Mal empieza esa frase.

—Digamos que he dejado caer entre algunos periodistas que están acreditados que mi modelo principal se ha comprometido con Aarón.

Y como él va a tocar con su banda, tal vez quieran hacer el *photocall* juntos. Y contestar a algunas preguntas.

—¡David! Si yo aún tengo esperanza de que no se casen. Pero ¿por qué has hecho eso?

—¿No quieres que se casen? Eso es que lo quieres para ti, perra.

—¿Qué dices? ¡Estás loco! Yo con ese hortera ególatra de tres al cuarto no quiero nada. Estoy pensando en mi hermana. Y si sale en la prensa que se van a casar puede reafirmarla en el disparate de la boda. Dios...

—Tampoco son tan conocidos. A lo mejor no le interesa a nadie.

—Entonces, ¿por qué lo has hecho?

—Es promoción. Y si cuela sería bueno para todos: para mí, para ti, para tu hermana que está despegando y también para Aarón, para que lo empiecen a conocer en otros círculos.

—¿Los del corazón? ¿Tú crees que eso le va a interesar?

—Oye, que si pasado mañana no quieren hacer nada nadie los va a obligar. Es cosa de ellos.

—Porque te quiero mucho, que si no te mataba...

—¿Sabes quién más ha confirmado que asistirá? No te lo vas a creer. Pero no te pongas nerviosa, ¿vale?

—Dime.

—Carlota Hamilton.

—¿Qué? ¿En serio?

—De verdad. La bloguera más importante en el mundo de la moda va a asistir a mi desfile. ¡Va a ver nuestros diseños! ¿Tú sabes lo que puede significar eso?

—La muerte.

—Difusión a nivel europeo. A Carlota la leen en París, en Milán, en Londres...

—David, pero esa mujer nunca deja títere con cabeza. Que tumbó el último desfile de Marc Jacobs, si hasta se metió con su exnovio porno, diciendo que se notaba su mala influencia. Que cuando le coge ojeriza a alguien lo entierra. ¿Para qué la has invitado?

—Estás muy negativa, Sarita. Y a mí tanta negatividad a dos días del desfile me viene fatal. A Carlota la vamos a enamorar. Lo sé, lo siento, lo presiento. Porque somos la caña, la leche, la polla en vinagre. Y tus alas, alucinantes. Repítelo conmigo: somos la caña.

—Bueno, con un poco de suerte ni aparece.

—¿Qué te acabo de decir sobre tu negatividad?

—¡Mierda!

—¿Qué pasa ahora?

—El vuelo de Roberto, que lo han vuelto a retrasar...

Ya no sabía ni el tiempo que llevaba allí, me estaban creciendo raíces. Encima los aeropuertos me dan un hambre atroz. Y en las horas que llevaba de espera ya había probado todas las ediciones especiales de los distintos sabores de helado Magnum que habían sacado el último verano. El más rico el Apple Crumble, sin duda. El botón del pantalón amenazaba con ceder. Tantos kilómetros corriendo para nada. Llamé a mi hermana y no me lo cogió. Le grité a su contestador automático:

—¡Solo espero que estés tan ocupada limpiando y echando a todo el mundo que por eso no has podido coger el teléfono! Impoluta, ¿me oyes? ¡Quiero la casa impoluta a mi llegada!

Hojeé todas las revistas, las del corazón, las de moda, las de interiores, leí las primeras páginas de todos los *best sellers* que había en las tres tiendas de prensa de la zona de la T4 en la que estaba. Paseé de arriba abajo contemplando la inmensidad un tanto ridícula de toda la terminal. Imaginaba a todos los viajeros foráneos llegando a Madrid por primera vez y siendo recibidos por ese espacio amarillo y enorme, lujoso y estético. Seguro que esa imagen contrastaba luego con la arquitectura castiza y de pueblo de Madrid, una ciudad que tenía cinco rascacielos, y mucha teja antigua y mucho ladrillo naranja a la vista, tres museos de los que estar orgullosos y poco más. Pero sí, la T4 era impresionante, y fruto de una época donde nos creímos los más ricos de Europa, donde todo se basaba en construir de manera faraónica, a mayor gloria y orgullo de los que habíamos votado para que nos gobernaran. La T4 sacaba mi yo más político. Y el retraso que llevaba el avión me hacía a cada minuto más crítica. Y ni siquiera había traído un bloc para poder dibujar. Decidí comprarme uno y un lápiz, y aprovechar un poco el tiempo.

Después de llenar varias hojas de garabatos a cada cual más espantoso, decidí intentar el diseño del vestido de mi hermana. Por si acaso ella seguía empeñada con la idea de casarse, que no viera que yo le había prometido en vano algo que no iba a cumplir. Empecé primero esbozando de memoria el vestido que mi hermana me había enseñado, pero enseguida lo descarté. No me apetecía copiarlo ni inspirarme en él. Si le iba a hacer el diseño, tenía que impresionarla. Y sobre todo callar la boca de mamá. ¿Qué era eso de que yo no era capaz de hacer un vestido de novia? Por supuesto que podía. Se trataba de captar la esencia de la chica, sus gustos, sus intenciones. Y de contar de alguna manera su historia de amor. Y ahí reconozco que empecé a atascarme. Porque apenas sabía nada de su historia. Me había contado cómo se le había declarado, pero no cuándo se habían conocido, cuánto tiempo llevaban, ¿qué le había enamorado de él? No lo sabía porque estaba claro que no quería saberlo. Cuanto menos supiera, mejor. Pero puede que esa no fuera la mejor actitud para diseñar el vestido de su boda.

Tonterías, me dije. ¿Acaso los diseñadores no hacen vestidos sin tener en cuenta la personalidad de la modelo? Por supuesto que sí. Con tomar sus medidas sería suficiente. Tampoco tenía que plasmar en el traje su historia de amor. ¿Para qué torturarse en vano? Así que me olvidé de que el vestido era para mi hermana y para su boda con Aarón y dejé volar mi imaginación. Se trataba de un vestido de boda, e iba a ser un vestido impresionante. No necesitaba más. Me enfrasqué en el dibujo. No sé cuánto tiempo llevaba dibujando cuando levanté la vista para mirar la pantalla. Por fin anunciaban una hora de llegada para el vuelo de Roberto. Así que me dirigí a la puerta número 7. Me senté en una silla desde la que veía la puerta por la que tenía que salir y seguí dibujando.

Y volví a concentrarme de tal manera en los garabatos que estaba haciendo que solo unos golpecitos en mi hombro me hicieron levantar la vista. Era Roberto. Después de horas de esperarlo, su presencia me alteró. Porque durante horas me había imaginado cómo saldría por esa puerta, cómo me abalanzaría sobre él, cómo nos abrazaríamos y besaríamos, y de repente el hecho de que me diera unos golpecitos en el hombro y me descubriera dibujando me desconcertó. No lo había previsto así. Me levanté de golpe, tirando sin querer el bloc.

—¡Roberto!

—Siento el retraso. ¿Llevas mucho tiempo aquí?

—No te preocupes, me he entretenido bastante, hasta me ha venido bien estar estas horas aquí, para concentrarme. ¿Cómo estás? Qué bien que estés aquí.

Y le besé y le di un abrazo. Pero quizás no había sido como lo había imaginado, fue un beso un tanto torpe y un abrazo ortopédico. Yo vi cómo miraba el bloc del suelo, que justo se había abierto por una de las páginas que tenía el boceto de un vestido de novia casi acabado. Y vi su cara de susto.

—¿Eso es un vestido de novia?

—Tampoco hace falta que pongas esa cara. Que no es para mí, no estoy tan loca.

—¿Eh...? No, no, simplemente me ha llamado la atención.

—Es para mi hermana. Se casa.

—¿Lu?

—Así nos hemos quedado todos.

—Oye, tengo que pedirte un favor.

Ahí me di cuenta de que iba cargado con tres maletas. Algo que me extrañó.

—¿No me digas que te quedas más de una semana? —pregunté ilusionada.

—No, ya lo siento. Dos de estas maletas son de Eric.

—¿De quién?

—¿Te acuerdas que te hablé de él? Es un compañero de trabajo. Tenía que venir a una entrevista, y bueno... ¿Tú crees que se podría quedar en casa?

—¿Con nosotros?

—Es que se ha portado conmigo tan bien en París... Sin él no habría sobrevivido en esa ciudad.

—Y ¿dónde está?

—Ha ido al baño. ¿Se puede quedar?

—Supongo... No sé dónde lo vamos a meter, pero bueno... ¿Y no me pudiste avisar con algo de tiempo?

—Es que surgió así, ayer, sin más. Y no sé cómo me vi invitándolo a tu casa. Perdona el morro. Pero de verdad que es un tío genial, y se lo debo.

—No pasa nada, tranquilo. Yo me había imaginado toda la semana para nosotros solos, pero bueno...

—Y yo, pero como sabía que tu casa ya estaba llena de gente...

—Pensaste: pues uno más, qué más da, ¿no?

—Le puedo decir que se vaya a un hotel.

—Que no, Roberto. Si es amigo tuyo, también lo es mío.

Vi cómo se acercaba hacia nosotros un chico muy corpulento de barba poblada y pelirroja. Con aspecto de vikingo. Tenía una sonrisa franca, y perenne, aunque eso lo descubriría luego, y llevaba un gorro de lana amarillo, una camisa de cuadros rojos y unos pantalones de color caqui. Y unas zapatillas de colores. Era como el modelo ideal de Benetton, pero a una escala Hulk. Le faltaba una chica asiática al lado.

—*Hi! This is Eric. Sara, I suppose.*

Me dio la mano y luego dos besos en las mejillas. Desprendía una energía contagiosa.

—*Yes, nice to meet you.* —Y miré a Roberto—. ¿Y solo habla inglés?

—Y un poquita de español —contestó el pelirrojo.

—Ah, pues mejor. Que tengo el inglés un poco oxidado —me excusé.

—Eso dijo Roberto tú ibas decir. Inglés oxidado.

—¿Sí? —Miré a Roberto con mala cara.

—Que no te moleste, tonta. Eso es porque te conozco mucho. ¿Nos vamos?

—Terminal 4, muy color —dijo Eric el pelirrojo—. Me gusto.

—Me gusta —lo corrigió Roberto.

—*Do you like it too?* —preguntó el pelirrojo.

—No, digo que se dice «me gusta», no «me gusto».

—Deja al chico, que a lo mejor también se gusta a sí mismo y era lo que quería decir...

—Me gusta. Me gusta. Me gusta —repitió—. No olvido más.

—Pues hala, «me gusta», *pal* coche —dije animosa. No me quedaba otra. Al mal tiempo, buena cara. Y como bien decía Roberto, si en mi casa cabían tres, también podían caber cinco.

Subimos en mi Fiat 500. No estaba segura de que Eric cupiera en mi minicoche. Roberto me preguntó si no me importaba que Eric fuera en el asiento de delante. Iba a estar más cómodo. Y a Roberto no le importaba ir en el de atrás, donde cabía sin problemas. Nada estaba saliendo como esperaba, no había imaginado la vuelta a casa del aeropuerto con un desconocido pelirrojo de copiloto y mi novio atrás, pero me resigné.

—Claro, no hay problema. Eric, tú delante, conmigo.

Metimos a duras penas las maletas en el pequeño maletero y en el asiento de atrás. Una vez dentro íbamos como sardinas en lata. Salí del aparcamiento. Con Eric el pelirrojo a mi lado y Roberto en el asiento de atrás sepultado entre las maletas. Yo lo miraba por el retrovisor. Me sonreía. Y eso me llenó de paz. Roberto ya estaba aquí, eso era lo único importante.

Miré a Eric.

—¿Tu primera vez en Madrid?

—Sí. Estoy deseando conocer.

—Y ¿tú dónde has aprendido español?

—De joven trabajé en *restaran mehicano* en Londres. Ahí yo aprendo.

—Y tendrías que ver cómo canta por Chavela Vargas, se sabe todo el repertorio —dijo Roberto.

—¿En serio?

—Mejor profesora del mundo. Yo aprendo español con sus canciones y con tequilas.

—No parece un mal método, no. Pero no te imagino cantando boleros, la verdad.

—Cántate algo, Eric. Demuéstrale cómo se las gastan los noruegos.

—Tú pide canción —me dijo Eric el pelirrojo.

—No sé... ¿«La llorona»? ¿De verdad que vas a cantar?

—Este se atreve con todo, ya verás.

Y mientras cogía uno de los accesos a Madrid, y con un tráfico endiablado, Eric el vikingo noruego, pelirrojo y grandullón se arrancó por Chavela Vargas.

—Todos me dicen el negro, llorona, negro, pero cariñoso. Yo soy como el chile verde, llorona, picante, pero sabroso...

Yo no salía de mi asombro. Eric cantaba muy bien, y tenía un acento mexicano cuando cantaba muy curioso. Sonreí a Roberto a través del retrovisor.

—Tápame con tu rebozo, llorona, porque me muero de frío... —seguía cantando.

Y después de «La llorona», cantó «En el último trago». Y ahí Roberto se arrancó a acompañarle. Y yo acabé contagiada del espíritu mexicano y me puse a cantar también. Y allí estábamos los tres en el Fiat 500 en medio de un atasco: un vikingo pelirrojo, mi novio, al que no veía desde hacía un año, y yo, cantando por Chavela Vargas. Porque la vida a veces es así. Imprevisible y divertida.

—Tómate esta botella conmigooooo. Y en el último trago me besas. Esperamos que no haya testigos. Por si acaso te diera vergüenzaaaa. Si algún día sin querer tropezamos, no te agaches ni me hables de frente, simplemente la mano nos damos, y después que murmure la gente. Tómate esta botella conmigo y en el último trago nos vamoooooos...

Conseguí aparcar relativamente cerca de casa, y como ya pasaba la hora de comer y al vikingo le estaban sonando las tripas, decidimos dejar las maletas en el coche e ir a picar algo. Y algo *typical spanish* por aquello de agradar a Eric. Que como era un hombre entusiasta y agradecido alabó todo lo que iban poniendo en la mesa: que si unos huevos rotos, *«magnificent»*; que si unas croquetas de boletus, *«awesome»*; que si una tortilla de patata, que estaba bastante regulera, pero que a él le pareció *«gorgeous»*. Mientras comíamos yo buscaba el contacto con Roberto, que si mi pierna rozando su pierna, que si mi mano posándose encima de su mano, y él me sonreía y hasta conseguí que me besara un par de veces. Pero estaba claro que las muestras de afecto con Eric delante le incomodaban, algo que podía entender perfectamente. Yo bien podía dominar mis ganas de besarlo para cuando estuviéramos a solas en la habitación. Y como ya no quería aguantar más, pedí la cuenta, y Eric se empeñó en pagar.

—Tu casa yo pago.

Como lema me gustó. Así que no protestamos demasiado y Eric se hizo cargo de la cuenta. Roberto me explicó que el vikingo estaba tan pelado como nosotros, que era un becario más en el estudio de arquitectura en el que ambos trabajaban, pero, según él, tenía más talento que todos los jefazos juntos. «Va a llegar muy lejos. Tiene una visión que está años por delante de la nuestra. Sabe por dónde se va a mover la arquitectura los próximos años». Roberto siguió elogiando a Eric, hasta que este lo mandó callar. Y una vez que Roberto se disculpó por su efusividad, fue Eric el que empezó a elogiar a Roberto. Que si su visión ética y comprometida sobre el medio ambiente, que si las casas con materiales reciclables, que si...

—Estamos aburriendo a Sara —contestó Roberto.

—Las personas que hablan apasionadamente de su trabajo nunca me aburren —contesté.

Y Eric se lo tomó como una invitación a seguir, y sin que yo pudiera remediarlo, dejaron los elogios para enfrascarse en una conversación sobre el último edificio de no sé quién, que había hecho no sé qué, que al parecer era «*clever and sofisticated, and cheap, so cheap, because the future has to be cheap*». Recogimos las maletas y entramos en el portal. Ellos seguían hablando de arquitectura cuando abrí la puerta de casa. Y al entrar mis pies sonaron como si hubieran pisado un charco.

Miré hacia el suelo y de repente vi que una capa de agua de al menos dos centímetros cubría todo el pasillo.

—Pero... ¿qué es esto? —exclamé alarmada—. Dejad las maletas fuera. Esperad aquí.

Entré corriendo en el salón, también estaba inundado. Todo seguía como cuando me había ido, sin recoger. Aunque ya no había gente durmiendo. Y el loro seguía en la jaula, eso sí, mirando hacia el suelo, hasta él parecía preocupado por la inundación. Tenía que averiguar de dónde venía, ¿la cocina? ¿el baño? Grité llamando a mi hermana.

—¡Lu! ¡Lu!

En la cocina también había agua, pero en menor cantidad, no parecía que la fuga viniera de allí. De la lavadora no venía, ni tampoco del lavavajillas. Seguí gritando el nombre de mi hermana. Me acerqué al baño, seguía cerrado. Y noté cómo el agua salía por debajo de la puerta. De ahí venía. Aporreé la puerta. Roberto había entrado en casa y se acercaba por el pasillo.

—¿Qué ha pasado?

—Viene de aquí, alguien está encerrado y no se entera. ¡Como haya un muerto ahí dentro me voy a cabrear pero mucho! ¡Lu!

Me dirigí a la habitación de mi hermana, mientras le pedía a Roberto que intentara abrir la puerta del baño. Entré en la habitación y descubrí a mi hermana casi en la misma postura en que la había encontrado hacía unas horas acurrucada junto a Aarón. Pero ¿cuántas horas llevaban durmiendo?

—¡Lu! —La zarandeé sin ningún tipo de consideración. Ella se despertó bruscamente.

—¿Qué pasa? ¿Qué pasa?

—¡La casa está inundada! ¡Y vosotros ahí durmiendo!

Roberto entró en la habitación.

—La puerta no se abre. ¿Llamamos a los bomberos? Hola, Lu.

—Roberto, bienvenido —lo saludó una somnolienta Lu.

—A lo mejor el vikingo es capaz de echarla abajo —dije.

—¿Quién es el vikingo? —preguntó Lu.

—Levántate ya y despierta a la marmota de tu novio.

Salí de la habitación con Roberto y fuimos a por Eric, que seguía en la puerta de casa custodiando las maletas.

—Eric, ¿serás capaz de tirar una puerta abajo? —le pregunté.

Eric no debía de tener muy claro lo que le acababa de pedir, porque miró a Roberto. Y este asintió.

—Sí, con una patada, o con el peso de tu cuerpo. Es una emergencia.

—*I can try.*

—Pues vamos.

Eric llegó hasta la puerta del baño, la palpó, miró la cerradura y comprobó cómo el picaporte estaba anclado a la puerta, y en vez de utilizar todo su peso para forzar la apertura, me preguntó.

—¿Tienes *X-Ray?*

—¿El qué?

—Foto en plástico de dentro de tu cuerpo.

—¿Una radiografía? ¿Y para qué quieres una radiografía?

—¿La tienes o no, Sara?

—Creo que tengo unas que me hicieron de la boca, voy a ver.

Entré en mi habitación, que también estaba encharcada, y busqué en el armario. Debajo de varios jerséis encontré el sobre de las radiografías. Lo saqué y se lo llevé a Eric. Y entonces él, con una pericia de ladrón, coló el plástico entre la puerta y el marco y después de varios intentos consiguió que el pestillo cediera y la puerta se abrió.

—¡Papá! —grité.

Mi padre estaba dentro de la bañera, con los pantalones y los zapatos puestos, varias colillas de porros en un cenicero, y un vaso de whisky a medio terminar. El agua le cubría todo el cuerpo y rebosaba la bañera. He ahí el origen de la inundación. Estaba inconsciente, o dormido o...

—¡Papá!

Me acerqué a él y le di un par de palmadas en la cara. Abrió los ojos.

—¡Qué frío hace!

—¡Llevas horas ahí metido! Y la casa se ha inundado. Pero ¿en qué te estás convirtiendo? Primero el *piercing,* ahora te drogas, te quedas dormido y me destrozas el piso... Papá, ¡reacciona!

—¿Eh?...

—Sara... Sara... —me alertó Roberto.

Miré mi novio, ¿qué pasaba ahora? Y él me señaló hacia una parte del suelo. Había un pequeño agujero, al lado del radiador, por donde se estaba colando el agua... El baño estaba justo encima del taller... Y, si no recordaba mal, la mancha de humedad del techo venía a estar más o menos situada a esa altura...

—No, no, no...

Miré a mi padre y lo amenacé con el dedo.

—Como haya pasado algo, papá, como haya pasado algo...

No dejé ni que contestara, tampoco estaba para contestar, todo hay que decirlo, porque aún estaba reaccionando del colocón y dilucidando cómo había acabado metido en la bañera y congelado de frío. Corrí por el pasillo a toda velocidad, pero nadie le advierte a una de lo difícil que es correr cuando el agua lo cubre todo, así que resbalé, perdí el equilibrio, intenté agarrarme a la pared, pero acabé en el suelo. Un dolor recorrió todo mi culo y mi columna. Aarón, que salía en ese momento de la habitación, vio todo el espectáculo y corrió raudo a ayudar a levantarme. Pero no dejé que me diera la mano y le grité:

—¡Todo esto es culpa tuya, drogaste a mi padre, se quedó dormido en el baño y mira... ! Y reza porque no le haya pasado nada a mis alas. ¡Reza!

Me levanté sin su ayuda, intentando que no se notara lo mucho que me dolía el culo. Y, a duras penas, bajé tres peldaños de las escaleras de caracol. Que no les haya pasado nada, que no les haya pasado nada... Pero lo que vi me heló la sangre.

—¡Nooooo!

7

El desastre

Era mucho peor de lo que había imaginado. Donde estaba la mancha de humedad ahora había un boquete como de quince centímetros, y de ahí caía una cascada de agua turbia. El agua había empapado una de las alas, que aún aguantaba colgada en la estantería, la otra estaba en el suelo, ahogada en medio de toda aquella agua sucia... La peor de mis pesadillas acababa de ocurrir.

—No, no, no...

Bajé las escaleras de caracol entre alaridos de dolor por mi culo machacado, y con el ánimo por los suelos. Me abalancé sobre el ala que estaba en el suelo para rescatarla. Pero poco se podía hacer. Aquello era un amasijo apestoso y deforme de lo que hace unas horas habían sido unas increíbles alas de Ícaro. Mientras yo abrazaba y acariciaba mi trabajo echado a perder, por la escalera de caracol se fueron asomando Aarón, Roberto, Eric y Lu. Yo señalé con el dedo índice a Aarón.

—¡Es culpa tuya! ¡Me he quedado sin alas! ¡Me he quedado sin desfile! ¡Me he quedado sin la oportunidad de salvar mi puto negocio! ¡Por tu culpa!

—A lo mejor aún se pueden salvar —dijo Roberto.

—¿Cómo? ¿Tú has visto esto? ¡Es irrecuperable! Y pasado mañana es el desfile, joder... ¡Y no tengo más plumas! ¡Las había utilizado todas para estas alas! ¡Y eran preciosas y eran...!

Me eché a llorar. No estoy orgullosa de haberme puesto a llorar en ese momento, pero no pude evitarlo.

Roberto bajó las escaleras, abriéndose paso entre Eric, Lu y Aarón.

—Hola, yo soy Roberto, encantado.

—Aarón.

—Y él es Eric...

—¿Queréis dejar las presentaciones para otro momento? —balbuceé entre hipidos—. Soy una mujer acabada y vosotros venga a presentaros.

Roberto me abrazó.

—Venga, cariño, seguro que podemos hacer algo.

—¡Ma... la... lo...! —mascullé de manera ininteligible entre sollozos.

—¿Qué?

—Que mates a ese *desbraciado* —dije señalando a Aarón—. Es lo único que me hará sentir bien...

Roberto miró a Aarón. Este parecía muy compungido... Lu salió en su defensa.

—No es su culpa, Sara.

—¿Cómo que no? ¿Cómo que no? Mis alas, mi trabajo, mi desfile, mi vida...

Y otra vez a llorar.

—Yo fui quien se empeñó en hacer la fiesta en casa y quien no se despertó cuando me lo pediste... —se justificó Lu, parecía sinceramente arrepentida.

—La culpa es suya. —Yo seguía erre que erre señalando y culpando a Aarón—. ¡Has venido a fastidiarnos la vida! —Miré a mi hermana fuera de mí—. ¡No sé por qué te quieres casar con ese!

Roberto intentó tranquilizarme.

—Venga, ya está. Ha sido mala pata, tampoco la tienes que tomar con tu cuñado.

—¡Aún no es mi cuñado! ¡Y espero que no lo sea!

Eric intervino.

—Familia española. *Strong feelings.*

—¡Dile al vikingo que no se meta!

Aarón decidió aportar su granito de arena.

—Consigamos secadores, ventiladores, estufas, lo que sea que sirva para secarlas, las sacamos al patio y las secamos una a una si es necesario —propuso.

Pero yo negué con la cabeza. No había nada que hacer.

—Están destruidas, rotas, pegadas, sucias... No sirven.

—A lo mejor no podemos salvarlas todas, pero sí muchas. Algo se tiene que poder hacer... Ya verás —insistió Aarón, inasequible al desaliento.

—No, no, no se puede. ¡Papá! —grité, y volví a gritar—: ¡Papá!

Mi padre, secándose con una toalla, se asomó a las escaleras.

—¿Qué?

—¿Qué? ¿Qué? ¡Mira! O mejor vete, vete de mi vista. ¡Vete! —Estaba fuera de mí, lo sé. Y después de gritar y al ver cómo mi padre se alejaba, volví a desmoronarme. A hundirme.

Aarón se dirigió a Roberto.

—Llévala arriba, que se cambie de ropa, que se tome algo caliente. Nosotros nos ponemos a trabajar. Lu, fregona, toallas, dale un café a tu padre y que te ayude a quitar agua, y tú, ¿Eric te llamabas?

—Sí.

—Y tú y yo nos dedicamos a rescatar las plumas. Las llevamos al patio y buscamos con qué secarlas.

—No va a servir de nada... No va a servir de nada... Y no sé por qué ahora te eriges en el capataz de todo esto. Serás el líder de tu grupo de rock, pero aquí tú no mandas.

—Ay, Sara, deja que al menos intente ayudar —protestó mi hermana.

Yo me callé, derrotada como estaba, y dejé que Roberto me acompañara arriba. Mientras subía, noté que todos se ponían en movimiento de manera frenética. Yo iba a cámara lenta y ellos parecían ir a toda velocidad.

Tenía que ser un sueño, todo esto tenía que ser un sueño y yo iba a despertar de un momento a otro.

Pero no.

Roberto abrió la puerta de mi habitación. Mientras entraba vi cómo mi padre, que se metía en la habitación, seguía secándose la cabeza con una toalla. Lo señalé con el dedo.

—¡Tú, tú...! ¿No tienes nada que decir?

—Te dije que esa mancha de humedad no tenía buena pinta.

—¡Si la culpa será mía, encima!

—Venga, va, va, vamos a cambiarte.

—¡Puedo cambiarme sola! ¡No soy una niña de cuatro años! —balbuceé de nuevo con lágrimas en los ojos.

Entré en la habitación. Estaba paralizada, sobrepasada, sin saber qué hacer ni cómo hacerlo. Roberto empezó a sacar ropa del armario para que me cambiara. Lo miré.

—Yo no quería que fuera así. Llevo tres semanas esperando este momento. Si hasta había comprado un conjuntito sexy, mira. —Abrí un cajón y saqué un sujetador y unas bragas de color azul eléctrico—. De tu color preferido. Y me las iba a poner, y te iba a dar la bienvenida que te mereces y que nos merecemos y... ¡Mírame! Empapada, llorando, con la casa inundada... y llena de indeseables...

—Venga, tonta, si no pasa nada. A estas alturas ya deberías saber que las cosas nunca salen como se planean, y a veces hasta son mejores.

—¿Mejores? ¿Mejores? ¿Tú crees que yo tengo ahora ganas de ponerme ese conjunto y de echar un polvo? ¿O que tú tienes ganas de liarte con esta histérica llorosa? Si es que no tenía que ser así. No tenía que ser así...

—Venga, sécate, cámbiate, y yo voy a prepararte una manzanilla.

—¡No me gusta la manzanilla! ¡Sabes de sobra que no me gusta la manzanilla!

Roberto me miró con gesto de preocupación. Yo me di cuenta.

—Perdón, perdón...

—No pasa nada, un té verde con limón. Eso te gusta, ¿a que sí? ¿Ves como me acuerdo? Venga... cámbiate.

Roberto salió de la habitación y me quedé allí sola, empapada, abatida, hundida.

El té me sentó bien. Al igual que la ropa seca. Y que Roberto acariciara mi espalda y me abrazara desde atrás.

—He fracasado —dije con entereza y asumiendo mi derrota.

—No digas esas cosas.

—Es mejor admitirlo, Roberto. Lo he intentado, he trabajado todo lo que he podido y más. Me he esforzado, he hecho todo lo que se me ha ocurrido para que este negocio funcionara y no lo he conseguido.

—Sara, tú sabías que no iba a ser fácil. Y te has mantenido estos casi tres años en la peor de las economías posibles. Yo a eso no le llamaría fracasar.

—No tengo ni para pagar las facturas. A mi padre le debo tres meses de alquiler. Y ahora creía que tenía una oportunidad de que se viera mi trabajo, de que tuviera algo de repercusión y mira... Está todo destrozado.

—No tires la toalla, Sara.

—Pero ¿qué más tiene que pasar para que os deis cuenta de que es inútil? Si esto no es una señal, ya no sé qué puede serlo.

—¿Cuándo es el desfile?

—Dentro de dos días y medio.

—¿Sabes cuántas horas hay en dos días y medio? Muchas.

—Y yo quiero pasarlas contigo. No perdiéndolas en algo que no va a salir.

—Lo primero es tu negocio, Sara.

—Yo quiero que lo primero seas tú.

Roberto me besó en la cabeza de manera cariñosa. Yo habría preferido un beso en los labios, la verdad, pero lo agradecí de todas maneras.

—Pero yo no quiero ser la excusa para que no consigas tu sueño —contestó—. Acábate el té, y luego bajamos y nos ponemos a trabajar.

Le hice caso. Y después de beber el té y ya más calmada decidí bajar y hacer frente al desastre como una mujer adulta y no como la mocosa que se había venido abajo llorando. En el patio estaban todos ayudando, incluido mi padre. Quien, para ser justos, estaba bastante compungido. Y cuando Aarón conectó el secador para intentar secar las plumas, muchas de ellas, las que no se habían empapado y por lo tanto no pesaban el triple de lo normal, empezaron a desprenderse de la estructura de las alas, y volaron ingrávidas. En menos de tres segundos el patio estaba lleno de plumas flotando, como en una guerra de almohadas. Eric cogió una al vuelo y la observó, intentó limpiarla con la mano y me la enseñó, orgulloso.

—¿Tú dices bien?

Yo cogí la pluma, la miré con detenimiento. Deseaba que estuviera intacta, poder decir que tenía arreglo, pero no era así, estaba demasiado dañada, ni tintándola podría utilizarla. Negué moviendo la cabeza.

—No sirve.

—Esa tal vez no, pero muchas servirán, ya verás —dijo Aarón.

Y quise creerle. Quise contagiarme de su positivismo y para demostrárselo y demostrármelo a mí también me puse a trabajar en el salvamento de las plumas. Eric, Aarón, Roberto y Lu estaban a mi lado. Mi padre había tenido que irse al estudio, cabizbajo y arrepentido de todo lo que había ocurrido, ya que se sentía el más responsable de todos, y antes de irse me pidió que lo llamara para lo que fuera, y que en cualquier cosa que me pudiera ser útil... Yo se lo agradecí y le dejé marchar sin más.

Veía trabajar con entrega a Eric y Roberto. Y me sentía mal por ellos. No habían venido a Madrid para hacer ese trabajo tedioso. Así que les pedí que lo dejaran. Porque además estaba siendo un esfuerzo bastante inútil. Porque iban pasando las horas y eran muy pocas las plumas que habíamos podido salvar. Muy pocas.

Le dije a Roberto que se llevara a Eric a conocer Madrid, y aunque ambos protestaron conseguí convencerlos. Así que se fueron y me dejaron con Lu y Aarón.

Según avanzaba la tarde, y al ver que el montoncito de plumas en buen estado apenas crecía, decidí empezar a hacer llamadas para conseguir plumas de donde fuera. Las empresas a las que solía encargarlas eran de fuera, China e India sobre todo, y por supuesto no podían abastecerme en menos de tres semanas. Alguna vez había conseguido que el pollero de la calle Espíritu Santome vendiera alguna perdiz que no estaba dañada para desplumarla. Encargué a mi hermana que fuera a preguntarle si habría alguna posibilidad de conseguir una docena para el día siguiente, pero no hubo suerte. Y si no perdices, patos. Para dentro de una semana tal vez, antes imposible. La granja de avestruces que conocía había quebrado, podría buscar otras por internet, pero no me sentía muy esperanzada. No suelen negociar con las plumas, no están preparados para ello, y no es que tuvieran sacos de plumas esperando para ser vendidas. Además, el plumaje de los avestruces me podía servir para ciertas piezas, pero no para todas, y mucho menos para reparar las alas de Ícaro.

—Palomas, hay palomas por todo Madrid —dijo Aarón.

—¿Y qué? ¿Qué pretendes? ¿Que las mate a tiros y las desplume?

—Yo alguna vez he visto cómo unos operarios del ayuntamiento las cazaban con una red. Les echaban maíz y luego, cuando estaban todas apelotonadas comiendo, lanzaban la red sobre ellas.

—No nos vamos a poner a cazar palomas. ¿Y tú has visto sus plumas? Grises, rígidas, sucias... No sirven. No hay nada que hacer. Tengo que llamar a David y decirle que no cuente conmigo.

—No. No puedes rendirte —dijo Lu.

—Lu tiene razón. Haz las alas más pequeñas, o invéntate algo...

—La materia prima que utilizo son las plumas. Por mucho que quiera inventar, si no tengo materia prima no puedo hacer nada.

—Pues habrá que salvar las más posibles —dijo Aarón, que no perdía la esperanza.

Se hizo de noche, y ahí seguíamos, secando, limpiando, eligiendo, descartando. Yo de vez en cuando me dedicaba a dibujar algún boceto, alguna idea que estuviera a la altura de mis grandes alas de Ícaro, pero que no supusiera el empleo de tanta pluma. Pensé en unos *earcuffs,* que son como una especie de *piercings,* que solo necesitan un agujero en la oreja pero que unen el lóbulo al cartílago mediante cadenas o un aro que no se ve a simple vista, y el efecto es que toda la oreja está perforada. Y en esa superficie puedes ir pegando plumas, dando la sensación de que nacen alrededor de toda la oreja, y el resultado, con las plumas adecuadas, es muy espectacular. Pero para eso necesitas unas plumas muy coloridas y exóticas, desde luego no de paloma, ni de codorniz.

—¿De qué pájaro estaríamos hablando? —preguntó Aarón.

Yo señalé los tres cuadros de la pared, eran de las fotografías del ave del paraíso que había hecho en el zoo. Alguna que otra vez había ido hasta allí y, mientras mi madre pintaba sus cuadros abstractos de hipopótamos, yo estudiaba los plumajes y los fotografiaba e intentaba dejarme inspirar por ellos. En especial con los plumajes de los flamencos, de los guacamayos azules, de las cacatúas blancas y los de las aves del paraíso, por sus colores llamativos y a la vez delicados.

—¿Y dónde podríamos conseguir esas plumas?

—Que yo sepa en ninguna pajarería venden flamencos. Y mucho menos aves del paraíso. Y que no voy a comprar ningún pájaro para desplumarlo.

Aarón no sugirió nada más. Supongo que estaba harto de intentar aportar soluciones y que yo siempre tuviera un no por respuesta. Porque por mucho que intentara ser positiva, la realidad se imponía.

El montoncito de plumas rescatadas había ido subiendo, pero no era suficiente. Lu, cansada y aún resacosa, se quedó dormida con varias plumas en la mano, en el silloncito que tenía en el taller. Y empezó a roncar. Para ser una chica joven, delgada y guapísima roncaba como un rinoceronte. Aarón me sonrió con complicidad y yo acabé sonriendo también.

—¿Y tú consigues dormir con esos ronquidos?

—Es un precio que estoy dispuesto a pagar por todo lo demás.

—Eso lo dices ahora, espérate unos años...

Seguimos trabajando en silencio, y solo los ronquidos intermitentes de Lu llenaban de sonido el taller. La situación, se mirara por donde se mirase, era bastante absurda: Aarón y yo, intentando salvar plumas, y mi hermana roncando. De vez en cuando miraba de reojo a Aarón, ya se me estaban pasando el odio y esas ganas de querer matarlo, de manera literal, que había sentido horas antes. Estábamos por primera vez solos, codo con codo. Bueno, mi hermana estaba allí, claro, pero dormida, así que para el caso es como si no estuviera. Por eso me atreví a preguntárselo. Me salió sin más, no es que lo hubiera planeado.

—¿Cómo os conocisteis?

Aarón calibró por un momento si compartir ese momento conmigo o no. O al menos yo sentí que se lo pensaba, pero acabó por arrancarse.

—Apareció en el *backstage* de uno de nuestros conciertos, venía con un par de amigos que yo conocía y, bueno, quedé deslumbrado nada más verla.

—Sí, ese es el efecto que produce.

—¿Sabes lo que me dijo esa noche? «Estoy diseñada para caer bien, pero no te fíes, atrapo a los tíos que me interesan y luego muestro mi verdadera personalidad. Y es horrible».

—¿Te dijo eso?

—Sí, y esa sinceridad me desarmó.

—Típico de mi hermana.

—¿Se lo dice a todos?

—Ah, no, no. Me refiero a que cuando se siente a gusto es capaz de ser brutalmente sincera.

—Yo aún estoy tratando de averiguar cuál es esa verdadera personalidad tan horrible de la que me habló. ¿Alguna pista?

Por supuesto tenía más de una, sabía muy bien a qué se refería mi hermana al hablar de su lado oscuro. Yo tengo la firme convicción de que todas las personas que poseen una personalidad tan arrolladora y tan extrovertida como mi hermana tienen su otro lado. Pueden llegar a ser muy egoístas, caprichosas, invasivas. Están acostumbradas a que la vida les sonría, a que todo el mundo las trate bien, a salirse siempre con la suya. Y por eso, cuando no lo consiguen, suelen reaccionar de manera un tanto impredecible. A eso además habría que sumar, en el caso concreto de mi hermana, su vena melancólica. Tenía cierta querencia a dejarse arrastrar por una tristeza y una melancolía que nadie sabía muy bien de dónde provenían. En honor a la verdad, tengo que decir que muy pocas veces asomaba ese lado triste de Lu, pero cuando lo hacía, tal vez por lo sorprendente, podía ser devastador. Si te pillaba cerca te acababa contagiando. Sí, yo creo que ese punto melancólico, rayano en la depresión, unido a su lado colérico, caprichoso y egoísta, era a lo que mi hermana llamaba su personalidad horrible. Pero por supuesto no le iba a decir ni una palabra a Aarón, esas cosas las tiene que descubrir uno por sí mismo. Y seguro que durante esos dos meses antes de la boda tendría ocasión de toparse con algo de todo eso.

—¿No querrás que te hable mal de mi hermana?

—No. Pero como te opones a la boda, pensaba que estarías dispuesta a contar lo que fuera con tal de lograr que rompiéramos el compromiso.

—Para eso prefiero hablarle mal de ti a ella. Me sentiría menos traidora.

—¿Y qué cosas horribles le dirías de mí?

Yo lo miré. ¿Qué cosas horribles podría decir de él si apenas le conocía? ¿Que la eligió a ella en vez de a mí? ¿Qué hace unos años había desaparecido sin más? ¿Y que ya entonces había preferido besar a otra?

—Apenas te conozco. —Eso fue lo que dije. Porque era lo único sensato que podía decir.

—Y aun así te parece fatal que nos casemos.

—Tiene veinte años, Aarón. Yo entiendo que a ti, con treinta, te apetezca dar el paso, pero ella es una niña.

—¿Y ese argumento no es demasiado convencional?

—Es lo que pienso, me da igual que sea convencional o no. Yo quiero lo mejor para mi hermana.

—Y yo.

—¿Sabías que era mi hermana?

—¿Antes de toparme contigo en la cocina? No, no tenía ni idea.

—¿Nunca te habló de mí? ¿No me relacionaste con aquella de la obra de teatro?

—No.

—Desapareciste después de aquella noche.

—Sí. Las cosas en casa se complicaron. Y lo que más me dolió fue no volver a saber de ti.

Me quedé helada al oír esas palabras. ¿Para qué las decía? ¿Para quedar bien? ¿No era consciente acaso de lo que me afectaban, de lo que dolían? Si solo las decía porque era su manera de agradar, se estaba equivocando de pleno.

—Seguro que no fue para tanto —contesté.

—¿Te puedo preguntar algo?

—Sí, claro.

—¿Por qué te fuiste aquella noche de la discoteca? Te estuve buscando.

—¿Eh...? No sé... —mentí. Me acababa de dejar completamente desconcertada. ¿Por qué se acordaba de aquella noche? Después de tantos años, era absurdo—. Estaría cansada, o borracha... No sé.

—¿Sabes? Aquella noche... tenía que haberme lanzado.

—¿Lanzado?

—Sí, a por ti. Te tenía que haber besado. Pero no me atreví.

Tragué saliva. Eso no podía estar pasando. ¿A qué venía aquello? ¿Por qué ahora?

—Aarón, por favor, que han pasado quince años.

—Es la verdad. Tenía que decírtelo. Fui un cobarde. Me intimidabas.

—¿Te intimidaba? ¿Yo a ti? ¿Por qué?

—Estabas tan por encima de los demás... Se te veía con tanto talento, y con tanta eficiencia trabajando...

—Te intimidaba... —repetí.

—Sí, y me arrepiento.

—No sé para qué me lo dices ahora. Es lo más inapropiado del mundo. Mi hermana está ahí, roncando. Y te vas a casar con ella.

—Lo sé. Y estoy con ella, no me malinterpretes. Solo es que quería decírtelo.

Yo no sabía qué decir. No me lo esperaba y no entendía a santo de qué me lo contaba. Era perturbador. Y, sobre todo, innecesario.

—Despiértala y llévala a la cama.

Aarón me miró. Notó mi incomodidad. Tuvo que notarla.

—Perdona si te he molestado.

—No pasa nada. Pero me gustaría seguir sola con esto. Ya me has ayudado bastante, además.

—No me importa seguir.

—Id a dormir, por favor.

—Te ha molestado.

—Es que llega quince años tarde, Aarón. Solo es eso. Te vas a casar con mi hermana, yo tengo a mi novio. Es una confesión fuera de lugar.

—Oye, que tampoco me estaba declarando. Solo te lo contaba como algo anecdótico.

Lo dijo con un tono coloquial, como de colega a colega. Y eso me dolió. Estaba claro que para él no era más que una anécdota, y que por eso me lo había contado. Para él no había tenido ninguna importancia y, sin embargo, cuando me lo dijo, que quiso besarme, yo sentí vibrar el suelo bajo mis pies. El mismo temblor que da paso a un terremoto. Reprimí mis ganas de gritar y de insultarle. Vale, él no había dicho nada malo, era yo la que lo estaba interpretando a la tremenda, pero aun así quería insultarle. Y tuve que hacer un esfuerzo enorme para no hacerlo.

—Id a dormir, por favor.

Aarón asintió. Se acercó a Lu y le susurró al oído.

—Princesa, vamos a la cama.

Lu abrió un ojo y lo miró.

—No soy una princesa, soy una Khaleesi.

Aarón sonrió. Debía de ser alguna broma privada. Si no recordaba mal, Khaleesi era un personaje de *Juego de Tronos*, serie que fascinaba a mi hermana.

—Vamos, domadora de dragones, a la cama —le contestó.

Pero Lu volvió a cerrar los ojos. Así que Aarón, ni corto ni perezoso, la cogió en brazos y subió por las escaleras de caracol con ella a cuestas.

Sí, me acababa de decir que hace quince años habría querido besarme y ahora estaba subiendo en brazos a mi hermana, su princesa, su Khaleesi, la mujer con la que se iba a casar.

—Buenas noches —me dijo.

—Buenas noches —mascullé.

Maldito. Maldito Aarón. ¿Para qué había tenido que decirlo? ¿Para qué? Porque para él no era importante, pero a mí eso me descolocaba más de lo que ya estaba. Y así no es la manera de que cicatrizan las heridas. Así no.

Roberto y Eric aparecieron al rato. Llamando a la puerta de la tienda de manera estrepitosa. Habían bebido más de una cerveza. Y estaban alegres.

—Madrid, *I love you* —gritó Eric antes de entrar en el local.

—¿Dónde lo has llevado para que esté así de eufórico? —pregunté.

—Nada, a la Vía Láctea. Y se ve que le ha gustado.

—Mucho, me ha gustado mucho. Vamos todos karaoke.

—No, ahora nos vamos a dormir. Mañana o pasado vamos de karaoke si quieres —dijo Roberto.

—Yo quiero karaoke.

—¡A dormir!

—Eso, que llevo mucho tiempo esperando a mi novio —dije.

—Ok, ok... —dijo entendiendo—. Tú y él... *of course, sorry,* yo desconsiderado.

Le di un par de mantas para que durmiera en el sofá cama que había en la pequeña habitación que mi abuela había utilizado como despensa y que yo tenía como cuarto de la plancha. Me excusé por no tener un sitio mejor ni un juego de sábanas, pero Eric no le dio importancia. Al menos, no olía a tabaco como el resto de la casa, y el agua no había llegado hasta allí. Aunque, para ser justos, tenía que confesar que ya no quedaba ni rastro de agua en el suelo por ningún rincón del piso. Mi padre y mi hermana habían hecho un buen trabajo fregando. Eric cayó desplomado en el sofá, y Roberto le tapó con una de las mantas. Yo abracé a Roberto.

—¿Vamos a dormir? —pregunté.

—¿Ya has acabado de trabajar?

—Necesito dormir. Y necesito estar contigo. ¿O le parece mal al señor y quiere estar a solas?

—Claro que no, tonta.

Fuimos a la cama. Yo he de reconocer que no tenía cuerpo para un asalto sexual, pero tampoco quería dejar pasar la ocasión. No quería que todos los acontecimientos del día me impidieran disfrutar de Roberto. Y, además, también necesitaba saber qué era eso que no me había podido decir por Skype y que le había traído a Madrid para hablarlo en persona conmigo. Y por fin teníamos nuestro primer momento a solas, de intimidad.

Roberto se quitó la camisa y luego intentó desprenderse de la camiseta, pero desistió. O estaba muy cansado o un poco borracho.

—¿Te ayudo? —le pregunté.

Roberto levantó los brazos como un niño pequeño y yo, cogiendo la camiseta por la parte inferior, se la quité. Su barriguilla con los cuatro pelos quedó al aire, noté cómo la metía hacia dentro. Definitivamente había cogido algo de peso. Lo besé, él alargó el beso unos segundos, pero enseguida tocó su barriga con la mano, calibrando lo que le sobraba.

—Tengo que dejar la dieta francesa —dijo a modo de excusa. — Demasiadas *baguettes*, demasiados cruasanes, demasiado queso.

—Estás guapo igual.

—Qué va. Empiezo a tener el cuerpo de mi padre. Y no puede ser.

Yo volví a besarlo.

—Por fin a solas tú y yo —le dije.

Roberto se dejó caer como un peso muerto en la cama. E intentó una sonrisa.

—¿Te alegras de estar aquí a pesar de todo el desastre de hoy?

—Claro —dijo.

—Y ¿cuándo me vas a decir lo que me querías decir? Eso que no se podía contar por Skype.

—Ufff... Tenemos toda la semana por delante. Ahora estoy destrozado. Puede esperar un día.

Lo miré intentando disimular mi decepción.

—Como quieras.

Empecé a desnudarme, dejé los zapatos debajo de la cama y cuando me di la vuelta vi que Roberto tenía los ojos cerrados.

—Rober, dime que no te has dormido.

No contestó.

—Roberto... Roberto...

Nada, inmóvil. Debía de estar ya en la fase REM. No me lo podía creer. Un año sin sexo y ahora, a la primera de cambio, se quedaba dormido. Siempre había tenido esa capacidad asombrosa, casi sobrehumana, de dormirse en menos de tres segundos. Resoplé. Acabé de desvestirme y me metí en la cama como pude, porque encima había acaparado casi toda la cama. Le tuve que dar un par de empujones para que me hiciera sitio.

Lo abracé. Y quise dormir abrazada a él, pero tal vez por el año que llevábamos separados, no acababa de encontrar la postura, y aunque intenté poner mi brazo derecho primero por encima de su cuerpo, luego por debajo de su cuello, no conseguía sentirme cómoda. Así que finalmente me rendí y opté por acurrucarme de espaldas a él. Ya habría tiempo para dormir abrazados. Y ya habría tiempo para recuperar el año sin sexo. Y siempre podría intentarlo por la mañana nada más despertarnos. Además, Roberto era más de revolcones mañaneros.

Antes de quedarme dormida no pude evitar pensar en todo lo que me esperaba al día siguiente. Tendría que decidir si admitía mi fracaso, tiraba la toalla y avisaba a David, o si me daba una última oportunidad. Pero mejor no decidirlo esa noche, con todo el cansancio acumulado. Y unos segundos antes de que me venciera el sueño las palabras de Aarón volvieron a retumbar en mi cabeza: «Me arrepiento de no haberte besado».

Los rayos de sol en la cara me despertaron. Roberto ya se había levantado. Estaba sola en la habitación. Esperé un rato en la cama, con la esperanza de que en cualquier momento abriera la puerta y entrara, pero después de diez minutos decidí levantarme. En vez de salir con bata y pijama me vestí. Esa era una de las consecuencias de tener a tanta gente en casa: que me hacían sentir como en un hotel, y no quería que ninguno me viera demasiado desarreglada. Sé que era un poco absurdo lo de vestirse para ir al baño y allí desvestirse para darse una ducha, pero prefería llevar el doble de trabajo antes de que me vieran en bata.

Al llegar al baño vi a mi padre, a Roberto y a Eric, de rodillas y agachados mirando el hueco del radiador, por donde se había colado toda el agua. Mi padre parecía estarles dando una clase de arquitectura sobre la construcción a principios del siglo XX, que era cuando se había levantado este edificio. Estaban enfrascados en la conversación y encantados de conocerse.

—Y este fue uno de los primeros edificios de Madrid que se levantó con hierro y hormigón. No tiene estructura de madera...

—Pero esto de aquí es madera...

—Sí, pero esto fue una chapuza que alguien hizo después. Por eso ahora deberíamos atacar el problema de una manera estructural... Antes de que la cosa se complique.

—Tendrías que escuchar las ideas de Eric. Es brillante, Arturo. Brillante, se lo van a rifar los grandes estudios dentro de nada. Tendrías que echarle un vistazo a su último proyecto. Tiene un punto de vista que te sorprendería.

¿Qué hacía Roberto vendiendo a Eric en vez de venderse a sí mismo? Siempre pensando en los demás antes que en él. Así era. Mi padre asentía y le decía que sí, que estaría encantado de echarle un vistazo cuando quisieran. Los interrumpí.

—Buenos días. ¿Hay reunión de comité de sabios para salvar mi gotera? Si con tres arquitectos no queda bien, empezaré a dudar de vosotros.

—*Good morning* —dijo el vikingo—. ¿Hoy más humor?

—Ya veremos —contesté—. ¿Me dejáis que utilice el baño o va para largo?

Mi padre se levantó y se sacudió los pantalones en la zona de la rodilla.

—Le voy a decir a Mariano, el capataz de la obra de Barajas, que se pase luego con un par de operarios. Esto hay que solucionarlo cuanto antes.

—A buenas horas —contesté casi de manera automática—. No debería pagarte este mes de alquiler.

—Y yo debería empezar a cobrarte por usar el piso.

—Sobre todo ahora que vives tú aquí, ¿no? —le dije—. ¿Puedo tener un poco de intimidad en mi baño?

Los tres salieron. Pero antes de que Roberto se fuera lo agarré por el brazo.

—¿Por qué no te duchas conmigo?

—Ya me he duchado, Sara.

—Pues te duchas otra vez.

—Es que con tu padre y Eric ahí, me da cosa, que se va a notar mucho...

—Soso.

—Guapa.

Me besó, y antes de salir del baño me preguntó:

—Oye, Eric tiene hoy su entrevista, ¿te importa si le acompaño para que no se pierda? ¿O te soy de utilidad aquí?

—¿Eh...? No, no, vete, sin problemas.

—¿Seguro?

—Que sí. Pero estás tú muy empeñado en vender a Eric, ¿no? A mi padre, a ese otro estudio... ¿Tantas ganas tienes de que se quede en España?

—Es que no sabes todo lo que me ayudó cuando...

—Estabas en París. Que sí, que no te preocupes. Vete con él.

Roberto me lo agradeció con la mejor de sus sonrisas y salió del baño. Yo me desnudé y me metí debajo de la ducha. Cuando estaba enjabonándome con el grifo cerrado, mi hermana y Aarón entraron en el baño. No se dieron cuenta de que yo estaba dentro. Mi hermana se sentó en la taza del váter. Oí el chorro de su orina.

—¡Lu! —protestó Aarón.

—Cuanto antes te acostumbres a que tu mujer pueda mear delante de ti, mejor.

—¿Para eso me has traído aquí?

—No, para ducharnos, pero prefiero estar con la vejiga vacía.

—Ordinaria —dijo Aarón entre risas.

Decidí que se notara mi presencia antes de que me sorprendieran dentro de la ducha.

—¡Estoy en la ducha!

—¡Sara! ¿Qué haces ahí? —preguntó alarmada mi hermana.

—¡Cantar un aria! ¿Qué voy a hacer aquí? ¡Ducharme! Así que un poquito de intimidad no estaría mal.

—Pero ¿por qué no has puesto el pestillo?

—Porque estoy acostumbrada a vivir sola, porque se atranca y porque se me ha olvidado. ¿Me dejáis acabar de ducharme?

—Perdón —dijo Aarón—. Oye, esta noche no podía dormir y estuve pensando... Se me ha ocurrido algo para tus plumas.

—¿Qué tal si me lo cuentas mientras desayunamos?

—Dijiste que en el zoo había varios pájaros que te gustaban, ¿no?

—Aves del paraíso, guacamayos y flamencos, sí.

—¿Por qué no vamos al zoo?

Asomé mi cabeza llena de champú entre la cortina de la ducha y entreabrí un ojo, con miedo a que se llenara de jabón, y lo miré.

—¿Al zoo? ¿Y le pedimos a los cuidadores que desplumen a los pájaros y nos las regalen?

—Yo no hablo de desplumar... Las aves sueltan plumas, ¿no? Y tal vez para las alas esas necesites muchas, pero para las piezas pequeñas con unas cuantas que sean espectaculares, te apañarías... Algo así dijiste anoche. He mirado los horarios, cierran a las seis de la tarde. Sería cuestión de ir un par de horas antes, y quedarnos dentro cuando cerraran. Y ya sin nadie...

—¿Quieres que robemos en el zoo? —Miré a Lu—. Tu novio está mal de la cabeza.

—Reutilizar lo que nadie quiere no es robar. Yo sé cómo salir de allí sin que nadie nos vea. Conozco una zona en la que se puede saltar la valla trepando a un árbol. Y solo hay unos cuantos vigilantes cuando cierran. Lo sé porque más de una vez un par de amigos y yo llevamos a un par de chicas para hacerles una visita privada.

—¿Os colasteis en el zoo para impresionar a unas chicas? —preguntó Lu.

—Él es muy de colarse en los sitios —dije yo recordando aquella vez en el patio de la residencia de monjas.

—¿Y funcionó? —siguió preguntando Lu, ignorando mi observación.

—Por supuesto. Y eso que casi todos los animales están ya recogidos en sus jaulas y tampoco se puede ver mucho.

—No pienso asaltar el zoo de Madrid y acabar en la cárcel.

—Solo hazte una pregunta: si tuvieras unas cuantas plumas de flamencos y de los otros pájaros que te gustan, ¿podrías salvar tu desfile?

—No vamos a ir a asaltar el zoo, Aarón. Agradezco el interés, pero no. Y me están empezando a picar los ojos por culpa del champú, así que por favor... —Hice un gesto con la mano indicándoles la salida.

Obedecieron. Yo abrí el grifo de la ducha y dejé que el agua eliminara todo el jabón de mi cabeza y de mi cuerpo. Y no pude evitar ponerme a pensar en qué haría con las plumas de flamenco y las de guacamayo, y las de ave del paraíso. Enseguida se me ocurrió una idea que podría salvar a Ícaro. Y me encantó. De hecho me gustó mucho más que la idea original. Pero no, no podía ser, no tenía las plumas y no iba a dejarme llevar por la locura de Aarón. Era absurdo. Y además ahora que se me había ocurrido esa idea, tal vez pudiera funcionar con otras plumas, que seguro que eran más fáciles de conseguir. Luego era cuestión de teñirlas y listo. Sí, eso haría.

Dibujé un par de bocetos de mi idea y cuando la di por buena decidí empezar con el tinte. Cuanto antes me pusiera a ello, antes daría con el tono de color que buscaba. Así que me pasé parte de la mañana tintando las plumas que habíamos rescatado de la inundación. Quería conseguir los colores rosa flamenco y los naranjas y azul turquesa del ave del paraíso y de los guacamayos azules, pero después de muchos intentos me di cuenta de que el resultado estaba muy lejos de lo que deseaba. Y cada vez que hacía una nueva prueba, me iba desanimando. Con ese color de plumas no iba a ningún lado.

A la una del mediodía David se pasó por el taller. Cuando lo vi entrar se me heló la sangre.

—¿Qué ha pasado aquí? —preguntó mirando hacia el techo y señalando el boquete.

—Un imprevisto. Pero ya está solucionado.

David cogió una de las plumas rosas que había teñido y que aún estaban húmedas.

—¿Y qué hortera te ha pedido este color tan falso para un tocado?

No necesité más para darme cuenta de que me encontraba ante un problema. De que era real. Y de que tenía que solucionarlo. David insistió en ver las plumas de Ícaro y yo le convencí, con mucho esfuerzo, de que se fuera por donde había venido. «Cuando las tenga listas te las enseño, no antes». Él protestó pero yo fui inflexible. Así que tan pronto salió del taller, yo ya había tomado una decisión: asaltar el zoo.

Me tuve que emborrachar antes de decir a Aarón y a Lu que aceptaba su propuesta de asalto. Y que los quería a mi lado. Y me tuve que emborrachar también para contársela a Roberto y a Eric. Al vikingo le entusiasmó la idea. Roberto creyó que deliraba.

—¿De verdad os queréis colar en el zoo? ¿De verdad?

—No nos vamos a colar, porque habremos pagado nuestra entrada. Lo único que vamos a hacer es demorar un poquito nuestra salida... —dijo Lu.

—Os estáis quedando conmigo, ¿a que sí? No lo vais a hacer. Es todo una broma, ¿a que sí? —insistía Roberto, y me miraba.

—Lo vamos a hacer —dije yo. Y lo dije de tal manera que Roberto se dio cuenta de que decía la verdad.

—No voy a dejar que mi amigo acabe en comisaría —argumentó Roberto.

—¿Tu novia te da igual o qué? —pregunté un tanto indignada—. ¿Lo que a mí me pase es irrelevante?

—Lo digo porque él es extranjero. No conoce bien el idioma. A ver cómo explica lo que estaba haciendo allí... Que no. Que Eric no va.

—Yo hablo español. Yo vengo zoo.

—Yo voy.

—¿Tú vienes?

—No, que se dice «yo voy», no «yo vengo». ¿Ves como no hablas bien español?

—¿Y qué más dará que sepa decir voy o vengo? Se trata de que lo echemos a los guardias si la cosa se complica —dijo mi hermana.

Eric, al oír cuál era su misión, se rio con ganas. Bien es verdad que a lo mejor no había captado toda la esencia del asunto, o que llevaba más cervezas y vino que yo.

—¡Aventura española!

—¡Que tú no vas! —gritó Roberto.

—Oye, deja a tu amigo en paz. Es mayorcito para tomar sus decisiones —dije yo.

—Si va a ser visto y no visto. A las seis cierran. A las siete y media estamos en casa y cargados de plumas —vaticinó Aarón.

Su vaticinio estaba un poco equivocado.

Un poco.

8

ZOO

Entre chupitos de tequila, de vodka caramelo y varias copas de vino, habíamos elaborado un plan detallado, habíamos impreso varios planos del zoo, recopilado herramientas, hasta habíamos comprado en el chino varias máscaras que nos pondríamos para estresar a los pájaros. De eso último yo no estaba nada convencida, porque lo último que quería era dañar a los animales. Y por eso Aarón me pasó una petaca.

—La he rellenado de vodka caramelo. Y la del vikingo de tequila, que se ve que le tiene cierta querencia. Es para que nos dé fuerzas y se nos quite el frío y sobre todo los escrúpulos cuando estemos dentro. Se trata de que bebamos lo justo para animarnos, pero no para emborracharnos, ¿de acuerdo?

—A la orden, mi capitán —dije yo—. Aunque creo que yo estoy algo más que animada.

—Vámonos —dijo mi hermana.

Roberto estaba en la puerta de Ave del Paraíso, mirándonos sin poder creérselo.

—No pienso ir a por vosotros a comisaría. A mí no me llaméis.

—Blablablá —me burlé yo. Y nos dirigimos al coche.

Justo cuando estábamos subiendo los cuatro en el coche, llamaron a mi hermana por teléfono. Era David, la necesitaba con urgencia. Había tenido que cambiar dos de sus vestidos para el desfile y tenía que probárselos ya. Lu intentó buscar alguna excusa, pero David fue inflexible. La necesitaba sí o sí.

—Vete, Lu. Entre los tres nos apañamos —le dijo Aarón.

—¿Tú crees? —pregunté yo nerviosa. Porque la verdad es que tener a la loca de mi hermana involucrada en todo esto me daba bastante confianza. La veía capaz de utilizar todo tipo de recursos para salir de cualquier emergencia que se pudiera presentar.

—Tres podemos —dijo Eric.

Lu nos despidió con besos y abrazos, como si fuéramos a luchar en una batalla donde nos jugábamos la vida. Y Aarón decidió conducir, porque yo estaba un poco perjudicada por el alcohol. Arrancó y mientras nos alejábamos yo veía cómo Lu nos decía adiós con la mano. En mi rostro se dibujó una sonrisa de pánico. ¿Qué estaba haciendo? ¿Qué estaba haciendo? Cogí la petaca de emergencia y le di un traguito al vodka caramelo. Aarón volvió a repasar el plan. Cuando el zoo cerrase nos esconderíamos en una zona de bastante vegetación al lado del recinto de los rinocerontes. Tendríamos que enterarnos de la ruta de los vigilantes. Aunque él creía que, como en todo el país, habría habido recortes y habrían reducido el número de personal.

Aarón abrió la bolsa en la que llevaba las herramientas, para comprobar por enésima vez que estaba todo: alicates, navajas... Las necesitábamos para abrir la jaula de los pájaros exóticos. Yo prefería no pensar mucho en esa parte del plan, porque si ya quedarnos dentro del zoo cuando las puertas al público estaban cerradas me parecía gamberrismo, lo de romper las cerraduras de las jaulas lo sentía como algo puramente delictivo.

—Tiraré la bolsa por encima de la verja antes de entrar. —Me miró—. ¿Tú llevas las bolsas de basura para recoger las plumas?

—En mi bolso.

Enseguida llegamos a la Casa de Campo. La tarde estaba soleada, de esos días benignos de otoño de Madrid. Los árboles empezaban a amarillear y ya había muchas hojas en el suelo. Madrid es de esas ciudades a las que le sienta muy bien el otoño y la primavera. Eric contemplaba los árboles de la Casa de Campo con admiración, como si fueran secuoyas altas y milenarias en vez de encinas de lo más normalitas.

—Esto es la Casa de Campo, Eric. El pulmón de Madrid.

—Me gusta.

Conseguimos un aparcamiento y, ya fuera del coche, Aarón se escabulló por una de las verjas laterales del zoo.

—Esperadme aquí, voy a tirar esto. —Y señaló la bolsa de las herramientas.

—¡No! —le dije—. Es mejor que entremos nosotros, nos pongamos al otro lado de la verja y te avisemos para que las lances cuando no haya nadie cerca.

—También es verdad —dijo Aarón.

Sacó los dos mapas del zoo que habíamos conseguido de la web.

—Me voy a poner justo aquí, ¿de acuerdo? —dijo señalando una parte de la verja en el mapa—. Cuando lleguéis y esté el camino despejado dadme un toque al móvil y lanzo la bolsa. Venga, entrad.

Eric y yo nos acercamos a la entrada. No había nada de cola, porque lógicamente casi nadie va al zoo dos horas antes de que cierren. Solo un par de personas estaban delante de nosotros. Pagamos la entrada, que me pareció excesiva, veinte euros por dos horas, y entramos. Nos dirigimos a la zona de la verja donde tenía que estar Aarón, pasando por delante de los flamencos rosas, que estaban a pocos metros de la entrada y eran uno de nuestros objetivos. Yo miré si había plumas en el césped, pero apenas vi cuatro o cinco. Siempre que iba al zoo me quedaba mucho tiempo observando a los flamencos, para mí eran uno de los mayores alicientes del parque. Sus cuellos enormes y rosas, que tenían una flexibilidad imposible, sus patas de alambre, y cómo se movían en manada con una gracia y una elegancia que ya quisieran los miembros de la aristocracia. Había como unos ochenta y era de los pocos recintos que no estaban vallados. Sería muy fácil llegar luego hasta ellos. Tendríamos que mirar dentro de las casetas en las que dormían, seguro que allí había más plumas en el suelo. Llegamos hasta la valla y después de comprobar que no había ningún empleado cerca, llamé a Aarón al móvil. Tuvimos suerte porque, además de no haber operarios, solo había un par de familias mirando.

—Despejado, tírala.

—Imposible —me contestó Aarón—. Por aquí no hay manera de que pueda acercarme a la verja, hay demasiados árboles, tenemos que probar justo por el otro lado. Por el lado izquierdo de la entrada. Mira en el mapa, por donde están los lobos, los renos y el oso pardo.

—Vale —dije.

Comprobé el lugar en el mapa y nos dirigimos hacia allí. Y tuvimos que esperar un rato largo a que se despejara de gente, porque, desde luego, esa zona del zoo estaba más poblada de visitantes. Llamé a Aarón.

—¿Has llegado?

—Sí —contestó.

—¿A cuántos metros estás de la entrada?

—No sé, unos cincuenta.

—¿Puedes mover la verja, o golpearla, para ponernos justo debajo?

—Vale. La estoy moviendo, ¿me ves?

Pero yo no veía nada. Eric tampoco. Recorrimos unos metros en una y otra dirección mientras le pedí que volviera a hacerlo. Pero sin éxito. Aun así le mentí y le dije que tirara la bolsa. No podíamos estar muy lejos.

—Allá voy —dijo Aarón.

Eric y yo miramos hacia arriba, y como a treinta metros de donde estábamos vimos caer la bolsa, con tan mala pata que se coló directamente en el recinto de los lobos blancos del Canadá. Y casi le da a uno en la cabeza, que estaba durmiendo al sol. Se levantó y aulló del susto. Un niño señaló hacia el cielo.

—Mamá, un meteorito.

—Deja de decir tonterías, Borja.

La manada de lobos se acercó a olisquear la bolsa meteorito. Eric y yo nos miramos un tanto alarmados. Un empleado se acercó y amenazó a los visitantes:

—¿Quién le ha tirado comida? ¡¿Pero no ven que está prohibido?!

Aarón, que seguía al teléfono, me preguntó:

—¿La habéis cogido?

—Imposible. Entra. Te esperamos donde los flamencos.

Salimos de esa zona lo antes posible, para que nadie nos relacionara con la bolsa. Y nos dirigimos de nuevo al recinto de los flamencos caribeños. Al llegar, y mientras esperábamos a Aarón, yo volví a mirar al suelo para localizar todas las plumas.

Aarón llegó a nuestro lado.

—Veinte eurazos me han clavado por entrar. Lo llego a saber y salto la valla. ¿Por qué no habéis podido coger la bolsa?

—Porque la has lanzado literalmente a los lobos.

—Pues vamos a tener que entrar en el recinto. Necesitamos las herramientas —sentenció Aarón.

—¿Tú estás loco?

—No pasa nada, si están bien alimentados. Y acostumbrados a la gente, son como mascotas. Ya entro yo.

—Aarón, no voy a dejar que te juegues la vida por mi culpa.

—Aquí quien ha tenido la culpa de todo he sido yo. Así que déjame.

—Bueno, vamos a la zona de los pájaros exóticos, a lo mejor no necesitamos ni las herramientas. Y a esta hora hacen la exhibición de vuelo. Ya veréis qué maravilla —dije yo intentando ser positiva.

Mientras nos dirigíamos hacia la zona de la exhibición de aves, Eric se enamoró de los osos panda. Enseguida comprendió por qué eran el orgullo del zoo. Aunque los osos panda se pasaban el día dormitando, es verdad que cuando tenías la suerte de verlos despiertos resultaba casi imposible no encariñarse con ellos.

—*So big and tender. Look at his face!*

Tuvimos que arrastrarle del brazo para sacarle de allí.

—Que no hemos venido a ver animales, Eric, por favor.

Al pasar por delante del recinto de los hipopótamos vimos a unos cuantos operarios, diez exactamente, limpiando la charca con botas de agua y mascarillas. Mientras, el hipopótamo dormitaba al sol. Yo ahí me di cuenta de que Aarón había sido demasiado optimista con respecto al número de empleados que trabajaban en el zoo. De hecho nos habíamos cruzado casi con más operarios que personas de visita.

—¿No dijiste que habían recortado personal?

—Seguro que luego se van casi todos. No te preocupes.

Y justo cuando lo decía pasaron tres carritos como de jugar al golf con seis operarios con la camiseta del zoo.

—Yo veo a mucha gente...

Atravesamos el recinto de los monos. Cientos de babuinos con sus culos rojos nos miraron al pasar. Parecía que sabían que estábamos tramando algo ilegal. Tienen algo los babuinos que te hacen sentir como cuando pasas un control de aduanas, que aunque no lleves nada siempre piensas que te van a encontrar droga en el equipaje de mano. Pues con los babuinos igual, te miran con una especie de superioridad moral que amedrenta.

Aarón señaló hacia arriba. Había varias cigüeñas en dos enormes nidos, encima de una estructura de hormigón.

—¿Tú crees que las plumas de cigüeña te podrían valer?

—Llegado el momento y si no tuviéramos opción, sí...

—Y ¿cómo subimos hasta ahí? —preguntó Eric.

—Ahí imposible, pero hay otra estructura de hormigón más accesible allí abajo, junto a los patos y el restaurante. A lo mejor allí podemos llegar... —contesté. El alcohol me estaba volviendo intrépida.

Seguimos caminando y enseguida llegamos a la zona de vegetación que había mencionado Aarón. Y era verdad, allí sería fácil agazaparse. En ese momento vimos pasar entre la gente dos pavos reales. Iban tan a gusto, paseando sin inmutarse entre las personas, en completa libertad. Eric los señaló.

—¿Quitamos plumas? Esto es fácil...

—Eric, por favor, no le vamos a arrancar plumas a ningún pájaro. No somos torturadores. Solo cogeremos las que haya por el suelo.

Aarón torció el gesto.

—Pues yo por ahora no he visto muchas... A lo mejor hay que ser un poquito más radicales.

En la zona de exhibición de aves —un campo de césped impoluto y gradas bajas de cemento a modo de auditorio romano— estaba a punto de comenzar el espectáculo. Una locutora dicharachera empezó a dar instrucciones: los niños no deberían levantarse de las gradas para no interferir en el vuelo de los pájaros, y tenían que guardar silencio para que ninguna de las aves perdiera la concentración. Con música atronadora de diversas bandas sonoras de películas de acción y épicas dio comienzo el *show*. Varios entrenadores —conté ocho—, colocados estratégicamente a cada lado del césped y entre las gradas, hicieron una señal a la locutora de que estaban listos y preparados. Los primeros pájaros en alzar el vuelo fueron cuatro hermosísimos guacamayos azul turquesa. Empezaron su vuelo a ras del suelo y fueron subiendo, rodeando el recinto. Como teníamos a uno de los entrenadores cerca, vimos que uno de los guacamayos pasaba a pocos centímetros de nosotros y se posaba en la mano del entrenador. Eric le hizo una foto. Y lo señaló.

—Queremos a ese. *Wonderful feathers...*

—Eric, no vamos a secuestrar al pájaro.

—No, no —dijo él—, solo dos o tres plumas.

Después de los guacamayos, alzaron el vuelo varias cacatúas, loros grises y dos tucanes. Como Eric no dejaba de señalarlos, y cada vez más entusiasmado y con cara de secuestrador en potencia, decidí llevármelo de allí. Y también a Aarón. Pasamos cerca de los halcones y buitres, estaban sujetos al suelo por cadenas y apenas podían alzar el vuelo. Era muy fácil acceder a ellos, porque no había ningún tipo de verja. Y lo mejor es que en el césped se veían unas cuantas plumas. Eso sí, aunque estaban presos, con las cadenas podían recorrer todo el terreno e iba a ser difícil meterse en el área sin llevarse algún picotazo. Y no tenían precisamente un pico de jilguero... A escasos metros vimos la jaula de las aves exóticas, donde guardarían luego a los pájaros de la exhibición. Comprobamos que no parecía demasiado difícil de abrir la reja de la jaula, con una segueta podríamos romper el candado. El problema es que las herramientas seguían en el recinto de los lobos. Había varias plumas en el suelo, dos realmente espectaculares.

—Tendremos que entrar ahí. Y para eso vamos a necesitar las herramientas —dijo Aarón—. Vamos a ver exactamente dónde han caído.

Mientras íbamos hacia allí, yo vi varios carteles que advertían de que había cámaras de seguridad protegiendo todo el perímetro del zoo. Se las señalé a Aarón.

—No mencionaste las cámaras...

—Seguro que la mitad no funcionan.

—Ya, lo mismo dijiste de los operarios, que no iba a haber, y esto está lleno.

—Pues ahora vamos a la tienda de *souvenirs* y nos compramos unas viseras.

Los lobos blancos del Canadá seguían durmiendo al sol. Le señalé a Aarón la bolsa de las herramientas. Aarón la vio y luego miró a los lobos.

—Si son como huskies. Y míralos, tienen el estómago lleno. Los animales salvajes con el estómago lleno no suponen ningún problema.

—Para un domador a lo mejor no, para un músico déjame que lo dude.

Aarón no me hizo caso y se acercó a un lado de la verja. Entre la valla y los lobos había un foso, como ocurría en todos los recintos con animales peligrosos, para que no se pudieran acercar a las personas. Lo bueno es que ese foso apenas tenía un metro de ancho en uno de los extremos. Además, existía la posibilidad de acceder desde fuera del zoo, trepando por uno de los árboles.

—Si me cuelgo de esa rama, puedo meterme hasta ahí —dijo Aarón señalando dentro el recinto—. Cojo la bolsa de las herramientas y luego salto el foso por ese lado. Los lobos ni se enterarán.

—*Dangerous* —dijo Eric.

—Gracias —dije—, al menos somos dos los sensatos.

—¿Qué es la vida sin emoción?

—Una vida hasta los ochenta —dije yo—. Y no voy a permitir que saltes ahí dentro.

—Hagamos una cosa. A casi todos los animales, una vez que cierran el zoo, los meten en las jaulas para que pasen la noche resguardados. Esperaremos a que estén dentro y saltaré a por la bolsa. ¿Te parece bien?

Yo asentí aliviada. Eso ya sonaba más sensato.

—Y ahora vamos a por las gorras a la tienda.

Eric se enamoró de todos los peluches que había en la tienda de *souvenirs.* Sobre todo de los osos panda. Y de los pulpos. Él nunca había visto un peluche de pulpo, y en honor a la verdad he de decir que yo tampoco. Así que se empeñó en comprar dos, uno de panda y otro de pulpo. Yo no me lo podía creer. Veníamos en misión atraco, y el vikingo se entretenía comprando peluches.

—¿Dónde encontrar pulpo en otro sitio? —se excusó.

Al salir de la tienda con nuestras gorras y los peluches de Eric, Aarón acabó por pergeñar el resto del plan. Una vez que cerraran el zoo al público y tuviéramos las herramientas, iríamos a por las plumas de las aves exóticas, y luego a por las de las cigüeñas, y finalmente a por las de los flamencos. Solo tendríamos que sortear a los vigilantes.

Veinte minutos antes de la hora del cierre por megafonía anunciaron que todo el público debía abandonar el zoo. Nos dirigimos disimuladamente hacia la zona de vegetación en donde íbamos a ocultarnos. Una vez allí, esperamos a que no hubiera nadie a la vista para agazaparnos entre la maleza. Por megafonía anunciaron que el zoo cerraba sus puertas en cinco minutos. Desde donde estábamos controlábamos el recinto de los hipopótamos y vimos cómo se abrían las compuertas de las jaulas para que los hipopótamos entraran.

Yo sentí que las pulsaciones de mi corazón se aceleraban. Y volví a darle un trago a mi petaca. Las pulsaciones subían por segundos, estaban descontroladas. Éramos unos delincuentes que íbamos a atracar el zoo. Vale, solo a llevarnos las plumas. Pero era ilegal, era irresponsable, era delictivo, era...

—Bebe —me dijo Aarón, que debía de notar mis pulsaciones desbocadas desde donde estaba.

—Estamos locos.

—Dime que no es divertido.

Y sonreí. Cosas del alcohol, supongo.

Cuando vimos que no había nadie cerca, salimos de nuestro escondite con cautela. Nos dirigimos hacia el recinto de los lobos blancos del Canadá para recoger la bolsa de herramientas.

Aarón iba de avanzadilla. Y de repente alguien lo vio, solo a él, porque nosotros conseguimos ocultarnos detrás de una jaula.

—Oiga, el zoo ya ha cerrado. Tiene que salir.

—¿Eh...? Ah, sí —dijo Aarón.

—Le acompaño a la salida.

—No hace falta...

—Le acompaño.

Aarón resopló y no tuvo más remedio que hacer caso al vigilante. Yo empecé a sentir pánico. ¿Qué íbamos a hacer ahora sin nuestro líder? Eric me puso una mano en el hombro para intentar tranquilizarme.

—Tú lo llamas ahora.

Pero no hizo falta que lo llamara. Enseguida me mandó un Whatsapp: «Seguimos con el plan, nos vemos en donde los lobos. Salto la valla».

Así que Eric y yo llegamos como pudimos hasta el recinto de los lobos. Es verdad que no nos encontramos con muchos empleados. Y conseguimos sortearlos sin demasiada dificultad. Nos agazapamos entre los árboles esperando a Aarón. El problema es que aunque habían abierto las puertas de la jaula para que los lobos entraran, estos seguían aprovechando los últimos rayos de sol. Le mandé un mensaje a Aarón: «Ni se te ocurra saltar, aún hay lobos».

Pero fue enviar el mensaje y ver a Aarón subido en las ramas del árbol. Yo quise gritar que no saltara, pero Eric me tapó la boca, para no alertar a los vigilantes. Aarón saltó.

Y de pronto los lobos, que parecían estatuas al sol, agudizaron su oído y se levantaron como un resorte. Olfatearon y se dirigieron hacia donde había caído Aarón.

—Rápido, hay que distraerlos. Ruido, comida, algo...

Yo empecé a golpear la verja, a llamar a los lobos. Porque la posibilidad de que le hicieran algo a Aarón, de que le mordieran, de que le hirieran, era imposible de soportar. Ahí me di cuenta de que me importaba más de lo que creía. De que lo quería ileso, de que por nada del mundo quería que le pasara nada. Por favor, por favor, que no le alcancen los lobos. Por favor. Así que hice lo poco que estaba en mi mano: ponerme a berrear como una histérica.

—Perrito, perrito... ¡Ven, ven! ¡Veeeen!

Eric hizo lo mismo. Pero los lobos no nos hicieron ni caso. Iban directos a por Aarón.

—Corre, Aarón, por lo que más quieras. Corre. Olvídate de la bolsa. —Yo gritaba, le alentaba a correr, le soplaba... Sí, no sé por qué soplaba como si estuviera apagando las velas de una tarta de cumpleaños, pero el caso es que soplaba.

Pero Aarón no me hizo caso, localizó la bolsa y fue a por ella. Uno de los lobos estaba llegando a su lado.

—¡Sal de ahí! ¡Corre! ¡Por lo que más quieras! ¡Corre! ¡Corre! —Estaba fuera de mí.

Aarón por fin me hizo caso y echó a correr. Se libró de las fauces del lobo por centímetros. Con la bolsa en la mano, siguió corriendo a toda velocidad, mientras los demás lobos se unían para cazarlo. Empezaba a estar rodeado. Y a mí me iba a dar algo, me iba a morir allí mismo. Aarón, por favor, por favor, te necesito vivo y entero. Aarón, corre, por favor, corre.

Aarón consiguió llegar milagrosamente al foso y saltarlo. Yo grité, salté, me abracé a Eric, lo había conseguido. ¡Lo había conseguido! Estaba a salvo. Por los pelos, pero estaba a salvo. La manada de lobos aullaba enfurecida. Se habían quedado sin su presa.

—¡Eh, vosotros! ¿Qué hacéis ahí? —gritó un vigilante, que enseguida alertó a los demás por *walkie*—. Tres intrusos en el recinto nueve.

Con nuestros gritos y golpes en las vallas para despistar a los lobos, sobre todo con los míos, habíamos llamado la atención del personal.

El vigilante se dirigió a nosotros en su carrito de golf y nosotros echamos a correr como alma que lleva el diablo.

—*Where are we going?* —preguntó Eric en inglés, porque en momentos de tensión no estaba como para ponerse a pensar en español.

—A la zona de los camellos. A saltar la valla. ¡Abortamos la misión! —grité yo.

—De eso nada. No me he jugado la vida para irnos sin las plumas. —Aarón señaló hacia el lugar donde nos habíamos escondido la primera vez—. Volvemos allí.

—No —dije yo.

—Sí —dijo él. Y me cogió del brazo—. Vamos.

Como con los nervios yo habría sido incapaz de llegar por mi cuenta a la zona de los camellos para saltar la valla, me dejé arrastrar por Aarón. Conseguimos despistar al vigilante del carrito de golf y llegamos hasta la maleza. Allí nos agazapamos. Yo sudaba y jadeaba.

—Vámonos de aquí. Que ya nos han visto, que no hay nada que hacer, que vamos a acabar en comisaría y mañana en los periódicos. Que va a ser muy bochornoso. Y que ya te has jugado la vida por mí una vez y no quiero que te la juegues más.

—Tenemos misión —dijo Eric.

—Así se habla, tío. No nos vamos sin tus plumas.

—No sin plumas —repitió Eric.

Yo los miré. Ahí estaba yo, agazapada, prófuga de la justicia, con dos locos que querían ayudarme a conseguir mi sueño. Y yo acojonada, borracha y comportándome como una cobarde.

—¿Qué puedo hacer para convencerte? —me preguntó Aarón.

Yo le di otro trago a la petaca. Bésame, pensé. Bésame y me convences. Sí, tenía que admitirlo. Y de nada servía ya negarlo. En unas horas había pasado de querer matarlo, literalmente, a quererlo, así a secas, sin más y con todas las letras. El sentimiento que un día había tenido seguía ahí, pero ahora se había intensificado. Y no había manera de negarlo. Volví a beber, claro. ¿Qué iba a hacer?

—Yo necesito abrazo —dijo Eric de repente.

Aarón y yo miramos al vikingo. Al pobre se le veía indefenso y muerto de miedo. Con ganas de llevar a cabo la misión, pero consciente, quizás por primera vez, del peligro. Tan grandote y tan acobardado.

—¿Quieres un abrazo? —pregunté.

Eric asintió. Yo fui a abrazarlo. Pero señaló a Aarón.

—De él, mejor.

Yo lo observé un tanto desconcertada. Míralo, qué listo el vikingo.

—¿Otro? —preguntó Aarón, que ya le había dado uno en plan camarada.

Eric asintió. Y Aarón, ni corto ni perezoso, lo abrazó. Con un abrazo de un amigo que no tiene ningún reparo ni ningún prejuicio absurdo en abrazar a un igual. Y de demostrar que le tiene afecto. Y eso también me gustó. Mucho.

—Todo va a salir bien.

Eric sonrió. Aarón entonces se dirigió a mí.

—¿Tú también quieres un abrazo?

Y yo sé que tenía que decirle que no, que no lo necesitaba. Que eso habría sido lo sensato. Pero me moría por sentir su cuerpo pegado al mío.

—No me vendría mal.

Al experimentar el contacto de su cuerpo cálido y de sus brazos, tuve que hacer verdaderos esfuerzos para no dejarme llevar y buscar sus labios. Por un momento me pareció que él sentía lo mismo. Nos miramos. Dios, nunca había deseado a nadie de esa manera. Ni a él hace quince años. Era un deseo que me estaba abrasando, más fuerte que yo. Sentí que mi cuerpo era demasiado pequeño para albergar semejante deseo. Aarón rompió el momento enseguida.

—¿Mejor? ¿Seguimos adelante?

—¡Sí! —gritó Eric.

Yo le di un trago a la petaca. Y me repuse como pude. Los miré y sonreí.

—La madre que os parió —dije, tomando otro trago—. A por las plumas. Pero pasamos de asaltar la jaula de los pájaros exóticos. Es demasiado arriesgado. Vayamos a por los flamencos y las cigüeñas, ¿de acuerdo?

Eric y Aarón asintieron.

Después de varios minutos salimos del escondite y fuimos poco a poco avanzando hacia la zona de la terraza del restaurante. Allí, a pocos metros estaba la otra estructura de hormigón donde anidaban las otras cigüeñas. Y yo creía que era mucho más accesible que las que estaban cerca de la zona de las aves exóticas. Conseguimos llegar. La montaña de hormigón estaba rodeada de agua y de pequeñas islitas de cemento que utilizaban cientos de patos como base. No sabíamos cuánta profundidad tenía el canal, así que Eric tiró una piedra. Calculó que menos de un metro. Además, había una fila de piedras que se podían pisar para llegar hasta la estructura de hormigón sin necesidad de mojarse. Habría que hacer equilibrios, pero no era imposible. Eric se ofreció voluntario.

—Dame bolsa.

Yo saqué del bolso de mi hermana un par de bolsas y se las pasé.

—Yo subo y tomo plumas —dijo—. *You stay here. Are they dangerous?* —preguntó.

—¿Cómo van a ser peligrosas? No, hombre, no. Si son las que traen a los niños de París. Son pájaros grandes pero inofensivos —dijo Aarón.

Eric, sin fiarse del todo, me miró a mí. Y yo volví a dar un trago a mi petaca y asentí.

—Completamente inofensivas —dije. Sin saber si era verdad o no.

Eric se fio de mi palabra. Comprobamos que no había vigilantes ni empleados a la vista y el pelirrojo grandullón se arremangó los pantalones y se metió en el canal.

Pero entonces lo detuve. No, no podía permitir que otro hombre se volviera a jugar el tipo por mí. Ya estaba bien de ser rescatada. Era yo quien necesitaba las plumas,pues tenía que ser yo quien las cogiera.

—Voy yo, Eric. Yo cojo las plumas.

—*Are you sure?*

—Sí, además yo sé cuáles necesito.

Eric miró a Aarón, como pidiéndole consejo, pero este se limitó a encogerse de hombros. Era mi decisión, vino a decir con ese gesto. Y si yo quería...

—Trae la bolsa.

Le quité la bolsa de las manos. Y esta vez fui yo quien se arremangó. Tenía que demostrar a ambos, sobre todo a Aarón, de qué pasta estaba hecha. Me metí en el foso, mojándome los zapatos, pero enseguida conseguí equilibrarme entre las piedras. Alcancé la columna de hormigón y empecé a trepar por ella para llegar arriba, que era donde anidaban las cigüeñas. Enseguida vi varias plumas, que metí como pude en la bolsa.

Estaba tan concentrada en poner los pies y las manos en los sitios adecuados para ayudarme a subir y en recoger las plumas que no hice caso de lo que Eric me decía.

—Cabra... cabra...

Que sí, hombre, que cabrán todas las plumas en la bolsa, que tampoco hay tantas, pensé.

—¡Sara! ¡Sara!

Esta vez era Aarón quien gritaba. ¿Nos habrían descubierto los vigilantes? ¿Por qué no me dejaban tranquila? Giré la cabeza hacia ellos para ver qué pasaba. Y los vi a los dos con la cara descompuesta, señalando un cartel que había en la valla...

—No solo hay cigüeñas... Hay... Hay...

Y entonces noté que algo presionaba mi mano derecha. La miré y vi una enorme pezuña encima de ella. Seguí con la mirada esa pezuña hacia arriba y entonces la vi.

Era una cabra enorme con unos cuernos grandes, gruesos, mitológicos y en forma de media espiral, pegados a la cabeza. Emitió tal bufido y me miró con un odio que yo hasta ese momento jamás había experimentado nada parecido. Mis piernas empezaron a temblar, al igual que mi mandíbula.

—Cabrita bonita... si ya me voy... Ya me bajo, ¿ves?

Pero con los nervios y el tembleque no conseguía apoyar bien los pies, de modo que lo único que se me ocurrió fue impulsarme con las manos, subir y escapar hacia arriba. Sí, los nervios no son buenos consejeros. Y eso de que el pánico alerta tus sentidos y saca lo mejor de ti, en mi caso, y en ese preciso momento lo pude comprobar, no es verdad.

No conseguí incorporarme del todo, porque el carnero, sin pensárselo demasiado, me embistió. Me golpeó con fuerza el pecho. Perdí el equilibrio, que intenté recuperar moviendo las manos como si fueran alas, pero como no tenía plumas, solo las de las bolsa, de nada sirvió y me caí al canal. Con estruendo y humillación. Como apenas estaba a tres metros de altura, y el canal tenía una profundidad de un metro, no sentí el golpe. Me levanté, empapada. Desconcertada. Me palpé el pecho, no sentía ningún dolor, tal vez fuera cosa de la adrenalina, que me engañaba y quizá me estuviera desangrando por dentro, o con siete costillas rotas, pero la verdad es que no me dolía. Solo olía a podrido.

Eric y Aarón se lanzaron a por mí. Sin que les importara mojarse. Yo les grité, no hacía falta que vinieran al rescate.

—Estoy bien, estoy bien... Entera. —Alcé la bolsa de las plumas—. Y tengo cuatro o cinco —dije intentando parecer victoriosa. Pero en realidad me sentía humillada, claro. Mi intento por comportarme como una heroína, como una mujer decidida, se había esfumado con una simple embestida de una cabra. Grande, sí, con cuernos mitológicos, también, pero cabra al fin y al cabo. Primero me abatía el amor, como un rayo partiendo un roble, y ahora me abatía una cabra. Qué desastre.

—Me ha derribado una cabra... —dije mientras me acercaban a la orilla.

—Eso no era una cabra, era una bestia —puntualizó Aarón para consolarme.

—*So big... and furious. That's bad karma.*

—Que mal karma ni que mal karma, yo, que soy gilipollas, que tenía que haber leído el cartelito de que había una cabra. Pero es lo que me pasa siempre, que soy gilipollas —dije yo, empapada de arriba abajo, oliendo a basurero y empezando a sentir un frío polar.

Con el estrépito, varios vigilantes nos avistaron, justo cuando llegamos a la orilla. Así que no nos quedó otra que echarnos a correr. Pero esta vez no tuvimos tanta suerte y vimos cómo dos carritos nos cerraban el paso. Dimos la vuelta, pero tres vigilantes más estaban al otro lado. No había escapatoria.

Los vigilantes me quitaron la bolsa, a pesar de que yo me resistí, pero al ver sus miradas amenazantes tuve que dársela, ya no soportaba otra mirada furiosa, con la de la cabra había tenido suficiente, y al ver el contenido se miraron entre ellos sin acabar de comprender qué estaba pasando.

—Solo queríamos unas cuantas plumas... —dije yo.

—¿Plumas?

—Sí, no queríamos robar ningún animal, ni nada —dije.

—*Kidnapping, maybe* —dijo Eric. Y yo lo miré de manera censora para que se callara. Nada de *kidnapping*, nada de secuestro. Solo esperaba que ninguno de los vigilantes hablara inglés.

—Todo lo que hay en el zoo es propiedad del ayuntamiento y de la Comunidad de Madrid.

—Esto es un delito —remató uno de ellos, por si no nos había quedado claro.

Nos llevaron a las oficinas centrales. Iban a llamar a la policía y nos dejarían en una sala hasta que llegara. Qué vergüenza. Qué bochorno.

Aarón intentó convencerlos de que nos dejaran marchar, al fin y al cabo solo nos podían acusar de habernos quedado dentro del recinto más allá de la hora del cierre y de llevar cuatro plumas en una bolsa. Pero los vigilantes, celosos de su trabajo, aseguraban que colarse dentro del recinto y perturbar a los animales era un delito tipificado como vandalismo.

—Pero si nos han perturbado ellos a nosotros, que la cabra la ha tirado al agua.

Empapados como íbamos, sobre todo yo —Aarón y Eric solo se habían mojado los pies y las piernas—, dejábamos un rastro de agua allí por donde pisábamos. Estaba aterida, muerta de frío y de bochorno. Al entrar en las oficinas, vi que a nuestro paso nos miraban todos los empleados que había por allí, que eran unos cuantos. Se había corrido rápidamente la voz de nuestra aventura. Nos metieron en una oficina y nos dejaron solos. Yo temblaba. Aarón se dio cuenta y se quitó la cazadora y el jersey. Yo le vi el ombligo desnudo y parte de los abdominales. Aparté la mirada.

—Toma, quítate la parte de arriba y ponte esto, está seco.

—¿Y tú?

—Yo aguanto, no te preocupes.

Miré la ropa que me ofrecía, sin decidirme.

—Venga, no seas tonta. Que vas a coger una pulmonía.

—¿Os dais la vuelta? —les pedí. De nuevo la damisela que había en mí, qué asco, salía a relucir de manera incontrolable.

—Claro.

Ambos se giraron y yo me deshice del abrigo, el jersey y la camiseta. Y estar ahí medio desnuda delante de Aarón, y a pesar del momento, me excitó ligeramente. Ay, madre, no tenía remedio. ¿Estaría él mirándome de reojo? Me puse su ropa. Olía a él. Y de repente me sentí muy confortada.

—Ya.

Justo cuando se giraron, uno de los vigilantes entró con un encargado.

—Estos son.

El encargado, un señor de unos cincuenta años que me sonaba de algo, tal vez era que simplemente se parecía un poco a ese documentalista aventurero que veíamos en la infancia, De la Quadra-Salcedo, con su bigote y todo, atlético y con la piel muy curtida por el sol, nos miró de arriba abajo. Se le veía disgustado.

—¿Se puede saber qué estaban haciendo dentro del recinto violentando a los animales?

—No hablaremos sin un abogado —dijo Aarón, y me miró—. Tengo uno buenísimo que me gestiona todos los derechos de autor, un crack.

¿Eso no sería complicarlo todo?, pensé. Pero Aarón me hizo un gesto para que no me preocupara, como si lo tuviera todo bajo control, cuando claramente no era así.

—Como quieran —dijo el señor, y cogió el teléfono—. Ana, ponme con la policía.

Y yo en ese momento me percaté de algo, entre la pared y la mesa había varias pancartas. Pude leer uno de los lemas: «Estafados por las preferentes. Queremos nuestros ahorros».

Y entonces me acordé de mi madre, de las veces que había venido conmigo al zoo, de los folletos que había sacado de su bolso y vuelto a guardar con cierta vergüenza. Volví a mirar al hombre de bigote. ¡Sí! Era él. Era el hombre con el que se estaba liando mi madre. Lo habría conocido en una manifestación, habrían acabado hablando del zoo, y una cosa habría llevado a la otra, hasta la infidelidad. Maldito. Pero qué bien me venía en estos momentos esa casualidad del destino. Tenía que aprovecharla. No me quedaba otra. Había hecho el ridículo delante de todos al ser derribada por la cabra, pero era el momento de tirar de mi ingenio y arrojo. Y esta vez tenía que salir bien.

—¿Conoce a Berta Rodríguez? —pregunté.

Al oír ese nombre, el hombre se alarmó.

—¿Por qué lo pregunta?

—Es mi madre —contesté.

—¿Tu madre? —El hombre estaba desconcertado.

—¿Nunca le ha hablado de su hija, la que trabaja con plumas?

Y entonces el señor se dio cuenta de que hablaba en serio, y de que todo empezaba a cuadrar.

—¿Y has venido a asaltar mi lugar de trabajo para vengarte? —preguntó.

Aarón y Eric nos miraban fascinados, sin entender el giro que había dado todo. ¿Qué era eso de una venganza? ¿No habían ido allí por las plumas? ¿Por qué conocía a ese señor? ¿De qué iba todo aquello?

—No, no, si yo no sabía que usted trabajaba aquí. Pero acabo de ver las pancartas y el otro día lo vi en la manifestación con mi madre, y por eso he caído en la cuenta.

El hombre del bigote, el amante de mi madre, hizo salir a los dos vigilantes que nos acompañaban. Y antes de colgar el teléfono habló con la secretaria.

—Ana, no llames a la policía, creo que no va a hacer falta.

Colgó el teléfono y yo respiré aliviada. El hombre me miró.

—Y entonces, ¿me vas a explicar qué haces aquí?

—¿La verdad? Necesitábamos plumas. Tan simple como eso. Sé que no debimos hacerlo, sé que está mal, sé que...

—¿Necesitáis plumas y os coláis en el zoo? —preguntó—. ¿Pero no tienes otros canales para conseguirlas? ¿Granjas de pollos, de avestruces, de patos, de codornices...? No sé... Hasta desplumar un edredón nórdico...

Aarón y Eric me miraron con cierta indignación. ¿Por qué no había tenido yo esa idea?

—Esas plumas son de muy mala calidad, no sirven —me justifiqué.

—Ah —contestaron al unísono.

Yo miré al encargado, al del bigote, al amante de mi madre.

—Era una emergencia.

—¿Y no se os ocurrió... qué sé yo... intentar comprar a un limpiador y que os pasara un saco de plumas? Hasta eso me parece menos descabellado que entrar a hurtadillas en una propiedad privada.

La verdad es que eso habría sido mucho más sensato, sí. Pero no se nos ocurrió.

—Si no va a llamar a la policía... —preguntó Aarón—, ¿nos podemos ir?

El señor del bigote nos volvió a mirar calibrando la situación.

—Mi madre le estaría eternamente agradecida —dije yo.

—Dime antes una cosa, ¿por qué las plumas de las cigüeñas?

—*Pink flamingos, these are our goal.*

—¿Los flamencos rojos caribeños?

—Sí —contesté avergonzada bajando la cabeza.

El señor se sentó tras su mesa del despacho y miró algo en el ordenador. Asintió y cogió el teléfono.

—Ana, pásame con la veterinaria. Gracias. Laura, los dos flamencos que se murieron hace tres días, ¿ya está la autopsia hecha? Espérame ahí, no te vayas.

El hombre colgó el teléfono. Me señaló.

—Ven. —Y luego se dirigió a los chicos—: Vosotros la podéis esperar fuera.

—¿Nos podemos ir? —preguntó Aarón.

—Esperadla a la salida.

Yo seguí a aquel hombre por los pasillos. Bajamos varias escaleras. Iba dejando mi rastro mojado por donde pasaba. Permanecíamos en silencio, yo no sabía muy bien qué decir.

—Me llamo Sara.

—Lo sé, yo soy Ismael.

—Y siento mucho...

—Mejor no hables.

Entramos en la zona de veterinaria. Allí había una mujer con bata blanca.

—Laura, te presento a Sara.

—Encantada —me dijo, y me tendió la mano. Yo se la estreché, pero apartándome lo suficiente para que no notara mi aliento a alcohol ni mi olor a agua estancada. Seguía chorreando, aunque al menos ahora medio cuerpo lo tenía seco gracias a la ropa de Aarón.

—Es una amiga de mi familia. Está haciendo un estudio... Bueno, el caso... ¿le puedes enseñar los flamencos muertos?

—Claro, pero están abiertos en canal. No es un espectáculo muy agradable de ver.

—No creo que se asuste. Está acostumbrada a tratar con animales muertos, ¿verdad?

Yo asentí, impostando una seguridad irreal.

De un compartimento, Laura sacó dos bolsas negras y las abrió. Aquello apestaba. Vi algo parecido a dos pollos de cuello gigante y rosa abiertos por la zona de las tripas. Ismael se acercó y arrancó una de las plumas. Me la pasó.

—¿Te podrían servir?

Al tocar la pluma y ver su color de cerca, se me olvidó el olor putrefacto de los cadáveres.

—Es preciosa. Sí.

Ismael miró a la veterinaria.

—¿Cuándo los incineráis?

—Tendríamos que haberlo hecho hoy, pero estábamos desbordados de trabajo.

—De acuerdo. —Me miró—. Me encantaría que te los pudieras llevar, pero eso va contra las normas.

—Lo entiendo —dije.

—Pero no creo que pasara nada si te llevaras sus plumas, ¿verdad, doctora?

—Yo no quiero saber nada —dijo la doctora—. Mientras tenga dos cadáveres que llevar a la incineradora en una hora, todo bien.

Y sin más salió por la puerta.

—Avisa a tus amigos, y que vengan. Tenéis una hora para desplumarlos.

—¿De verdad?

—Pero ni una palabra a nadie de dónde las habéis sacado.

—Hecho. Gracias. —Lo miré y me atreví a decirle—: Ya entiendo lo que mi madre ha visto en usted.

—Mejor que esto quede entre nosotros, ¿de acuerdo?

Y asentí, claro. Lo que él quisiera. Por un momento sentí que estaba traicionando a mi padre, y de la peor manera.

—Es usted majísimo... y hasta me gusta su bigote.

Cállate ya, Sara, por favor. Que una cosa era agradecérselo y otra esto. Y que ya me empezaba a sentir como aquel que había negado a Jesús tres veces. Una pequeña traición a mi padre, vale, pero esto ya era alevosía. Aunque enseguida volví a fijarme en la pluma rosa y se me pasaron los remordimientos. Tenía la salvación en mis manos. Y no podía desaprovecharla pensando en quién se acostaba con quién. En esos momentos no era de mi incumbencia. «Lo siento, papá, pero mira el color de estas plumas».

Aunque, mientras Aarón, Eric y yo desplumábamos los flamencos, yo sentía que esa tarde en el zoo había traicionado a todo el mundo. A mi padre, por dejarme ayudar por el amante de mi madre, a mi hermana por haberme enamorado irremediablemente de su novio y a Roberto, porque me había olvidado por completo de él, al menos durante esas horas. Y no sabía muy bien qué iba a sentir cuando lo volviera a ver. Así de perdida estaba.

9

Diálogo interior

Salimos del zoo con nuestro botín de plumas rosas. Tendría suficientes para el nuevo diseño que me había imaginado para las alas de Ícaro y me sobrarían para algunas de las piezas que también se habían dañado en la inundación. La disparatada aventura había dado sus frutos. Tenía plumas para solucionar el desfile. Aunque muy pocas horas, apenas día y medio, para llevarlo a cabo. No iba a poder dormir.

En el coche, volviendo a casa, se creó una atmósfera extraña. Tal vez porque una vez pasada la adrenalina del momento nuestros músculos decidieron relajarse y no teníamos ni ganas de hablar, tal vez porque cada uno iba pensando en sus cosas. Yo, en el desfile y en el caos en que se iba a convertir mi vida si no ponía freno de una vez a tanto vaivén sentimental; Aarón, seguramente en su prometida, mi hermana, y en lo que había pasado conmigo en el zoo, que en realidad tampoco era nada, que seguro que todo estaba en mi cabeza y él apenas se había enterado. Y Eric, el vikingo pelirrojo, a saber qué pensaba.

Aarón aparcó cerquita del Ave del Paraíso. Yo no sabía de qué humor me iba a recibir Roberto ni, lo más importante, de qué humor iba a estar yo al verle.

Pero Roberto no estaba en el taller, ni en casa. Quien sí estaba era mi padre, con Mariano, el jefe de obra, con su metro cuarenta y cinco, una barriga enorme y cuatro pelos en la cabeza. Un *sex symbol*, vamos. Eso sí, muy competente y capaz, según mi padre. Llevaba media vida confiando en él. Los dos estaban subidos a una escalera y examinando el agujero. No solo lo estaban examinando, si no que habían picado medio techo. Habían cubierto la mesa del taller con plásticos, para que los escombros y restos de escayola no dañaran nada.

—¿Y esto? —pregunté alarmada, señalando techo y escombros.

—No te preocupes, teníamos que abrirlo para detectar dónde estaba el problema —dijo mi padre con semblante serio. Se le veía preocupado. Mucho.

—¿Es grave? —pregunté.

Mi padre resopló.

—Esperemos que no. Pero no pinta bien, no pinta nada bien.

—Fuerza, Arturo. Que nos las hemos visto peores.

—Me estáis asustando.

Mariano hizo un gesto para quitarle gravedad al asunto.

—Tranquila, de verdad. Que siempre es menos de lo que parece.

—¿Y cuándo lo vais a tapar? Y ¿quién va a limpiar todo esto? Papá, no es el mejor momento para hacer este estropicio. Necesito el espacio para trabajar y lo necesito ya. ¿Por qué no me has consultado?

—Te dije que iba a mandar a Mariano. Y luego te llamé al móvil y no me lo cogiste. Mariano, ¿te acuerdas de mi hija?

—Lo que has crecido —dijo Mariano.

—Mariano, tengo treinta años, hace doce que dejé de crecer.

—Será que hace mucho que no te veo.

—Será. ¿Qué me dices de ese agujero? ¿Cuándo lo vas a tapar?

Torció el gesto. Mi padre entonces detectó algo que no le gustó nada.

—Ay, Dios, ay... Mira... Podrido. ¿Ha tocado la estructura? —le preguntó a Mariano.

Mariano rompió un poco de la madera que mi padre señalaba, la tocó, la olió... Le faltaba auscultarla para parecer un médico en vez de un capataz.

—No estoy seguro...

—No me puede estar pasando esto... No, no... —dijo mi padre, que empezó a hiperventilar. Se bajó de la escalera y se tocó el corazón.

—Papá, ¿estás bien?

Mi padre no contestó, solo se tocaba el corazón. Miró hacia arriba y hacia las paredes.

—Me estoy mareando.

—Respira, Arturo, respira con tranquilidad —le aconsejó Mariano.

Yo de repente estaba sobrepasada, sin saber cómo ayudar.

—¿Qué hago? ¿Agua? ¿Llamo a un médico?

Mariano le restó importancia.

—En cuanto respire se va a sentir mejor. No es la primera vez que le pasa.

Mi padre lo miró con reprobación.

—¡Mariano, que vas a preocupar a mi hija!

—Ya estoy preocupada, papá. ¿Cómo que no es la primera vez que te pasa? Pero ¿qué te pasa?

—Nada, nada, el médico dice que son pequeñas crisis de ansiedad. Tengo que respirar bien, relajarme, y ya está...

—La primera vez pensó que era un infarto, no veas el circo. Con ambulancia y todo nos lo llevamos de una obra —explicó Mariano.

—Pero ¿te quieres callar? —le gritó mi padre.

—Pero... ¿desde cuándo estás así? ¿Lo sabe mamá?

—Tu madre no tiene por qué enterarse y menos ahora. Que lo último que quiero es darle pena.

—Mariano, ¿desde cuándo está así?

Mariano miró a mi padre buscando su permiso para contarlo, pero mi padre negó con la cabeza, le estaba prohibiendo hablar. Algo que a mí me alarmó más de lo que estaba.

—Pues dímelo tú, papá.

—Unos meses.

—Unos veintimuchos meses, diría yo —puntualizó Mariano.

—¡Papá!

—No pasa nada, de verdad. Es más el susto que otra cosa. Pero lo tengo controlado.

—¿Controlado? Pero si has visto un agujero y te has venido abajo.

—Es que esto no es un agujero, cariño. Que a lo mejor tenemos que tocar la estructura del edificio para reforzarla. Y eso es un obrón en toda regla. Y no es el mejor momento, créeme. Afrontar ahora este gasto es...

Mi padre volvió a respirar entrecortadamente, y se llevó de nuevo la mano al pecho. Entonces tomé una decisión.

—Papá, si este edificio ha aguantado cien años en pie puede hacerlo un par de ellos más por lo menos, ¿o no?

—Sí... Pero más pronto que tarde habrá que afrontar el problema.

—Pues ya lo afrontaremos más tarde que pronto. Ni tú estás en el mejor momento ni yo tampoco. Así que me tapáis ese hueco y aquí no ha pasado nada. Si yo estaba tan feliz con mi humedad...

—Sara, que esto es serio. Que hay cosas que no se ocultan con una mano de pintura.

—Me he dado cuenta, papá. Pero me preocupa más tu salud que el edificio.

—Que estoy bien, solo que no sé cómo vamos a hacer para... —Y miró otra vez arriba.

—Mariano, dime la verdad, ¿se va a caer el edificio mañana o dentro de un año? —pregunté al capataz.

—Con un terremoto escala 5 podría sufrir un daño severo.

—Pero como no estamos ni en California ni en Almería ni encima de ninguna falla tectónica, no corremos ese peligro, ¿verdad?

—No.

—Pues decidido, me tapáis el agujero y ya reforzaremos esto cuando podamos. A tu salud ahora mismo le viene fatal, y a mi trabajo ni te cuento.

—Y siempre podemos instalar dos vigas de hierro de manera provisional, para quedarnos tranquilos —dijo Mariano. Y me miró—. ¿A ti te importaría mucho que las dejáramos a la vista?

—A mí me parece estupendo. Mientras sea aquí en el taller. ¿Ese gasto lo podemos asumir, papá?

Mi padre asintió.

—Pues ya está, decidido. Dos vigas provisionales y me tapáis el agujero.

Eso sí, les arranqué la promesa a ambos de que no vendrían con sus obreros para tapar el agujero al menos en una semana, hasta después del desfile, y hasta después de que se marchara Roberto. Que en esta casa ya no cabía más gente, por favor. Ayudé a Mariano y a mi padre a recoger los escombros; cuanto antes acabáramos antes se irían. Y, ya sin los plásticos, puse mis plumas sobre la mesa. Mariano se despidió de nosotros. A solas con mi padre, hablé muy seriamente con él.

—Papá, después del desfile tú y yo vamos al médico.

—No hace falta, cariño, de verdad.

—Sí hace falta, sí. Y después del desfile nos vamos a sentar y me vas a contar qué está pasando en tu empresa.

—No quiero aburrirte. Y eso es cosa mía, con que me preocupe yo es suficiente.

—Papá, que te acaba de dar una crisis de ansiedad. Que no estás bien. ¿Cómo no me voy a preocupar?

—Si esto es por tu madre... Que se me junta todo... Pero ni una palabra a mamá. Prométemelo.

Yo asentí con muy poca convicción. Y mi padre me obligó a que volviera a prometérselo y mostrándole las manos, para que no cruzara los dedos. Era algo que siempre hacíamos cuando yo era una niña y me obligaba a prometerle algo. «Enséñame las manos», decía. Y yo sonreía y se las enseñaba.

Mi padre subió las escaleras de caracol y desapareció. Yo tenía que hablar con mi madre, contarle todo esto. Por mucho que le hubiera prometido a mi padre lo contrario, tenía que hacerlo. Así que la llamé. Pero no me cogió el teléfono. Decidí abordar el asunto más tarde. O tal vez después del desfile. La de cosas que empezaba a posponer para después del desfile.

Comencé a clasificar las plumas. Mientras, no me quitaba de la cabeza a mi padre. ¿Estaría en la ruina? ¿Tanto le habría afectado la crisis? Pero no podía ser. Llevaba muchos años con la empresa, habían levantado cientos de edificios. Una empresa tan sólida como la de mi padre no se podía venir abajo por tres años malos, ¿verdad? Después del desfile. Me enfrentaría a todo esto después del desfile. También le podía preguntar a Roberto. Al fin y al cabo es arquitecto. Puede que estuviera más al tanto de qué le podía haber ocurrido a un estudio como el de mi padre.

Le llamé. Además necesitaba saber dónde estaba y de qué humor me lo iba a encontrar. Pero, al igual que mi madre, tampoco me contestó. Debía de estar enfadado. Tal vez mi locura del zoo no le había gustado nada de nada. Aarón y Eric se presentaron en el taller. Eric se había cambiado de ropa, Aarón aún no, y estaban dispuestos a seguir ayudándome, catalogando u organizando las plumas rosas. Pero yo me negué y les pedí que hicieran su vida, que ya bastante me habían ayudado y que ahora me tocaba a mí convertir todo el botín de las plumas en algo artístico para el desfile.

Subí a darme una ducha, luego me hice un café y me dispuse a bajar al taller para ponerme a trabajar. Aunque antes pasé por la habitación de mi padre y comprobé que ya se había dormido y que roncaba. Eso me tranquilizó. Tan mal no debía de estar si había conseguido conciliar el sueño en tan poco tiempo. Cuando me dirigía hacia las escaleras de caracol, vi que Aarón se metía en el baño y no pude evitar imaginármelo desnudo bajo el chorro de la ducha. Pero enseguida aparté ese pensamiento de mi mente. Tenía que concentrarme en mi trabajo. Aparcar al menos durante día y medio todo lo que tuviera que ver con mi revoltijo sentimental. Tenía que lograrlo. Ya habría tiempo de torturarme dentro de dos días sobre lo que estaba pasando.

Pero lo malo de trabajar con plumas es que tiene una parte muy mecánica, muy manual y muy laboriosa. Una vez que tienes claro el diseño y la estructura montada, se trata de coser o de pegar una a una las plumas, siguiendo el patrón marcado. Y eso es algo mecánico, donde las manos parecen trabajar solas y la mente puede dedicarse a divagar y a elucubrar. Vamos, lo que menos debía hacer en esos momentos. Y por más que intenté pensar en otras cosas —qué sé yo, en la última serie a la que estaba enganchada, o en la última película que había visto, o en la última novela que había leído—, yo, que soy obsesiva por naturaleza, solo podía pensar en una cosa. O más bien en una persona. Sí, él. Claro. Reconozco que ya me había olvidado de mi padre. El deseo es así de egoísta y de acaparador. Y después de tejer y destejer lo que sentía por Aarón, después de negarlo y aceptarlo, decidí utilizar algo de lógica en mis devaneos. Me imaginé una conversación con mi amiga Inma. Es algo que hago a veces. Cuando no la tengo a mano.

—Así que te has enamorado del futuro marido de tu hermana pequeña. Y ¿qué vas a hacer?

—Nada, torturarme hasta el infinito, pero nada más.

—Nena, deja de decir tonterías y sé práctica.

—Lo intento, si por eso te he invocado, y estoy aquí hablando contigo sin que tú estés delante.

—Pues hija, ya me podrías llamar por teléfono, que tampoco te cuesta tanto.

—Me va mejor con tu yo imaginario. Como si no lo supieras.

—Ah, pues no tenía ni idea.

—Pues sí, lo hago bastante.

—Tú te lo guisas y tú te lo comes. Qué siesa. Vaya amiga.

—Bueno, a lo que vamos, ¿qué hago con todo lo que siento por Aarón?

—Te has enamorado como una perra.

—Sí. Pero yo creo que el amor es una ilusión, una creación...

—Como yo ahora mismo.

—Algo así. Vamos, que lo puedo controlar. Si yo sé que esto que siento es producto de la imposibilidad. O sea, es una mezcla de mi yo adolescente, que tiene ahí ese trauma por no haberle besado, y el hecho de que haya aparecido ahora en el peor momento y de la peor manera. Y, claro, yo creo que todo eso es un imán para el amor. Y para el deseo.

—Eso, y que se ha portado de puta madre contigo. Vamos, que se ha jugado la vida por ti, y luego te ha dado hasta su ropa para que te abrigaras.

—También Eric se ha jugado la vida por mí, o casi, y no estoy enamorada de él. Pero ya te digo que todo esto que estoy sintiendo, si me esfuerzo, lo puedo desmontar.

—Bueno, pues si es así, desmóntalo. Y santas pascuas.

—Ya...

—Que no quieres, o no puedes. Admítelo.

—No sé, Inma, no sé.

—Y a todo esto... ¿qué siente él? Pregunto, vamos, porque ya está claro lo que sientes tú, que te has enamorado como una tonta. Estás coladita perdida. Pero ¿y él? ¿Siente él algo por ti? Porque si no siente nada por ti, esto tiene muy fácil arreglo. No te va a quedar otra que comértelo. Sufrirás un poquito, y listo. A otra cosa. Porque todas somos unas supervivientes, y en la vida superamos los reveses amorosos. Solo los personajes de película se quedan encallados en el amor. En la vida real se supera, o al menos se aparca y se sigue adelante.

—Yo qué sé lo que siente él.

—Analicemos todo lo que ha ocurrido con él hasta ahora. Cuando te vio se le rompió la taza de la impresión, se acordaba de las conversaciones que habíais tenido hace mil años...

—Sí. Y luego también me dijo que se había quedado con ganas de besarme. Que se había arrepentido de no haberlo hecho.

—¿Te dijo eso cuando se va a casar con tu hermana pequeña? Qué golfo.

—Pero luego se jugó la vida en el zoo. Y me abrazó y me miró de una manera...

—Vamos, que tuvisteis un momentazo. Pues las cartas están sobre la mesa. Tú te has enamorado como una perra, y él siente cosas. ¿Qué vas a hacer al respecto?

—¡Nada! ¡Se va a casar con mi hermana! ¡Y yo tengo novio! Y le quiero y me quiere.

—¿Cuántos polvos habéis echado desde que ha vuelto?

—Estaba muy cansado. Y yo estaba muy liada. Y la casa llena de gente. No es culpa suya. Ha salido todo al revés.

—Vale. ¿Y dónde está ahora?

—Ay, Inma, y yo qué sé dónde está. Pero él me quiere y yo le quiero.

—Tú te aferras a él. Que es lo que haces con todo. Te aferras a él, te aferras a tu tienda... Todo el día rodeada de plumas y en vez de volar te aferras.

—¿Y qué tiene eso de malo? Una tiene que luchar por lo que cree, por lo que quiere. No todo va a ser jiji, jaja.

—Nena, escribe un libro de autoayuda que se titule *No todo va a ser jiji, jaja*, va a vender millones.

—No te rías de mí.

—Es que tienes cada cosa... Que pareces mi abuela, coño. Como no todo puede ser jiji, jaja, me aferro a lo que sea. Aunque no me convenga.

—¿Me vas a decir ahora que Roberto no me conviene?

—Lleva un año fuera.

—¿Y qué? ¿Crees que nuestro amor no soporta un año de separación?

—Sara, bonita, engáñate como quieras. Pero contéstame: ¿tú lo que estás sintiendo por Aarón, ese fuego que te quema por dentro, lo has sentido alguna vez por Roberto?

—¿Qué hago, Inma?

—Pues lo que siempre has hecho: acobardarte, negarte a aprovechar lo bueno de la vida.

—¿Qué hay de bueno en enamorarse del prometido de tu hermana?

—Al menos estás sintiendo algo de verdad, profundo, que te remueve. ¿Tú sabes la de gente que daría lo que fuera por estar en tu situación? Estás viviendo un amor de película. De bolero.

—No. Estoy viviendo un amor en el infierno.

—Pues eso, de bolero. ¿O acaso en los boleros los amores son felices? Son apasionados, inconvenientes, volcánicos.

—No puedo dejarme arrastrar y fastidiar a todo el mundo.

—Tú misma. Si lo tienes tan claro, no sé para qué me invocas.

—Tienes toda la razón.

—Pues hala, cuelga.

—No estamos hablando por teléfono.

—Pues ya cuelgo yo. Adiós. ¡Y no me llames a las tres de la mañana!

Así solían ser mis conversaciones imaginarias con Inma. Qué bien me conocía. La imaginaria y la real. Y mira, me había servido para decidirme. Claro que ahora me había asaltado otra duda: ¿qué sentía Roberto por mí? Me había dicho que tenía que hablar conmigo, y que no era para romper. Entonces,¿de qué quería hablar? Lo de la boda empezaba a verlo yo bastante lejano, porque Inma, imaginaria o no, tenía razón en una cosa, desde que habíamos llegado, nada de sexo y nada de nada. Y había estado más pendiente de su amigo Eric que de mí. ¿Y a santo de qué lo había traído en nuestra semana romántica? Es que eso no le cabe en la cabeza a nadie. Ay, a ver si se había desenamorado de mí...

Y justo en ese momento alguien llamó a la puerta de la tienda. Era él, Roberto. Y como para dar respuesta a todas mis dudas venía cargado con tres sacos.

—¿Qué llevas ahí? ¿De dónde sales? ¿Por qué no cogías el teléfono?

—Mira.

Dejó los tres sacos encima de la mesa del taller y los abrió. ¡Había codornices y patos!

—¿Y esto? ¿De dónde lo has sacado?

—Soy un hombre de recursos.

—Roberto, en serio, ¿cómo lo has hecho?

—Llamé a mi padre y él llamó a sus amigos cazadores... Y me fui hasta Segovia. Eso sí, mis padres no sabían que estaba en Madrid y ahora tendré que ir a verlos antes de regresar a París. Maldita la gana.

—¿De verdad has hecho esto por mí?

—Claro, tonta. Sabía que lo del zoo no iba a salir.

Y justo en ese momento él se fijó en las plumas de flamenco. Y me miró con extrañeza buscando una explicación.

—¿O sí salió bien?

—Es una larga historia.

Yo revisé los tres sacos y saqué todas las aves.

—Algunas están congeladas, no sé si te servirán para ahora.

—Claro que me sirven... Roberto, pero esto te habrá costado una fortuna.

—Tampoco tanto.

—Eres un amor.

Lo abracé y lo besé. Me sentía fatal. Muerta de agradecimiento y muerta de remordimiento. Mientras yo vivía mi aventura amorosa en la sabana africana del zoo de Madrid, mi novio, el de verdad, no la ilusión, no la fantasía, había molestado a su padre y a sus amigos, se había dejado sus ahorros, y había ido hasta Segovia para, cual cazador, proveer a su familia de alimento, de sustento, o lo que es lo mismo, y en este caso, de plumas. Y yo, mientras tanto, fantaseando con amores de bolero, con amores inconvenientes. Pero ¿cómo podía ser tan cretina? Pero ¿cómo podía ser tan taruga, tan imbécil, tan niña, tan alelada, tan tonta, tan fantasiosa, tan gilipollas, tan...?

—¿Estás bien?

—Estoy de maravilla, Roberto. Tú no sabes cómo te lo agradezco, es que ni te lo imaginas.

—Bueno, ya veo que te habías apañado sin mí.

—Eso es lo de menos.

—Es que de verdad creí que no lo ibas a conseguir, perdona.

—No me pidas perdón, no seas tonto. Soy yo quien tiene que pedirte perdón. Por lo que te dije, por no hacerte caso, por no confiar en ti, por...

—Bueno, bueno, ya, tampoco saques las cosas de quicio... Que no es para tanto, que son cuatro patos y doce codornices...

—No te quites mérito, Roberto. No te quites mérito, porque esto es muy grande. Esto es... Vamos a follar, ahora mismo. Vamos.

—¿Así, sin más? Huelo a ave muerta que lo flipas.

—Hueles a hombre, a cazador. Hueles de maravilla.

Roberto se olió un brazo.

—Huelo fatal.

—Pues te meto en la ducha. Pero tú y yo vamos a echar el polvo que nos merecemos, el que llevamos un año esperando. Y no me digas que no.

Y Roberto no me dijo que no. Me besó y yo lo besé...

Y acabamos haciéndolo en la ducha. Bajo el agua.

Lo único malo es que los polvos en la ducha funcionan mejor en la imaginación que en la realidad, porque hacerlo de pie, sin apenas apoyo, y con un suelo deslizante, no es la mejor idea del mundo. Descubrí además que Roberto no solo se había depilado los cuatro pelos del pecho, también llevaba el culo completamente lampiño. Algo que me sorprendió.

—¿Y esto?

—¿El qué?

—Te has depilado el culo.

—Ah, sí, ¿no te gusta?

—¿Eh...? No sé, sí —dije por decir algo.

—Me alegro.

Yo, sin embargo, no sabía si me alegraba o no. Pero ahí recordé las palabras de Inma, la Inma real, no la imaginaria, cuando me dijo que ahora los chicos se lo pedían mucho. Y que era lo mejor para el sexo anal. ¿Querría Roberto que le comiera el culo? Ay, madre... Solo de pensarlo se me cortó bastante la excitación que tenía. Y no sabía si preguntárselo o no.

—Oye, Roberto...

—Dime.

—¿Quieres...? ¿Quieres...?

—¿Qué?

—Que te... ¿enjabone la espalda y el culo?

—No sé, si quieres...

—Yo, si quieres tú. Vamos, que a mí me da lo mismo.

—Vale.

Y me puse a ello, sin saber si tenía que ser un preámbulo de lo otro... Y fue llegar a su culo y masajearlo con el jabón y me di cuenta de que no, de que no estaba preparada, ni para hacerlo ni para preguntárselo. Pero aún así tanteé... Y a Roberto se le escapó la risa.

—¿Qué haces? ¿No me digas que durante este año de abstinencia te has dado a la literatura porno y quieres intentar cosas nuevas? —dijo sonriendo.

—¿Yo? Qué va... Pensé que tú... que tú querías.

Y se volvió a reír.

—Pero ¿qué dices? Sara... que soy yo, que París no me ha cambiado.

—Pero te has depilado el culo...

—Pero porque en el gimnasio todos lo llevan así, y ya estaba cansado de sentirme el español peludo.

—Donde fueres haz lo que vieres —dije yo.

Y Roberto volvió a reírse. Y me besó. Y yo lo besé. Y volvió a reírse.

—Si es que solo de pensar que creías que yo...

Y a mí su risa me sentaba bien y me la contagió. Se me había olvidado lo bien que me sentaba estar desnuda al lado de Roberto y riéndonos. Era como volver a casa. Y entre beso y beso el deseo se encendió de nuevo. Y ni quisimos ni nos dio tiempo de ir a la cama.

Es verdad que no fue el mejor polvo que habíamos echado en la vida. Pero fue tan agradable, me sentó tan bien que no me importó que no se pareciera al que había imaginado durante tantas veces ese año. Lo importante era cómo me había hecho sentir. Las risas, los abrazos. Estar de nuevo con él, y darme cuenta de que mi vida sí tenía sentido a su lado. Que no estaba equivocada. Vale, no fue uno de esos que en las películas a los protagonistas les lleva a pedirse en matrimonio. Pero fue un polvo de regreso. De recordar que todo lo que tenía en la vida antes del año de París me gustaba. Y mucho. Qué más daba Aarón, qué más daba que se casara con mi hermana. Tenía a Roberto.

Esa era mi realidad. Y más quisieran muchas. Tenía a alguien dispuesto a ir hasta Segovia para conseguirme unas codornices y demostrarme así que me quería. Y, además, aún nos quedaban días de la semana para perfeccionar la técnica y volver a sintonizarnos sexualmente. Que Roberto y yo habíamos funcionado divinamente en el pasado, y que a nada que practicáramos le íbamos a coger de nuevo el truquillo. Pues claro.

¿Cuántos tienen la suerte de tener sexo con su mejor amigo? Yo la tenía. ¿De verdad quería más, quería otra cosa? Sexo con risas, afecto cómplice, abrazos que te serenan. Sara, date con un canto en los dientes.

Eso sí, Roberto siguió sin soltar prenda sobre lo que había venido a decirme. Después del desfile, me dijo.

—Ahora lo importante es tu desfile.

10

Horas antes del desfile

A las doce y media del mediodía, después de siete tazas de café y de no haber parado de trabajar durante toda la noche y parte de la mañana en las alas, me llamó David por teléfono.

—¿Por qué no estás aquí?

—Porque estoy aún trabajando.

—Pero se supone que todos los remates los tienes que hacer conmigo, y para probárselo a los modelos y ver que todo funciona. ¿Por qué no estás aquí? ¿Qué ocurre? Dime qué está pasando y dímelo ya. Sin prolegómenos, sin ambages, dímelo.

—Se me olvidaba lo *drama queen* que te pones un día antes del desfile.

—¿*Drama queen*? Si estuvieras aquí no me pondría *drama queen*. ¿Me vas a decir qué te pasa o me tengo que tomar un ansiolítico?

—Nada, nada. Tranquilo. Me está llevando más trabajo del que pensaba, pero va a estar todo a tiempo para el desfile, te lo prometo. Para mañana llego.

—¿Cómo que para mañana? Mañana es el desfile. Quiero verlo hoy, ahora.

—David, cuanto más tiempo perdamos con esta conversación inútil, más voy a tardar.

—Si ya me olía yo algo, que noté a tu hermana muy rara ayer cuando vino a probarse.

—¿Por qué?

—Le pregunté por las alas y no sé qué se inventó. ¿Qué le ha ocurrido a mi Ícaro?

—Unos cambios de última hora, pero son para mejor.

—No pretenderás que me quede tan tranquilo después de oírte decir eso, ¿verdad? Mándame una foto, ahora mismo. Pero ya. Sin excusas.

—Pero es que...

—Ay, Dios, dime qué está pasando...

—Nada malo, David. De verdad. Es solo que las alas por sí solas no funcionan bien, necesitas verlas en un modelo...

—¿No tienes a tu novio allí? Pues pónselas a él y mándame una foto. Qué poquitos recursos tienes a veces. Ponle las alas, ya.

Quise protestar, porque no quería estar perdiendo mi tiempo, que tanto necesitaba, en hacer pruebas ridículas solo para calmar los ánimos de David, pero insistió e insistió. Y, claro, él era el diseñador, la estrella, tenía que hacerle caso. Además tampoco era tan mala idea hacer una prueba sobre alguien antes de que el modelo se las pusiera. Así podría comprobar si mi concepto funcionaba. Concepto que, por otra parte, era bien sencillo. Se me había ocurrido en la ducha, cuando Aarón salió con la idea disparatada del zoo. Fue pensar en el plumaje de los flamencos y dispararse mi imaginación. Como imaginaba que íbamos a conseguir pocas plumas, aunque luego la realidad hubiera sido mucho más generosa, mi idea era simple pero eficaz y vistosa. O eso creía. Se trataba de crear la parte de arriba de las alas, y en vez de estar expandidas, recogerlas luego en una especie de arnés a la altura del pecho del modelo y ahí hacerlas desaparecer, y pintar de rosa su espalda, pegando solo dos o tres plumas, como si las alas se hubieran metido dentro de la piel para luego emerger por debajo del pantalón corto. De ahí saldría, del pantalón, el final de las alas, creando el efecto, o eso pretendía, de unas alas voluminosas que quedan atrapadas por el arnés de cuero, pero que se resisten a ser dominadas, y de ahí que vuelvan a aparecer por debajo del *minishort*.

David, sin saberlo, tenía razón en una cosa. Si yo le explicaba mi concepto sin una imagen, iba a poner el grito en el cielo. Así que iba a ser buena idea lo de la foto. Le dije a David que se la mandaría tan pronto hubiera rematado las alas. En unas horas. David protestó pero no le quedó más remedio que aceptar. Y seguí trabajando en ellas como una posesa. Pasaron las horas. Roberto apareció por el taller. Enseguida se dio cuenta de que yo no había comido y se preocupó. Pero yo no disponía de tiempo para comer. Tenía ya casi las alas a punto, eso era lo único importante. Le conté lo que necesitaba de él.

—¿Quieres desnudarme, ponerme esas alas y pintarme de rosa la espalda?

—Desnudarte del todo, no, estarías con un pantaloncito corto o un bóxer.

—Sara, pero ¿tú has visto mi espalda?

—¿Qué le pasa? Si ahora la tienes toda depiladita...

—Pero soy de tronco ancho y corto, me salen dos flotadores en las caderas y tengo unos brazos ridículos, como alambres...

—¿Así te ves?

—Vale, tal vez exagero, pero reconoce que tus alas van a perder mucho con este modelo.

Y tenía razón, para qué negarlo, pero era lo que tenía a mano.

—Se lo puedo pedir a Eric, que tiene más anchura vikinga de jugador de rugby, aunque dudo que los modelos de David sean de ese tipo. Él es más fan de la anorexia. Definida, pero anorexia.

—Eric tenía la segunda parte de la entrevista. He comido con él en el museo del jamón, lo que le gusta a ese hombre el jamón... Y lo he acompañado a la entrevista. Estaba un poco acatarrado, eso sí. Estornudando a cada rato.

Ignoré la información de que había estornudado. Prefería no abrir ese debate. Porque puede que yo tuviera parte de culpa. Por el frío del zoo, el agua y todo eso.

—Vaya. Pues solo te tengo a ti.

—¿No se lo puedes pedir a tu cuñado?

—¿A Aarón? —pregunté, horrorizada—. Mejor no.

—¿Por qué no? Está cachas pero sin exagerar, ¿no? Tiene pinta de tener una espalda en condiciones.

—Que no le voy a pedir que se pinte de rosa, Roberto, que no tengo confianza como para eso.

—Bien que te lo llevaste a asaltar el zoo.

—Que no, Rober. Que esto es distinto.

—Pues ya se lo pido yo.

—No está aquí.

—Pues cuando venga. Porque este ya se ha instalado aquí con tu hermana, no sé si te has dado cuenta.

Y Roberto tenía razón porque a las dos horas apareció. Llevaba además una mochila grande. Seguro que con ropa para dejarla en el armario. Roberto le abordó y le contó lo de las alas.

—¿Queréis que toque en el desfile con esto puesto? —preguntó Aarón mientras le enseñaba las alas y el arnés, y le explicaba todo el concepto.

—No, no, solo te necesito un segundo para que me sirvas de percha. De modelo. Es para poder mandarle una foto al diseñador, que está muy pesado.

—Y tú tienes una espalda bonita, no como yo —remató Roberto.

—¿Ah, sí? Nadie me había dicho que tuviera una espalda bonita, gracias —le dijo a Roberto, un tanto desconcertado—. ¿Cuándo me la has visto?

—Te la imagino a través de la camiseta —se explicó Roberto.

¿Roberto se imaginaba la espalda del novio de mi hermana? Mejor no sacarle punta a eso, ni darle demasiadas vueltas... Al menos ahora no. Y total, Roberto siempre había tenido ese punto de arquitecto artista, desprejuiciado. Y nunca había dejado que las convenciones frenaran lo que pensaba, ni que le impidieran disfrutar de las cosas bonitas. Y eso me gustaba de él, así que ahora no iba a poner el grito en el cielo porque imaginara que la espalda de mi cuñado era bonita, ¿no? Tenía el culo depilado, estaba siempre pendiente de Eric y se había imaginado la espalda de mi cuñado. Por esas tres cosas tampoco iba yo a sacar conclusiones precipitadas, ¿no? ¿Quién era yo? ¿Acaso una Neandertal, o una mujer del siglo XXI que veía sus series de la HBO y todo? Pues eso.

—¿Y me tengo que poner las alas sin camiseta?

—Y dejar que te pinte de rosa, pero es pintura de cuerpo, lavable con agua, te lo aseguro —le dije.

—¿Tienes algún pantalón corto? —preguntó Roberto.

—¿Aquí? No...

—Pues en calzoncillos —sugirió Roberto—. Los que llevas son bóxer, ¿no?

Vale, también se había fijado en sus calzoncillos. Pero tú, Sarita, no saques conclusiones, piensa en las series de la HBO y en lo moderna que eres.

—A ver, que yo creo que con la espalda es suficiente, que David se hará una idea —dije yo. Porque una cosa era ser moderna y otra no parar esto a tiempo. Que las malas ideas son como las pistolas: las carga el diablo, y mejor cortar esto de raíz.

—¿Tú crees? —preguntó Roberto.

—Oye, si hay que quedarse en gayumbos, me quedo —dijo Aarón todo ufano, y me miró con esa naturalidad que tiene él para decir lo que sea como si fuera la cosa más normal del mundo, y a una, claro, se le pone cara de gilipollas si no le sigue la corriente—, que tú ya me viste así el otro día, cuando me descubriste de sopetón en el piso.

Yo estaba incomodísima. Sí, porque al igual que las pistolas las carga el diablo, tampoco hay que estar ahí siempre en el filo de la navaja, venga a ver si te cortas. Porque, claro, si el filo es como una cuchilla Gillette, y estás venga a pasear encima, pues acabas sangrando sí o sí. Y yo ya había hecho mi elección, yo ya estaba feliz con Roberto, a ver qué necesidad tenía yo de andar aquí, venga para adelante y para atrás, mareando la perdiz.

—Mira, como quieras, pero vamos a hacerlo de una vez y acabemos cuanto antes. —Eso lo dije yo, sí. Para desmontar en un momentito toda mi reflexión anterior.

—¿Me desnudo? —preguntó con una naturalidad pasmosa.

Yo asentí con la cabeza. De perdidos al río. Y así yo me demuestro a mí misma que no pasa nada, que está todo superado y que lo del filo y la cuchilla Gillette es una tontería.

Aarón empezó a quitarse la ropa. Yo me puse a colocar las últimas plumas en la estructura de alas, no quería ni mirarle. Mejor sufrir lo justito. Y mejor no comprobar si era verdad que yo ya no sentía nada de nada o que al menos era inmune. Vamos, que mejor no mirar.

—¿Yo me quedo o me voy? —preguntó Roberto.

¿Y este a santo de qué preguntaba semejante cosa? Tú te quedas y no me dejas aquí en la intimidad con el músico. No, no. No. O sea, lo que me faltaba.

—A mí me da igual. Pero casi quédate y así ayudas a Sara a colocarme las alas.

Eso, menos mal que Aarón se había adelantado a mis pensamientos. Porque la idea de quedarme a solas con Aarón, allí en calzoncillos, pintándole la espalda, como que no, que era de alto riesgo por mucho que yo ya tuviera mi decisión tomada. Mejor con mi novio delante. Aunque bien pensado, eso también era raro de narices. ¿Por qué todo tenía que ser tan raro? Cuanto antes acabara con esto, mejor, sin duda.

—Coge por aquí, Rober —le dije señalándole un extremo de la estructura—. A la de tres. Ten cuidado, que es frágil, y el pegamento aún no está del todo seco. Una, dos y tres.

La levantamos y la pusimos sobre la espalda desnuda de Aarón.

—¿Puedes coger el arnés y abrochártelo por adelante? —le pregunté a Aarón.

—Sí.

Después de pelearnos un rato con el arnés y las alas conseguimos colocárselas.

—¿Qué tal estoy? ¿No hay un espejo donde pueda verme?

—Espera, te saco una foto con el móvil y te ves —respondió Roberto.

—Te quedan bien —dije yo con una sonrisa de oreja a oreja, orgullosa del resultado. Le di los últimos toques con la mano—. Ahora falta saber si funcionará el concepto, cuando te dibuje las alas sobre la espalda y te las pinte.

—¿Y cómo le vas a sujetar las que le salgan del calzoncillo? —preguntó Roberto, que parecía encantado con todos estos preparativos. Lo estaba disfrutando más que yo, como quien disfraza a una muñeca. Y yo seguía sin querer indagar en los porqués de ese disfrute. Moderna, Sara, la más moderna del lugar, esa eres tú, y tu novio solo es un entusiasta de lo tuyo. Nada más. No le busques tres pies al gato.

—Yo creo que ahora aguantarán simplemente con la presión de la tela. Vamos, espero que se sostengan. Mañana las coseré allí en un momento en el pantalón corto.

Roberto le sacó la foto y se la enseñó. Y los dos se rieron al ver el resultado.

—Coño, pues tiene gracia —concluyó Aarón—. Te han quedado chulísimas. A ver si se pilla el concepto ahora de la espalda pintada. Venga, dale. ¿Cómo me pongo? ¿De pie, me siento?

—Mejor de pie, intento acabar rápido.

—Sí, cuanto antes mejor. Que tengo que pasarme por el estudio de grabación. He quedado allí con tu amigo el diseñador para elegir las canciones para el desfile.

A Aarón, tal vez porque era músico, o simplemente porque tenía ese carácter de «todo me resbala, hasta que mi cuñada esté pintándome la espalda y yo aquí, en calzoncillos», se le veía tan ancho. Como si fuera la cosa más normal del mundo.

—Es un pelín histérico, ¿no? —me preguntó, refiriéndose a mi amigo David.

—Es buen tío, está un poco atacado por lo de mañana, pero es majo, de verdad.

Mientras hablábamos, yo iba abriendo el bote de pintura y eligiendo el pincel adecuado, uno de brocha bastante gorda para poder rellenar el dibujo cuanto antes.

—No, si no pasa nada —me respondió Aarón—. Si ya me estoy acostumbrando a los histerismos. Tu hermana lleva un día que es para darle de comer aparte.

—¿Ah, sí?

—También será por el desfile, pero madre mía... Cualquiera le dice nada. Y encima le ha salido una calentura en la boca y parece aquello el fin del mundo.

—Cuando está nerviosa le pasa. Aunque no imaginaba que el desfile de mañana le preocupara tanto.

—Yo creo que es por tu madre. La ha llamado dos veces por teléfono y Lu no se lo ha cogido. Y no me ha querido dejar escuchar uno de los mensajes que le ha dejado tu madre, pero debía de ser tela marinera. Me da que no la tenemos con nosotros el día de la boda. Y tu hermana eso lo va a llevar fatal.

—Seguro que al final mi madre da su brazo a torcer.

—Seguro si tú le hablas bien de mí.

—¿A mi madre?

—Sí, a lo mejor ayuda a que cambie de idea, ¿no?

Roberto le dio la razón.

—Es que no sé si debería meterme yo ahí, entre mi hermana y mi madre.

Y Roberto volvió a ponerse de parte de Aarón.

—Tía, con todo lo que está haciendo por ti, qué menos que una ayudita.

—Escucha a tu novio.

—Bueno, no sé, ya veremos. Es que mi madre es muy especialita... Y, a ver, que yo entiendo que no le haga gracia que su hija pequeña se case.

—Pero es conmigo —insistió Aarón.

—Que sí, que sí —dije yo intentando zanjar el tema—. ¿Estás preparado? Primero te marco un poco el contorno de las alas, y luego empiezo con la pintura.

—Tú mandas.

—Voy a por un bocata —dijo Roberto—. ¿Queréis algo?

—Quédate aquí, luego subimos todos a merendar —le dije yo, porque no me apetecía nada que me dejara sola.

—Es que tengo mucha gusa, de verdad. Bajo en nada con unos sándwiches. Y que ya no hago falta, ¿no?

Roberto subió y nos dejó allí a solas. Yo ya había dibujado el contorno de las alas sobre su espalda. Noté cómo se le erizaba la piel al contacto del rotulador.

—¿Tienes frío?

—Estoy bien.

—Empiezo con la pintura. La notarás algo congelada. Aviso.

—Aguanto, tranqui.

Y empecé a pintar de rosa la espalda de Aarón. Su espalda ancha, definida y ligeramente musculada. Tenía una forma triangular perfecta. Espalda abierta de nadador, con los hombros y omoplatos anchos y cintura más estrecha.

—¿Muy fría?

—Qué va.

—No tardo nada, lo prometo.

Aunque yo he de reconocer que tampoco me estaba dando toda la prisa del mundo. Me estaba produciendo un raro placer lo de manchar su espalda de rosa.

—¿Te importa si le doy unas sombras con el dedo? Es que es mejor que el pincel.

Sara, Sara, Sara, para el carro, que te embalas. Sara, que tu novio está arriba, y que ya estabas decidida. Para atrás ni para coger impulso. Sara, por Dios...

—Tú misma.

Hala, tú es que no aprendes, tú es que no tienes remedio, bonita. ¿Qué fue del filo, que fue de lo de tentar al diablo, que fue de la cuchilla Gillette y la sangre? Y casi invoco a Inma, pero no era momento para uno de mis diálogos interiores.

Me manché las yemas de los dedos con la pintura rosa y empecé a pintar sobre su espalda, como si le acariciara o le diera un masaje.

—Qué gusto... —dijo Aarón, suspirando ligeramente. A lo mejor lo del suspiro me lo estaba inventando, claro.

—¿Sí?

—Mucho. Ya que estás, me podrías deshacer un par de nudos. Tengo uno justo ahí. En la clavícula, y uno más abajo.

Yo me estaba poniendo taquicárdica. Creo que hasta respiraba entrecortadamente. Vamos, como mi padre con la gotera. Pero no me lo podía permitir. Y mucho menos podía permitir que se me notara. Qué espalda, por favor. Qué espalda de escultura griega, de atleta olímpico, qué piel más suave, qué bien colocados los músculos, qué ganas de perderme en ella, con pintura y sin pintura. Y qué manera de marcársele los glúteos. Y cuando ya estaba bajando mis manos hacia su cintura, cuando ya me estaba empezando a dejar llevar por la lujuria... ay... Justo en ese momento bajó Roberto con una fuente llena de sándwiches y comiéndose uno.

—De paté, de queso, de jamón y de chorizo. Y un par de ellos vegetales para engañarnos.

A mí me subieron los colores a la cara, al sentirme así pillada, con las manos en la masa. Pero Roberto no se percató, o al menos no hizo ningún gesto que delatara incomodidad por su parte. Vamos, que no se había enterado de nada, que estaba demasiado absorto en la comida.

—¿Cómo van esa artista y el modelo? ¿Queréis ahora uno o luego?

Aarón cogió dos. Y empezó a engullirlos.

—Coño, están buenos.

—Soy un artista del sándwich. Tengo una técnica... Mis estrellas Michelin —dijo cogiendo una de sus minilorzas de la cadera— lo avalan.

—Ya está —dije yo, dándole una palmada fraternal en la espalda.

—¿Ya? —preguntó Aarón—. Qué lástima. Ahora que lo empezaba a disfrutar.

Roberto contempló mi obra y dio su aprobación.

—Queda superauténtico. Ahora solo faltan las plumas que sobresalgan por debajo del calzoncillo.

—Yo creo que se entiende igual sin ellas —me apresuré a decir.

—¿Tú quieres que te grite David?

—Vale, pero ¿qué tal si se las pones tú? —pregunté a Roberto—. Que es un poco raro que le esté yo ahí metiendo mano.

—¿Yo? Pero si tú eres la diseñadora, yo qué sé cómo van.

—Si es muy fácil, si ya las tengo pegadas en dos tiras, es simplemente meterlas por la parte de abajo, entre la pierna y la tela —insistí.

—Que no, que no —dijo Roberto, y se dirigió a Aarón—. ¿A ti te da cosa que tu cuñada te toque la pierna?

—Para nada.

—¿Ves? Ya está. Solucionado. Hazlo tú.

Yo moví la cabeza en un gesto de desesperación. Pero no lo pensé demasiado. Al lío, cuanto antes lo hagas, antes saldrás de esta. Cogí una de las tiras con las plumas y me acerqué a su culo.

—A lo mejor te hace algo de cosquillas.

—Aguanto, tranqui.

Levanté la parte de debajo de la tela e introduje la tira de plumas. Toqué su glúteo, glubs, para asentarlas bien sobre él. Y repetí el proceso con la otra pierna. Y otra vez a tocar el otro glúteo, glubs.

—¿Qué tal queda? —preguntó Aarón.

—Total —dijo Roberto—. Eres una artista, Sara.

—Gracias —respondí aceptando el cumplido, porque la verdad es que el resultado era mejor de lo que esperaba—. Vamos a sacar un par de fotos.

Roberto hizo tres disparos y le enseñó el resultado a Aarón, que me miró orgulloso.

—Si es que eres muy buena, Sara. Muy buena. Está genial.

Y sus palabras me reconfortaron tanto y me hicieron sentir tan bien que no pude ni quise evitar una sonrisa de orgullo.

—¡Ha vuelto la Sara que conocía!

Ahí Roberto se quedó algo pillado.

—¿La conocías?

—Ah, sí, del instituto, ¿no lo sabías?

—Ah, ni idea. ¿Erais amigos?

—¡Qué va! —me apresuré a decir—. Coincidimos en la obra de teatro donde hice una tontería de vestuario.

—Hizo una cosa cojonuda. Tan guay como esto. Bueno, yo creo que esto es incluso mejor. Tu novia es una auténtica artista, Roberto. Qué grande es.

—Lo sé, lo sé —dijo Roberto.

Ahí los tenía, a dos hombres estupendos mirándome con orgullo.

—Voy a mandárselas a David ahora mismo —dije, porque no sabía muy bien cómo procesar todo aquello.

A los tres segundos me estaba llamando por teléfono.

—Eres una diosa. Te odio, te vas a llevar todos los aplausos de mi desfile. Asquerosa. Es una maravilla. ¿De quién son esas espaldas?

—De Aarón.

—Anda que no sabes tú *na*. Y parecía tonta cuando la compramos.

Yo recé porque no se estuviera escuchando nada de lo que David me decía. Y por si acaso intenté cortarlo lo antes posible.

—Hala, pues ya está. Te dejo, que aún falta mucho para rematarlas y me quedan las demás piezas. ¿Contento?

—Casi tanto como tú cuando le metías mano pintándole esa espalda. Y qué culo, Sara. Si no lo catas tú me lanzo yo.

—Adiós, David.

—Mañana te quiero aquí a primerísima hora. A las ocho y media.

—Lo intento. *Ciao.*

—¡Sara...!

Pero no le dejé que protestara y le colgué. Miré a Roberto y Aarón.

—Hemos triunfado.

Roberto me abrazó.

—Si es que eres muy grande.

Y yo no podía dejar de mirar a Aarón. Mierda.

—¿Me lo puedo quitar ya? —preguntó él.

—Claro. Métete en la ducha y ya verás qué rápido se te va la pintura —contesté azorada.

Horas antes del desfile por fin conseguí hablar con mi madre. La excusa era invitarla a que viniera a ver mis piezas. Y así de paso poder hablarle de papá y de Lu. Y sí, también quería propiciar un encuentro de toda la familia, y qué mejor que en un ambiente festivo como el del desfile. Seguro que un poco de belleza, con tanta modelo y vestido bonito, ayudaba a amansarlos un poco.

—No sé si me apetece mucho ir, hija. Estoy bastante enfadada contigo.

—¿Conmigo? Mamá, yo no tengo la culpa de que papá se haya refugiado en casa y de que Lu haya seguido sus pasos. No los podía dejar en la calle, y mira que me habría gustado.

—Si eso me da igual, si eso lo entiendo. Si el enfado es por otra cosa, y lo sabes de sobra.

Yo no tenía ni idea de lo que me estaba hablando, así que intenté adivinar.

—Tienes miedo de que sea una encerrona y que papá esté allí. Siempre os podréis sentar separados y no creo que vaya, la verdad. No está para mucha fiesta, y de eso también te quería hablar.

—A mí encontrarme con tu padre no me da ningún miedo.

—Mamá, pues entonces no entiendo qué te pasa.

—Cariño, ¿de dónde has sacado las plumas?

Y entonces caí en la cuenta. Y enmudecí.

—¿A ti te parece bien presentarte en el zoo y exigirle a Ismael que te diera dos flamencos?

—Yo no le exigí nada...

—Pero ¿cómo se te ocurre utilizar que eras mi hija para conseguir tus malditas plumas?

—Mamá, que fue una situación extrema... No era mi intención.

—Y ¿desde cuándo sabes tú que Ismael y yo...?

—Te vi besarlo después de vuestra manifestación, me topé con vosotros de... casualidad.

—¿Y lo seguiste y averiguaste que trabajaba en el zoo y ahí decidiste chantajearlo? O te daba las plumas o le contabas a papá quién era.

—Pero ¿qué estás diciendo, mamá? ¿Te ha dicho eso?

—No ha hecho falta. El caso es que te has aprovechado de él y de mí. Y de muy mala manera.

—¿Tú crees que soy capaz de algo así?

—Por tus plumas eres capaz de cualquier cosa.

—Eso es mentira.

—Será todo lo mentira que tú quieras, pero bien que te has salido con la tuya y has desplumado a dos pobres flamencos.

—Mamá, a los flamencos los iban a incinerar.

—Y ¿tú cómo lo sabías? ¿Eh? ¿Desde cuándo llevas urdiendo ese plan?

—Que fue todo una casualidad, mamá. Es que lo estoy flipando. Pero ¿tú crees que llevo meses detrás de Ismael y decidí atacarlo a la muerte de los flamencos?

—Eso si no los has envenenado tú.

—¡Mamá! Pero ¿qué clase de monstruo piensas que soy?

—Monstruo no sé, pero interesada un rato largo. Y obcecada con lo tuyo, que no ves más allá. Y no sería la primera vez que matas a un pajarito —continuó diciendo—. Y luego amenazar al novio de tu madre... ¿Desde cuándo mi hija se ha convertido en una terrorista?

—Mamá, ¿cuántas botellas de Martini llevas?

—Eso, llama a tu madre borracha. Si ya me lo dice Ismael, que llevo aguantándoos mucho toda la vida. Tanto que ya ni me doy cuenta, y que ya me parecen hasta normales vuestros comentarios y vuestra actitud pasivo-agresiva.

—Actitud pasivo-agresiva...

—Sí, que tanto tu padre como tu hermana y tú vais de mosquitas muertas pero las matáis callando.

—Mamá, lo que estás soltando por esa boca no es ni medio normal.

—¿O sea, que ahora eres tú quien decide lo que es o no normal? ¿Ves? Es tal cual lo dice Ismael. Que me queréis imponer vuestra moralidad estrecha.

Qué gordo me estaba cayendo, por chivato, por puñetero, por listillo y por malmeter a mi madre en contra de su familia.

—Pues que sepas que tu querido Ismael me dijo que lo que pasó en el zoo se iba a quedar entre nosotros.

—Claro, porque seguro que lo amenazaste.

—Y dale, que yo no he amenazado a nadie en toda mi vida, mamá.

—Pero yo noté que le pasaba algo raro, que había algo que le carcomía y al final se lo saqué. Pero él no quería.

—Un santo, el Ismael, ya lo veo.

—Ni se te ocurra juzgarlo, ni meterte en mi relación. No lo voy a permitir.

—Tú tranquila que ya me quedo apoyando a papá, que él sí lo necesita. No sé cómo ha aguantado contigo tantos años. Normal que esté con crisis de ansiedad y ataques de pánico. Lo que me extraña es que no le haya dado ya un infarto.

—Ni se te ocurra ir por ahí, Sara Escribano.

—Es que me sacas de quicio, mamá. Y es lo que menos necesito en estos momentos.

—Pues nada, como lo importante aquí es lo que tú necesitas, mejor cuelgo.

—Haz lo que quieras.

—Eso haré.

Pero por mucho que dijera que iba a colgar, allí seguía. Y yo, como ya no sabía qué decirle y, sobre todo, no quería que nos despidiéramos con tan mal rollo, intenté tender un puente.

—Pero que sepas que a pesar de todo me encantaría verte en el desfile.

—Pesada eres, hija mía.

—Mira, pues te voy a decir la verdad. A mí que vengas a mi puñetero desfile me da igual, si yo lo hacía precisamente para que pudieras hablar con Lu, y con papá. ¿Tú sabes cómo está papá? Me tiene muerta de preocupación. Sí, a mí, a esa hija que según tú solo piensa en ella misma, y es un monstruo y una interesada...

—No tergiverses, que yo monstruo no te he llamado.

—Pero lo demás sí. Y me duele mucho.

—No te pongas en plan víctima como tu padre, ya sé que llevas sus genes, pero de él me puedo divorciar y de ti no.

—Tú tranquila que si no quieres venir al desfile ni verme más, me lo dices y asunto arreglado. Allá te quedes tú con tu Ismael, con tu vida y con tu zoo. Que parece que los flamencos te los hubiera arrancado de tus entrañas.

Y colgué.

11

El desfile

Maquilladores, peluqueros, fotógrafos, costureras, ayudantes, diseñadores, representantes, algún que otro periodista, cámaras de televisión, burros cargados de perchas con ropa ya organizada y separada por modelos, pizarras con fotos de todos los *outfits* que se lucirán sobre la pasarela, gente haciendo fotos con cámaras de teleobjetivos kilométricos o con sus móviles, chicos y chicas altísimos, jovencísimos, delgadísimos y guapos, en ropa interior, con las costillas marcadas, los pómulos marcados, a medio vestir, dejándose maquillar, entregados a Twitter, a Facebook, a Instagram a través de sus tabletas o leyendo mientras esperan que alguien los convierta en seres incluso más bellos de lo que ya son. Y nervios, tensión, prisas, «no llegamos, esto es un desastre, chicos», gritos, personas organizándolo todo en modo histérico que parecen estorbar más que organizar.

Todo eso es lo que se vive en un *backstage* horas antes de que arranque un desfile. Adrenalina a tope, y esa sensación constante de que nada va a salir bien, de que todo se va a desmoronar de un momento a otro. Costureras que cogen bajos a todo correr, que meten o sacan de la cintura de un pantalón o de una falda, que cosen las últimas lentejuelas, mientras el diseñador niega y pide lo contrario de lo que acaba de solicitar dos minutos antes. Y comprueba por enésima vez que el azul marino sigue siendo igual de marino que era en su taller, y que no se ha transformado en un azul turquesa. Y los de la organización, que entran y salen con pinganillos en la oreja de los que cuelga un pequeño micrófono y te miran como si te estuvieran perdonando la vida, y te piden que te apartes, que estorbas, porque en un *backstage* siempre tienes la sensación de que estorbas, aunque trabajes mano a mano con el diseñador, y como en mi caso, seas la encargada de los complementos de plumas.

Ahí estaba yo tres horas antes organizando mis piezas: los cuellos para una chaqueta y una camisa de codorniz española, los tocados de faisán y pavo real, las dos mangas que había hecho con las plumas de flamenco que no había utilizado para las alas, los *earcuffs*, los relojes de pulsera cuya esfera había emplumado con plumas diminutas y delicadas de pato y, por supuesto, las alas de Ícaro, que descansaban sobre una mesa y que dentro de poco estarían sobre el modelo rubio al que estaban asignadas. David pasaba cada diez minutos a mi lado, para comprobar que cada pieza iba en el modelo y en el traje correspondiente. Y decía que sí, que maravilloso, que fantástico, que era una genia. Sobre todo por esas mangas de ensueño, tan coloridas, tan exuberantes, que serían la envidia de Gaultier, y esos cuellos, «divinos, asombrosos», que envolvían a las modelos como boas de visón y que realzaban y completaban los trajes diseñados por él. Y luego al rato volvía y decía que no, que no habíamos sabido comunicarnos, que nada funcionaba con su ropa, pero que no era culpa mía, solo de él. Y yo intentaba tranquilizarlo, y le sugería cambiar un tocado de un traje a otro. Y David comprobaba el resultado, y se extasiaba, me abrazaba emocionado y decía que claro, que cómo no se le había ocurrido a él, que éramos una simbiosis perfecta, que no podría volver a hacer un desfile sin mí. Y luego a la media hora gritaba desesperado: «¡Mierda de plumas!, ¿a que no sale nadie con plumas ahí fuera?». Y me miraba odiándome y despreciándome, y me decía que por qué se había dejado liar, que tanta pluma le daba a todo un aire de cabaret hortera y que sus diseños estaban muy por encima de todo aquello. Y cuando de pronto una modelo se presentaba entusiasmada diciendo que nunca antes había llevado un cuello como aquel, o un *earcuff* tan espectacular, o «qué maravilla esa esfera de reloj», que por qué no estaba David en la cima del universo de la moda, y yo con él, que éramos la sensación de ese ego de la Fashion Week, entonces David cambiaba de idea, y me volvía a abrazar y me besaba y me daba las gracias, y qué haría él sin mí, y que lo íbamos a petar y que al día siguiente los periódicos abrirían sus portadas con una foto de su desfile, qué digo mío, digo de los dos, que esto es tan tuyo como mío, que eres una genia, Sara, una genia.

Y así fueron pasando las horas. Y el momento del desfile se acercaba. Yo, para compensar el histerismo general, estaba bastante relajada. El hecho de haber llegado hasta allí y de haber entregado las piezas a tiempo me llenaba de paz. Sobre todo porque no creía que lo fuera a conseguir. Y ahora el trabajo estaba hecho, a falta de pintar la espalda del modelo, pero de eso ya se estaban encargando dos maquilladores bajo mi supervisión, así que de poco iba a servir ponerme histérica. Como mucho podría cambiar una pluma o dos de sitio, nada más. También había ayudado, claro, tragarme los dos sumiales que dos horas antes me había pasado Lu. «¿Cómo crees que finjo esa languidez tan estudiada sobre la pasarela? A base de sumiales. Me dejan de un relajado que me cuesta levantar la cabeza, y para levantarla me esfuerzo tanto que pongo un gesto de perra sufriente que les vuelve a todos locos». Lu siempre contaba que en su primer desfile sobre pasarela se le ocurrió sonreír y esa sonrisa casi acaba con su carrera. Así que aprendió rápido que sonrisas no, pero como ella es risueña por naturaleza, acabó por darse a los sumiales para poder pasear como una zombi estreñida, y ser así la estrella de los desfiles.

Lu se acercó a mí para que le pusiera el *earcuff* que ella misma había elegido. En principio no era el designado para su traje, pero había convencido a David como solo ella sabe hacerlo.

—Después la bronca me la llevaré yo —le dije.

—Sara, es que *dengo* que disimular como sea esta *cadentura*. Esto no va a haber maquillaje que lo *adegle* —me dijo, o eso intentó, mientras me señalaba el labio y su calentura.

—No seas tonta, si estos maquilladores transformarían a la Merkel en Bar Refaeli en un pispás.

—Pero si tengo el labio de Esther Cañadas.

—Y fíjate el carrerón que hizo. Tranquilízate, que vas a estar estupenda.

—Si estoy *dranquila,* demasiado, me he pasado con el *sumia.*

Y la verdad es que no sé si fue porque la calentura del labio le impedía hablar o por el exceso de Sumial, pero el caso es que hablaba raro, como si le costara pronunciar las palabras y se olvidara incluso de cómo acababan.

—He visto a mamá entre el público —me dijo.

—Pues sí que te has pasado drogándote. Eso es imposible, no va a venir.

—Es ella, y con un señor. Y yo no la quiero ver, que menudo rapapolvo me echó por teléfono por lo de la boda.

—¿Qué? ¿Con qué señor? ¿Tiene bigote?

—Uno *hodible.*

—Mierda. La mato. La mato.

Dejé a mi hermana allí, con su labio gordo de calentura, con su exceso de Sumial y con el *earcuff* a medio colocar, y me asomé a la pasarela para ver si era verdad que mi madre estaba entre el público y había tenido la genial idea de traer a su novio. Y sí, ahí estaba, con el bigotudo al lado. Pero ¿cómo se le ocurría? Sin pensarlo demasiado me acerqué a ella.

—Mamá.

—Hija, ¿esto cuándo empieza? ¿Falta mucho? Es ese, ¿verdad?

Mi madre señaló hacia un lado de la pasarela, donde se estaba colocando la banda de Aarón.

—¿Has venido a ver al novio de tu hija? ¿A eso has venido?

—Y tus diseños, no te pongas picajosa. Además, Ismael tenía muchas ganas de ver lo que habías hecho con sus plumas. Las de los pobres flamencos muertos. No hace falta que os presente, ¿verdad?

—¿Qué tal, Sara?

—Pues aquí.

—Estoy deseando ver tu obra. Seguro que ha merecido la pena que me saltara todo nuestro código deontológico.

Lo miré con odio, a pesar de que los sumiales me tenían más mansa que un osito panda de peluche.

—Es broma, mujer. Lo hago por fastidiar a tu madre —prosiguió el del bigote.

—Si es que nunca debiste ceder a su chantaje.

—Ismael, por favor, ¿le puedes decir a mi madre que yo no te chantajeé de ninguna manera?

—Claro que no. Me ofrecí yo a darte los flamencos.

—Gracias.

—Eso lo dices porque eres un caballero, pero conoceré yo a mi hija...

—Mamá, ¿podemos hablar un segundito? Perdona, Ismael, que te la robe, es un momento de nada.

Cogí a mi madre del brazo y la arrastré unos metros, hasta donde su novio no nos pudiera escuchar. Dios, era pensar en él, llamándole novio, y me ponía de mal humor.

—Mamá, pero ¿en qué estabas pensando trayéndolo aquí? ¿Y si aparece papá?

—¿Cuándo fue la última vez que tu padre vino a un desfile tuyo?

—¡Este es el primer desfile que hago! ¿Cómo quieres que viniera antes a ninguno?

—Bueno, pues a las funciones escolares. Todas las que se perdió.

—Papá vino siempre que el trabajo se lo permitió.

—Y porque yo lo llevaba a rastras. Que a ver si te crees que es plato de gusto aguantar cada Navidad cómo tus hijas destrozan todos los villancicos. Hasta el del porompompero, y mira que ese es facilito.

—Ahora tendré que llamar a papá para decirle que no venga. Y yo quería que viera mis diseños. No sé por qué tengo que ser yo quien sale perdiendo. Vosotros os separáis y la que lo sufre soy yo.

—Ay, hija, no me seas numerera.

—No soy nada numerera, si me he tomado dos sumiales.

—¿Te queda alguno?

—¡Mamá!

—Es que siempre me pongo nerviosa al ver a tu hermana desfilar. Tengo la sensación de que va como muerta, de que se va a caer de los tacones. Pero no, el caso es que después mantiene el equilibrio.

—Espero pillar a papá, pero si por desgracia se presenta, tú a diez metros de Ismael. No quiero aquí ningún espectáculo. Y menos en este día.

—¿Me puedo ir ya? ¿O tienes alguna tontería más que decirme?

—¿No me vas a desear suerte? —le grité.

—Más te vale que hayas hecho algo espectacular con los pobres flamencos.

Mientras volvía hacia el *backstage* llamé a mi padre al móvil. Pero no me lo cogió. Le dejé un mensaje.

—Papá, no hace falta que vengas, está todo manga por hombro, va a ser un desastre de desfile, un absoluto desastre, y yo prefiero que no lo veas. Ya habrá otras ocasiones. Un beso.

David escuchó lo que decía y casi le da un soponcio.

—¿Cómo que va a ser un desastre? ¿No te gusta lo que he diseñado? Pero ¿cómo me tenías tan engañado? Hipócrita. Ahora me entero. Ay, Dios, ¿tan malo es? ¿Tan malo? ¿Por qué no me lo has dicho? Cobarde.

—David, por favor, que eso se lo estaba diciendo a mi padre para que no viniera, pero no porque tus diseños sean malos, es porque ha venido mi madre con su amante.

—¿En serio? Me estás mintiendo. Dime la verdad, no te inventes ahora esa excusa increíble.

—Fila dos, del lado derecho de la pasarela. El hombre con bigote.

David salió embalado para comprobarlo y volvió a los dos minutos. Yo ya estaba colocándole cuatro plumas de codorniz española a una hombrera.

—Qué majo, me lo ha presentado y todo. Y no sé qué me ha dicho tu madre del asesinato de dos flamencos.

—Ni caso. Y no es majo. Es un ogro. Yo quiero que vuelva con mi padre. ¿Me oyes?

—Eres la única persona del mundo que después de tomarse dos sumiales está como si nada. Nena, deberían estudiarte en un laboratorio. Que poca capacidad de asimilación, de las pastillas y de la realidad. Supéralo, tu madre tiene un amante. Bienvenida al mundo real.

—Te odio.

Pero no pude explayarme más porque en ese momento sonó mi móvil. Era Roberto.

—Estamos aparcando. ¿En qué nave es? Hemos venido en el coche de tu padre.

—¿Os ha dejado su coche?

—No, no, que hemos venido con él.

—¿Está ahí con vosotros?

—Sí, espera, que bajo. —Oí cómo le decía a mi padre y a Eric que se alejaba un segundo—. Oye, y está un poco raro. Supersentimental, diciendo lo orgulloso que está de poder ver a sus hijas triunfar, una delante y otra detrás del escenario, y que qué pena que tu madre no estuviera con él. Si hasta se puso a llorar y no vio un semáforo en rojo...

—Ay, Dios...

—Eso pensé yo cuando casi nos comemos al coche de delante.

—No, digo que mi madre está aquí.

—Ah, guay.

—Pero con su amante.

—No jodas...

—¿Por qué no lo convences para que no entre? Lleváoslo a tomar algo o...

—Sara, que hemos venido hasta aquí para ver el desfile. Que Eric está como loco, que se siente parte de todo esto, como lo llevasteis de asalto al zoo...

—Vale, vale, pues que pase lo que tenga que pasar... A mí me va a dar algo.

—¿No te han hecho efecto los sumiales?

—¡No! ¡No me han hecho efecto los putos sumiales! —grité.

—Ya me doy cuenta, ya.

Colgué y decidí centrarme en lo que tenía que centrarme. En dar los últimos toques a los modelos. La espalda del rubio ya estaba pintada de rosa. Así que comprobé que los pantalones cortos que iba a llevar ya tenían cosidas las plumas de las puntas de las alas, y se los hice poner. El modelo se quitó su pantalón de chándal gris, y debajo no llevaba calzoncillo. A él no pareció importarle su desnudez, simplemente explicó que el diseñador le había exigido que no llevara nada debajo. Me pidió que se los ayudara a colocar, y en eso estaba cuando entraron en el *backstage* Roberto, Eric y mi padre. Y los tres me vieron, de rodillas, intentando subirle el pantalón al modelo desnudo.

—Gusta tu trabajo —dijo Eric. No sé si se refería a todas mis piezas que estaban a la vista o al momento concreto de estar con mi cara a dos centímetros de los testículos del chico.

—¿Qué hacéis aquí dentro? —les dije.

—Queríamos desearte suerte —dijo Roberto—. Casi no nos dejan pasar, pero Eric los convenció.

—Yo dijo ser periodista de *Elle*.

—Es un hombre de recursos —dijo mi padre con cierta admiración—. ¿Este chico va a salir con estos pantalones y con la espalda rosa?

—Es el que va a llevar las alas.

—Ah... Y ¿a ti te gusta este trabajo? —le preguntó mi padre al modelo.

—Papá, no le molestes.

Mi hermana, ya vestida con su primer modelo, se acercó a saludar. Se colgó del cuello de mi padre, y luego le dio unos sonoros besos a Roberto y a Eric. El noruego le preguntó algo y ella se lo llevó del brazo, y le hizo una seña a Roberto para que también los siguiera. Mi hermana, en muy poco tiempo, se había convertido en una verdadera profesional en lo suyo. Se movía tanto en el *backstage* como en las pasarelas como pez en el agua. Decía siempre que lo que más le gustaba de trabajar de modelo era lo que las demás solían odiar: la semana de los *castings* en las grandes ciudades como París, Milán o Londres. Durante una semana se instalaban varias modelos en un piso, o en un hotel —mi hermana prefería los pisos porque decía que en los hoteles se sentía muy sola—, y se dedicaban a patear toda la ciudad de *casting* en *casting*. Y aunque el proceso era duro y a veces rozaba el ridículo, sobre todo porque los modelos eran más conscientes que nunca de ser juzgados y valorados en pocos minutos, y tratados como poco más que una pieza de carne, a mi hermana el reto de ser seleccionada, de pasar una prueba y luego otra, le divertía. Conocía a las otras modelos, también a los chicos, a la gente que trabajaba en los *castings*, a algún que otro diseñador, y de todo aprendía. O al menos todo le servía para entretenerse.

—¿Ha venido tu madre? —preguntó mi padre.

—No lo sé —mentí—. No he parado un solo momento. —Y entonces se me ocurrió algo para que mis padres no se cruzaran. Podría funcionar—. Papá, ¿te apetecería ver el desfile desde aquí?

—¿Cómo desde aquí?

—Sí, es mucho más divertido. Se palpan los nervios, la tensión, ves a todo el mundo trabajar en tiempo récord, a las modelos vestirse y desvestirse...

—Pero ¿qué clase de pervertido crees que es tu padre, hija mía? —preguntó él, haciéndose el escandalizado.

Como no estaba funcionando, decidí jugar la baza sentimental.

—A mí me vendrías tan bien de apoyo...

—¿Yo a ti? —preguntó con extrañeza.

—Pues sí, estoy un poco atacada. Y tenerte cerca me ayudaría.

—Pero entonces no voy a ver a tu hermana desfilar.

—Claro que sí, por estas dos enormes pantallas. Si se ve mejor que desde fuera. Y total lo único que hace es pasear como una zombi. Tampoco es que tenga mucho mérito.

—Pero su novio va a tocar en directo... Y tu hermana dice que es estupendo. Y que no debería perdérmelo.

—¿Y crees que esto está insonorizado? Desde aquí lo oiremos de maravilla.

—No sé...

—Claro que si prefieres estar apoyando a tu hija pequeña y a su novio en vez de a mí, no pasa nada.

Mi padre no se decidía. Yo hice mi mejor mohín. Él pareció resignarse.

—Hija, si es tan importante, me quedo, claro.

Y ahí lo abracé, de manera espontánea, algo que no solía hacer con mucha frecuencia. En casa éramos de expresar poco las emociones con el contacto físico.

—Qué rara estás —dijo mi padre.

—Es que me he tomado dos sumiales.

—Pues no se te ve muy relajada.

—Por eso necesito que te quedes.

David se acercó, quería que revisáramos uno por uno a los modelos.

—¿Has comprobado que todos están bien? Ven.

Me obligó a seguirle. Y mi padre vino detrás.

—Tres minutos, Sara. Tres minutos. A mí me va a dar algo. Carlota Hamilton acaba de llegar, está sentada en primera fila. Y también están los de *Vogue*, y uno de *Elle* ha entrado en el *backstage*... Yo no sobrevivo.

Preferí no contarle que el de *Elle* en realidad era el vikingo, ¿para qué desilusionarlo?

—¿Quién es Carlota Hamilton? —preguntó mi padre.

—Una bloguera despiadada. Pero a nosotros nos va a adorar. Lo sé, lo presiento —contestó David, y por primera vez se percató de la presencia de mi padre—. ¿Y usted es...?

—Mi padre. Y él, David, el diseñador.

—Arturo, encantado —dijo ofreciéndole la mano.

David reaccionó de manera exagerada y compungida ante esa información. Y en vez de darle la mano le dio un abrazo y un beso en cada mejilla.

—Le acompaño en el sentimiento.

—¡David! —grité yo.

—¿Por qué me dice eso? —preguntó mi padre, mirándome.

—Yo creo que se confunde...

—Ah, ¿que no sabe que ella está ahí con...?

—¡David, no pierdas el tiempo aquí, mira cómo tienes a esa modelo! —Y le di un empujón para sacármelo de encima.

—¿De qué hablaba? —preguntó mi padre, intrigado.

Yo le alejé de allí unos metros.

—Papá, hay una regla de oro: los minutos antes de un desfile, a un diseñador nunca se le hace caso porque no sabe lo que dice.

Pero mi padre no se acabó de creer mi explicación. Absurda, por otro lado. Es que no se me había ocurrido nada mejor.

—¿Quién ha venido? ¿Tu madre?

—Que no lo sé, papá. Que no he podido ni asomarme ahí afuera —le dije mientras comprobaba que las mangas de una de las chaquetas estaban equilibradas—. ¿Te gusta cómo ha quedado? Plumas de faisán y de oca —le dije como maniobra de distracción. Pero no coló, porque le faltó tiempo para acercarse a la pasarela y sacar la cabeza por uno de los cortinones negros. Enseguida volvió a mi lado.

—Tu madre. Está ahí. Debería sentarme a su lado.

—Papá, habías dicho que te quedabas conmigo.

—Por eso querías que me quedara aquí, claro. Pero ¿tú crees que no soy capaz de mantener una conversación civilizada con la mujer con la que llevo casado más de treinta años?

—Es que no es el momento, papá. Hoy es mi día, y el de Lu. ¿No podéis aparcar vuestras diferencias por unas horas?

—Diferencias... ¿Ahora se llama así cuando tu mujer te pone los cuernos con un bigotu...? —Y entonces mi padre cayó en algo—. ¿Tu madre está sentada al lado de un señor con bigote?

Yo intenté no mover ni un solo músculo de mi cara para no delatarme. Pero no lo debí de hacer del todo bien. Mi padre volvió a asomar la cabeza entre los cortinones. Y regresó con la cara descompuesta.

—Lo ha traído. Lo ha traído aquí. Pero...

—Que no ha traído a nadie, papá. Eso es imposible. Ves fantasmas donde no los hay.

—Lo ha traído —dijo con tono fúnebre—. Y ahora ¿qué se supone que tengo que hacer?

—Diez segundos —gritó uno de la organización que llevaba una carpeta y pinganillo con micrófono.

David me gritó y me hizo señas como un histérico.

—¡Sara! ¡Aquí, conmigo! —exclamó mientras comprobaba obsesivamente que todos los modelos estuvieran en la fila y en el orden previamente establecido, además de fijarse en cada uno de sus detalles. De repente gritó, le quitó un cinturón a una modelo y se lo cambió por otro.

—Esto es un desastre.

Yo intenté calmarlo, a pesar de que tenía otros muchos motivos para estar preocupada. Vi cómo mi padre se servía un whisky de las botellas de la marca que patrocinaba el desfile. Le pedí a David un segundo y me acerqué a mi padre. David me gritó.

—¡Ven aquí!

—Un momento —le dije, y me dirigí a mi padre—: Papá, ¿tú crees que es el mejor momento para ponerse a beber?

—Hija, yo sé que vosotras estáis acostumbradas a las rupturas, a dejar a un novio y empezar con otro. Pero para mí es nuevo. Y no sé qué hacer...

—¡Sara! —volvió a gritar David.

—Papá, no te muevas de aquí, ahora vengo.

Le quité la copa de la mano y me la llevé adonde estaba David. Al verme con la copa me la arrebató y se la bebió de un trago. Los primeros acordes de una de las canciones de Aarón empezaron a sonar.

El desfile comenzó. Y los modelos fueron saliendo a la pasarela. Lu, que iba la tercera, me sonrió emocionada.

—¿Has visto lo guapo que está Aarón?

—Ni se te ocurra sonreír —le ordenó David, y ella, en menos de una milésima de segundo, se metió en el papel de la modelo distante y fría que jamás sonríe, ni aunque le enseñen una foto de gatitos haciendo monerías.

Yo miré a Aarón a través del espacio que había entre la pasarela y el *backstage*. Y en ese momento nuestras miradas se cruzaron. Me guiñó un ojo.

En ese momento alguien me abrazó por detrás. Era Roberto. Yo salté del susto.

—¡Roberto! ¿Qué hacéis aquí? Venga, fuera, a vuestros asientos.

—Vale, vale. Suerte, guapa.

—Y por lo que más quieras, no dejes que mi padre se acerque a mi madre.

Miré hacia donde estaba mi padre y no lo vi por ningún lado. Me temí lo peor.

En la pasarela las modelos lucían con gracia, o, mejor dicho, con languidez y desgana, los trajes. Los flashes de las cámaras no dejaban de sonar. Se oyó algún aplauso espontáneo. Yo miré hacia donde estaban aplaudiendo. Era mi padre. De pie. En medio del público. Corrí hasta donde estaba Roberto, que salía del *backstage* con Eric.

—Llévate a mi padre a algún lado. Por favor.

—Pero...

—Roberto, o por lo menos no dejes que monte un espectáculo. Por favor. Por favor te lo pido.

Roberto y Eric se dirigieron hacia donde estaba mi padre. Y vi cómo conseguían sentarlo. Mi padre no quitaba ojo a mi madre y a Ismael. Mi madre le hacía un gesto a Ismael para que lo ignorara.

Las modelos que habían salido a la pasarela ya estaban entrando de vuelta. Había que revisar que todo en sus nuevos modelos estuviera bien.

Lu me pidió que la ayudara a ponerse su nuevo traje.

—¿Qué le pasa a papá? ¿Por qué aplaudía?

—Sabe que mamá se ha traído a su amante. Está un poco desubicado.

—¿Que mamá qué...? ¡La mato, la mato! Pero ¿por qué me hace esto?

—A las dos nos lo está haciendo, a las dos. Que digo a las dos, a papá también.

—No, esto es su manera de oponerse a mi boda.

—¿Trayendo a su amante al desfile? —le pregunté, incapaz de seguir su razonamiento.

—Mamá es capaz de todo con tal de salirse con la suya.

—Mira, de eso me acusó a mí ella ayer.

—Y no quiere que me case. Y para demostrarlo es capaz hasta de arruinar el desfile que tanto te ha costado levantar.

—¿Qué hacéis ahí hablando? ¿Quién va a arruinar qué? —preguntó David, acercándose.

—Nadie va a arruinar nada. Está siendo un éxito, David. No te preocupes.

Mi hermana se acabó de vestir. Estaba radiante.

—Mira qué guapa está —dije—. Esto no hay nadie que pueda arruinarlo.

Lu salió a la pasarela, con su actitud de zombi que está por encima de todo, aunque esta vez no tuvo que disimular su cara de preocupación. Estaba preocupada, y mucho, sobre todo cuando mi padre volvió a aplaudir y esta vez gritando:

—¡Es mi hija!

Yo miraba a Roberto para que hiciera algo, para que lograra contenerlo, pero Roberto hizo un gesto de impotencia.

Miré instintivamente a Aarón. Y entonces se me ocurrió que si tal vez la música sonaba más fuerte, los aplausos y comentarios de mi padre no se oirían, o pasarían más desapercibidos.

Traté de llamar su atención, le hice aspavientos con las manos. Y por fin notó que quería decirle algo. Y subí y bajé las manos, pidiéndole más barullo, más potencia. Pero no parecía entenderme. Es verdad que nunca fui muy buena en el juego de las películas. Gesticulé de tal manera que parecía que estaba tocando una batería invisible. Me volví loca. Aarón me miraba desconcertado. Mi padre volvió a aplaudir y a gritar que aquella era su hija.

—Y la he tenido con mi mujer. Hicimos muy buen trabajo, ¿verdad?

Yo me quería morir, Lu se quería morir, y casi tropieza con los tacones. David se acercó a mí preocupado. Era la hora de ponerle las alas al modelo. Entre los dos podríamos hacerlo en un santiamén. Y nos pusimos a ello.

—Tu padre está fuera de control —me dijo David—. ¿No puedes hacer nada?

Volví a insistir a Aarón, con más gestos, y esta vez, quizás porque había oído a mi padre gritar, comprendió. Y le hizo un gesto a sus músicos para meter más caña.

Mi padre volvía a hablar, y es verdad que la música amortiguaba en parte lo que decía.

Lu entró echa una furia.

—No se lo voy a perdonar en la vida.

Conseguimos atar el arnés en el pecho del modelo, aunque yo estaba demasiado descentrada y muy sobrepasada por todo lo que estaba ocurriendo. Y no estaba del todo segura de haberlo atado bien. Mis alas eran la joya del desfile, el clímax. Aún quedaban varios modelos por salir, pero con las alas de Ícaro yo culminaba mi trabajo.

El modelo entró en la pasarela. La música de Aarón cambió para acompañarle, se hizo más grave, más hueca, las luces cambiaron, el efecto era precioso. Era un momento mágico, hasta que de repente noté como las alas empezaban a escorar de un lado. El pobre modelo se dio cuenta e intentó detener la caída, alzando un poco más el hombro. Pero el desastre parecía inminente, no iba a poder sostenerlas.

—No, no, no... —exclamó David.

—¡Salid ahí a ayudarle! —le pedí a mi hermana y a otro chico modelo.

—Pero ¿cómo? —preguntó mi hermana.

Estaban a medio vestir porque les tocaba el último cambio. Quisieron protestar pero no los dejé. Les coloqué a ambos unos cuellos de plumas de cualquier manera y los empujé al escenario.

—Quitadle las alas y dejadlas en el suelo. ¡Ya!

Ellos corrieron lo máximo posible para socorrer a Ícaro y, entre los dos, consiguieron quitarle el arnés antes de que las alas cayeran al suelo.

David me miró sin saber qué pensar.

—Luego ya nos inventaremos algún simbolismo. Ícaro despojado de su sueño, para convertirse en objeto. ¿No era algo así lo que buscabas?

—Supongo... —dijo David, derrotado.

—Tú tranquilo, que luego se lo filtramos a la prensa. Y asunto arreglado.

Lu, el otro modelo e Ícaro volvieron al *backstage* dejando las alas en medio del suelo. El público estaba desconcertado. De eso no había duda. No parecían muy seguros de lo que acababan de presenciar. David tenía que mandar salir a los cinco modelos que quedaban pero prefirió esperar. Dio órdenes de que solo se iluminaran las alas caídas. Y después de tres segundos les dijo a los modelos que salieran a oscuras. Cuando la sala se volvió a iluminar los modelos parecían haber llegado por arte de magia hasta allí. Rodearon las alas. La canción de Aarón tocó a su fin justo en ese momento. Y mi padre fue el primero en aplaudir. Eso sirvió para que todos los demás se animaran, de manera tímida al principio, pero enseguida los aplausos se fueron haciendo más sonoros, incluso entusiastas, llegando a atronadores.

—Sal ahora, David. Aprovecha este momento de subidón.

David salió a la pasarela. Hizo una rápida reverencia y se volvió a meter. Hizo que todos los modelos salieran con él. Y a mí también me cogió del brazo. Aunque antes me puso una de las mangas de plumas.

—Que nadie dude que tú has sido la plumista.

Salí a saludar de la mano de David. Aarón se puso en la batería y me recibió con un redoble de tambores y platillos. Mi padre estaba en pie, eufórico, con lágrimas en los ojos. Eric también se puso en pie y Roberto se dejó contagiar, levantándose. Yo no sabía muy bien qué pensar. No tenía ni idea de si habíamos triunfado o habíamos hecho el mayor de los ridículos. Que fuera la prensa al día siguiente quien nos juzgara. Solo tenía claro que habíamos dado lo mejor de nosotros mismos, a pesar de las circunstancias. A pesar de la inundación, del robo de plumas, a pesar de Aarón, de mi padre, y de mi madre y su novio. Hacia los asientos de ellos dos fue adonde miré. Allí estaba mi madre, aplaudiendo sin mucho convencimiento. Y a quien no vi fue a Ismael. Tal vez temía un encontronazo con mi padre y quiso evitarlo, o puede que mi madre hubiera entrado en razón y le hubiera pedido que se marchase.

Cuando entramos de nuevo al *backstage*, David me miró hecho un manojo de nervios. Pura ansiedad.

—¿Tú crees que le habremos gustado a Carlota Hamilton?

—Ni lo dudes por un momento, David.

David, crédulo y entusiasmado por mis palabras, me levantó en volandas. Yo, sin embargo, tenía un presentimiento aciago, que procuré mitigar lo antes posible con alcohol. No sabría el efecto que me haría con los dos sumiales, pero necesitaba una copa. Todos la necesitábamos. Y mi padre ya llevaba una o dos de ventaja.

Tres copas después pude comprobar que la mezcla Sumial más alcohol no era buena, porque todo lo que ocurrió lo viví como estando sin estar, como a ráfagas, a fogonazos. Sin enterarme muy bien, o sin querer hacerlo. Fue una nebulosa. O más bien una sucesión de hechos inconexos.

Vi a Lu discutiendo con mi madre, entre susurros, como para que nadie se diera cuenta. Pero si hasta yo me estaba percatando, en mi estado, supongo que sus susurros no estaban logrando el efecto deseado. Oí algo de la boda.

—Me quieres arruinar, no soportas que sea espontánea y feliz.

—Tú lo que eres es tonta de remate. Si ya digo yo que los tacones acaban afectando al cerebro.

Lu, discutiendo con mi padre.

—¿Cómo se te ocurre ponerte a aplaudir como si esto fuera una función escolar?

—Hija, por todas a las que no fui.

—Pues no funciona así, papá. Hoy no era el momento.

—Si estabas guapísima... ¿Un padre no puede estar orgulloso de su hija?

—No es mérito mío, sino de las plumas de Sara.

Bueno, esto no sé si lo dijo, pero yo me lo imaginé tan intensamente que seguro que algo así pudo decir.

Mi padre, preguntándole a mi madre por el bigotudo. Y mi madre riéndose de su *piercing* y rogándole que dejara de beber, y que no se inventara cosas, que ella había ido sola, sola y sola. Y mi padre queriéndome a su lado para que negara a mi madre, y yo venga a beber para no tener que ponerme de parte de ninguno. Y eso que me moría de ganas de desacreditar a mi madre. Pero sabía que no era lo más oportuno, ni lo más sensato. Borracha y todo seguía siendo la más sensata de mi familia, sí. Y mi padre amenazándome con llevarme de testigo en caso de divorcio si no contaba la verdad y reconocía que mi madre había ido acompañada.

—Y a un juez no le podrás mentir. Eso es desacato o perjurio o algo.

David, intentando meterle ficha al modelo de las alas. Y diciéndole que había salido muy bien parado del incidente. Incidente que había provocado yo, con mi despiste y mi drama familiar.

—Pero hay que entenderla. Tiene una liada... Si yo te contara... ¿Quieres que te cuente?

—Si después follamos...

—¿Quieres follar conmigo?

—Me los he tirado peores.

—Gracias, supongo.

—Cuéntame.

Y yo acercándome y pidiéndole que no le contara nada, que no le daba permiso, y que no utilizara mi drama personal para ligar. Sobre todo que no le hacía falta, que al modelo ya se le veía bastante por la labor.

—Soy facilón, sí. Por eso trabajo tanto.

El Ícaro había salido facilón y sincero. Y David, riéndose y besándole, y yo aplaudiendo «que vivan los novios». Y David, empujándome para que me largara y fuera a darle la murga a otros. Aunque ya cuando me iba me dijo que no había visto a Carlota Hamilton después del desfile, que como era habitual en ella se había escabullido antes de que encendieran las luces. Pero que alguien «importante» le había abordado interesándose por mis plumas. Sí, por mis plumas y no por sus trajes, y qué él, a pesar de lo que le había dolido que ignorara su trabajo, le había dado una tarjeta mía. Así que es probable que ese alguien me llamara un día de estos.

—¿Quién es? ¿Lo conozco?

—Trabaja para un conglomerado de marcas. Tienen dinero y siempre están a la búsqueda de talentos.

—¿En serio?

—Si no te importa trabajar a destajo y haciendo grandes tiradas. Porque eso sí, olvídate del diseño de alta costura con ellos.

—Yo me olvido de lo que haga falta. Me salvaría la vida. ¿Y por qué no me lo has presentado?

—Le di tu tarjeta. Te va a llamar. No sufras.

Y yo, feliz y esperanzada. Montándome ya castillos en el aire. Haciendo unos diseños que inundaran el mundo, de Nueva York a Shanghái.

—Mira, es aquel —me dijo, señalándome a un hombre extremadamente delgado, con un traje de color oscuro y zapatos marrones.

—¿Qué hago, me acerco?

—Sí, dile quién eres.

—Preséntame tú, David, por favor...

David me echó una mirada de odio pero accedió. Así que yo me colgué de su brazo y fuimos hasta el hombre del traje.

—Pablo, aquí tienes a la plumista, Sara Escribano. Sara, él es Pablo Almagro.

—¿Eres tú? Mira justo lo que tengo en mi mano. Me fascina esta esfera. —Me mostró uno de los relojes que había customizado con plumas—. ¿De qué ave son?

—Esto es faisán español. De la parte del cuello.

—¿Qué precio tiene?

—Este creo que son doscientos euros —contesté.

—¿De cuánta cantidad estaríamos hablando para que me dejaras la unidad a la cuarta parte de precio?

No sabía qué contestarle.

—Tendría que hacer cálculos —le dije—. Y habría que conseguir una marca blanca de relojes de base.

—Eso no es problema, ¿trescientos relojes, tres mil?

—¿Tres mil? No tengo capacidad para producir tanto.

—Nosotros te podemos ayudar en eso. Si te interesa.

—¿Está hablando en serio?

—Yo siempre hablo en serio. ¿Te interesa o pierdo el tiempo?

—¿Hablamos solo de relojes?

—No, podría interesarnos una línea más amplia. Las pajaritas, los cuellos y los zapatos. ¿Cuándo nos sentamos a hablar?

—Cuando quiera.

—Te llamo esta semana. Y vienes o te vamos a ver.

—Perfecto —le dije, dándole la mano sin apenas contener la emoción.

Me fui de allí dando saltitos. Quería llorar, quería gritar. Ay, ay, que lo había conseguido. Que iba a salir algo maravilloso de todo aquello. Que iba a producir mis piezas en una tirada industrial. Ay..., madre mía. David, envidioso o simplemente cuerdo, intentó devolverme a la tierra.

—Sara, es maravilloso, pero no vendas la piel del lobo antes de cazarlo.

—¿Qué lobo?

—Que digo que lo disfrutes, pero que aún no lo celebres hasta que hayas llegado a un acuerdo de verdad.

—Te estás muriendo de envidia.

—También, pero controla.

—Pero ¿no me has dicho que este hombre es serio?

—Mucho. Pero estas cosas a veces salen y generalmente no. Espérate estos días para lanzar los fuegos artificiales y celebrarlo a lo grande, ¿vale? Lo digo por pura prudencia.

—Tienes toda la razón. Sí, sí.

Claro que aunque le había dicho que sí, yo ya no me podía quitar la sonrisa de la cara, y copa va y copa viene yo ya lo estaba celebrando, vendiendo la piel con caza o sin caza e imaginándome los fuegos artificiales. De todos los colores, espectaculares, ruidosos, inundando todo el cielo nocturno. Vale, no se lo contaría a nadie, pero a ver qué iba a tener de malo celebrarlo íntimamente, en un mano a mano copa-botella-yo. Si es que no lo podía evitar. Que esas cosas no pasaban todos los días, o al menos a mí no me pasaban.

Y cada vez iba más borracha, y cada vez me costaba más distinguir lo real de lo que no, el fogonazo y la conversación.

Recuerdo a mi madre acercándose mientras me ponía una copa y transmitiéndome el beneplácito de Ismael.

—Dice que mereció la pena jugarse el puesto por el tráfico de flamencos.

—Pero ¿qué tráfico ni qué tráfico? Si los flamencos no salieron del zoo. Dile que no se monte películas.

—Hija, encima que le ha gustado...

—Me alegro.

—Y eso a pesar de esa cosa rara que hicisteis con las alas. ¿Por qué las tiraron al suelo? Eso no lo pillé.

—¿A quién le ha gustado qué? —preguntó mi padre, acercándose.

—Nada, Arturo, nada. Esto no va contigo.

—Ya nada va conmigo.

—Pero qué insoportable estás.

—¡Mamá!

—Si cree que me va a ganar con esa actitud de víctima es que me conoce muy poco —dijo mi madre.

—Pues sí, claro que te conozco poco. La mujer con la que llevaba casado treinta años jamás se comportaría así conmigo. O al menos eso creía. Eres una desconocida, Milagros.

—¿Milagros? ¿A quién llamas Milagros?

—Es tu segundo nombre.

—Y me lo hice borrar del registro. No me toques los ovarios, Arturo. No me toques los ovarios.

—Ya te los toca otro.

—Pero ¿ves como es imposible no discutir con él? —me dijo, mirándome.

Y yo, sonriendo, porque estaba feliz y me daba igual que mis padres discutieran, pelearan o se besaran.

Eric, hablando con entusiasmo con todas las modelos y luego con todos los modelos. Y yo preguntándome si sería más de carne o de pescado. Pero al parecer me lo estaba preguntando en voz alta, porque Roberto me pidió que me callara. Y que no me metiera en la vida y en los gustos de Eric, que quién era yo para juzgar. Y que no me pegaba nada ser tan cateta. Y yo, asegurándole que no estaba juzgando, que era pura curiosidad.

—¿*Straight*, gay o bi, vikingo?

—Deja de beber.

Y yo, dándole un trago largo a mi ¿séptima copa? Y apuntándole con el dedo.

—Llevas un año fuera, has perdido el derecho de pedirme que deje de beber, o que deje de hacer cualquier cosa.

—Qué mal te sienta mezclar, Sara.

—Perdón, perdón. ¿Te ha gustado el desfile? Es que no me has dicho nada.

—Siete veces te lo he dicho, pero te entra por un oído y te sale por otro.

Y yo, mirándolo sin creer ni una palabra.

—Y ¿qué me dijiste esas siete veces?

—¿Para qué te voy a decir nada si no escuchas?

—Ahora sí, Roberto: ¿te gustó el desfile? ¿Te vas a casar conmigo?

Y Roberto, riéndose.

—Mañana te voy a recordar todo esto y te vas a querer morir.

—Eso me pasa mucho, sí. Tengo tantas buenas noticias, Roberto... Pero no puedo contar nada. Por ahora solo lo puedo celebrar internamente. Para mí, para adentro.

—Muy bien, Sara. Pero tampoco hace falta que te bebas todas las existencias para celebrarlo.

Mi hermana, de nuevo discutiendo con mi madre. Por maltratar a mi padre.

—A ti lo que te pasa es que no soportas que no quiera ir a tu boda. Admítelo.

—No todo tiene que ver conmigo —dijo mi hermana.

—Primera noticia.

—La separación te está amargando el carácter. Yo me lo haría mirar.

—A mí no me hables así.

—Es que te mimetizas, mamá. Eres como un camaleón.

—¿Qué? ¿Qué?

—Con papá eras una mujer simpática, y como el otro debe de ser un monstruo, así estás tú de cruel.

—¿A que te ganas un sopapo?

—¿Ves? Que poco me gusta esta nueva tú.

—Deja de decir estupideces. Y admite que te mueres de ganas de que vaya a tu boda. Que todo se reduce a eso.

—A mí que vengas o no a mi boda me la suda, que no soy Sarita, no me muero por tu aprobación.

—A mí no me metas. —Esa era yo, tambaleándome—. Y yo tampoco necesito la aprobación de nadie. ¿Esto es whisky o ron? —le pregunté haciéndole oler la copa.

Y mi madre y mi hermana catando y opinando.

—Esto es ginebra.

—Mezclada con vodka. Sara, moderación, cariño.

—No quiero mezclar, que me dice Roberto que me sienta mal. Mamá, ¿tú crees que Roberto se quiere casar conmigo?

—Hija, vas como las maracas de Machín.

—Ese era negro, ¿a qué sí? ¿Te he presentado al vikingo? A lo mejor te gusta más que el del zoo. No tiene bigote. ¡Vikingo! ¿Dónde estás?

—¿Por qué no te llevas a Sara a casa? —le pidió mi madre a mi hermana.

—No te vas a librar tan fácilmente de mí —le dijo mi hermana—. Aarón, ven, que te presento a mi madre.

Y Aarón, acercándose. Y yo, alabando sus espaldas.

—Se las pinté de rosa, mamá. Unas espaldas... Tengo tan buenas noticias...

Nadie me hacía caso. Tal vez porque yo seguía celebrando internamente y nada para afuera.

—Este es Aarón, mamá. Con el que me voy a casar aunque tú no quieras.

—Lu, ¿tú crees que esa es forma de presentarme a tu madre? —la regañó Aarón.

—No se me ocurre ninguna mejor. No se lo merece.

—¡Lu! —gritó mi madre.

—¡Lu! —gritó Aarón en el mismo tono de reproche.

Y mi hermana, mirando con ira a su novio.

—Ahora tú no te quieras poner de su parte para hacerle la pelota. Que te casas conmigo, no con ella.

—¿Cuánto has bebido? —preguntó Aarón.

—Es mi hermana la que va borracha.

—Sí —dije yo—. Eso es un hecho. Unas espaldas, mamá. Unas espaldas... Ay, qué feliz estoy. Internamente, pero muy feliz. Dentro de unos días ya lo celebro externamente, lo juro. Y os lo cuento.

Y Roberto, cogiéndome y arrastrándome lejos de mi hermana, de mi madre y de Aarón.

—¿Qué haces?

—Vamos a tomar el aire.

—Eso es de pobres.

—Los ricos también lo toman.

—Siendo así... Ay, qué ganas de dormir, Roberto. ¿Dónde está la cama? ¿Por qué no estás en París?

—Porque he venido a verte.

—Qué majo.

Lu, pasando como un rayo por mi lado. Seguida de Aarón.

—Lu, por favor, ¿quieres ser razonable?

—¿Me estás diciendo que no razono?

—Ahora mismo estás un poquito fuera de ti, sí.

Ay, no, Aarón. A mi hermana no se le puede decir eso y salir impune, pensé yo, porque borracha y todo como estaba, aún tenía conocimiento como para saber que Aarón se acababa de meter en un buen lío.

—¿Yo? ¿Yo? —Y esa era Lu transformándose en el gremlin malo. Era todo un espectáculo verla convertirse en esa cosa irascible.

—No hay que darle de comer después de las doce, ni bañarla... —dije yo.

—Cállate, borracha —sentenció mi hermana.

—Ya la hemos liado —le dije a Roberto. Y miré a Aarón con lástima. La que se le venía encima.

—Pero ¿tú de qué vas? —le gritó mi hermana—. ¿Tú quién te crees que eres para maltratarme delante de mi madre?

—¿Maltratarte? —preguntó Aarón sin poder dar crédito—. Pero ¿en qué momento te he maltratado? Simplemente te he dicho que no era la mejor manera de presentarme. Que así no nos vamos a ganar su aprobación.

—¡Que no la necesito!

—La necesitas más de lo que crees. Por eso estás así de... —Y se calló, por miedo a continuar. O tal vez por prudencia, para no liarla más.

—¿Así? ¿Cómo? Dilo, no te cortes. Quiero saber qué piensa mi futuro marido de mí. Eso en el caso de que haya boda, porque se me están pasando las ganas.

—Lu, cariño, no saques las cosas de madre, por favor.

—Simplemente digo lo que hay, que se me están pasando las ganas. Y seguro que a ti también al ver en lo que me convierto.

Di que sí, Aarón, di que sí, di que sí. Di que a ti también se te están pasando las ganas, haz que este día absurdo y eterno tenga sentido. Di que ya no te quieres casar, y acabemos con todo esto. Y luego tú, Roberto, me pides en matrimonio y así ya puedo dormir tranquila y seguir con mi vida. Y... ay, me están entrando ganas de potar. Pero no, ahora no. Quiero ver cómo Aarón y Lu rompen, quiero verlo. Porque está siendo todo perfecto, por fin todo empieza a salir bien. Roberto está aquí, me quiere, he triunfado en el desfile y me va a salir un trabajo maravilloso, y Aarón está descubriendo quién es realmente mi hermana y va a romper con ella. Y así desaparecerás de mi casa, de mi mundo, de mi vida. Dile, Aarón, que es una histérica de mierda... Mierda, mierda... Otra arcada... Mierda...

Y tuve que salir corriendo, para llegar al baño de chicos, el de chicas estaba ocupado, y arrodillarme enfrente de la taza, sucia y con olor a orín. Eso me ayudó a vomitar, todo hay que decirlo.

Y Roberto sujetándome la frente.

—Ay, Roberto, qué bien que estés aquí. Perdón, perdón...

—Tranquila...

—¿Han roto mi hermana y el músico?

—Lu se ha ido corriendo, ya se le pasará.

—Ya... Qué lástima... llévame a casa, Roberto. Creo que el Sumial me está haciendo efecto...

12

Sin contar conmigo

Me desperté. En plena oscuridad. Tardé un rato en situarme. Sí, era mi habitación. ¿Cómo había llegado hasta allí? Miré la hora en el móvil. Las cinco de la mañana. Y Roberto no dormía a mi lado. Estaba sola. ¿Por qué no estaba a mi lado? Seguro que yo roncaba y, harto de escucharme, se había ido al sofá. Tenía que ser eso. O tal vez le había soltado alguna impertinencia. Como en ráfagas me vinieron parte de las conversaciones de anoche. Y, como Roberto había previsto, me avergoncé. Qué bochorno. ¿Para qué bebo? ¿Para qué bebo? Tenía la boca seca y la cabeza me iba a estallar. Necesitaba un vaso de agua y un paracetamol. Me levanté como pude. La habitación parecía el camarote de un barco pesquero en plena tormenta. Qué manera de moverse.

De pronto recordé que, al meterme en la cama, había intentado una aproximación sexual a Roberto y me había rechazado.

—Venga, Rober, que nos tenemos que poner al día...

—Mírate, si no puedes con tu alma.

—Que sí...

—Que te vas a quedar dormida.

—Pues si me quedo, me quedo.

—Que no, que a mí no me va la necrofilia.

—¿Es porque he vomitado?

—Eso tampoco ayuda.

—Ya...

Vale, entendía que no hubiese querido sexo. Habría que estar muy desesperado o desequilibrado para abrazarme en esas circunstancias etílicas. Pero ¿por qué no había dormido a mi lado? ¿Tanto me había movido en la cama, o transpirado, o roncado? ¿Ya no quería dormir conmigo? ¿Qué había sido de aquello de en la salud y en la enfermedad, en la sobriedad y en las borracheras? Vale, aún no nos habíamos casado. Pero bien es verdad que llevaba un año fuera y... ¿no estaba dispuesto, después de un año de abstinencia y onanismo, a aguantar a su novia en la cama aunque estuviera un pelín hecha polvo? No lo juzgues, Sara, ni se te ocurra juzgarlo, que tú habrías hecho lo mismito: irte a dormir al sofá. Así que ni lo juzgues ni saques conclusiones precipitadas. Piensa que todo va bien. El desfile ha ido bien, te va a salir el trabajo de tu vida con una marca importante y eso te llevará a lo más alto. Lu y Aarón van a romper y no tendrás que volver a verlo. Todo va bien. Qué digo bien, ¡todo va de maravilla! No te preocupes ahora por tonterías. Acostumbrada como estás a que las cosas se tuerzan, no eres capaz de disfrutar del hecho de que la vida te vuelve a sonreír. Relájate y disfruta.

Fui al salón, esperando encontrarme a Roberto durmiendo en el sofá. Pero no estaba. ¿Dónde se había metido? Me tomé el paracetamol y un vaso de agua. Y cuando seguía preguntándome por Roberto, oí su voz. Provenía de la habitación-despensa de Eric. ¿Qué hacía allí? Y ¿qué hacía de cháchara a estas horas? ¿O no estaría charlando? Olía a tabaco. ¿Se habrían echado un pitillo? ¿El de después de...? Sara, no digas disparates, que es tu novio. Que Eric a lo mejor le da a la carne y al pescado, y tal vez hasta podría estar enamorado de Roberto, porque Roberto lo tiene todo para que alguien se enamore de él, claro, tanto una chica como un chico, no digo que no. Pero Roberto, Roberto es heterosexual de los pies a la cabeza, ¿verdad? Pues claro. Si no fuera por esa fijación por cuidar de Eric, y por estar tan pendiente de él, y por traerlo en la semana que venía a verme a mí y solo a mí. Si no fuera también por ese culo depilado, y que en tres días solo hayamos tenido un encuentro sexual normalito, gracioso, pero normalito. Ay, madre. ¿Y si era eso lo que me tenía que decir? Que se había enamorado de Eric. Y me lo traía para presentármelo, para que entendiera el porqué. Que él no era gay, pero que él se enamoraba de las personas, y que Eric como persona, como vikingo, como noruego y como arquitecto era impresionante. Que lo que había empezado como una amistad se había ido transformando en otra cosa, porque París es muy bonito para los turistas, pero muy inhóspito con los inmigrantes, y qué frío hace en invierno, y Eric es mucho más mullidito y más nórdico que cualquier edredón ídem, o sea, nórdico, y que de tanto darse calor mutuamente, de tanto contarse confidencias, pues una cosa llevó a la otra, y la tuya de vikingo cuánto mide, huy, mucho más que la mía, dónde va a parar, y qué curiosa circuncidada, no como la mía, española y con su prepucio intacto, y mira, se está despertando, ay, qué risa, y la tuya también, y a ver así cuánto mide, anda, qué gustosita de tocar, pues mira, ya que estamos, como que nos la acabamos. Y después de esa noche fría parisina habría venido otra noche fría parisina, y ya decía Hemingway que París era una fiesta, aunque seguro que él no se comparaba el prepucio con Picasso, y tú dirás, Roberto, que era otra época, que eran muy machos y que hoy en día ese concepto está demodé, que ahora está el rollo ese de los vasos comunicantes, que todo se mezcla, todo se confunde, y que todo es mucho más relajado y desprejuiciado, y qué bien la vida moderna, pero aquí estoy yo, detrás de la puerta, intentando saber si te lo has montado o no con el vikingo, y, qué quieres que te diga, que un poquito de Hemingway, en plan macho y sin compararse el tamaño, hasta con sus toros, fíjate lo que te digo, hasta con su gusto por los toros, si fuera preciso, con lo que yo soy de antitaurina, que hay que ser muy animal para que te guste que maten a los pobres bichos en una plaza, tampoco nos habría venido mal. Caramba. Ay, Hemingway, levantas la cabeza, te tocan el prepucio y te llevas a unos cuantos por delante antes de volver a suicidarte. Seguro.

Como no podía con la comezón, y, sobre todo, como por más que pusiera la oreja en la puerta apenas entendía nada, decidí sacar la espía que todos llevamos dentro. Fui a por un vaso a la cocina. Y lo puse en la puerta, para auscultarla. Que esa habilidad no sé dónde la hemos aprendido, pero parece que la traemos todos de fábrica. En las caracolas se escucha el mar y con un vaso puedes escuchar tras las puertas. Eso es así, lo sabe todo el mundo, y punto. Por fin pude entender unas cuantas palabras, pero cuando estaba intentando unirlas en una frase coherente, noté que alguien posaba una mano sobre mi hombro. Me sobresalté de tal manera que el vaso se me cayó con gran estruendo. Si el de Aarón se había roto en siete pedazos, este tuvo peor fortuna, porque se convirtió en cachitos de cristal infinitos. Me di la vuelta para ver quién me había tocado. Era Aarón.

—¡Me has dado un susto de muerte!

—¿Qué hacías?

—¿Tú qué crees? Ahí dentro está mi novio, con Eric. Y huele a tabaco.

—¿Y?

—¿Tú no te enciendes un cigarro después de echar un polvo?

—Y después de comer, y de tomar café, y entre ensayo y ensayo.

—Me da un poco igual las veces que te enciendes un cigarro, no sé por qué me lo cuentas.

—Digo que hay muchas razones para fumar. Ninguna buena, pero, vamos, que hay más razones y momentos que después de echar un polvo.

En ese momento se abrió la puerta. Allí estaban Roberto y Eric. Roberto con camiseta y pantalón de pijama. Y Eric con camiseta y calzoncillos largos, de esos como de las películas de vaqueros, pero con dibujitos de Tintín.

—¿Qué ha pasado? —preguntó Roberto mirando el vaso roto en mil pedazos.

—¿No lo ves? Se me ha roto un vaso —dije.

—Hemos tropezado —dijo Aarón.

—¿En medio del pasillo?

—Los dos íbamos un poco dormidos —dije. Y mientras lo decía intenté hacer como que no pasaba nada, y que me iba a la cama, sin más, pero obvié que había cristales en el suelo, millones, diminutos, infinitos, y me clavé unos cuantos—. ¡Mierda!

Sentada sobre la mesa de la cocina y con el pie en alto, tenía a tres hombres intentando curarme: Aarón con unas pinzas, Eric con una botella de alcohol y Roberto con vendas y cinta americana porque yo no tenía tiritas en el botiquín. Y la cinta americana, también lo sabe todo el mundo, como lo del vaso para auscultar puertas y el oleaje del mar en las caracolas, sirve para todo.

—No le eches alcohol, mejor agua oxigenada.

—El agua oxigenada no desinfecta igual de bien.

—Pues Betadine.

—Tequila —dijo el vikingo—. Para beber. *No pain.*

—No tengo el cuerpo ahora para tequilas, como mucho una manzanilla. ¿Por qué no estabas en la cama, Roberto?

—No tenía sueño.

—Yo tampoco —dijo Eric.

—Ni yo —dijo Aarón.

Mi padre en ese momento entró también a la cocina. Y se sorprendió al ver que tres hombres me rodeaban y sostenían mi pierna en alto.

—¿Tú tampoco tenías sueño? —pregunté.

—Como para dormir estoy yo. Tu madre me miente. El del bigote estaba en el desfile. Lo sé.

Preferí ignorar los comentarios de mi padre. Parecía un disco rayado. Y no quería ahondar en el tema.

—Pues vaya cuadro flamenco —dije mirándonos—. La única que duerme en esta casa es Lu. No hay nada que le quite el sueño.

—No está en casa —dijo Aarón.

—¿No?

—No ha venido a dormir. Quería seguir de juerga con los modelos. Y que no quería estar conmigo.

—Ni tú con ella —dije de manera osada.

—¿Cómo?

—Que conozco a mi hermana, y cuando se pone insoportable no hay nadie que la aguante. No te sientas mal. —Examiné mi pie, y luego me dirigí a Roberto—. Yo creo que ya me puedes vendar con la cinta americana.

Roberto me vendó el pie lo mejor que supo y yo me incorporé.

—Gracias, yo creo que me voy a dormir. ¿Tú qué haces, Roberto?

—¿Os vais ya? —preguntó mi padre con vocecilla de niño pequeño.

—Yo no sueño —dijo Eric.

—Ni yo —afirmó Aarón.

—Yo dudo que pueda dormir —señaló Roberto.

—Pues de juerga no nos vamos a ir.

—Podríamos echar una partida al Scrabble —dijo mi padre—. Solo así voy a ser capaz de no pensar en tu madre.

—¿Lo dices en serio, papá?

—¿Has tirado el que tenía la abuela?

Y así es como la noche del desfile los cuatro hombres que ocupaban mi casa y yo la pasamos jugando al Scrabble. A Eric le dimos ventaja, pobre, porque aunque se esforzaba con el español, necesitaba la ayuda de internet y de la RAE para no dar demasiadas patadas al diccionario. Y mientras formábamos palabras yo miraba a unos y a otros. A Eric y a Roberto, intentando vislumbrar si entre ellos había algo más que amistad; a mi padre, preocupándome por su estado de ánimo; y a Aarón, alegrándome en secreto de su bronca con mi hermana y deseando que la cosa fuera a más y acabaran rompiendo. Pero no para quedarme yo con él. No. Para que saliera de mi vida. Yo ya me había decidido por Roberto. Lo tenía claro. Tal vez porque ahora me daba cuenta de que podía perderlo. De que a lo mejor me iba a dejar por Eric.

Y como quería salir de dudas de una vez, pero tampoco me atrevía a preguntarlo claramente y menos delante de los demás, intenté varios discursos sobre lo natural que era enamorarse de gente de tu mismo sexo, que yo tenía amigas que después de años de vivir en plenitud su heterosexualidad se habían pasado al otro bando.

—¿Quién? ¿Conozco alguna? —preguntó mi padre.

—No creo, papá.

—Si conozco a todas tus amigas...

—A todas no. Céntrate en el juego, que vas perdiendo.

—Seguro que es Chusa, la bajita del pelo rizado.

—Papá, que no.

—¿Inma? No, esa no tiene pinta.

—No seas prejuicioso. Si justo lo que estoy diciendo es que cualquiera puede ser bisexual, o descubrirlo tarde.

Pero mi padre lo dudaba, y Aarón y Roberto tampoco parecían muy convencidos. El único que asentía con frenesí era Eric. Pero no sé si porque era el único que le daba a todo o porque estaba entusiasmado formando una palabra de treinta y siete puntos y ni él mismo se lo creía.

Y al rato volví a sacar el tema. Y esta vez fue mi padre quien se dirigió a mí con cierta suspicacia.

—Sara, corazón, si todo esto es porque te has enamorado de una chica, yo casi habría preferido saberlo dentro de un año o dos. Que no tengo el estómago ahora para más sorpresas. Lo de tu madre, la boda de tu hermana, el edificio que se cae...

—Pero ¿cómo me voy a enamorar de una chica? Si a mí me gustan los hombres. Los hombres y nada más. Pero ¿cómo se te ocurre? ¿Yo? ¿Yo con una chica?

—Hija, no sé, como dices que cualquiera puede...

—Cualquiera a lo mejor. Yo jamás —dije tajante. Y tal vez se coló un poquito de asco en ese jamás, así que enseguida quise cambiar de actitud, más que nada para no echar por tierra mi discurso—. Pero, vamos, que a mí todo me parece bien. Que yo todo lo entiendo.

Pero no, ninguno entraba al trapo. Esta vez, ni Eric.

—¿Jugamos al «Yo nunca»? —propuse media hora después. Tal vez así descubriera lo que quería descubrir.

—¿Quieres jugar al «Yo nunca» con tu padre? —me preguntó Roberto con sorpresa.

Y ahí me di cuenta de que tenía razón, de que no era muy buena idea.

—¿Qué es el «Yo nunca»? —preguntó mi padre.

—Un juego tonto donde uno acaba confesando intimidades que nunca quiso confesar. Sobre todo sexuales. Yo nunca he hecho tal cosa. Y si la has hecho, bebes. Así descubres quién de la mesa la ha hecho.

—Ah, interesante —dijo mi padre, comprendiendo el mecanismo.

Y yo, temerosa de que se animara, enseguida me opuse.

—Mejor seguimos con el Scrabble. —Porque lo último que necesitaba era conocer con detalle lo que hacía mi padre en la cama.

—Yo no tengo secretos —contestó mi padre—. Una pena que no se me ocurriera este juego con tu madre. Yo nunca me he tirado a uno de bigote. Yo nunca he sido infiel a mi marido, yo nunca he llevado al desfile de mis hijas a mi amante, yo nunca he tirado por la borda treinta años de matrimonio, yo nunca...

—Vale, papá, creo que ya ha quedado claro que has entendido la dinámica del juego. Pero no vamos a jugar.

—Sí, sin tu madre no tiene ningún interés —concluyó él.

Aunque yo me quedé con las ganas de plantear un Yo nunca. Yo nunca me he acostado con alguien del mismo sexo. Claro que otro podría plantear: Yo nunca he querido tirarme al novio de mi hermana, y ahí se podría complicar la cosa. Así que seguimos con el Scrabble.

Alguien formó la palabra PREGUNTA en el tablero. Y como si de una orden se tratara, como si no pudiera evitarlo, me dejé llevar. Sobre todo porque ya no aguantaba más; si no habían pillado las indirectas, si no íbamos a jugar al Yo nunca, tal vez la única manera sería coger el toro por los cuernos y hacerle caso al tablero y preguntar.

—Roberto, ¿te has enamorado de Eric?

—¿Perdona? —dijo él, estupefacto.

Mi padre, Aarón y hasta el propio Eric me miraron como si yo me hubiera transformado en un zombi y estuviera trepanándole el cerebro a Roberto.

—Que sí, que me lo digas. Que si eso es lo que has venido a decirme, dilo ya, soy una mujer de mundo, puedo entenderlo y soportarlo.

—¿Yo, enamorado de Eric? ¿De Eric?

Roberto y Eric se miraron y les dio la risa. Y a mí eso me sentó fatal, la verdad.

—Pero, Sara, ¿de dónde sacas esa idea?

Y como yo lo había meditado mucho y le había dado tantas vueltas, me salió a borbotones:

—Porque has venido con él en nuestra semana romántica, porque te has depilado el culo, porque después de un año apenas hemos follado y porque me despierto y estabas con él encerrado en la despensa y fumando.

—Sara... pero qué cosas tienes. A mí nunca me han gustado los tíos.

—Pues seguro que a Eric, sí.

—¿Y qué más da lo que le guste a Eric?

—Y entonces ¿a qué has venido? ¿Qué es lo que me tienes que decir? ¡Dilo ya!

—Me voy a China cinco años —dijo sin apenas pensar en las consecuencias. Lo dijo como quien escupe, como si le quemaran las palabras o le estuvieran quemando desde hace días y solo pudiera soltarlas así, a toda velocidad, para que no le hicieran daño en los labios.

Y esas palabras —«me voy a China cinco años»— provocaron estupor y silencio. Hubo miradas cruzadas. De mi padre, de Eric, de Aarón. Todas acabaron en mí. Yo miré a Roberto. Intenté procesar lo que acababa de decir. Me voy a China cinco años. Me voy a China cinco años. Me voy a China cinco años. Quería desmenuzar las palabras, transformarlas en otras. Quería que lo que acababa de decir no fuera lo que acababa de decir. A China cinco años. Roberto.

—¿Cómo? ¿A China? Estás de coña, ¿no?

—No. He aceptado una oferta de trabajo alucinante allí. Era una oportunidad que no podía dejar pasar.

—¿A China? Pero ¿tú sabes cómo se construye en China? —preguntó mi padre—. Los arquitectos que han ido a trabajar allí han venido escaldados. Su manera de trabajar es muy diferente a la nuestra. Valoran la velocidad, lo único que les importa es construir mucho y rápido. Las ciudades están creciendo a un ritmo exorbitante y buscan proyectos simples. No es el mejor lugar del mundo para empezar a desarrollar una carrera.

—Lo sé. Pero yo he tenido mucha suerte. El proyecto para el que me han contratado es de otro tipo. Vamos a construir un edificio inteligente y biológico en un barrio de Hong Kong. Es el proyecto con el que llevo soñando desde que empecé la carrera. No lo podía rechazar.

Se ve que él también tenía el discurso bien pensado, porque lo soltó de la misma manera que yo había soltado las razones por las que creía que estaba enamorado de Eric.

—Dile para qué estudio es, Eric.

Eric se iba a lanzar a hablar pero se lo impedí.

—¡Me importa una mierda el estudio!

—No le hables así al chico —dijo Roberto.

—¿Ves? Por eso creí que estabas liado con él, por ese afán protector que te entra.

—Es que Eric me trató tan bien...

—Ya, ya... en el frío invierno de París... ¡Ya lo sé!

Silencio. Incomodidad. Yo miré a mi padre, que bajó la vista. Aarón tampoco sabía dónde meterse. Eric intentaba formar una palabra complicada con las letras que le habían tocado para evadirse del momento incómodo. Yo decidí tomármelo con calma. Respiré. Tenía que serenarme. Era capaz de discutir esto con cierta entereza. Era capaz.

—¿Te vas cinco años? ¿Cuándo?

—En dos semanas.

—¿Qué? ¿Y yo? ¿Lo has decidido sin mí? —chillé. A la mierda la entereza—. ¿Sin mí?

Roberto no contestó.

—¿Tan poco te importo, tan poco valoras lo nuestro como para tomar una decisión que nos afecta de esa manera, sin consultarme?

—Tal vez nosotros sobramos... —dijo mi padre.

—¡De aquí no se mueve nadie! —grité yo.

—Sara, vas a despertar a los vecinos.

—¡Pues que se despierten!

—No podía hacer otra cosa, Sara —insistió Roberto—. Imagínate que a ti te sale la oportunidad de trabajar con Alexander McQueen en Londres... ¿Qué harías?

—Alexander McQueen está muerto. ¡Muerto!

—Bueno, pues con otro. Con Gaultier, en París. Ese está vivo, ¿no?

—En París vivías tú. Habría sido perfecto. Yo trabajando con Gaultier, tú construyendo edificios parisinos, nuestros hijos aprendiendo francés y todos comiendo cruasanes en el desayuno. ¿En qué momento pensaste que eso era lo mismo que irte a China?

—Sara... intento decirte que no puedo condicionar mi carrera por...

—Por mí. Por lo nuestro. Atrévete a acabar la frase. Dilo.

Pero no esperé a que me contestara. Me levanté, di las buenas noches a todos y salí.

Me tumbé en la cama. Me tapé con el edredón haciendo un ovillo con mi cuerpo. Quería que el mundo se parara y bajarme. Quería dormir y no volver a despertar en días, en semanas. Quería llorar, pero no me salía. Quería olvidarme de mí, de Roberto, del mundo entero. Dios... Qué tonta había sido, qué mal me sentía, qué estúpida, yo esperando que me pidiera matrimonio, o que me dejara por Eric... pero no que se fuera a... ¿Eso era lo que le importaba? Un año esperándole para nada. Un año aparcando mi vida, imaginando un futuro con él, para esto. Estúpida, estúpida, estúpida.

Roberto entró en la habitación.

—Sara.

Yo no le contesté. No quería hablar con él. Era lo último que quería hacer.

—Sara, vamos a hablar, no te pongas así, por favor.

Y yo seguía callada. Me tapé la cabeza con el edredón.

—Sara... Por favor, no me hagas esto. Sé que tal vez me lo merezca, pero no me lo hagas.

Yo, muda.

—Sara, de verdad que no te lo quería soltar así, delante de todos. No quería... Lo tenía pensado de otra manera.

Saqué la cabeza del edredón.

—Habría preferido lo de Eric. Que estuvieras enamorado de él. Eso lo habría entendido.

—Y sin embargo no entiendes que esté enamorado de mi carrera.

—Enamorado de tu carrera... No seas cursi.

—No se me ocurre una manera mejor de expresarlo. Soy arquitecto, es mi vida, mi pasión. ¿De verdad tengo que justificártelo?

—Si te lleva a China cinco años, sí, Roberto. ¿No había otro proyecto, otro edificio más cerca para construir? A China...

—Dices lo de China como si estuviéramos en tiempos de Marco Polo, no se tarda ocho meses en llegar a China.

—No me toques los ovarios. ¿Me vas a decir que podemos mantener una relación si tú estás en China durante cinco años? ¿Sabes cuántos meses hay en cinco años, cuántas semanas, cuántos días?

—Sara...

—Si nos ha costado sobrevivir a tu año en París, que está a dos horas de vuelo, ¿cómo vamos a sobrevivir a esto?

—Sara, y ¿qué hago?

—No, más bien qué hago yo. ¿Dejo mi vida aquí y me voy contigo a China? Justo ahora, a las puertas de que me ofrezcan el encargo de mi vida.

—No, sé que no puedo pedirte eso.

—¿Entonces? ¿Te espero cinco años y mientras nos matamos a pajas por Skype? ¿Eso es lo que quieres?

—No lo sé, Sara.

—Solo sabes que te vas. Cinco años. A Hong Kong.

—Lo siento. Yo no tengo la culpa de que todo esté tan jodido aquí.

—¡Ni se te ocurra culpar a la crisis de tu decisión! ¡Ni se te ocurra! Ni tú puedes ser tan cobarde.

—No soy cobarde. Hace falta valor para tomar una decisión así, ¿o te crees que es fácil?

—Si te vas, ten al menos la decencia de romper conmigo.

Roberto se quedó estupefacto al escuchar lo que le acababa de decir. Hasta yo estaba sorprendida de mi arranque y de lo contundente que había sonado. Pero para qué andarse con medias tintas. Ese era el gran elefante rosa en la habitación, ¿no? Era lo que estaba planeando desde que Roberto había soltado que se iba. ¿Para qué retrasar el momento de enfrentarse a ello? Roberto tardó en contestar. Parecía estar meditando con tiento la respuesta.

—Yo no quiero romper —dijo al fin. Pero yo sentí que lo decía con poca voluntad, sin demasiada convicción. O presionado por las circunstancias. O más bien por mí.

—Ya...

—Que no.

—Entonces, ¿me vas a obligar a que sea yo quien rompa? ¿De verdad?

Él volvió a callarse.

—Te estoy odiando mucho ahora mismo. Ni te imaginas cuánto —le dije sin contener mi frustración.

—No quiero elegir entre China y tú —dijo él.

—Perdona pero ya has elegido. Lo has dejado bien claro. Ya has tomado la decisión.

—Pero yo solo he tomado la decisión de irme.

—¿Qué hago, Roberto? Dime qué hago. Ponte en mi situación y dime qué hago.

Roberto no dijo nada.

—¿Cómo pensabas que iba a reaccionar después de que soltaras la bomba?

—Sabía que no iba a ser fácil. Pero creía que ibas a entender que tanto tu profesión como la mía son muy importantes. Sobre todo ahora, cuando estamos arrancando.

—Querrás decir tu profesión, porque bien que no te ha importado la mía si pretendes que te siga a China sin más.

—¡Yo no te he pedido que vengas! ¡No te lo he pedido!

Sentí que algo se rompía dentro de mí. De verdad que lo sentí de una manera casi literal. Ya estaba todo dicho. No hacía falta decir más. Estaba claro. Él no me iba a pedir que me fuera. Y tal vez no quería romper conmigo, pero era evidente que lo estaba haciendo, de la peor manera, pero lo estaba haciendo.

—Quiero dormir. Mejor duerme en el sofá. Y mañana te vas de esta casa. Vete a ver a tus padres, o haz lo que te dé la gana, pero no te quiero aquí.

—Sara, vamos a hablarlo.

—¡Vete! ¡Fuera!

Roberto se dispuso a salir de la habitación, y cuando tenía ya la puerta abierta le pregunté:

—¿Por qué fuiste hasta Segovia a por las perdices y los patos? ¿Por qué? Si te vas a China. Si me dejas, si...

—Porque te quiero. Porque siempre querré ayudarte.

—No me vale esa respuesta.

Roberto me miró. Y yo tuve miedo de lo que iba a decir, porque lo conocía. Lo conocía, y mucho.

—Y tú, ¿me quieres?

Roberto salió del cuarto y yo volví a cubrirme la cabeza con el edredón. Pero no aguanté mucho rato así, porque a pesar de que hacía unos minutos quería desaparecer, desintegrarme, o dormir durante días, ahora me ahogaba, me faltaba el aire, y sentía un peso en el pecho que no me dejaba respirar. Me levanté y abrí el balcón.

Grité. Y volví a gritar.

Lo odiaba. Lo odiaba tanto... «Yo no te he pedido que vengas. No te lo he pedido». No podía quitarme eso de la cabeza. Pero ¿no ves, Roberto, que eso es parte del problema? Que no me lo has pedido. Que podía entender que te saliera ese trabajo, que lo cogieras, pero lo que no puedo entender es que no quisieras hacerme partícipe de él. Pídeme que vaya contigo, joder. Ponme un anillaco en el dedo, pídeme matrimonio, dime que estaremos juntos en lo bueno y en lo malo y después dime que nos vamos a China. Hasta eso habría tenido más sentido. ¿A qué viene decirme que me quieres, si te vas, si no me lo pides? ¿No ves que así solo me vuelves loca? Y ¿por qué me preguntas si yo te quiero a ti? ¿Por eso no me pides que vaya contigo? ¿Dudas de mí?

Y ¿acaso no tiene razones para dudar, Sara? Sé honesta contigo misma. ¿En China? ¿Tú? ¿Con Roberto? Y ¿justo ahora, con el encargo de mi vida a las puertas? Y aunque no hubiera habido encargo, Sara. Que no, que lo sabes. ¿O no?

Otro grito de impotencia se escapó de mi garganta.

—Cariño, ¿estás bien?

La voz provenía de la calle. Era mi padre.

—Bien jodida. Pero no pasa nada. ¿Qué haces ahí afuera?

—Voy a ir a hablar con tu madre.

—¿A las seis de la mañana?

—Tengo que hablar con ella.

—Papá...

—No puedo evitarlo, hija.

Y sin más desapareció calle abajo. Yo de repente me di cuenta de que en el otro balcón estaba Aarón, con unos grandes auriculares conectados a su guitarra eléctrica. Sentado en las baldosas y con los pies desnudos apoyados en los barrotes de hierro forjado. Lo miré. Y él no me vio. Estaba absorto en su música. Pensé en meterme dentro de mi habitación e intentar dormir, pero sabía que no iba a poder hacerlo. Así que sin pensarlo demasiado pasé el brazo por encima de los barrotes y le quité los auriculares.

—Dime que estás componiendo una canción triste.

—¡Sara! ¡Qué susto!

—Perdona. ¿Qué tocas?

—Poca cosa, es que me estaba enterando de parte de vuestra conversación y preferí salir y ponerme los cascos. ¿Cómo estás?

—Pues... ni idea... No sé si acaban de romper conmigo o si yo acabo de romper. O si seguimos como antes... Lo único que sé es que se va a China.

—¿No te lo olías?

—¿Tú sí?

—No, no, digo que estas cosas a veces se intuyen, ¿no? Que a lo mejor no estabais bien... O...

—¡Estábamos de maravilla!

—Vale, vale. Perdón.

No sé por qué seguía a la defensiva con Aarón, si el hombre solo intentaba ayudar. Era lo que había tratado de hacer desde el principio, además. Y yo, como no quería bajar la guardia, como no quería llegar a sentir algo por él, me había comportado desde el primer momento como una capulla. Tal vez era el momento de aflojar un poco. Si alguien no se merecía mi desprecio era él. ¿Qué culpa tenía él, acaso, de haberse enamorado de mi hermana? Y ¿qué culpa tenía yo de haberme enamorado de él?

—Es verdad que el año en París no ha ayudado, las relaciones en la distancia son jodidas. Pero por eso pensé que venía para decir que se volvía a Madrid.

—Lo siento.

—Y yo... Y ¿sabes qué es lo peor? Que debería sentirme liberada. Al fin y al cabo, si él se va cinco años y no tuvo la decencia de contar conmigo y ahora tampoco el valor de romper, yo debería hacer lo que me diera la gana. Ya no tengo que rendirle ningún tipo de cuentas. Ni a él, ni a la relación que teníamos juntos, ni a nadie.

—Y ¿qué te gustaría hacer, ahora que te sientes liberada?

—No, lo peor es que no me siento así. Estoy dolida.

—Bueno, es lógico, claro. Lo tienes que asumir. Pero si te sintieras liberada, ¿qué querrías hacer? ¿Qué has dejado de hacer por estar con él?

—Supongo que...

Y ahí me callé.

—Venga, no te cortes. Soy buenísimo guardando secretos, te lo juro.

—Es que no debería contárselo al prometido de mi hermana.

—Por eso no sufras, ya no tengo tan claro que siga siendo su prometido.

—¿Por una bronca de nada?

—Ese es el problema, por una bronca de nada. Si se hubiera puesto como se ha puesto por algo importante, lo entendería, pero que haya reaccionado así por una estupidez... Eso sí que me preocupa. Y que no haya vuelto en toda la noche, que la llame y no me conteste... ¿Eso es lo que me espera con ella?

—Lu es así.

—¿Siempre?

—No voy a ser yo la que te hable mal de mi hermana, ya te lo dije.

—Lo que pasa es que yo ya he tenido demasiado desequilibrio. Como para llenar cinco vidas. Y no quiero más.

—¿Tienes un imán para las novias desequilibradas? —pregunté intentando hacerme la frívola.

Aarón sonrió con tristeza.

—No exactamente.

—Ahora me lo cuentas. No vale soltar una frasecita misteriosa y dejarme así.

—¿Qué quieres que te cuente?

—Todo. Por qué has tenido desequilibrio para cinco vidas, por qué desapareciste del instituto, por qué esa canción triste que habla de hoteles y ciudades... Me da que está relacionado, ¿no?

—¿De verdad quieres saberlo?

—Ahora mismo todo lo que sea olvidar China y a mi novio me vendría muy bien.

Aarón se tomó su tiempo antes de contestar. Me miró, esbozó una mueca que quería ser una sonrisa y comenzó a hablar.

—Hay poco misterio, la verdad. Mi padre enfermó de cáncer cuando yo tenía dieciséis años, y ahí empezó todo. Los médicos lo desahuciaron y mi madre se negó a resignarse. Y pidió una segunda opinión y una tercera. Y como ninguna le satisfacía, empezamos a recorrer ciudades y países buscando nuevos médicos, terapias alternativas, lo que fuera.

Y yo ahí recordé parte de su canción.

Ella dijo:
la esperanza es lo último que se pierde.
Pero en el camino
solo encontramos tristeza.

—Así fue. Ella se aferraba a la posibilidad de una cura. Solo vivía para eso, pero mi padre cada vez estaba peor, por mucho que ella se negara a verlo. Mi madre era, bueno, sigue siendo, muy... ¿cómo decirlo?, tozuda, cabezota. Hasta lo irracional. Ella no concebía que mi padre no pudiera sanar. Y cuando se dio cuenta de que nada servía, de que mi padre empeoraba, fue perdiendo la razón. El dolor no la dejaba razonar. Y nos arrastró a mi hermana y a mí en su locura, en su desequilibrio. Sobre todo a mi hermana.

Yo no sabía si atreverme a preguntar más.

—Mi padre murió tres años después de que le diagnosticaran el cáncer. Y, bueno, fue muy duro. Para todos, para mí, para mi madre, que de repente se convirtió en un cadáver viviente. Y para mi hermana. Mi hermana no lo pudo superar. Empezó en una espiral de alcohol, drogas, promiscuidad, desaparecía de casa, estaba noches y noches fuera... Y una mañana la policía nos llamó porque habían encontrado su cuerpo sin vida.

—Lo siento... —dije, porque no sabía qué otra cosa decir.

—Fue hace ya muchos años. Forma parte de otro yo.

—Y yo aquí montando un drama porque mi novio se va a China.

—Y yo podría decir lo mismo: montando un drama porque mi novia no viene a dormir. Pero la vida es esto. Lo otro son tragedias que pasan.

Me miró.

—Creo que nunca lo había contado. Bueno, solo al psicólogo. —Y de manera sincera me dijo—: Gracias.

—Gracias ¿por qué?

—Porque me ha sentado bien. Muy bien. No sé qué es lo que tienes, pero es fácil abrirse a ti.

Yo noté un golpe de calor en la cara y me ruboricé. Nos quedamos callados. Mirándonos. Y entonces sonrió.

—Eres muy lista, tú, ¿eh?

—¿Por qué? —pregunté sin entender.

—Porque me has hecho soltarte todo esto para no hablar de lo tuyo. Y tú tampoco te libras. A ver... Olvídate de mí y olvídate de lo que te he contado y de mis líos con Lu, y empieza a largar.

—¿Qué quieres que te cuente?

—No sé... Empieza por Roberto, por ejemplo, ¿qué quieres hacer ahora que ya no está en la ecuación?

Y tal vez porque Aarón había sido tan sincero, o se había creado ese momento tan íntimo entre los dos, de tanta comunicación, que no pude más que empezar a decir la verdad.

—Lo malo es que hay muchas más variables en esa ecuación.

—¿Cuáles? —preguntó él.

—En la ecuación también está Lu y...

—Te he dicho que te olvidaras de Lu.

—Si en la ecuación no estuviera Roberto, si tampoco estuviera Lu y su boda contigo... Si... —Y de repente me di cuenta de todo lo que estaba soltando por mi boca. Pero ¿qué estaba haciendo? No, no, Sara. Páralo. Páralo ya—. Yo creo que me voy a ir a dormir.

Y cuando ya iba a entrar en mi habitación, Aarón habló.

—Sara, no te sientas mal. Yo también he fantaseado con despejar la ecuación.

—¿Y?

En ese momento su móvil sonó. Me enseñó la pantalla. Lu.

—Cógelo —le dije.

Y me obedeció.

—Lu, ¿dónde te metes? ¿Ahora? Que no, que no me apetece nada salir... Que no, que no estoy enfadado. No te preocupes. Claro, te espero despierto. Seguro.

Y colgó.

—Que me echa de menos, dice. Y que perdone su rabieta. Y que se viene en un rato.

—Buenas noches —le dije, porque era lo único sensato que se me ocurría decirle.

Aarón me miró, sonrió avergonzado y yo me metí en mi cuarto. No iba a poder dormir. ¿Cómo hacerlo? Después de haberme casi declarado, o al menos de enseñar mis cartas. Pero ¿cómo podía haber sido tan imbécil, tan insensata? Y ahora ¿cómo iba a mirarlo a la cara? Pero lo que más me torturaba era lo que había dicho él: que también había fantaseado con despejar la ecuación. ¿Cómo pretendía que yo viviera ahora con eso? ¿Me lo estaba diciendo simplemente por amabilidad, para apoyarme, para que no me sintiera tan sola y tan absurda casi confesando lo que sentía por él? Por lo poco que lo conocía era posible. Era posible que simplemente lo hubiera dicho por su carácter generoso. Porque Aarón era así, lo mismo se colaba en un patio de monjas para ayudar a un amigo, como se colaba en el zoo para ayudar a la hermana de su novia, que te entendía y te decía lo que necesitabas oír. Estaba en su carácter. Pero también existía la posibilidad, claro, de que sus palabras fueran sinceras y hubiera sentido, o aún sintiera, algo por mí. Y ¿qué podía hacer yo al respecto? ¿Podía o debía hacer algo? No, claro que no.

No podía.

No debía.

No lo iba a hacer.

13

DESPUÉS

Unos golpes atronadores me despertaron. ¿Qué era eso? ¿Qué estaba pasando? ¿Venían de la calle? ¿Del taller? ¿De dónde? Me vestí con lo primero que pillé y salí de la habitación. Sin duda los golpes venían del taller. Bajé las escaleras y allí estaba el capataz, Mariano, con dos obreros. Estaban tirando abajo el techo.

—¿Se puede saber qué hacéis?

Pero debido al ruido no me escucharon. Tuve que gritar.

—¡Mariano!

Por fin se percató de mi presencia.

—¡Para un momento! ¿Qué hacéis?

—Sara... Órdenes de tu padre. Nos pidió que viniéramos aquí urgentemente y que empezáramos con la obra. Nos dijo que no había nadie.

Yo no entendía nada.

—Pero ¿no habíamos quedado en que ibais a poner un refuerzo de dos columnas y ya? ¿Para eso tenéis que tirar el techo?

—Tu padre ha cambiado de idea. Quiere reforzar toda la estructura del edificio cuanto antes.

—¿Qué? Pero... eso es un obrón, ¿no?

—De cinco o siete meses de trabajo.

—¿Y mi taller? ¿Y la tienda?

—Yo soy un mandado. Habla con tu padre.

—¿Dónde está?

—Yo lo dejé en el estudio de arquitectura. Allí fue donde me dio las llaves para que pudiéramos entrar.

—Pero ¿qué está pasando... ? Por favor, Mariano, tengo que hablar con mi padre. No toques nada hasta que hable con él.

—Sara, es que tengo órdenes.

—¡Esta también es mi casa! El edificio no se va a caer porque esperes diez minutos.

—Venga, espero.

Subí corriendo a por el móvil. Lo llamé pero saltó el contestador.

—Papá, ¿por qué está Mariano aquí? ¿Por qué no me has avisado? ¿A qué viene todo esto?

Cogí las llaves del coche. Tenía que localizar a mi padre. Tenía que verlo y que me explicara. ¿A qué venían las prisas? ¿Por qué había tomado esa repentina decisión? Bajé de nuevo al taller.

—No lo localizo en el móvil. Tengo que ir a verlo. No hagas nada.

—Sara, tu padre es mi jefe, yo tengo que seguir sus órdenes.

—Mariano, mi padre está raro, descontrolado, ya viste cómo reaccionó el otro día. Que lo mismo le da por ponerse un *piercing* que sufrir un ataque de ansiedad. Por favor, dame una hora hasta que hable con él.

—Sara...

—Llévate a los obreros a tomar un café, o algo. Por favor...

—Es que me pones en una situación imposible.

En ese momento Eric se asomó a las escaleras.

—*What is happening?*

—¡Eric! Tengo que salir a hablar con mi padre. Estos señores no pueden tocar nada mientras yo no estoy. Si tocan algo llama a la policía. ¿De acuerdo?

—Sara... —protestó Mariano—. Tampoco hay que ponerse así. Y aunque llame a la policía tenemos las de ganar. El edificio es de tu padre.

Miré a Eric.

—Y cuando esté la policía aquí, diles que le pidan los papeles de trabajo a estos dos obreros.

—Papeles de trabajo —repitió Eric, asintiendo.

—Sara...

—Es un arquitecto noruego, más recto que una vara de medir, lleva fatal todos los chanchullos ilegales que nos traemos los españoles. Así que tú mismo.

Mariano miró a Eric y debió de intuir que era mejor no liarla más, no fuera verdad que al pelirrojo le diera por llamar a la policía.

—Vale, me los llevo a tomar un café. Pero si hay algún problema le pienso contar a tu padre que tú nos has impedido trabajar.

—Estás en todo tu derecho.

Cuando salía por la puerta de la tienda vi llegar a Lu. Algo despeinada, pero sin perder ni un ápice de su belleza. Daba igual que hubiera salido toda la noche de juerga, que Lu parecía como si se despertara de haber dormido ocho horas de manera plácida. Cosas de los veinte años.

—¿Llegas ahora?

—Me he liado un poco...

Así que no había vuelto tan pronto como le había dicho a Aarón que iba a volver. Pero preferí no pensar en eso, no tenía tiempo.

—Acompáñame —le dije.

—¿Adónde?

—A por papá.

—Tengo que darme una ducha y...

—Eso puede esperar. Vamos.

No sé muy bien por qué me dio el arrebato de pedir que me acompañara. El caso es que durante el trayecto la puse al día de China. Obviando, por supuesto, la conversación íntima que había mantenido luego con Aarón.

—¿Te vas a ir con Roberto? —me preguntó.

—No me lo ha pedido.

—Y ¿si te lo pide?

—¿Qué pinto yo en China?

—Lo mismo que pintas en Malasaña. Y si a papá le da por tirar la tienda abajo, menos vas a pintar.

—¡Lu! ¡No digas eso! Papá no va a tirar la tienda y yo... ¿cómo voy a dejar mi vida aquí por seguir a Roberto?

—No serías la primera o el primero que cambia de vida por seguir a su pareja.

—¿Tú te irías cinco años a China si Aarón te lo pidiera?

Y ella no pareció dudarlo un segundo.

—Sí.

—Eso lo dices porque no ha ocurrido. Así es muy fácil especular.

—Yo por Aarón me iría al fin del mundo.

—Ya, y a la primera bronca desapareces toda la noche, muy creíble.

Pero, a pesar de mi ironía, su palabras me habían calado. Y ahí me di cuenta de que lo decía de verdad. De que ella lo haría. De que se iría al fin del mundo. Porque eso es el amor, ¿no? Ser capaz de abandonarlo todo, aunque sea la peor idea, aunque sea un disparate, solo porque no puedes soportar la idea de perderlo. Y lo peor es que si a mí Aarón me propusiera irme al fin del mundo... Ay, madre... A lo mejor hasta me lo pensaba. Y, sin embargo, con Roberto... ¿Eso era la prueba de que no lo quería? No, no, Sara. Con Aarón eres capaz de imaginarte en China porque sabes que no te lo va a pedir. Por eso te ves yéndote con él. Porque no va a pasar. Así que no hagas ese tipo de comparaciones, no son justas, y solo te confunden. Y si no te vas con Roberto es porque no te lo ha pedido. Y porque vives instalada en la realidad. Eres una mujer sensata, tienes tu carrera y tu vida aquí. Y más ahora. ¿Qué pintas en China? ¿Qué ibas a hacer mientras él trabaja, preparar arroz tres delicias todo el día, origami, aprender chino? Con lo que te ha costado aprender inglés, estás tú como para aprender chino. Un idioma que en vez de un alfabeto tiene símbolos infinitos. Eso no hay occidental que lo aprenda, seamos serios.

—China tiene que molar —dijo Lu.

—Para unas vacaciones, tal vez.

—O para vivir la experiencia de tu vida.

—Que no, Lu. ¿Y por qué no lo deja él todo por mí? Roberto podría venirse a trabajar al estudio de papá y no lo hace.

—Pues lo tenéis chungo, entonces.

—Ya... y ahora encima a papá le da por volverse loco...

—¿Cuándo se va Roberto?

—En dos semanas.

—¿No va a estar en mi boda?

—Sí, justo eso es lo que más me preocupa ahora mismo, que Roberto no esté en tu boda.

—Y si tú te fueras con él, tampoco.

—No me voy a ir con él.

—Capaz eres. ¿Y mi vestido? ¿Y... ?

—Lu, por favor, disimula, aunque solo sea unos segunditos, que en el mundo hay alguien más que tú y tu boda. ¿Puedes hacerlo?

Aparcamos en una de las plazas que el estudio de mi padre tenía siempre reservadas para clientes. Y subimos en el ascensor. Entramos en el estudio de mi padre. Era un lugar diáfano, moderno, lleno de mesas blancas y lámparas de diseño industrial. Un gran logo con forma de escultura presidía la entrada. Pero tanto Lu como yo nos dimos cuenta de que el estudio estaba a medio desmantelar, con cajas de cartón, con ordenadores en el suelo, sin las mesas... La secretaria de mi padre, una señora oronda de sesenta años, con gafas de color fucsia y el pelo teñido de un color que iba del rojo al violeta, nos saludó de manera cariñosa y efusiva.

—Sarita, Lucía, cuánto tiempo...

—¿Qué ocurre aquí?

—Pues lo que ocurre en medio país, hija. Hay que reinventarse, adaptarse, recortar... Lo que sea necesario para no tener que cerrar el negocio.

—Pero ¿tan mal está la cosa?

—¿Tu padre no os lo ha contado?

—No —dijo Lu, y me miró—. Y ¿a ti? ¿Tú sabías algo de todo esto?

—Bueno, papá lleva quejándose los últimos años, pero nunca pensé que fuera para tanto...

—Antes solo le habíamos visto las orejas al lobo, ahora... —se lamentó la secretaria.

—¿Está mi padre aquí, Clara? —la corté.

—En su despacho. Le aviso.

—No hace falta.

Mi hermana y yo entramos de manera decidida, sin llamar a la puerta. Mi padre estaba enfrascado con el autocad en su ordenador de pantalla gigante. Levantó la cabeza al oír la puerta y nos vio.

—¿Qué hacéis aquí?

—¿Se puede saber qué hacen Mariano y dos obreros en casa? ¿Te has vuelto loco?

—Hay que hacer la obra. Cuanto antes.

—Papá, pero habíamos quedado en esperar. Reforzarlo todo con dos vigas y listo.

—He cambiado de idea.

—¿Por qué? ¿Qué pasa? ¿Tiene que ver con el desmantelamiento de aquí? Papá, ¿vais a cerrar el estudio?

—Ahora estoy un poco ocupado. Hablamos en casa.

—No. Quiero que llames a Mariano y le digas que lo deje. Papá, no me puedes empantanar el taller. Ahora no. No sé qué tipo de problemas tienes aquí, pero yo estoy a punto de recibir un encargo importante.

—Siempre estás a punto, Sara, y luego nunca pasa nada.

—¡El desfile ha sido un éxito! ¡Tú estabas allí!

—No hablemos del desfile, mejor.

—Va a ser mi despegue, papá.

—Sara, para poder vender el local y el piso, o para alquilarlo, necesito que esté en buenas condiciones.

—¿Venderlo? ¿Alquilarlo? ¿Y yo? ¿De qué estás hablando? ¿Qué está pasando?

—¿Cuánto hace que no me pagas?

—Ya me retrasé en otras ocasiones.

—Ahora es distinto. Vuestra madre y yo nos vamos a divorciar. Las cosas en el estudio ya veis cómo están, y voy a necesitar liquidez.

—¿Cómo que os vais a divorciar? —preguntó Lu.

—Eso, papá, no saques las cosas de quicio. Estáis pasando un bache, ¿qué pareja no lo tiene?

—Esta madrugada tu madre me lo dejó muy claro. Quiere el divorcio.

—A saber qué burrada le dijiste —dije yo.

—Burrada ninguna, le dije que quería volver con ella. Y ¿sabes qué me contestó? Que está empezando una nueva vida y que sus hijas le dan su aprobación.

—¿Qué? —pregunté yo.

—¿Qué? —preguntó Lu.

—Sí. Que se ve que os gusta tanto su novio que hasta lo invitasteis al desfile.

—¡Eso es mentira!, ¿te dijo eso mamá? —Yo estaba furiosa, qué manera de liar las cosas, mi madre se iba a enterar.

—Y que oye, que estáis en vuestro derecho de invitarlo, claro. Si os cae bien, pues os cae bien. Pero, entonces, ¿para qué me invitáis a mí?

—Papá, ni Lu ni yo invitamos a ese señor. Vino por su cuenta.

—O sea, que estuvo. Lo admites.

Me callé, me había pillado y de la peor manera. Había caído como una tonta.

—A lo mejor se pasó, no estoy segura...

—Traicionarme así, hija mía, de esa manera... Por eso me querías entre bambalinas, para que no montara un número. No porque me quisieras cerca de ti. Qué tonto me he sentido, qué estúpido. Toreado por mi propia hija.

—Papá, por favor, que yo no lo invité, y cuando lo vi allí quise asesinar a mamá. Si ni me cae bien. No me gusta nada. Si yo quiero que mamá y tú estéis juntos...

—Ya, pues para no gustarte nada, bien que te lo camelaste para que te regalara unas plumas... Que hasta fuiste al zoo a conocerlo.

—Eso no fue así, papá. De verdad que no.

—Yo dejándote de buena fe la casa de la abuela, cobrándote un alquiler baratísimo y luego, ¿para qué? Para que tú y tu hermana me clavéis una puñalada por la espalda y me dejéis en ridículo delante de todos.

—Nadie te ha dejado en ridículo.

—¿No? Pues yo me siento así. Sobre todo cuando descubro que mis dos hijas me mienten y prefieren invitar al otro y...

—Lu, por favor, dile que nosotras no invitamos a nadie. Que fue cosa de mamá.

—Es verdad. No le invitamos.

—Pero las plumas bien que las aceptaste. Pero oye, yo me alegro, si tienes tantos recursos y tan pocos escrúpulos, si eres capaz de pasar por encima de mi cadáver, eso es porque no necesitas más mi ayuda.

—Así que el arrebato de empezar la obra hoy es tu manera de vengarte. Puro rencor. No me lo puedo creer —dije yo.

—No, hija. No voy a negar que me haya sentado como un tiro. Pero si hago la obra es por culpa del divorcio. Si me quiero quedar con la casa de Aravaca, que ahora mismo es mi único activo, le tendré que comprar la mitad a tu madre, y eso solo lo voy a poder pagar si vendo la de la abuela.

—Pero ¿cómo vas a vender la casa de la abuela? —dijo mi hermana.

—Pues vendiéndola.

—Pero si ahí está tu vida, la nuestra, la...

—¿Desde cuándo eres tan sentimental? —preguntó mi padre.

—Es que no me lo creo. No creo que lo vayas a hacer —insistió Lu—. Sara tiene razón. Lo haces por pura rabieta. Y lo peor es que es injusto. Porque Sara lleva intentando desde el primer día que tú y mamá volváis juntos. ¿A que sí? —Me miró—. Díselo.

—¿Para qué, si no me va a creer? Y se ve que ya ha tomado su decisión. Aunque eso suponga dejar a su hija sin presente y sin futuro.

—Tampoco dramatices. Que si tu futuro depende de tu padre, mal vamos —dijo él.

—No, pero si cuando tengo ocasión de volar, tú vas y me cortas las alas, pues no tengo nada que hacer.

—Yo no te estoy cortando nada.

—Me estás desahuciando justo cuando tengo un contrato que me puede solucionar un año o dos de trabajo.

—¿Dónde está ese contrato? Porque yo quiero creerte, pero luego pasa un mes y otro y tú sigues en la misma situación precaria que antes.

—¿Si te lo demuestro? Si te traigo un contrato, ¿me das algo de tiempo? ¿Me dejas que te siga pagando al mes? Con eso te puedes apañar, ¿no? ¿O me vas a decir que el divorcio va a ir tan rápido que vas a necesitar dinero en efectivo ya? ¿Tanta prisa vas a tener en comprarle la parte de la casa a mamá?

—Y ¿de verdad ya te has rendido con mamá? No es tu estilo —remató Lu.

Mi padre me miró. Noté que se estaba ablandando.

—Y si mamá se queda con la casa de Aravaca mientras no se la pueda comprar, ¿yo dónde vivo?

—Conmigo. Como ahora. ¿O tan mal estás? —le pregunté. No es que a mí me sedujera mucho la idea de tener a mi padre instalado en casa un año, pero era lo único que se me ocurría. Y si de eso dependía que me quedara con la tienda y el taller, estaba dispuesta a aceptarlo.

—Tráeme ese contrato y si te garantiza un año de trabajo en el taller, me lo pienso.

—¿De verdad? —pregunté.

Mi padre asintió.

—Pues llama ahora mismo a Mariano y dile que se vaya.

—Vale, pero no tienes mucho plazo para conseguir ese contrato. Yo diría que casi ninguno. Porque mi paciencia se agotó hace mucho.

—En este mes he firmado el contrato. Te lo juro.

Salimos de allí. Y lo primero que hice, claro, fue llamar a David.

—David, asegúrame que el señor que me abordó, el Pablo ese, no iba de farol. Que me va a llamar.

—Supongo que sí.

—¿Cómo que lo supones?

—Sara, Pablo Almagro es de fiar, en serio. Te llamará, querrá ir a ver el taller y tu trabajo con algún otro socio, y seguro que llegáis a un acuerdo. Seguro. Aunque esas cosas suelen ir despacio.

—¿Cómo de despacio?

—No lo sé, ten en cuenta que tendrán que dejarse convencer por las piezas, discutir presupuestos, ver si les encajan en las próximas temporadas... ¿A qué viene la prisa?

—Vale, vale... Pero va a salir, ¿verdad?

—Yo que tú me iría preparando un plan de producción, qué tipo de piezas, el tiempo que necesitas para elaborarlas, a cuántos necesitarías contratar, precios... Cuanto más claro lo tengas tú, más les puede ayudar a ellos a decidirse.

—Tienes toda la razón. Tengo que ponerme ya. Ay, Dios, no sé si sabré.

—Yo si quieres me paso para echarte una mano.

—¿Lo harías? ¡Pues ven ya!

—¿Hoy?

—Mejor que mañana.

Cuando llegamos al taller, Mariano y los obreros se estaban marchando.

—Tenemos que volver luego a poner escayola en el techo y traer las vigas de refuerzo.

—Y ¿cuánto vais a tardar en hacer eso?

—Un día o dos.

—Que sea en uno, Mariano, por favor. Que van a venir clientes muy gordos a verme esta semana y tiene que estar todo perfecto.

—Se hará lo que se pueda.

Subí a buscar a Roberto, teníamos que hablar, antes de que el trabajo volviera a ocupar todo mi tiempo. Pero no estaba en casa. Solo había una nota en un *post-it*.

«Me voy al pueblo, a ver a mis padres. Llámame cuando quieras hablar». Eric apareció con su equipaje por el pasillo. Y con los dos peluches, el oso panda y el pulpo, colgando de la maleta.

—¿Qué haces? ¿Te vas ya a París? —pregunté.

—Sin Roberto, yo no debo estar aquí. Yo vengo hotel.

—De eso nada, Eric. Tú te quedas en mi casa hasta que te vuelvas a París.

—No es necesario.

—Eric, asaltaste el zoo conmigo. Para ayudarme. Lo menos que puedo hacer es que te quedes en mi casa.

—No importa.

—Es una orden —le dije, cogiéndole la maleta y llevándola a su habitación-despensa—. Tú te quedas aquí.

David vino a ayudarme, y empezamos a clasificar y fotografiar las piezas y a avanzar con un presupuesto. Como Mariano y los obreros ocupaban el taller y parte de la tienda, David y yo trabajamos en el salón de casa. Oíamos a Aarón tocar con la guitarra una canción desde la habitación en la que estaba con mi hermana. Parecía que ya se habían arreglado y que la sangre no había llegado al río. Yo sentí una punzada de dolor, pero la disimulé. Qué remedio.

Eric de vez en cuando entraba en el salón y opinaba sobre mis piezas. Y todos los precios razonables que habíamos decidido David y yo le parecían ridículos.

—*More expensive. This watch is amazing. 200 at least.*

—Gracias, Eric, pero tenemos que ser realistas. Y se trata de vender cuantos más mejor.

—Si te piden una partida de mil relojes, tendrías que coger al menos a tres o cuatro empleados, eres consciente, ¿no?

—Pues los cojo, David, ¿cuál es el problema?

—Que los tendrías que formar... Porque esto que tú haces no es tan fácil de hacer.

—Ni tan difícil. La técnica se adquiere rápido. Y dudo mucho que me vayan a pedir mil, ¿no?

—A cincuenta euros por pieza, sale un dinerillo.

—Cincuenta mil —dije yo. Y casi me mareo—. Ay, David, que me arregla la vida. Pero vamos, que con doscientas unidades me doy con un canto en los dientes también.

Y así, calculando, divagando, soñando y organizando las piezas, las plumas que llevaría cada una, los precios, el tiempo que necesitaría para cada una, pasaron dos días. Apenas me crucé con Aarón por casa, porque según mi hermana se había encerrado en el estudio de grabación.

—Se le han ocurrido dos temas maravillosos y quiere grabarlos cuanto antes.

—Ah... —respondí entre aliviada y fastidiada. Sí, porque era un alivio no encontrárselo por casa en calzoncillos o vestido, pero he de reconocer que cuando oía pisadas por el pasillo, o a alguien que entraba en casa, alzaba la vista con la esperanza de que fuera él. Y casi nunca lo era. Y las pocas veces que nos cruzamos, una en el baño y otra en la cocina, él aparentó una total normalidad y yo intenté estar a la altura, sin saber muy bien si mis muecas esforzadas de «todo va bien, no dije lo que dije» daban el pego.

Mi hermana había vuelto al ataque con la idea de su vestido de novia. Porque por supuesto la boda seguía en pie, claro que seguía. Y ella de nuevo empeñada en que yo le hiciera el vestido. Y si antes tenía pocas ganas de hacerlo, malditas las que tenía ahora. Porque cada vez que intentaba un boceto me sentía una traidora, y el lápiz me quemaba en los dedos. Intenté disuadirla, decirle que a mi madre lo de que yo le confeccionara el vestido le parecía una idea horrible, porque un vestido de novia era algo muy serio, y que yo podía ser muy buena con las plumas, que eso no lo ponía en duda, pero que no podía chafarle la boda a mi hermana.

—Y ¿qué quieres que te diga? Mamá tiene razón. Yo no estaría a la altura con tu vestido.

—Y ¿mamá para qué se mete, si no quiere que me case?

—Si ya se está haciendo a la idea, por eso yo creo que es mejor que te fueras a comprar el vestido con ella.

—Esta conversación ya la hemos tenido. Y no quiero volver a tenerla. Tú me haces el vestido. Yo si quieres te traigo unas cuantas referencias para que te inspires.

—Lu...

—Lo siento pero no voy a aceptar un no por respuesta. Acaba de una vez con David esto que estés haciendo y te pones.

Como siempre, fui incapaz de negarme a los deseos de Lu, que además ya estaba en fase de novia frenética preparándolo todo. Con la lista de invitados, que, aunque era corta, quería pensarla y repensarla. Con las pruebas de *catering*. Con ideas disparatadas para la ceremonia. A veces quería hacerla dentro de un barco en el pantano, o se imaginaba llegando con Aarón en una moto acuática, y yo ahí ponía el grito en el cielo: «Y ¿quieres ir vestida de plumas en una moto acuática?». Entonces ella cambiaba de idea y se imaginaba casándose en la orilla, pero en una superficie flotante, y con la banda de Aarón y otras dos más, para que tocaran un rock justo en el momento del sí quiero. Y a Aarón me lo imaginaba diciéndole a todos los disparates que sí, porque seguro que estaba encantado de que Lu volviera a ser la de antes, aunque bien es verdad que, durante esos días, Lu había tenido algún que otro acceso de ira, y había amagado con transformarse de nuevo en un gremlin malo. Escuché una de esas discusiones airadas a través de la pared de mi habitación, y mi corazón saltó de alegría. Lo sé, soy mezquina. Pero al día siguiente me los había encontrado acaramelados en pleno pasillo. Así que tal vez Aarón ya estaba empezando aceptar a Lu en toda su complejidad. Y había hecho suyo aquello de en lo bueno y en lo malo. Y hasta en el desequilibrio.

Y a mí me hervía la sangre. Sobre todo cuando cogía el lápiz para ponerme a dibujar un nuevo boceto de vestido. O cuando mi hermana se empeñaba en elegir conmigo las plumas.

—¿Qué tal esta de faisán? O mejor de pato. Claro que si para la cola consiguiéramos alguna de tucán...

—No pierdas el norte, Lu, por favor...

Y yo, como ya no podía más, decidí volver a meter a mi madre en medio. Le aseguré que Lu estaba empeñada en casarse vestida por mí. Con plumas de tucán.

—¿De tucán? Pero ¿os habéis vuelto locas?

Mi madre volvió a poner el grito en el cielo. Que era justo lo que yo esperaba.

—Mamá, involúcrate de una vez en la boda. Llévatela a ver vestidos.

—Si ya ha dejado clara su postura, que le da igual que esté o no esté.

—Se hace la fuerte, pero está que no duerme desde que os peleasteis. Si te involucras, se dejará aconsejar.

—Hija, es que yo no quiero involucrarme, yo lo que quiero es que no se case.

—Ese tren ya lo perdiste. Se va a casar, nos guste o no. Tú sabrás si quieres formar parte.

Mi madre no dijo nada, se lo estaba pensando.

—Prométeme que la vas a llamar.

—Cansina eres, hija.

—Mamá...

—Te lo prometo.

Yo seguía sin saber nada de Roberto. Bueno, por Eric sabía que aún estaba en el pueblo y que en dos días tendrían que coger el vuelo a París. Yo tenía que hablar con él de una vez y resolver todos mis asuntos pendientes.

—¿Por qué no te vas a su pueblo, y lo abordas y habláis con tranquilidad? —me sugirió Inma, a quien tenía al día de todas mis preocupaciones, o de casi todas.

—Porque estoy esperando la visita del ejecutivo. No me puedo mover de aquí.

—Pues como dejes que Roberto se vaya a París sin tener las cosas zanjadas...

—Y ¿qué hay que zanjar? Si él se va.

—Que tenga los santos cojones de decirte lo que quiere. Si te quiere llevar, que lo diga; si quiere que le esperes, que lo diga; y si quiere romper, que rompa, coño. Pero es a él a quien le toca tomar decisiones.

—O a mí.

—Bueno, o a ti. Pero por eso tenéis que hablar antes de que se pire.

—Si lo sé, Inma, si lo sé. Pero yo no me puedo ir a su pueblo ahora mismo. Que venga él.

—O lo abordas tú o este se te va por la tangente, te lo digo yo.

—Ay, ya veré lo que hago, Inma, pero ahora estoy atada por culpa del ejecutivo este. ¿Y si no me llama?

Pero me llamó. Cuando ya estaba dudando que lo hiciera, Pablo Almagro por fin llamó. Y quería pasarse con un par de socios por el taller al día siguiente. ¿Era posible? ¿Podría mostrarle a él y a su gente mis diseños?

—Por supuesto.

—Dame la dirección y mañana a las doce estamos ahí.

Esa noche no dormí. Me pasé las horas haciendo números, calculando distintas ofertas y posibilidades. Si me piden tantas piezas, a este precio; si me piden más de aquellas, este otro. Durante esos días con la ayuda de David había elaborado una especie de catálogo, con las fotos, y esa noche lo acabé de maquetar. Estaba muy orgullosa de mi trabajo.

A las doce del día siguiente Pablo Almagro y su gente, dos hombres que parecían clones y una mujer de unos cincuenta y pocos años, aparecieron puntuales como un reloj. Y yo di lo mejor de mí para intentar enamorarlos. Les enseñé cada una de las piezas, ellos hicieron muchas preguntas, sobre todo la mujer, que parecía la menos convencida de los cuatro, le preocupaba que tuviera materia prima suficiente para un pedido grande. Y aunque a mí eso también me preocupaba, creía que mientras trabajara con plumas de aves tipo faisán, pato, codorniz..., es decir, todas españolas y todas de corral o de caza, podría apañarme. Preguntaron también por el acabado de las piezas —«puede ser cosido a la base con hilo o pegado con cola, depende del presupuesto»—, por su ductilidad —«casi todas son piezas que se pueden poner una y otra vez»—, por su tiempo de vida —«la pluma es tan resistente como la lana, piensen que al fin y al cabo ambas se componen de queratina»—.

Les entregué el catálogo que había maquetado y me aseguraron que estaríamos en contacto.

Esa tarde Pablo Almagro me llamó por teléfono.

—Sara, tienes a mi gente a tus pies. Les ha encantado.

—¿A todos? Porque la mujer no parecía muy convencida.

—La acabaremos de convencer. Seguro.

—¿Sí?

—La cosa promete. Y además de tu visita guiada y de tu pasión al exponer las piezas y aclararnos dudas, tu catálogo ha sido un acierto. Ahora tendremos que mostrarlo a todo el equipo, y pronto se tomará una decisión.

—¿Pronto? ¿Cómo de pronto?

—Yo creo que tus piezas podrían encajar en la colección de invierno del próximo año.

—¿Este invierno?

—No, mujer, el siguiente, pero nos pondríamos a trabajar enseguida. Empezaremos con pocas piezas, a ver qué tal funcionan, quinientas o mil.

—¿De verdad? ¿Así de fácil?

—Hay mucho trabajo por delante, fácil dudo que sea.

—El trabajo no me asusta.

—Tengo un muy buen presentimiento. Tendrás noticias nuestras antes de lo que crees.

—Gracias. Muchas gracias.

Colgué el teléfono emocionada. Y al primero que le quise transmitir mi felicidad fue a Roberto. Porque siempre era a él a quien primero quería contarle mis alegrías. Y cuando me ocurría algo fuera de lo común, algo extraordinario, tiraba de teléfono y lo llamaba. ¿Debía hacerlo ahora también? Aunque tal vez debía reprimir las ganas para empezar a acostumbrarme, porque así iba a ser de aquí en adelante, cuando él se fuera a China. Ya no iba a estar a mi lado, cuanto antes empezara a vivir sin él, mejor. ¿No?

Para celebrar mi buena racha, y básicamente para demostrar que no me afectaba que Roberto se fuera o no se fuera a China y que yo podía y tenía que seguir con mi vida, decidí invitar a todos los habitantes de la casa a cenar una paella, que era el único plato que me salía más o menos bien. Había aprendido a hacer paellas y tortillas de patata en mis seis meses de Erasmus en Palermo. Durante ese tiempo en Italia, me pidieron tantas veces que hiciera algún plato español que acabé tirando de internet para buscar recetas de tortilla de patatas y de paellas. Así que puedo decir que en seis meses en Italia apenas aprendí italiano pero me hice una experta en esos dos platos españoles. Y ahora, como quería hacerles a todos partícipes de las buenas noticias, porque ellos habían tenido mucho que ver en el éxito del desfile, decidí agasajarlos con lo mejor de mí, una comida *typical spanish*, aunque la hubiera aprendido en el extranjero. Eric fue quien recibió con mayor entusiasmo mi idea de la paella. Así que me lo llevé de compras y entre los dos recorrimos todos los comercios de alimentación del barrio. Él se enamoró de cada tienda, de cada puesto, de cada calle. Y era muy curioso ver la vida de la ciudad a través de sus ojos.

—Gente no parece en crisis, aquí.

—¿Por qué dices eso? —le pregunté.

—Hay alegría.

Y me señaló las terrazas llenas de gente. Era la hora del vermut, un día soleado de otoño, y todo el mundo disfrutaba de los rayos de sol mientras tomaban sus cañas. La plaza de San Ildefonso a esa hora estaba llena de bullicio, y sí, de alegría.

—Y ¿qué quieres que hagamos, ponernos a llorar? Supongo que es nuestro espíritu mediterráneo. Las penas con sol y cerveza son menos penas.

—Quiero vivir aquí. *I wish I get the job.*

—Seguro que sí.

Roberto se iba a China porque aquí no conseguía nada y el noruego, sin embargo, estaba ya con medio pie en Madrid. Paradojas de la vida.

Lu y Eric me ayudaron con la cena. Y mi padre aportó su granito de arena con varias botellas de vino, regalos de antiguos clientes. A mi padre le tenía al día con los progresos con la marca que quería contratarme, para que viera que aunque no había aún un contrato firmado todo iba por muy buen camino. Y mi padre, como quería creerme, se dejó contagiar por mi alegría y mi espíritu festivo de celebración.

—¿Vas a invitar a tu madre?

—¿Para que acabéis discutiendo? Mejor no.

—A mí no me importa.

—Ya, ya sé que no te importa y que te mueres por verla. Pero mejor no.

—Es una pena que se lo pierda.

—Bueno, pues ya en otra ocasión celebras tú una comida y la invitas, ¿vale? Que no quiero mezclar las cosas.

—Tienes miedo de que aparezca con el otro, ¿a que sí? Y yo monte una escena.

—No, papá, jamás se me ocurriría invitarlo. ¿Cómo se te ocurre semejante cosa?

—Tiene un zoo lleno de plumas y tú un contrato a las puertas...

—Que no, papá. ¿Cuántas veces te tendré que repetir que eso fue una nefasta casualidad?

—Muchas, hija, muchas. Hasta que te crea.

A los que sí invité, porque se lo merecían y porque me apetecía, fue a David, a Chusa y a Inma. Esta fue la primera en llegar y enseguida hizo buenas migas con Eric.

—No te emociones demasiado, que yo creo que le va más el género masculino —le dije.

—¿A este? Pero si ya le he pillado dos veces mirándome las tetas.

—Tú crees que te miro las tetas hasta yo.

—Es que me las miras. Y tu padre tampoco les quita ojo. Es mi cruz por tenerlas así de rumbosas.

—Es que has venido con un escote un poquito tremendo, Inma.

—¿Estamos o no estamos de celebración? Pero oye, si quieres bajo a por unas plumas y, como hacían con los carteles de cine durante la censura, las utilizo para taparme el escote.

—No hace falta.

—No iba a hacerlo.

Todo el mundo alabó mi paella y la prueba de que hablaban en serio es que no hubo nadie que no quisiera repetir. Aarón se sirvió tres platos, y eso que al principio se había lamentado de que el arroz no fuera integral y ecológico.

—¿Cómo voy a hacer una paella con arroz integral?

—Haciéndola —dijo él.

—Ay, Aarón, no seas brasas —protestó Lu—. Deja tu rollito saludable y ecológico para otro momento. Y disfruta.

—Si yo disfruto. Y lo integral sabe igual de rico. Es cuestión de acostumbrarse.

—Un poco de paella grasienta no te va a matar.

—¿Grasienta? —protesté enfadada.

—¿Sabes lo que decía mi abuelo? —prosiguió Aarón—. Al aparato digestivo hay que tratarlo como a una novia. Y mi padre siempre se reía de él... Y así acabó.

—Yo te prometo que la próxima paella te la hago integral y al horno, sin aceite. Aunque no sé a qué sabrá.

—Eso, pesado —dijo Lu.

—Será mejor comer integral que no comer —le dijo Aarón a mi hermana. Porque Lu como tenía un desfile a la vista, apenas comía.

—¿No comes? Pero si las modelos coméis mucho y de todo, ¿no? —le preguntó Inma con mala baba.

—Eso es lo que dicen algunas, pero créeme cuando te digo que en las semanas de *castings* en Milán o Londres, las chicas solo se alimentan de manzanas y algún yogur. Y ellos igual.

—Qué vida más triste —dijo Chusa.

—¿Solo comes manzanas y yogur? —preguntó mi padre con preocupación.

—Pero solo esa semana. Y también pollo hervido o a la plancha.

—Uy, menudo festín —dijo Chusa.

—Pero de beber no os cortáis un pelo, ¿no? —dije yo, viendo cómo se servía otra copa de una de las botellas que había traído mi padre.

Entre los ocho ya nos habíamos pimplado cinco botellas, y a ese ritmo aún podían caer dos o tres más. Porque Aarón mucha vida sana, pero bebía como el que más. Y también fumaba. Contradicciones de roquero, supongo. La ingesta de alcohol se empezaba a notar en el ambiente, porque estábamos ya todos la mar de alegres y bulliciosos. Chusa y David habían traído el postre, unas cañas de dulce de leche que habían comprado en el argentino de la plaza Juan Pujol, y cuando las trajeron a la mesa todo el mundo aplaudió con gran estruendo. Yo sentí que no habían festejado con el mismo entusiasmo mi paella, bien es verdad que por entonces aún no habíamos abierto la segunda botella de vino.

Eric propuso un brindis.

—*A toast, please.*

Nos pusimos de pie para alzar nuestras copas. Mientras hablaba, yo miré a toda esa familia improvisada con cierta satisfacción y orgullo. Hacía dos semanas estaba más sola que la una en esta casa. Éramos el loro y yo. Y al pobre loro casi lo tenía olvidado con tanto trajín de personas, trabajo y vaivenes sentimentales, menos mal que sabía cómo hacerse notar cuando se quedaba sin comida. Y ahora la casa estaba llena de gente, de mi familia, la propia y la adquirida. Faltaban Roberto y mi madre, claro. Y se había colado el amor de mi adolescencia, que ahora mismo estaba besando a mi hermana pero mejor no pensar en ello.

—Por todos vosotros —dijo Eric—. Yo siento como en casa. Gracias, Sara, por tu *generosity*. Yo quiero vivir como vosotros. Con ruido y feliz.

—Con ruido y feliz —dijo Aarón.

Y todos le imitamos chocando nuestras copas.

—Con ruido y feliz.

Yo noté la mirada de Aarón. Y sonreí tímidamente. Él también.

Bebimos y mi padre preguntó si había algún digestivo. Y le explicó el concepto a Eric.

—Pero el alcohol no digiere...

—En este país creemos que sí, y no hay nada como creerse una cosa para que se convierta en verdad —dijo Aarón.

—No estaría yo tan segura —dije mirando a Aarón y esquivando rápidamente su mirada.

Seguimos bebiendo y brindando. Lu por el vestido de novia más bonito del mundo que le había empezado a hacer su hermana. Su hermana, o sea yo, aún no había hecho más que cuatro bocetos absurdos y una selección de las plumas con las que podría armarlo, y se sintió bastante culpable por ese brindis. Ahí sí que no miré a Aarón. Y luego

Lu también pidió un brindis por las nuevas canciones que Aarón estaba componiendo y que iban a romper el panorama musical.

—Gracias, Lu, pero si hoy en día ya no hay nada que rompa... —dijo Aarón.

—No seas humilde, déjalo solo para el nombre del grupo —le pidió Lu.

Mi padre brindó para que yo firmara el contrato de una vez. Inma, por los vikingos y su potencia sexual, supersutil ella, y cuando David iba a brindar recibió un mensaje al móvil.

—Ay... ay...

—¿Qué pasa? —pregunté al ver la cara de funeral que se le acababa de poner.

—Me dicen que Carlota Hamilton ya ha publicado en su blog la crítica del desfile.

—¡Un ordenador para leerla en pantalla grande! —pidió Chusa.

—Yo creo que va a ser mejor que no —sugirió David.

—¿Qué pasa, David? —le pregunté acercándome a él.

David negó con la cabeza.

—Vosotros seguid bebiendo, ahora venimos.

Yo le cogí del brazo y me lo llevé al pasillo.

—¿Tan mala es?

—A Carlota no hay que hacerle mucho caso.

—Es peor que mala, entonces...

Entramos en mi habitación y conecté el portátil.

—¿Cómo se llama su página? —pregunté.

—¿No la tienes en favoritos?

—Esta mujer y lo que opina no es tan importante en mi vida.

—Di que sí. ¿A quién le importa lo que opine?

—David, me estás asustando. Dime la página —insistí.

David tecleó la dirección web en el portátil y la página de Carlota enseguida se cargó. Y ya el titular me dejó traspuesta: «Las plumas de Ícaro no alzan el vuelo o el ridículo más bochornoso».

—No es verdad —dije yo—. No puede ser verdad. Pero ¿quién es esta hija de la gran puta para decir...?

—Es mejor que no lo leas.

Y lo leí, vaya si lo leí. En los dos primeros párrafos cuestionaba y se reía de toda la propuesta de David, tildándola de ambiciosa y ridículamente pedante. Una metáfora manida, obvia y obsoleta. Un quiero y no puedo.

—Qué hija de la gran puta. —Esta vez era David quien lo decía.

Y después de diseccionar con muy mala leche tres de los trajes de David, el resto de su post iba sobre mis piezas. «Sara Escribano pretende copiar a Westwood, Gaultier y McQueen, seguramente sus maestros espirituales, pero la copia es tan obvia y fallida que sonroja. Si Ícaro volaba tan alto que la cera que sujetaba las alas a su cuerpo se derretía al aproximarse al sol, Sara consigue exactamente lo contrario: sus plumas se desmoronan antes de alzar el vuelo. ¿Quién necesita un Ícaro a estas alturas de la película, un Ícaro, cuyas alas se descomponen al primer paso sobre la pasarela? Sara presume de trabajar siempre con plumas naturales, sin tintar. ¿Pretende hacernos creer que no ha tintado de rosa sus plumas? Pero ¿alguien se cree que esas plumas de flamenco son reales? De serlo tendría que haber traficado con aves exóticas, algo que esta bloguera tampoco criticaría, más bien aplaudiría por su arrojo, pero la ambición de Escribano no llega a tanto. Creedme, están más teñidas que las plumas del carnaval de Tenerife. Así que solo podemos llegar a una conclusión: tiene nulo talento y además miente».

—Pero ¿cómo se puede ser tan bicho? ¿Cómo? Pero ¿a esta mujer la crio una manada de lobos o qué? —se quejó David.

—Y tú ¿para qué la invitas? ¿Por qué se te ocurre invitarla? ¡David! Te dije que era muy mala idea. ¿Lo ves? Por eso no quería que viniera, pero tú, venga, empeñado. Y ahora... ahora... ¡Joder!

Sí, estaba fuera de mí. Y en un momento pasé por las cinco fases del duelo de las que habla Elisabeth Kübler-Ross.

1. Negación. Esto no puede ser real. No, no, no. No me está pasando a mí. No habla de mí, no puede ser. Es una broma de David, que ha creado esa página y yo estoy cayendo como una tonta. ¿A qué sí, David? Dime que es broma. ¡Dime que es broma!

2. Ira. La quiero matar, a la muy desgraciada. Vuélvete a Rusia, y que te maten de hambre en el orfanato, y así te pongan sopa de pollo con sus plumas y todo. Malvada, Cruella de Vil, mujer sin corazón, veneno, que eres veneno puro, hielo en las venas, podredumbre en las entrañas. De eso estás hecha.

3. Negociación. ¿Y si la llamo y la convenzo de que mis plumas son auténticas y no están teñidas? Si yo soy buena chica, si yo tengo talento, de verdad que la puedo convencer. Carlota, bonita, ya verás, que podemos ser amigas, que tal vez nadie te ha querido hasta ahora, pero yo puedo estar siempre a tu lado y contarte cómo hago lo que hago y enseñarte a coser y a colocar plumas. Venga, mujer, que seguro que llegamos a un acuerdo.

4. Depresión. Me quiero morir. Esto es el fin de mi carrera. No hay nada que pueda hacer. Esto es el fin. Nadie querrá llevar jamás ninguno de mis cuellos, ni mis pajaritas, ni mis relojes, ni mis zapatos... Me quiero morir.

5. Aceptación. Es lo que hay. Es lo que hay. Muerde el polvo, Sara. Asúmelo. Dedícate a otra cosa, aún eres joven y tienes vida por delante. No será una vida dedicada al diseño ni a las plumas, pero ¿quién dice que ese era tu camino? Si la gente se reinventa a los sesenta o a los setenta, ¿acaso no puedes hacerlo tú a los treinta? Pues claro que sí. A otra cosa, mariposa, el muerto al hoyo y el vivo al bollo.

Y como bien dice Elisabeth Kübler-Ross en su libro sobre la muerte y el duelo, esas fases no se tienen que dar de manera ordenada, y no se superan una vez que las atraviesas, puedes volver a ellas, y pueden enredarse de manera caótica. ¿Por qué conocía yo a Elisabeth Kübler-Ross? Porque de adolescente se nos había muerto nuestro perro Cougar, y yo lo llevé muy mal. Por eso mi madre decidió regalarme un ejemplar del libro de Elisabeth, para que me ayudara a superarlo. Y no sé si me ayudó, solo sé que durante meses estuve dando la matraca en casa y en el colegio sobre las fases del duelo. Me obsesioné tanto que hasta la directora del centro tuvo una reunión con mis padres para sugerirles que tal vez debían llevarme a un psicólogo porque no acababa de superar la muerte de algún familiar y empezaba a asustar a todos los alumnos y a algún profesor. «Pero si no se ha muerto nadie de la familia», dijo mi padre. Y entonces yo grité: «¿Cómo que no? ¿Cougar no era de la familia?». Y ahí yo repetí todas las fases del duelo en unas cuantas frases. De una manera metódica y puede que preocupante. Mi madre decidió quitarme el libro, y yo, que me había leído *Fahrenheit 451*, la acusé de querer acabar con la cultura, y le aseguré que no iba a permitir que lo quemara. «Solo lo voy a tirar a la basura, ¿por qué iba a querer quemarlo, para que salgamos todos ardiendo?».

Después de pasar de nuevo por las cinco fases, pero esta vez de manera desordenada, volví a leer la crítica por quinta vez. Ya casi me la sabía de memoria. David intentó quitarme el portátil pero yo defendí mi posesión como una leona a sus cachorros.

—¡Ni se te ocurra quitarme el ordenador de las manos! ¡Ni se te ocurra, que muerdo! ¡Y tengo la rabia! ¡La he autogenerado en menos de media hora!

Con los gritos, todos los invitados a la cena se habían ido asomando a la habitación y acabaron leyendo la crítica por encima del hombro. Yo noté su presencia y me di la vuelta.

—¿Os lo podéis creer?

—Ni caso, hija, ¿qué importa una crítica cuando tienes un contrato a las puertas?

—Eso, que le den a la crítica cuando una tiene éxito empresarial, eso es lo que importa, ¿no? —dijo Inma—. Si vieras lo que cuelgan de mi clínica de depilación en el TripAdvisor... Pero luego da igual si la clínica se llena.

—Claro, a la mierda los críticos —aseguró Aarón.

Y yo ahí caí en la cuenta. ¿Y si esta crítica condicionaba a los de la marca que me querían contratar? ¿Y si esto los frenaba?

—Pero ¿qué dices, tonta? ¿Cómo se van a dejar influir por la opinión de una matada en un blog? —dijo Inma.

Yo miré a David. Miré a Chusa. Miré a mi hermana. Los tres conocían la influencia de Carlota en el mundo de la moda. Con su blog había hundido colecciones, incluso a algún diseñador. Y sus caras reflejaban la gravedad del asunto. No engañaban a nadie.

—Esto es el fin, ¿verdad?

—Que no, tonta. No me seas dramas —dijo David.

—Para nada —dijo Chusa.

—Ni caso —concluyó mi hermana.

—Va a ser mejor que llame a los de la marca y salga de dudas.

—¡De eso nada! —gritó David—. Aquí nadie va a poner la venda antes que la herida.

—Eso, si seguro que ni lo leen —dijo Chusa—. No pierden el tiempo con menudencias.

Yo miré a mi padre. Creo que vio en mí la pura imagen del fracaso. Así que intentó animarme.

—Ya verás como no les importa. Ellos adoraron tus diseños, ¿a que sí? No van a cambiar de opinión por culpa de esta desgraciada. ¿Qué imagen darían si se dejaran manipular por lo que dice una cualquiera?

—Eso es verdad —dije yo intentándome agarrar a un clavo ardiendo.

Y en ese momento, llegó un email a mi bandeja de entrada...

Vi que era de Pablo Almagro, el ejecutivo, y tenía como asunto: CAMBIO DE PLANES. Un escalofrío recorrió todo mi cuerpo, y como el avestruz que esconde su cabeza para no enfrentarse a un peligro, decidí no leerlo. Porque no estaba dispuesta a que nada me aguara la fiesta, ni mi celebración. A la mierda la crítica y a la mierda el email de Pablo. Si eran malas noticias, y tenía toda la pinta, ya me enfrentaría mañana a ellas. Yo era una mujer fuerte y no iba a dejar que una crítica me derrotara. Y por mucho que esta señora me llamara fracasada, yo no me consideraba como tal.

Cerré el ordenador. Y como si no pasara nada, sonreí a todo el mundo.

—Vamos a tomarnos algo por ahí, que le den a Carlota Hamilton.

—¿Y ese mail? —me preguntó David.

—Las cosas de trabajo, en horario de trabajo. Ahora nos vamos de juerga. A demostrarle al mundo que una crítica no nos hunde.

Y todos celebraron mi arrojo y mi decisión, no sabían que yo por dentro me estaba rompiendo en pedacitos.

14

Tengo que hablar con Roberto

El sol de otoño que entraba por la ventana me despertó. Abrí el ojo derecho a duras penas y lo primero que vi fue el ordenador portátil, que estaba abierto, a mi lado. Había dormido abrazada a él. El correo de Pablo Almagro ocupaba toda la página. Lo había leído a las cuatro de la madrugada, tan pronto habíamos llegado a casa después de la celebración, que había consistido en un recorrido por todos los bares de Malasaña: La Vía Láctea, La Vaca Austera, La Prudencia, Marta Cariño, La Realidad... Eric había ido anotando en la agenda de su móvil el nombre de cada uno de ellos. Estaba fascinado. «*So talented, so imaginative*». Y en cada uno nos tomamos una copa o una cerveza, para celebrar mi victoria, y también por tener el arrojo de ignorar la crítica, y por lo ingeniosos que eran los nombres de los bares, algo que tenía a Eric encandilado.

En la planta baja con forma de cueva del Marta Cariño, Aarón cogió una guitarra y nos deleitó con dos canciones. Aplaudimos a rabiar, y hasta mi padre salió a hacer los coros con Lu y Eric. Yo sentí que Aarón estaba cantando solo para mí. Hacía años me había prometido una canción. ¿Sería esta? Tenía que serlo.

Me niego a quererte.
Me escapo de ti.
Pero la gravedad con su ley
me hace volver a caer.
Y ahí estás,
tan cerca otra vez
que tengo que huir.

Ay... Tuve que beberme la copa de dos tragos para serenarme. Y luego tuve que pedirme otra. Y con esa nueva copa llegué a la única conclusión posible: esa era mi canción. Claro que sí.

Aarón y yo coincidimos luego en la zona de los baños. Él salía y yo entraba.

—¿Te gustó la última canción?

—¿Es nueva?

—Aún está sin acabar.

—Suena bien —balbuceé.

—Es muy básica, la tengo que pulir. Pero siento que voy por el buen camino.

Él sonrió y yo sonreí.

No quería que se notaran las ganas que tenía de besarlo. Y tampoco sabía si quería preguntarle si aquella era mi canción. Además ya sabía la respuesta. ¿Para qué preguntar obviedades?

—¿Cómo estás?

Y yo solo fui capaz de musitar un «Bueno...».

—Mira —me dijo, y de la cartera sacó un papel de periódico doblado en cuatro partes.

—¿Qué es? —le pregunté.

—La peor crítica que me han hecho en mi vida.

—¿Y la llevas en la cartera?

—Un día leí que Almudena Grandes tenía enmarcada en su casa la peor crítica que le hicieron por *Las edades de Lulú*. Era realmente mezquina, a la altura de la tuya y de esta mía.

—Yo ni voy a enmarcar la mía ni me la voy a meter en la cartera.

Leí la crítica. Lo ponía a caer de un burro.

—Es muy injusta.

—Como la tuya. Y aquí sigo, dando guerra.

—Gracias.

Realmente sus palabras me curaron. Ya su canción me había ayudado a sobrellevar la noche amarga, pero el hecho de que me enseñara la crítica para animarme me hizo quererlo con locura. Era tan considerado y sabía qué teclas tocar para hacerme sentir bien... ¿Qué más se le podía pedir a la persona que amas?

—Si puedo hacer algo por animarte... —dijo.

—Sí puedes —le dije, echándole la mirada más insinuante y guarra que imaginé. Y recité, sin música, porque yo no sé cantar, los versos de su canción:

Me niego a quererte.
Me escapo de ti.
Pero la gravedad con su ley
me hace volver a caer.
Y ahí estás,
tan cerca otra vez
que tengo que huir.

Abrí la puerta del servicio de chicas y con un gesto lo invité a entrar. Él dudó. Yo entré y dejé la puerta abierta. Le esperé. Primero excitada, luego divertida, después un tanto preocupada, más tarde desconcertada y, por último, abatida. Fueron los quince segundos más intensos y, finalmente, más humillantes de mi vida.

Porque Aarón no entró.

Me quise morir allí mismo. Le había malinterpretado totalmente. Yo creía que su acercamiento, el hecho de consolarme, se debía a que sentía lo mismo que yo, y él solo intentaba ser amable con la hermana de su futura esposa. Y aquella, evidentemente, no era mi canción. Nunca lo había sido y nunca lo sería. Y de aquella promesa de que me haría una canción solo me acordaba yo.

Y además de patética me acababa de convertir en la peor persona del mundo. Me había creído tanto el papel de mujer generosa, que no se mete en la vida de los demás, que jamás le sería infiel a su novio y que respeta al prometido de su hermana por encima de todas las cosas, a pesar de que hubiera sido su amor anhelado de instituto, que nunca me había imaginado reaccionando así. Y de repente, por culpa de unas palabras amables, una canción que no era para mí, un novio a la fuga a China, una mala crítica y cuatro copas me convertía en el ser más mezquino y egoísta. Y también en el más humillado. Pero ¿cómo podía haber caído tan bajo? Y, sobre todo, ¿cómo había sido tan ilusa para malinterpretar a Aarón de esa manera? Qué bochorno. Pero yo solita me lo había buscado. Me lo merecía.

El resto de la noche solo fue a peor. Porque yo me pasé dos horas bebiendo y disimulando que todo estaba bien, cuando nada podía estar peor. Aarón y Lu se retiraron, y después lo hicieron mi padre, David y Chusa. Solo quedábamos Inma, Eric y yo. Inma, harta de echarle la caña a Eric y que este le enviara mensajes confusos, según ella —clarísimos para mí; vamos, que no quería nada—, decidió darle una última oportunidad. El vikingo era entusiasta y educado, pero como ya le había dicho yo al principio de la noche a Inma, no le habían impresionado para nada sus tetas, así que tampoco pilló la última oportunidad que le estaba dando Inma, por lo que ella decidió marcharse y nos dejó a Eric y a mí.

Recuerdo vagamente caerme de mis tacones y de encima de una mesa, ¿qué hacía subida allí? Y lo siguiente que tengo en mi memoria es la imagen de estar subida a caballito de Eric, entrando en casa y dejándome sobre la cama.

—Eres un *gentleman*, vikingo. Puedes propasarte conmigo, me puedo poner una almohada en la cara si quieres...

—Mañana *take an* avión. *I need to sleep. Goodnight, Sara.*

Eric salió de la habitación. Si mañana cogía un avión a París, eso significaba que Roberto también se iría, porque había reservado la ida y la vuelta en el mismo vuelo. Y yo sin hablar con él. Pero con lo borracha que estaba tampoco le di demasiada importancia. Roberto en esos momentos era insignificante. Como casi todo. Me desnudé a duras penas y mientras lo hacía vi mi portátil. Me había prometido no mirar el email de Pablo Almagro hasta el día siguiente, pero no pude evitar abrirlo en ese momento. Lo bueno es que con la borrachera apenas podía leer, y puede que me quedara dormida antes de terminar la tercera frase. O eso creía. El caso es que tuve pesadillas horribles: yo cayendo por un desfiladero al igual que mis plumas, yo chocando de frente con un camión de gallinas, yo desnuda sobre un escenario apenas cubierta por una pluma de pavo real... Así que puede que en mi borrachera sí hubiera conseguido llegar hasta el final del email.

Ya con los dos ojos abiertos, con un ligero dolor de cabeza, bastante bien estaba para todo lo que había bebido, me enfrenté, sobria y resacosa, al email. Y aunque su tono no tenía nada que ver con el enfurecido y despiadado de la crítica de Carlota Hamilton, el contenido me dolió mucho más. Porque con educación y buenas palabras venía a decirme que a pesar de mi talento, de lo mucho que le habían gustado las piezas, finalmente habían decidido posponer la idea de colaborar conmigo para la colección otoño-invierno 2015. Pablo Almagro seguía creyendo en mi talento, pero no había conseguido acabar de convencer a los otros socios, que ahora pensaban que las plumas ya no estaban de tendencia. Ahí me di cuenta de que habían leído la crítica de la Hamilton, y que eso les había hecho decidirse.

Mierda, mierda, mierda. Y, como un fogonazo, también recordé el momento humillante con Aarón. Cómo me había insinuado y había abierto la puerta para que entrara conmigo, y cómo me había rechazado. Dios, no se podía caer más bajo. Acababa de perder la única oportunidad laboral que me habría sacado de la quiebra y me había rechazado el novio de mi hermana. Lástima no tener unos buenos ansiolíticos para engullírmelos y que me ingresaran en un psiquiátrico. Y descansar de mí misma una buena temporada.

Llamé a Roberto y siguió sin cogerme el teléfono. ¿De verdad se iba a volver a París sin despedirse de mí? Y en dos semanas desaparecería de mi vida durante cinco años. ¿De verdad iba a ser tan cobarde de no dar la cara? No me lo podía creer.

Salí de mi habitación.

Entré en el baño. En la ducha estaban Aarón y Lu follando.

Salí del baño dando un portazo. Cómo dolía toparme en mis narices con la vida que yo quería tener y sin embargo era mi hermana quien la disfrutaba. Yo anhelaba el éxito y era mi hermana quien sin apenas despeinarse triunfaba en las pasarelas. Yo había deseado como nunca y durante años a Aarón y era ella quien se lo follaba en el baño. Si es doloroso sentir que tu vida deseada se te escapa, lo es todavía más si te das cuenta de que es otra, y además tu hermana, la que la obtiene sin ningún tipo de esfuerzo.

Pero ya estaba bien de sufrir tontamente. Fin de la historia. Hora de tomar una decisión. Y eso fue lo que hice. Muchas veces las mayores decisiones de una vida se van fraguando durante años, meses o, en mi caso, semanas, y se toman en un segundo, en un impulso.

Conecté la impresora al ordenador e imprimí el email de Pablo Almagro.

Pegué la hoja en la puerta de la habitación donde dormía mi padre. Y le puse una nota: «Haz con la tienda y el taller lo que quieras. Es tuyo».

Entré en la habitación-despensa de Eric. Él estaba acabando de hacer la maleta.

—Te llevo a Barajas. Tengo que hablar con Roberto.

Llegamos a la T4 tres horas antes de que saliera el vuelo. Eric se había confundido con la hora. Roberto, claro, aún no estaba allí. Media hora después Roberto me llamó por teléfono.

—Sara, ¿dónde estás?

—En el aeropuerto, ¿y tú?

—¿Qué haces en el aeropuerto?

—¿Qué crees que hago? Quería hablar contigo antes de que te marcharas. ¿Tú dónde estás?

—En tu casa.

—¿En mi casa?

—¿Pensabas que me iba a ir sin despedirme?

—Yo ya no sé muy bien qué pensar, Roberto.

—Espérame ahí, ¿vale?

Y lo esperé, claro. Llegó tres cuartos de hora después. Eric y yo estábamos sentados en una mesa de la cafetería, sin saber ya muy bien de qué hablar. Y no es que Eric no tuviera conversación, pero cuando uno espera, ya sea en la sala de un hospital, en una estación de tren o en un aeropuerto, parece como si las palabras y las conversaciones se escondieran, tímidas y sobrecogidas. Como si el hecho de esperar lo ocupara todo y no diera opción a nada más.

Por fin vi llegar a Roberto con su maleta. Miré a Eric.

—¿Te importa que te deje solo un rato?

—*Go, go* —me dijo con un gesto para que fuera con él.

Yo durante esos tres cuartos de hora de espera había meditado muy bien mis palabras. Y se las solté tan pronto lo tuve a tres centímetros de distancia.

—Roberto, antes de que digas nada, te voy a decir cómo lo veo. Ahora mismo solo tienes dos opciones conmigo: o me dejas aquí mismo, en esta terminal 4 tan pomposa, tan majestuosa, tan colorida a lo arcoíris y tan horrible para dejar a alguien, o me pides que me vaya contigo a China.

Roberto me miró como si hubiera perdido el juicio.

—¿Te vendrías conmigo a China?

—Para saberlo tendrás que pedírmelo.

—Pero Sara, yo no puedo pretender que cambies tu vida por mí.

—Pídemelo.

Roberto no se decidía, me miraba como si estuviera intentando resolver un enigma del que no encontraba ni la pregunta ni la respuesta.

—Y si no quieres que vaya, rompe conmigo.

—Yo no quiero romper contigo.

—Entonces pídemelo. Pídeme que me vaya contigo al fin del mundo.

—¿Qué ha cambiado de hace dos días a ahora?

—¿No me lo vas a pedir?

—Sara, ¿tú sabes lo duro que puede ser aquello? Yo voy a estar trabajando y tú vas a estar sola la mitad del día...

—Yo puedo explorar la ciudad, el país, aprender chino, intentar ir a la universidad, o yo qué sé. Algo se me ocurrirá. Esto es según te lo tomes: puede ser una maldición o una gran oportunidad. Y no a todo el mundo se le presenta la ocasión de vivir inmerso en otra cultura durante cinco años, ¿no? Y digo yo que habrá cosas peores.

—Supongo.

—Pero si te lo estás pensando tanto es que no me quieres allí.

—No es eso, de verdad que no es eso. Pero me parece todo tan apresurado, tan repentino.

—Pídemelo.

Roberto suspiró, me miró y de repente me pidió que me sentara en su maleta. Yo le obedecí. Una vez sentada, él me cogió la mano.

—Sara, ¿te quieres venir conmigo a China?

—Así me lo tenías que haber pedido hace tres días —le contesté.

Y él me miró desconcertado, pensando quizás que le estaba tomando el pelo, o que solo quería demostrar con tanta insistencia, al obligarle que me lo pidiera, que yo tenía razón y que él era un imbécil.

—Si te lo hubiera pedido hace tres días, me habrías dicho que no —respondió.

—Pues ahora te digo que sí. Que me voy contigo a China.

—¿De verdad?

—De la buena.

—Estás loca.

Le sonreí y le di un beso.

—Y ahora factura las maletas, que no llegas.

15

Viaje a China

Reuní a mi madre, a mi padre y a mi hermana para contarles la noticia. Mi madre no quería quedar conmigo. Bueno, sobre todo no quería quedar con mi padre y con mi hermana, pero yo insistí. Le aseguré que no era estrategia para juntarla con mi padre.

—¿De verdad? Yo ya no sé si creerte.

—Papá va a estar, pero a mí me da igual si no os dirigís la palabra.

—¿Y no nos lo puedes decir a cada uno por separado?

—No, hay cosas que no se pueden contar dos veces.

—¿Nos vas a hacer abuelos? ¿Es eso? Justo ahora que estamos haciendo los trámites para el divorcio. Qué oportuna, hija.

—Que no, mamá, que no estoy embarazada.

—Uy, qué alivio. No tengo edad para ser abuela. Y menos cuando estoy empezando una nueva etapa en mi vida.

—¿Vas a venir o no?

—Prométeme que vas a controlar a tu padre y que no va a montar ningún numerito. Está de un sensible que da pena verlo.

—Mamá, a papá tampoco le puedo poner un bozal.

—Qué cosas tienes, tu padre con un bozal... Aunque a lo mejor tampoco sería tan mala idea que le dieras una pastillita para que viniera relajado.

—Mamá, no. Te vienes, escuchas lo que tengo que decir y si tanto temes a papá, tan pronto acabe de hablar, te levantas y te vas. Pero ven.

—Vale, vale... Oye, me pasó Ismael la crítica de esa chica, una tal Carla o...

—Carlota Hamilton.

—Está indignado, dice que hay que ser muy obtusa para no darse cuenta de que las plumas de flamenco eran reales. Aunque yo le digo que tiene que estar aliviado, que así nadie tirará del hilo ni descubrirá que se saltó la ley para darte las plumas.

—Saltarse la ley... Mira que te gusta exagerar...

—Se la saltó, se la saltó, y por ti, pero solo porque eres mi hija y me adora.

—Mamá, prométeme que no vas a hablar de Ismael delante de papá.

—Si tú le haces prometer a tu padre que se va a comportar.

—Que sí.

Convencer a mi hermana y a mi padre tampoco fue fácil. Mi hermana aún seguía enfadada con ella. Y mi padre no sabía si quería verla o no. Cambiaba de opinión a cada rato. Ahora sí, ahora no. A ver qué me va a decir, yo no sé qué le responderé, ¿y si no me dirige la palabra?

—Porque tu madre me amenazó con que el divorcio lo llevaran nuestros abogados si no aprendía a comportarme. Dijo «nuestros abogados», como si alguna vez hubiéramos tenido un abogado. Tu madre está rarísima.

—Qué *heavy* es mamá —dijo Lu.

—Mirad, papá, Lu, haced lo que queráis. Yo si eso os dejo una nota en un *post-it* y listo.

—Has roto con Roberto, ¿verdad? —preguntó mi padre—. Si se veía venir, se veía venir.

—¿Ah, sí? ¿Por qué dices eso? —pregunté.

—Porque se va a China —respondió Lu como si fuera la cosa más obvia del mundo.

—Cuando estemos todos juntos, lo cuento —atajé, antes de que siguieran hablando.

—¿Llevo a Aarón?

—No es necesario, Lu. Ya si eso luego le cuentas lo que quieras.

—Pues ya forma parte de la familia, ¿verdad, papá?

—¡Que con él no tengo nada de que hablar! —grité.

—Vale, vale, qué carácter...

Por fin conseguí sentar a una mesa de El Cocinillas, un restaurante en la calle San Joaquín que le encantaba a mi padre, y del que mi madre alababa siempre su arroz caldoso, a toda la familia.

Mi padre y mi madre se sentaron en extremos opuestos.

—Si esto es para anunciarnos que no haces el vestido de Lu, cuentas con mi apoyo —dijo mi madre.

—¿Para eso nos has reunido? —preguntó mi padre con cierta perplejidad.

—No. He tomado una decisión. Y ya está tomada, no es que os esté pidiendo permiso, solo os informo, ¿vale?

—Va a ser que sí se ha enamorado de una chica —aventuró mi padre.

—¿De una chica? ¿Sara? —preguntó mi madre.

—¡Que no! Roberto me ha pedido que me vaya con él a China, y he dicho que sí.

—¿A China? ¿De vacaciones? ¿Pero estás tú ahora para gastarte ese dineral? —preguntó mi madre.

—No, me voy a vivir con él. Cinco años.

Mis padres se miraron, no sabían muy bien qué decir.

—Arturo, ¿tú no tendrás nada que ver? —le preguntó mi madre.

—¿Yo? ¿Por qué?

—Porque llevas una semana en su casa y la niña prefiere irse a China antes que seguir aguantándote. Y yo que te he aguantado treinta años... Soy una santa.

—No digas disparates, Berta, que aún no llevas ni un Martini.

—Es que ya no bebo.

—¿Desde cuándo?

—Mejor no te contesto, que le he prometido a mi hija no sacar el tema.

—¿Qué tema? —preguntó mi padre.

—Mamá —protesté—, no empieces.

—Yo, muda, hija mía. Sorda, muda y ciega, como la canción de Shakira.

—¿El bigotudo te ha prohibido beber? —intuyó mi padre.

—¿A quién llamas bigotudo? Y a mí nadie me prohíbe nada, y menos él, que me trata con todo el amor del mundo y me idolatra.

—Te idolatra... Dentro de treinta años hablamos.

—Es que no quiero estar con él treinta años.

—Qué suerte ha tenido —ironizó mi padre.

—Él me valora. De arriba abajo y de dentro afuera. Incluso valora mi flujo vaginal.

Lu se atragantó al escuchar semejante barbaridad de labios de mi madre. Y me miró.

—¿Ha dicho lo que creo que ha dicho?

Yo fui incapaz de reaccionar.

—Sí, hija, sí, vuestra madre aún tiene flujo vaginal. Y a Ismael le encanta. La calidad y la cantidad.

—Lo que me faltaba por escuchar —dijo mi padre—. De verdad, Berta, has perdido el juicio.

—Soy una mujer con necesidades que por primera vez en mucho tiempo se siente valorada.

—Por su flujo —dijo mi padre con mala leche.

—Sí, me objetualiza sexualmente. ¿Y qué? ¿Tú sabes lo halagador que es a cierta edad?

—Así que querías que te trataran como un objeto... ¿Eso es lo que ha fallado en nuestro matrimonio, que yo te trato como una persona?

—Su mujer es frígida, y conmigo ha descubierto el paraíso. Entre mis piernas. Un vergel —dijo mi madre.

—¡Demasiada información! —gritó Lu.

—¿Su mujer? ¿Está casado? —preguntó mi padre.

—No me puedo creer que estemos teniendo esta conversación. Yo os digo que me voy a China y tú te pones a hablar de tu flujo vaginal. Me habíais prometido comportaros.

—Es que tu madre tiene cada cosa...

—Si aquí la única mala de la película soy yo, claro —respondió mi madre haciéndose la víctima de esa manera que solo una madre sabe hacerlo.

—Pues sí, Berta, eres la mala de la película. No quieras ser la infiel y dar pena. Apechuga con lo que te toca.

—Si pena ya das tú solito.

—¡Lo queréis dejar! —grité—. ¿Cómo no me voy a ir a China si no hay quien os aguante?

—Ahora será nuestra culpa que te dé esa ventolera —dijo mi madre.

—No, claro que no. Pero es que me sacáis de quicio.

—¿Y cuándo te vas? —preguntó mi hermana, supongo que para cambiar de tema y no volver a oír a mi madre hablar de vergeles en su vagina.

—Roberto se va en dos semanas, ya estoy mirando billetes para ver si puedo ir en el mismo vuelo.

—¿En dos semanas? ¿Y mi boda?

—Tu boda es dentro de mes y medio, Lu. Voy, buscamos piso entre los dos, y vuelvo para la boda.

—Será que están regalados los vuelos a China... —dijo mi padre.

—Papá, la otra opción es perderme la boda de Lu.

—De eso nada —gritó ella—. Si es necesario te pago yo el billete.

Me sentí mal por Lu, porque en mis planes no estaba volver para su boda. Porque lo que menos me apetecía era presenciar cómo se casaba con Aarón. Una vez en China, y cuando se fuera acercando la fecha, me inventaría cualquier excusa para no ir. Mi hermana tendría que entenderlo y si no lo hacía tenía cinco años por delante para perdonarme.

—¿Y en dos semanas te da tiempo confeccionarme el vestido?

—Tu hermana no te va a hacer el vestido, Lu —sentenció mi madre—. Díselo, Sara.

—¿Cómo que no?

—Mamá quiere regalarte ella el vestido. Puedes elegir el diseñador que quieras.

Mi madre me miró con cara de susto. Eso jamás lo había hablado con ella. Lu no se lo podía creer.

—¿El diseñador que quiera?

—A ver... tampoco te vuelvas loca —dijo mi madre.

—¿Pertegaz? ¿Caprile?

—Cariño, te casas con un músico, no con el príncipe.

—Seguro que llegáis a un acuerdo —dije.

Lu entonces reaccionó y me miró.

—Pero yo quería que me lo hicieras tú.

—Lu, mamá te va a regalar el vestido. ¿Qué significa eso? Piensa. Que acepta tu boda. Y que va a estar allí. ¿De verdad quieres sacrificar eso por cuatro plumas mal puestas?

Mi hermana se calló.

—Pues hala, solucionado —dije yo.

Durante esas dos semanas yo me dediqué a poner punto y final a mi taller y a la tienda. Intenté vender el poco *stock* que tenía, incluido el del desfile, y conseguí hacerlo entre familiares y amigos. Todos se volcaron, tal vez porque, aunque les parecía un disparate mi emigración a China, admiraban mi arrojo y valentía. Y ahí me di cuenta de que cuando una da un paso valiente, a la vida, el destino o la suerte le da por seguirte la corriente y te facilita las cosas. Mi madre obligó literalmente a sus amigas a que me compraran todos los tocados, mi hermana se llevó todos los *earcuffs*, dijo que si no podía llevar un vestido de novia confeccionado por mí, al menos quería llevar una prenda que sí hubiera diseñado. Chusa y David también se empeñaron en comprarme varias piezas, y mi padre decidió hacer todas las compras de Navidad de la empresa: pajaritas, relojes, corbatas, bolsos, y eso que aún quedaban un par de meses para la llegada de Papá Noel. En otro momento de mi vida me habría negado a que mis allegados compraran como obra de caridad mis diseños, pero ahora mismo no estaba como para ponerme digna. Necesitaba liquidar cuantas más cosas mejor, para reunir dinero suficiente para el billete y tener un fondo que gastar en China. ¿Qué moneda había en China? Siendo un país comunista que limitaba, entre otras cosas, el número de niños que cada familia podía tener, también limitaría las compras. ¿Una podía llegar a un supermercado y comprarse cinco cajas de cereales, o era delito? ¿Había supermercados? ¿Y cajas de cereales? Y yo ¿cómo podía ser tan inculta con respecto a la cultura china si era una mujer con una carrera terminada? Avergonzada de mi incultura, me dediqué esas dos semanas, además de a vender el *stock* de la tienda, a recopilar toda la información posible sobre China. Su moneda, el yuan, y un euro equivalía a ocho yuanes (¿el plural de yuan es yuanes?); había supermercados y nadie me prohibiría comprar todos los cereales que quisiera, si los encontraba, claro.

La población de Hong Kong es de unos siete millones de habitantes, y el clima, cosa que me sorprendió, porque tampoco tenía ni idea, era bastante bueno, con temperaturas en invierno entre 18 y 23 grados, y lluvias torrenciales los meses de verano. Eso sí, entre Hong Kong, Shanghái y Pekín —también me enteré de que Beijing y Pekín era la misma ciudad, para bochorno y vergüenza de mi padre, que me lo tuvo que explicar—, las tres enormes ciudades del litoral chino, los cambios de temperatura eran brutales. Básicamente porque una estaba al norte del país, otra en el centro y Hong Kong en el sur.

Así que en la maleta tenía que meter toda mi ropa de verano, ningún abrigo, pero sí gabardinas y chubasqueros, por si las moscas, y alguna prenda de entretiempo. ¿Cuántas maletas podía facturar? Tampoco había límite, pero no quería gastarme una fortuna en cada kilo de más de los veinte que incluía el billete, así que intenté ser racional.

Hice varios ensayos generales sobre cómo llenar la maleta. Y a cada nuevo ensayo el pánico se apoderaba de mí. ¿Realmente estaba convencida de irme a China? ¿De verdad estaba dispuesta a aguantar ahí cinco años? Cuando me invadía el pánico pensaba que me podría volver en el momento que quisiera, que nadie me iba a atar allí, que no iba a una cárcel, ni a un concurso salvaje que se penalizara con mi vida si no llegaba a cumplir los cinco años. Y eso mismo me repetía David.

—Sara, puedes volverte cuando quieras: si te agobia comer todos los días arroz o si te hartas de ver a chinos, que para encontrar a uno guapo hay que sudar. Eso sí, valoran mucho el tamaño del miembro occidental. Dos amigos, de polla estándar tirando a pequeña, allí se hicieron los reyes del mambo.

—Esa información no me sirve de mucho.

—Ya, también es verdad. Yo solo digo que a mí me agobiaría estar todo el día rodeado de gente que no me pone.

—Yo tengo a Roberto.

—Sí, te va a tocar serle fiel sí o sí. ¿O a ti el mundo chino te pone?

—Nunca me lo había planteado, David.

—A mí, cero. Me ponen más sus dibujos mangas que ellos.

— El manga es japonés, David.

—¿En serio?

—En serio. Que me he informado.

—La de cosas que se aprenden viajando.

Así que entre oleadas de pánico, un intensivo de cultura china vía internet y cuatro guías que me compré, la solicitud de visado, los ensayos de maleta y la venta de *stock* fueron pasando los días. Y aunque para viajar a Hong Kong no necesitaba vacunarme, yo me empeñé en hacerlo. Así que tuve que convencer a los médicos de que me iba a una región del interior de China en misión humanitaria para que me vacunaran de malaria, de cólera, de fiebre tifoidea, rabia, hepatitis A y B y tétanos. Mi cuerpo durante varios días reaccionó de manera extraña o a lo mejor lógica, ante tanto patógeno externo, y pasé un par de días con mareos, vómitos, urticarias y dolores inguinales. Según Roberto, todo eso era más fruto de la aprensión —vamos, que me lo estaba inventando— que del efecto secundario real de las vacunas. Y yo me empeñaba en llevarle la contraria, porque le aseguraba que ni era aprensiva, ni hipocondríaca, ni nada de nada.

—Si no fueras aprensiva, no te habrías vacunado de todas esas enfermedades. Hong Kong es una ciudad moderna.

—¿Y si queremos viajar por el interior, por la China rural, o nos queremos hacer la ruta de la seda?

—Yo me voy a pasar el día trabajando.

—¿Los fines de semana también?

—¿Crees que nos va a dar tiempo en un fin de semana de hacer la ruta de la seda?

—Hombre, pero alguna escapadita...

Yo todos los días hablaba por Skype con Roberto y además de conversaciones delirantes sobre mi empeño en la sobrevacunación, ambos nos animábamos y hacíamos planes para la vida en China. Yo le llamaba Marco y él me llamaba Polo. Entre los dos conquistaríamos la Tierra Media. Yo, aunque nunca había sido una fanática de *El señor de los anillos*, recordaba vagamente el mapa que venía en el prólogo del libro y tenía la sensación de que China se parecía a la Tierra Media. A Roberto le había hecho gracia la idea.

—¿Y nosotros somos los hobbits que custodian el anillo?

—Digo yo que los hobbits serán los chinos, que son más bajitos, ¿no? —argumentaba yo.

—Pero no tienen pelos en los pies.

—No tienen pelos en ningún lado.

—En la cabeza.

—Sí, claro, en la cabeza sí. ¿Hay calvos en China?

—Sí, Sara, claro que hay calvos.

—Es que no recuerdo a ningún chino calvo.

—Tampoco conoces a tantos.

—A Lola y a Paco, de la tienda de los chinos.

—¿Se llaman Lola y Paco?

—Es que dicen que sus nombres chinos son impronunciables por nosotros. Entre ellos ya se llaman Lola y Paco. Oye, ¿y vamos a aprender mandarín o cantonés?

—Dudo que consigamos aprender chino.

—¿Cómo que no? Yo pienso aprender los dos, si es necesario. Tengo cinco años para hacerlo —aseguraba.

Durante esas dos semanas Lu trajo a mi madre por la calle de la amargura, ya que la obligó a recorrerse todas las tiendas de vestidos de novia de Madrid. Ninguno le gustaba, o eran demasiado horteras, o demasiado pomposos, o demasiado antiguos, o demasiado previsibles...

—Previsibles. A tu hermana le parecen previsibles. Pues claro que un vestido de novia es previsible, es para casarse con él. ¿Acaso quiere ir de astronauta para despistar?

—Mamá, de astronauta no, pero ¿por qué se supone que a las novias nos tienen que gustar las flores y la pedrería y los volantes?

—Te has probado más de veinte vestidos que no tenían ni flores, ni volantes, ni pedrería, Lu.

—Y eran sosísimos.

—Me vas a volver loca.

—No haberte empeñado en regalarme el vestido.

—Es que pensé que sería divertido acompañar a mi hija a elegir su traje de novia. Y se ha convertido en una pesadilla. Si hasta sueño con tules y gasas que me envuelven y me devoran.

—Vamos a tener que ir a algún diseñador para que me confeccione uno.

—No me voy a gastar cinco mil euros en tu vestido, Lu.

—Es el día más importante de mi vida.

—No me voy a gastar cinco mil euros en un vestido para que luego acabe mojado en el pantano de San Juan. Hija, ¿de verdad no te quieres casar en una iglesia o en un ayuntamiento bonito? El frío que vamos a pasar en pleno invierno al aire libre.

—Mamá, tú limítate al vestido. Y si no que se encargue Sara.

—¡Ella ya tiene bastante con la maleta a China!

Como Lu y mi madre, a pesar de las peleas por el vestido, se habían reconciliado, y como mi padre, ahora que yo me iba, quería empezar cuanto antes con las obras en el edificio, Lu, a mitad de semana decidió trasladarse a la casa de Aravaca. Y yo lo agradecí porque así ya no tendría que encontrarme a Aarón en cada esquina de la casa, vestido o sin vestir, con guitarra o sin ella.

El día que mi hermana se mudó, Aarón la acompañaba, y mientras Lu comprobaba por enésima vez si se había dejado algo en la habitación, Aarón me abordó.

—¿Estás segura con lo de China?

—Totalmente.

—Espero que no tuviera nada que ver con... —Aarón se calló.

Y yo por alguna extraña razón decidí ponérselo difícil.

—¿Con qué?

—Bueno, ya sabes... Con...

—Tranquilo, Aarón, el mundo no gira a tu alrededor.

—No, no, ya lo sé —respondió, apurado—. Me refiero a que como esos días pasaron tantas cosas: tu desfile, la crítica, la noche en el pub...

—Me voy a China porque Roberto me lo ha pedido. Y porque aquí no tengo ni presente ni futuro. Nada más. ¿Te quedas más tranquilo?

—Bueno, habría preferido otra respuesta. Tipo: me voy a China porque me apetece.

—Eso también, claro.

—Vale.

—En serio.

—Te creo.

—Me da igual si me crees o no.

—De acuerdo.

Y ahí mi hermana pegó un grito solicitando la ayuda de Aarón porque no encontraba el cargador del iPhone y eso era una tragedia de tamaño colosal y no se podría ir de mi casa hasta que apareciera.

—¡Ya voy! —gritó Aarón. Y me miró—. Yo, antes de que te fueras, quería decirte...

—¿Qué?

Parecía incómodo y le costaba arrancar.

—Que... a ver... no me malinterpretes. Te lo digo porque realmente lo pienso y porque me encantaría, y porque... de verdad que creo que...

—¡Aarón! —volvió a gritar Lu.

—¡Ya voy!

Yo estaba deseando que dijera de una vez lo que tenía que decirme.

—He compuesto un par de canciones y...

—¿Y?

—Y me gustan. Y al productor le encantan. Y hemos pensado en rodar un videoclip molón. Muy molón. Ya sabes que ahora nadie espera a tener diez canciones para hacer un álbum. Si tienes un par de temas que te gustan, los grabas, haces un videoclip y lo lanzas.

—Qué bien. ¿Eso era lo que querías decirme?

—No. O sea, sí. Que cuando dices que aquí no tienes ni presente ni futuro... Que no es verdad, porque a mí me encantaría que tú te encargaras del vestuario del videoclip, porque tengo una idea alucinante, que al productor y al director del vídeo, un cineasta joven que arrasó en los Goya hace un par de años, les ha encantado, pero para eso te necesitaría a ti en el vestuario. Para que hicieras algo como lo que hiciste en el desfile, y aquella vez en el instituto.

—¿Tú quieres fracasar con el videoclip o qué? ¿Tan poco valoras tu carrera?

—La valoro mucho. Y tú eres muy buena, Sara.

Medité mi respuesta antes de contestar. Quería sonar amable pero contundente. Porque no iba a dejarme enredar nunca más.

—Eres un cielo, Aarón. En serio te lo digo. Pero no. Ya bastante habéis colaborado todos comprándome las piezas de la tienda. Ya no necesitáis hacer más obras de caridad. Que tampoco soy un caso de beneficencia.

—De verdad que la idea que tengo para el vídeo solo la podría llevar a cabo si tú te encargas.

—Me voy en tres días a China, Aarón. Gracias, pero no.

—¿Ni aunque te lo pida como favor personal? Solo tendrías que retrasar tu vuelo un mes y pico.

Yo quería decirle que dejara de actuar como un amigo, o como el mejor cuñado del mundo. Que no existía un premio para ello, que no lo iba a ganar. Y que además ese empeño suyo en demostrarme que era buena persona a mí no me estaba ayudando precisamente. Pero no pude decírselo porque Lu en ese momento salió de la habitación hecha una furia.

—¿Me vas a ayudar a encontrar el cargador o no?

Yo miré a mi hermana. Y entonces tuve una sospecha, por no decir certeza.

—Lo del videoclip ha sido idea tuya, ¿verdad, Lu? Para asegurarte de que estoy en la boda.

—¿Qué videoclip?

—Lu no sabe nada —me aseguró Aarón.

—¿De qué estáis hablando? —preguntó ella.

—De nada, de nada —dije yo—. Gracias, Aarón, pero mi respuesta sigue siendo la misma. He acabado para siempre con las plumas.

Lo bueno de decidir que me iba a China y en tan poco tiempo es que el miedo al viaje y el frenesí por prepararlo hizo que apenas pudiera pensar demasiado en todo lo que estaba dejando atrás. Mi carrera, mi vida, mis plumas. Era tal el pánico que sentía ante mi futuro en China que apenas tenía tiempo para lamentar mi fracaso como plumista y como empresaria. La decisión ya estaba tomada. Fin del lamento.

No pude conseguir billete en el mismo vuelo que Roberto, entre otras cosas porque salía carísimo. Además él volaba desde París. Y yo no quería pagar un vuelo hasta París y luego otro hasta Hong Kong. Mi presupuesto era limitado, a pesar de haber vendido casi todas mis piezas. Y no quería gastarme más de setecientos euros. Por ese precio conseguí uno con escala en distintas ciudades. A mí lo de volar haciendo escalas me daba algo de pánico. Porque desde que me había operado de miopía, la tensión ocular se me había quedado un poco traspuesta, y cada vez que me ponía nerviosa, muy nerviosa, o estaba muy, muy cansada, mi tensión ocular se volvía un tanto loca, y me costaba mucho enfocar; vamos, que lo veía todo borroso. Y yo en los aeropuertos extranjeros siempre me ponía nerviosa. Y no por miedo a volar, que nunca lo tuve, sino por miedo a perderme, a no saber llegar a la puerta de embarque, a no saber hacerme entender...

—Estás tú fina para ir a China —me dijo Lu, cuando le conté mis problemas de visión.

—Estoy vacunada de todo lo humanamente posible. Y me he comprado dos diccionarios, y me he bajado una aplicación en el móvil, y llevo un adaptador de enchufes internacional. Y desde hace dos días hablo en chino con Lola y Paco y me entienden. Ya sé decir «buenos días», «¿dónde hay un taxi?», «estoy perdida» y «póngame ese pescado». Y ya solo como con palillos. Y llevo cajas de laxante para cuando me dé el estreñimiento de comer tanto arroz.

—Vamos, que estás acojonada perdida.

—Eso también.

Y llegó el día. Y antes de que me diera cuenta ya estaba intentando enfocar mi vista sobre los paneles del aeropuerto donde anunciaban los vuelos de salida.

Mi padre estaba conmigo. Me había llevado al aeropuerto. Se le veía con cargo de conciencia.

—Todo esto es por mi culpa. Si no te hubiera presionado con el alquiler, ni con las obras del edificio, tú ahora no estarías a punto de coger un vuelo a China.

—Papá, la decisión la he tomado yo. Tú no tienes nada que ver.

—¿Cómo que no? Si te he empujado a esto. Si prácticamente te he echado de tu casa. Pero no tienes por qué hacerlo. Podemos retrasar la reforma y tampoco hace falta que me pagues alquiler...

—Papá, tengo que empezar a vivir de una vez como una mujer adulta. Sin que tú me protejas.

—Pero ¿yo qué te voy a proteger? Si por culpa de mi mala cabeza, de lo desquiciado que estoy con tu madre, te estoy obligando a que cambies de vida. Y como te pase algo en China no me lo voy a perdonar nunca.

—Papá, no me seas dramático. ¿Qué me va a pasar en China? Si son la mar de pacíficos, los chinos.

—Pero no hay quien los entienda. Vas a estar allí tan sola, tan perdida, tan...

—Papá, voy a estar bien. Roberto va a estar conmigo.

—Roberto... —dijo mi padre moviendo la cabeza en señal de desaprobación.

—¿Qué pasa con Roberto?

—Nada, no pasa nada. Pero me fastidia que una hija mía tome la decisión de irse al fin del mundo para seguir a un hombre.

—¿Tú no seguirías a mamá hasta China?

—Si va con el del zoo, no.

Yo sonreí.

—Papá, ¿puedo preguntarte una cosa?

—Claro.

—¿Tú quieres volver con mamá?

Me miró antes de contestarme. No es que se tuviera que pensar mucho la respuesta, pero con su silencio quería dejar claro que sabía lo que quería.

—Sí.

—¿Seguro?

—Sin ella no soy. Es mi vida.

—Pues díselo. O mejor, haz que lo sepa. Deja de reprocharle cosas, deja de insultarla porque está con otro. Y haz que sepa que la necesitas. Yo creo que a ella se le ha olvidado.

—¿Y qué más da que yo la necesite? Lo único importante es lo que necesita ella. Y parece que no es a mí.

—Treinta años contigo tienen que pesar más que una aventura con alguien que solo la objetualiza.

—Y valora su flujo.

—¿De verdad nos dijo eso?

—Sí.

—Haz que se le pase la tontería, papá. Tú puedes.

Le di un beso a mi padre y me despedí. Pasé la línea de control. Y mientras me quitaba los zapatos, el cinturón, dejaba el móvil y las monedas en la bandeja de plástico, vi cómo mi padre me decía adiós con la mano y me mandaba besos.

—Vuelve cuando quieras. Tan pronto nos eches de menos. No tienes que demostrar nada —gritó.

Y yo asentí.

Tenía por delante dieciocho horas de vuelo y tres pastillas para dormir. Aunque temía utilizarlas y que me quedara dormida en una de las escalas. Prefería reservarlas y tomarme una solo en el caso de que me pudiera la ansiedad o la desesperación. ¿Y qué me importaban dieciocho horas de viaje a un país extraño y exótico como China si en el aeropuerto de Hong Kong me iba a estar esperando Roberto? ¿Verdad?

16

HONG KONG

Veo mucha gente a mi alrededor, se apelotonan, como si estuvieran evacuando un edificio, pero no hay fuego, ni bomberos, la gente grita, pero no parece alarmada. Gritan mucho. Hablan a gritos. Y ese señor... ¿está escupiendo? Una mujer se acerca a un surtidor del que sale agua humeante. Saca de una bolsa un *tupper* y lo llena de agua. En el *tupper* hay fideos y se los empieza a comer con palillos. Más gritos. La mujer eructa de una manera estruendosa. A nadie le llama la atención. Solo a mí. He llegado al aeropuerto de Hong Kong. Hace frío. Se supone que no debería hacer frío. Estaré destemplada después de tantas horas de vuelo. Ha sido infinito. Nunca había pasado tantas horas encerrada en un avión. Estoy destemplada y entumecida. Me duele el estómago. Hay gente por todas partes, pero no consigo ver a Roberto. Enciendo el móvil. ¿Qué número había que marcar antes del suyo para poder hablar con él? Ah, recuerdo que ya lo había memorizado. Le llamo, pero la llamada no hace conexión. Un mensaje que no entiendo. En chino, claro. Como casi todos los carteles. Pero ¿por qué apenas utilizan el inglés en los carteles? ¿No se supone que estamos en un aeropuerto internacional? Hay mucha gente, más de lo que estoy acostumbrada a ver. Y muy pocos occidentales. Siguen gritándose unos a otros. Pero no parecen enfadados. ¿Dónde está Roberto? Tengo la certeza de haber llegado a un planeta distinto. Estoy en el bar de *La guerra de las galaxias*, si ahora mismo viera un ewok no me extrañaría en absoluto, o una mujer con ensaimadas a cada lado de la cabeza. Huele a sopa, a comedor social. No me gusta. Y tampoco me gusta que Roberto no esté aquí esperándome. Se supone que debería estar aquí, o que al menos me debería coger el teléfono. ¿Dónde está? Que no cunda el pánico, aparecerá en cualquier momento. Y será precioso, nos abrazaremos, cogeremos un taxi para ir al hotel, que espero que sea bonito, o agradable al menos. Y habrá una bañera enorme y me daré un baño calentito, con él. Y todo estará bien. Empezaremos nuestra aventura china. Y habrá buenos momentos, y malos momentos, pero todo será especial, distinto, novedoso. Y la experiencia nos unirá. Vamos a ser dos aventureros explorando la Tierra Media, recuérdalo, Sara. Que no cunda el pánico. Roberto va a aparecer. ¿Y si no aparece? ¿Dónde he guardado las señas del hotel para enseñárselas al taxista? ¿En qué compartimento de la mochila las metí? Tienes que cambiar dinero, acuérdate. ¿Dónde hay una casa de cambio? Pero mejor no me muevo, no vaya a ser que Roberto no me encuentre. ¿Dónde se mete? Tranquila, Sara, ya aparecerá. Disfruta de este momento. Estás en un aeropuerto extraño en el país más extraño que has pisado hasta ahora. Fíjate en los detalles, saboréalos, disfrútalos. Recuerda a Paul Bowles y *El cielo protector*, siéntete como sus protagonistas, que no querían ser turistas, porque ellos eran viajeros. Tú tampoco eres una turista, has venido a quedarte. Esta va a ser tu casa durante cinco años. Empápate bien. Empieza a vivirlo. Que no se diga que nada más pisar China te ha entrado el pánico por algo tan tonto como que tu novio no está esperándote. ¿Y qué? ¿Acaso no puedes vivir sin él? ¿Acaso no eres una mujer independiente? Voy a llamarlo otra vez.

—¡Sara! ¡Sara!

Era Roberto. ¡Roberto! Qué alegría, por Dios. Qué guapo estaba. Y qué sonrisa tan bonita. Se acercó a mí y lo abracé sin querer soltarlo.

—¿Dónde estabas?

—Aún no me he hecho con la ciudad, Sara. Llevo aquí tres días. He tenido que coger tres autobuses y un tren para venir. ¿Qué tal el vuelo?

—¿No has venido en taxi? ¿No vamos a ir al hotel en taxi?

—Quería probar el transporte público, para irme habituando.

—Vamos en taxi, por favor. Lo pago yo.

—Como quieras. ¿Muy cansada?

—Me duele el estómago. Dime que el hotel está bien.

—Bueno...

—¿Tan malo es?

—Enseguida encontraremos piso, ya verás. Ya he ido a ver un par de ellos.

—¿Y?

—Hay que seguir buscando.

Los coches adelantaban por la derecha y por la izquierda. El tráfico era una locura. El taxista intentó darnos conversación. Sabía tres palabras en inglés. Y conocía a Cristiano Ronaldo. Aunque nos costó averiguar que se refería a él. Señalaba su pelo, los músculos. Y por fin Roberto dio con la clave.

—¡Cristiano Ronaldo!

—Yes, yes. Lonalo.

Abrió la ventanilla para escupir. Se coló muchísima contaminación. Olía a fábrica de celulosa y a plástico quemado. Los edificios de Hong Kong eran altísimos. Y la ciudad infinita. Mil accesos para llegar a ella, mil carteles incomprensibles. Era de noche y yo veía borrosos los puntos de luz de la ciudad.

—¿A que impresiona? —preguntó Roberto.

—¿Está muy lejos el hotel?

—Sara, ¿qué fue de tu espíritu aventurero?

—Es que me duele mucho el estómago. Y va demasiado rápido. Me estoy mareando.

Roberto intentó explicarle al taxista que redujera la velocidad. Pero no hubo manera. Movía la cabeza en señal de afirmación, pero no estaba entendiendo nada. Y yo cada vez tenía más ganas de vomitar.

Por fin el taxista se metió por unas calles que parecían conducir al centro de la ciudad. Se introdujo en una calle estrecha de edificios de cristal.

—No puedo aguantar más. Dile que pare.

Roberto le gritó varias veces y le hizo gestos con las manos. *¡stop! ¡stop!* El taxista por fin entendió y se hizo a un lado y frenó el coche. Yo abrí la puerta y vomité en la calle. Una mujer china gritó y me señaló. Varios transeúntes chinos me miraron. Y torcieron el gesto.

—Perdón, perdón... —Miré a Roberto—. ¿Está muy lejos el hotel? ¿Podemos ir andando?

Llevábamos diez minutos caminando. Le habíamos enseñado las señas del hotel a tres personas. Y cada una nos había mandado hacia una dirección. Roberto llevaba mis dos maletas y yo una mochila pesada a la espalda.

—El taxista señaló para allí.

—Lo siento Rober, pero de verdad que necesitaba bajar de ese taxi. ¿Esta zona no será peligrosa?

—Aquí apenas hay delincuencia.

—¿Lo dices para tranquilizarme o lo dices de verdad?

—Vamos a morir desangrados a manos de cinco asesinos violadores. ¿Mejor así?

—Si se acercan les vomito encima. ¿Qué habré comido en ese avión?

Pasamos por delante de un mercado al aire libre. El olor del pescado era putrefacto y lo invadía todo.

—¿Soy yo, que todo me huele mal, o el pescado no tiene muy buena pinta?

—Son de olores fuertes, aquí. Y yo creo que no los conservan en frío.

—No pienso comer pescado crudo en la vida.

—¡Mira! ¡El hotel! ¡Es allí!

La habitación era pequeña. La cama incómoda. No había bañera. Y me seguía doliendo el estómago.

—No hay bañera. Y mira qué pintas —dije mirándome al espejo. Estaba pálida. Demacrada—. Soy un coñazo. Ya lo siento.

—Estás cansada. Es normal. Después de haber dormido y con la luz del día lo verás todo mejor.

—Seguro —dije intentando ser positiva. Sonreí y me abracé a él—. Y aunque no te lo creas, me alegro mucho de estar aquí contigo.

—No me lo creo.

—Bueno, mañana me alegraré. Ya verás. ¿No te importa si hoy duermo con la ropa puesta? Estoy congelada.

—Estamos a dieciséis grados.

—Pues estoy congelada. ¿No tendré fiebre? ¿Tienes un termómetro?

—Sara...

—Yo creo que tengo uno en el neceser.

Me puse a deshacer las maletas como loca a la búsqueda del neceser. Lo había comprado en Muji para la ocasión. Era precioso, negro, minimalista, con mil compartimentos, todos superlógicos y apropiados. Se desenrollaba y lo podías colgar y hacía de estantería. Era un invento japonés. Una maravilla. Cuando lo encontré saqué el termómetro digital y me lo puse en el sobaco.

—Treinta y cinco y medio. Eso es muy poco, ¿no?

—Ahora te hago entrar en calor —dijo Roberto.

—Ay, yo creo que no estoy para mucha fiesta.

—¿No quieres una noche de sexo salvaje en Hong Kong?

—No quiero vomitarte encima.

—Sabes cómo quitarle las ganas a un hombre —dijo Roberto con una voz de doblador de película antigua. Voz que solía poner cuando estaba de buen humor o quería animarme. Era un juego tonto entre los dos. Al principio de nuestra relación nos pasamos días enteros hablando ambos con voces de doblador de los años cuarenta. O imitando la voz del Nodo. Roberto siempre decía que teníamos que escribir un corto pornográfico y ponerle una voz en *off* así, antigua, que sería una risa. A lo mejor ahora en China podríamos hacerlo.

—Mañana prometo ser una Mata Hari. O Angelina Jolie en *Lara Croft*. Sexy y aventurera.

Me tiré en la cama.

—Y si me pongo mala, ¿los médicos me entenderán? Porque en las guías dice que casi ninguno es bilingüe.

—Lara Croft no se pone mala.

—Ay, ven a mi lado, abrázame.

—¿No tienes hambre?

—Roberto, acabo de vomitar.

—Por eso. Tendrás el estómago vacío.

—Y revuelto. Ven. Abrázame.

Se tumbó conmigo y me rodeó con sus brazos.

—Cuéntame cómo es ese edificio que vas a hacer.

—Pero si nunca te ha interesado mucho lo que hago.

—Por eso. Seguro que me entra el sueño.

—Serás mala persona...

—Estoy enferma. Mímame.

—Tengo hambre.

—Puedes morder mi cuello.

—Tengo hambre de comer.

—¿Y no puedes pedir algo al servicio de habitaciones?

—El único recepcionista que habla inglés trabaja en el turno de día. Y aún no he aprendido a decir «súbame un bocata de jamón».

—Putos chinos... Ya podrían saber inglés.

—Sara... esa actitud... Como si nosotros viniéramos de un país bilingüe.

—Perdón, perdón... Háblame de tu edificio biológico e inteligente.

Me despertó el ruido de una taladradora. Roberto no estaba a mi lado. Abrí un ojo y vi cómo la luz de Hong Kong se colaba entre las cortinas negras. Me levanté y las descorrí. Apenas había vistas desde esa ventana porque un par de edificios enormes y acristalados impedían ver más allá. Miré hacia la calle. Estábamos en la undécima planta, así que los chinos parecían más pequeños de lo habitual. Vale, tenía que aparcar de una vez mi actitud racista de mujer occidental y paleta. Ya basta de hacer chistes de chinos. Sí, son más bajos, hablan alto, escupen en la calle y les gustan los olores fuertes. Como si a los españoles no. Vive con ello.

Roberto entró por la puerta con varias bolsas de papel.

—Buenos días. He traído el desayuno. Lo más occidental que he encontrado. Porque aunque tenemos que sumergirnos cuanto antes en la cultura y en la gastronomía chinas, yo creo que hoy lo podemos retrasar. ¿Qué tal has dormido? ¿Mejor ese estómago? ¿Qué quieres hacer hoy?

Me aturdió con tantas preguntas. Se le veía acelerado. Así que yo intenté contestar a todas con energía y eficacia.

—He dormido bien. El estómago apenas me duele y quiero conocer Hong Kong. Cómo me gusta utilizar Hong Kong en cada frase. Le da a todo un tono exótico. Mi primer desayuno en Hong Kong. Mi primera ducha en Hong Kong.

—Nuestro primer polvo en Hong Kong.

—A ti Hong Kong te pone cachondo, ¿no? Porque en Madrid no te veía yo con tantas ganas.

—Estaba preocupado. Te tenía que contar que me venía a Hong Kong.

—¿Contento de que esté contigo en Hong Kong?

—¿Qué tal si dejamos de decir Hong Kong como imbéciles?

—¿Qué tal si contestas a mi pregunta? ¿Estás contento de tenerme en Hong Kong?

—Vamos a desayunar, que estarás muerta de hambre.

—¡Rober! ¿Me quieres contestar?

Y justo ahí la cosa se empezó a torcer. Fue como una tormenta de verano, repentina, que no se ve venir y que de repente estalla sin que tengas un paraguas a mano y te pilla en chanclas y bañador.

—Sara, ¿te importa mucho si estoy contento o no?

Esa pregunta se me clavó en el estómago. Y el dolor volvió. Y esta vez más fuerte. Era la prueba de que debía de ser psicosomático. Casi todos mis problemas me acababan atacando en alguna zona del cuerpo, o al menos se manifestaban con algún dolor, que, aunque tal vez imaginario, yo sentía como real.

—¿A qué viene eso? —pregunté.

—Da igual, vamos a dejarlo.

—No, no. Contéstame.

—¿De verdad quieres hablar de esto? ¿Hoy?

—Mejor que mañana. Y tú has empezado. Contéstame. ¿Estás contento de tenerme aquí?

—Sara, ni me dejaste decidir si quería tenerte aquí o no. Me obligaste a que te pidiera que vinieras.

¿Qué yo le había obligado? Pero ¿de qué estaba hablando?

—¡Eso es mentira! —grité, indignada. Y grité muy alto porque puede que no quisiera escuchar lo que tenía que decirme.

—Lo que tú digas.

—¿De verdad piensas que te obligué? Dime que no.

—Sara, un poco sí. Un poco bastante.

—¿No querías que viniera?

Roberto no me contestó y se puso a sacar la comida de las bolsas.

—Vamos a desayunar, venga.

Y de repente me di cuenta. Y era de tal magnitud mi descubrimiento que no sabía qué hacer con él.

—No querías que viniera.

—Sara...

—Y ¿me tengo que enterar cuando ya estoy aquí? Esto no me puede estar pasando. Rober, dime que esto es por el acojone lógico de que todo es nuevo, y de que estamos en China. Dime que me quieres, y que se te va a pasar este agobio. Y que...

—¿Ves? Ya me estás dictando lo que tengo que decir.

—¡No es verdad!

—Siempre ha sido así —dijo él levantándose de la silla. Y yo, en vez de seguirle con la mirada, me quedé con ella fija en la silla. Como para concentrarme en lo que tenía que decir, o en lo que tenía que pensar. Para aclarar mis pensamientos. Porque no era verdad que yo le dictara lo que tenía que decir. Yo nunca le había pedido que me dijera cosas. Yo nunca le había sugerido, yo nunca... Ay, Dios...

—Rober, he venido a Hong Kong por ti.

—Muchas gracias.

—¿Cómo que muchas gracias? ¿A qué viene eso? Por favor, háblame claro, y deja las ironías para otro momento. Por favor te lo pido.

—Mira, nuestra primera bronca en Hong Kong —dijo él, supongo que para quitarle hierro al asunto. Porque él siempre había sido de quitarle hierro a todo. Y, claro, por eso yo a veces, tal vez, puede ser, no sé, le decía que me dijera tal o cual cosa. Pero no porque quisiera que me dijera lo que yo quería oír, sino para que me hablara claro. Para que no huyera del conflicto con una broma. Porque no todo en la vida se soluciona con bromas o con ironías.

—No me hace ninguna gracia eso de que sea nuestra primera bronca.

—No te la hará, pero es nuestra primera bronca en Hong Kong.

—Y tal vez la última. Porque si no me quieres a tu lado, no me voy a quedar. Dime, ¿me quieres aquí? Y como ves, no te estoy sugiriendo ni ordenando una respuesta. ¿Me quieres aquí contigo, sí o no? Y sé sincero.

Roberto no me quería contestar y eso era respuesta suficiente. Vi dolor en su mirada. Abrió la puerta de la habitación.

—Creo que necesito tomar el aire.

Y salió. Yo le seguí.

—De eso nada.

Vi cómo caminaba por el pasillo y yo fui detrás de él.

—Contéstame. ¿Me quieres aquí contigo o no?

Él llamó al ascensor. Se dio la vuelta para mirarme.

—No lo sé, Sara. No sé si te quiero a mi lado.

Lo miré como miraría a un chino que acabara de escupir en el suelo. Anonadada. Aunque ya sabía que esa iba a ser su respuesta, pero aun así, oírla de sus labios me dejaba estupefacta.

—Joder... Tuviste una semana en Madrid para decírmelo. Y allí me dijiste que me querías, me lo dijiste.

Rober se calló, sin saber qué responder a eso. ¿Me había mentido? ¿O se le había pasado su amor en dos semanas?

—Si hasta fuiste a Segovia a por unas codornices... Eso solo se hace por alguien a quien quieres, ¿o no?

—Yo siempre te voy a ayudar, Sara.

—¿Que siempre me vas a ayudar? ¿Eso qué coño significa? Me dijiste que me querías. ¡Acabo de recorrer miles de kilómetros, acabo de cerrar el taller y de mandar a la mierda mi vida por ti!

Roberto me miró y sonrió de una manera cruel. O al menos yo vi mucha crueldad en esa sonrisa.

—¿Por mí? —preguntó.

—Sí, por ti. ¿Por quién va a ser si no? A mí los millones de chinos de Hong Kong me dan igual.

Roberto volvió a pulsar de manera compulsiva el botón del ascensor.

—Puto ascensor...

Y sin más se dirigió hacia las escaleras.

—¡Ni se te ocurra irte! Contéstame.

—Sara, ¿de verdad quieres tener una conversación sincera? ¿O prefieres seguir con una conversación teledirigida por ti en la que me dices lo que quieres que te diga y en la que te crees todas tus mentiras?

Estábamos en medio del pasillo de un hotel chino, con todos los carteles en chino. Y sentía las palabras de Roberto igual de crípticas que los carteles.

—Roberto, no entiendo nada de lo que me dices.

—Sara, llevaba un año en París, y ahora me voy a quedar cinco años en China. ¿No ves que te estoy dejando atrás? ¿Acaso no lo pillas? No es tan difícil de entender.

—¿Qué...? Entonces ¿para qué me dijiste que viniera?

—Porque... me obligaste. Porque no es fácil dejarte.

—Ni se te ocurra echarme a mí la culpa de eso. Si eres un puto cobarde es tu problema.

—Vale, yo seré un cobarde, pero tú no lo pones fácil.

—Y ¿por qué iba a ponerlo fácil si quiero estar contigo?

Roberto me miró y en vez de contestarme se dio la vuelta y empezó a bajar las escaleras. Estaba huyendo de mí.

—¡Roberto! ¿Quieres estarte quieto? ¡Yo quiero estar contigo!

—¿De verdad? ¿De verdad quieres estar conmigo? ¿De verdad me quieres?

Él estaba varios escalones más abajo. Y desde ahí su pregunta sonó mucho más dura que si estuviéramos, qué sé yo, hablando de esto en Madrid, tranquilamente sentados tomando un café, y a la misma altura y en terreno conocido. Sé que el escenario es lo de menos para hablar de estas cosas, pero estar en medio de esas escaleras y en Hong Kong no lo hacía precisamente fácil.

—¿De verdad me quieres? —repitió.

—Estoy aquí.

Era lo único que le podía decir. No podía contestarle otra cosa. El estómago me estaba matando. Creo que empezaba a entender la expresión de un nudo el estómago, porque así era como lo sentía.

—¿Y tú? ¿En qué momento dejaste de quererme? —pregunté. Porque a veces la mejor defensa es el ataque—. ¿Fue cuando decidiste venirte a China? ¿O cuando decidiste irte a París?

—No hubo un día en concreto. Dudo que lo haya para esas cosas. No pasa de repente.

—Pero ha pasado. Ya no me quieres. Y no tuviste los huevos de decírmelo. De hecho me mentiste...

—Porque a veces no es fácil distinguir dónde acaba el amor y dónde empieza el cariño.

—Pues por no saber aclararte aquí estoy yo. En medio de estas escaleras, muerta de bochorno y con un dolor de estómago de flipar... No puede ser todo más absurdo.

Me dejé caer y me senté en el escalón. Me agarré las piernas con las manos. Estaba hecha un ovillo. Ahí Roberto pareció apiadarse de mí. Subió los escalones que nos separaban y se sentó a mi lado.

—Sara, era tan halagador que alguien como tú quisiera estar conmigo... Y que estuviera dispuesta a dejarlo todo y seguirme. Y me sentía tan mal por no estar a la altura, por...

—No quieras regalarme ahora los oídos, por favor.

—Es la verdad. ¿Cómo iba a decirte que no? Que alguien como tú fuera capaz de dejarlo todo por mí. Sabía que era afortunado, que no me lo merecía, que...

—¿Y entonces? ¿No te basta con eso? ¿No lo podemos intentar? ¿No podemos luchar?

—Sara... pero ¿para qué empeñarnos en luchar por algo que ninguno de los dos sentimos? Ni que tuviéramos unos hijos, o una familia que mantener unida... Las cosas tienen que ser más fáciles. ¿Para qué ese empeño en que lo nuestro funcione cuando no funciona?

—¿Desde cuándo no funciona?

—Desde hace mucho, y también desde que tú miras a otros con un deseo que yo nunca sentí hacia mí.

—¿Qué?

—Sara, tengo ojos en la cara. He visto cómo mirabas a Aarón. Cómo suspirabas por él. Si te derretías a su lado.

—¿Todo esto es por Aarón?

—No, todo esto es por lo que nos pasa a nosotros. Lo de Aarón solo me ayudó a abrir los ojos.

Y ahí reaccioné. Mal, todo hay que decirlo. Reaccioné a gritos casi.

—¿Me estás echando la culpa a mí de todo esto? Lo estoy flipando. ¿Cómo puedes darle la vuelta a todo para...?

—¡No, Sara, no te estoy echando la culpa! ¡Estoy intentando que seamos sinceros! ¡Que hablemos las cosas de verdad! ¿Quieres hacerlo o te da tanto miedo que prefieres seguir mintiéndote? Si te quedas más tranquila, yo asumo todas las culpas de esto. Sí, soy un cabrón por hacerte venir hasta aquí. Por no haber tenido los huevos de romper contigo en Madrid. Por decirte que te quería. Vale, es todo mi culpa. Lo asumo. En serio te lo digo. Pero ahora, ¿podemos hablar de lo que pasa, o no?

Yo estaba desubicada, geográficamente y sentimentalmente. Intentando controlar mi dolor de estómago y asimilando las palabras de Roberto. Tenía que hacer el esfuerzo que me estaba pidiendo. Tal vez no se lo debía a él, pero me lo debía a mí misma.

—Y ¿qué es lo que pasa, según tú? —pregunté.

—Que no te quiero. Y no me quieres. Eso pasa.

Dudo que la bomba de Hiroshima hubiera causado tanto daño como esas dos frases. No te quiero y no me quieres. Lo miré.

—Y ya está. Así acabamos con todo.

—Es que así se acaban las cosas.

—Pero ¡yo sí te quiero! ¡Y tú también me quieres a mí!

—Ya estás de nuevo decidiendo por los dos. Creyéndote tus mentiras.

—Estamos en otra fase, vale. Ya no es como al principio, pero el amor evoluciona, cambia... Y yo quiero empezar esta aventura contigo.

—No. Tú has decidido y te has empeñado en empezarla. Tú eres así, de empeñarte. De obcecarte, de ir hasta el final. Está en tu carácter.

—¿Me conoces mejor que yo?

—¿No has sentido nada por Aarón?

—No sé qué tiene que ver Aarón en todo esto. Estamos hablando de nosotros.

—Ya no hay un nosotros, Sara.

—No lo estás diciendo en serio. No podemos acabar así, aquí, en un país extranjero, y de esta manera.

—Supongo que nunca hay una manera buena de hacerlo.

Y puede que en eso, como en todo lo demás, Roberto tuviera razón. La gente se declara en sitios bonitos —en una playa al atardecer, en un restaurante romántico a la luz de unas velas, en medio del campo en Chinchón bajo un manto de estrellas—, pero rompe en cualquier lugar. Hasta en las escaleras de un hotel horrible.

—Necesito salir de aquí. Y necesito una farmacia. Este estómago me está matando.

—Vale, bajamos.

—No. Quiero ir sola.

—Sara, estás en Hong Kong.

—Si ya no estamos juntos, tengo que empezar a hacer las cosas sola, ¿vale? Y puedo. Si hemos roto, hemos roto. Tranquilo. No pasa nada. No te necesito y no te quiero ver más. ¿Me oyes? Nunca más. Luego vengo a por las maletas y cojo el primer vuelo que encuentre.

El recepcionista que sabía inglés me señaló en un mapa dónde estaba la farmacia más cercana. Y también me escribió con caracteres chinos que me dolía el estómago, para que pudieran entenderme y darme alguna medicina. El recepcionista también se ofreció a llevarme cuando acabara su turno a ver a su abuela, que al parecer curaba cualquier mal con hierbas y potingues varios. Y aunque se lo agradecí, no me fie. Sabía que la medicina china era milenaria, que en muchas cosas habían sido muy adelantados a nosotros, pero eso no significaba que la abuela del recepcionista fuera portadora de toda esa sabiduría. Y estaba convencida de que los brebajes que podían curar a un nativo, a mí me podrían hacer otro tipo de efecto. Así que con el mapa en la mano, la brújula del iPhone, el papelito en el que estaba escrito el nombre de la farmacia, el nombre de mi dolor de estómago y el nombre del hotel, por si acaso me perdía, salí de la recepción.

La farmacia estaba cerca y me sorprendió que estuviera señalada con la misma cruz verde que había en las occidentales. No todo iban a ser diferencias culturales, claro. Una vez dentro intenté hacerme entender en inglés pero no tuve suerte. Así que señalé la grafía que me había escrito el recepcionista. Aunque no recordaba cuál equivalía a la del dolor de estómago, cuál a la de la calle y cuál a la de la farmacia. Así que tuve que ir probando, mientras me señalaba el estómago y ponía cara de enferma. Por fin el dependiente me entendió y fue a la trastienda a por el medicamento. Vino cargado con varias cajas, unas diez. Y empezó a explicarme para qué era cada una. Algo inútil, ya que por más que el hombre se esforzaba en señalar su cuerpo e interpretaba distintas dolencias, yo no entendía nada. Así que cogí una al azar. Había un nombre en inglés, pero tampoco me ayudaba. Pero bueno, no creía que me fuera a matar, ¿no? Como mucho no acertaría del todo en la cura, pero nadie se ha muerto por tomarse un protector estomacal.

Salí de la farmacia, y como el dolor cada vez se iba haciendo más intenso, me tomé la pastilla a dos metros de la puerta. Y por si acaso no hacía efecto me tomé otra y otra más. Y me puse a caminar en dirección al hotel. O eso creía yo. Cada vez se me estaba haciendo más difícil dar un paso. El dolor me estaba matando. Lo que había empezado como unos retortijones, ahora se había convertido en un dolor agudo, unos pinchazos que cada vez duraban más, y con menor intervalo entre uno y otro. Me imaginé que las contracciones de las embarazadas debían de ser parecidas.

Si el dolor era psicosomático, si mi nudo en el estómago se había convertido en algo así de literal, acabaría por salir en los libros de medicina. Qué manera de vivir las metáforas. Empecé a sudar. Y a marearme. Me agarré a una farola para no caerme. Y ya no recuerdo más.

17

La revelación china

Cuando abrí los ojos pude comprobar que iba en una ambulancia. Quise preguntar adónde me llevaban, pero apenas podía hablar, tenía una mascarilla de oxígeno en la boca. Intenté quitármela, pero el hombre con bata blanca que estaba a mi lado no me lo permitió.

—Roberto... ¿dónde está Roberto?

El chino no me entendía. Volví a repetirlo.

—*My boyfriend, or ex-boyfriend...* —Como si al chino le importara mi estado civil—. *I need to call him.*

Y el chino venga a hablarme en chino. Me toqué el estómago. No noté dolor. Vi que me habían puesto una vía en el brazo y un gotero. Debía de ser un calmante muy potente, que también me daba sueño porque me quedé dormida, o K. O., no sé muy bien.

Volví a abrir los ojos cuando me movieron y me bajaron en camilla de la ambulancia y me metieron por lo que yo deduje que debía de ser la puerta de urgencias de un hospital. Cochambroso. Era realmente horrible, el sitio. Azulejos verdes, o azul verdosos, desconchones, humedades... ¿Qué tipo de hospital era aquel? ¿Eran todos así? Yo seguía llamando a Roberto. Para ser una mujer independiente, adulta, autosuficiente, para no querer verlo nunca más, me estaba costando desprenderme de mi ex.

—¡Roberto! Que alguien lo llame. *Call him. The number is in my phone.* ¡Roberto!

En una sala que no sabría si definir como quirófano o como enfermería, dos médicos chinos me quitaron la ropa y me palparon. Ahí sí noté dolor. Agudo. Terrible. Grité. Los médicos me tomaron la temperatura, me auscultaron.

—*Do you speak English*? ¿Roberto? ¿Dónde estás? *Embassy! Spain embassy, please. Call. Call.*

Con el dolor y el pánico no podía apenas hacerme entender en inglés. Aunque daba lo mismo porque allí no parecía que nadie supiera hablarlo.

Me hicieron placas y también un tac, con una rapidez y una eficacia inusitadas, nada que ver con la atención hospitalaria occidental. El hospital estaría cochambroso, pero eficaces parecían un rato. Vi cómo consultaban unos médicos con otros. Cómo gritaban. Yo cada vez estaba más preocupada. ¿Me iba a morir de un dolor estomacal? ¿Y en China? Pero ¿en qué momento había pasado todo esto? ¿Cómo podía ser que estuviera ingresada en un hospital de Hong Kong entre la vida y la muerte? Tranquilízate, Sara. Nadie se va a morir. Solo es un dolor de estómago, y los chinos gritan por cualquier cosa. Acuérdate del aeropuerto. De repente un médico me trajo muchos papeles para firmar. No había ni uno solo en inglés. Yo negué, no quería firmar nada sin saber qué firmaba.

—*Embassy*. Roberto.

Conseguí sacar de mi mochila el papel con el nombre del hotel.

—Roberto. Roberto...

Y por fin alguien pareció entenderme porque se llevó el papel y al rato volvió asintiendo.

—Lobelto... Lobelto... —Y, a continuación, toda una parrafada en chino tan inteligible como las que había escuchado hasta ahora.

Pero tenía que ser buena señal. Seguro que se habían puesto en contacto con Roberto. Seguro que aparecía, con un buen traductor de chino-inglés. Con el recepcionista incluso. Y recé porque no hubiera terminado su turno. El recepcionista, digo. Volvieron a ponerme los papeles delante. Yo negué de nuevo. Me tocaron de manera muy poco delicada el estómago. Y con un dedo señalaron de un lado a otro. Y por fin entendí. Querían abrirme. Negué con la cabeza. El médico asentía. Volvió a hacer el gesto de rajarme. Aquello se estaba poniendo serio.

—Roberto... *Embassy*...

Me desmayé. La afición que le estaba cogiendo a los desmayos...

Y cuando abrí los ojos Roberto estaba a mi lado. Y con el recepcionista. Había tenido la misma idea que yo. Si éramos almas gemelas, ¿por qué ese empeño en abandonarme? Creo que nunca jamás me había alegrado tanto de verlo. Nunca.

—Roberto, que me quieren abrir, que me voy a morir en un hospital de China. Llama a la embajada, a mis padres, dile al recepcionista que traduzca lo que quieren decir los médicos. Y que mire todo lo que quieren que firme. Ay, cómo me duele. Que no sé qué me pasa, Roberto. Que me voy a morir en Hong Kong...

—Tranquila, tranquila.

El recepcionista tradujo todo lo que le contó el cirujano. Tenía una obstrucción intestinal. Y tenían que operarme de urgencia. La operación no era grave, pero si no la hacían ya, mi vida corría peligro. O sea, que era verdad, que lo de morirme iba en serio. Ahí palidecí. O más bien sentí que me hacía transparente, porque pálida ya debía de estar desde hacía rato. Me volvía transparente cual fantasma, porque estaba a un paso de serlo. Una muerta, un fantasma. Ay, madre. Que me moría.

—Están exagerando, ¿a que sí, Roberto? Dime que los chinos son muy de exagerar. No puede ser que mi vida corra peligro. Llama a España. Que mi madre hable con algún médico, con el vecino de la urbanización, su hija es cirujana... Creo que tengo su teléfono... Amanda, se llama Amanda. Es un nombre horrible para una cirujana, pero seguro que sabe decirnos algo. Llámala, Roberto.

Y la llamó. Y ella, después de que Roberto le contara todos mis síntomas, y el diagnóstico de los cirujanos chinos, también llegó a la conclusión de que tenían que operarme cuanto antes. Y sí, no era complicado, pero tenían que hacerlo. Al parecer mi intestino se había doblado, o se había dado la vuelta en algún punto, y no dejaba circular los alimentos. O algo así entendí yo. Vamos, que lo del nudo en el estómago se acababa de hacer realidad de todas todas. Ya me había ganado un lugar en las enciclopedias médicas.

—Y ¿quién va a pagar esta operación, Roberto? Yo me hice un seguro de viaje de mierda. Ya verás como no lo cubren.

—Tú por eso ahora no te preocupes. Ellos que te operen, luego lo arreglamos.

—Ay, qué bien que estés aquí, aunque me hayas dejado.

—No pienses ahora en eso.

—Vale, vale. Pregúntale al recepcionista cuándo me quieren operar.

Y el recepcionista dijo que tan pronto firmara los papeles. Que básicamente eran como los de cualquier hospital del mundo. Con mi firma autorizaba que me operaran y no se hacían responsables si la cosa salía mal. Firmé. Y sin apenas despedirme de Roberto me llevaron en camilla a quirófano. Yo estaba muerta de miedo, porque en menos de una hora podía estar muerta a secas, muerta del todo, muerta para siempre. Muerta, muerta, muerta. Miré a Roberto mientras me alejaban de él.

—¿Y si nos casamos por si no salgo de la operación con vida?
—Deja de decir tonterías.
—Gracias por estar aquí. Gracias. Dile a todos que los quiero. Que los quiero mucho. A los cirujanos también. Tan majos, tan eficientes, tan chinos...
Ay, me iban a rajar en Hong Kong. Y aunque todo molaba más si pasaba en Hong Kong, reconozco que estar a un paso de la muerte en Hong Kong no tenía ni puñetera gracia. Que me podía morir. Que me podía morir del todo.
En quirófano me pusieron un par de inyecciones y me quedé grogui.

Desperté en una habitación con una ventana minúscula. Y en una cama más minúscula todavía. A mi lado, en una silla como de colegio de primaria, todo hierros y madera, y apenas acolchada, dormitaba Roberto. La silla se extendía como una hamaca. O sea, que tenía el respaldo algo inclinado y le salía una tabla para apoyar las piernas y los pies. Pero más parecía un potro de tortura que un sitio agradable en el que dormir. Pobre Roberto. Yo estaba enchufada con varias vías a tres goteros diferentes. Suero, anestésico y antibiótico. De eso me enteré luego cuando el recepcionista me lo tradujo. Levanté la sábana para ver la incisión. Una gasa me tapaba parte del estómago. De lado a lado. Me preocupé y decidí levantarla un poco. Quería ver exactamente cómo de grande era el tajo. Y al levantar la gasa, vi que una serie de grapas, como veinte, recorrían todo mi estómago. ¡Me habían rajado entera! Grité. Y mi grito despertó a Roberto.
—¿Estás bien?
—Me han abierto de lado a lado.
—¿Te duele?
—No. Creo que no. No mucho. Y estoy viva. Eso es lo importante. Dime que eso es lo importante y que la raja es lo de menos.
—Claro tonta. Y todo ha salido muy bien.
Lo miré.
—¿Qué hora es? ¿Has estado aquí todo el rato?
—Claro.
—Vas a tener razón. Va a ser verdad que aunque tú me quieras dejar yo me las apaño para obligarte a estar a mi lado.
Él sonrió.
—Lo siento mucho —le dije—. Siento el numerazo.

—No digas tonterías. Tú no tienes la culpa de haberte puesto enferma.

—Pero tú ya no tienes la obligación de cuidarme. Ya no somos novios.

—Sara...

—¿Qué? Es la verdad, ¿no?

—Pero seguimos siendo amigos. Y yo sigo queriendo ayudarte. Siempre voy a querer.

—No digas esas cosas, que me lías.

—Bueno, y tú no conoces a nadie aquí. ¿Qué iba a hacer, dejarte tirada?

—¿Has avisado a mis padres? ¿A mi hermana? ¿Van a venir?

—Les he dicho que no se preocuparan. Que todo había salido bien, y que en seis días te tenían de vuelta. Y que ya estaba yo aquí. ¿O quieres que vengan?

—¿Y te vas a quedar a mi lado estos días? ¿Y tu trabajo?

—Mi trabajo y Hong Kong pueden esperar.

—¿Y no va a ser muy raro? Cinco días juntos cuando acabamos de romper.

Roberto sonrió.

—Mientras no me vuelvas a pedir matrimonio...

—¿Cuándo te he pedido yo matrimonio? —Y de repente me acordé. Justo antes de entrar a quirófano. Qué vergüenza, qué bochorno...—. Ay, ya, los nervios de entrar a quirófano.

—Esta noche, al despertar de la anestesia, me lo has vuelto a pedir.

—¡No!

—Sí.

—Y ¿tú qué dijiste? ¿Ni viéndome moribunda te apiadaste de mí?

—Es que justo después me llamaste Aarón.

—¡Eso es mentira!

Él volvió a sonreír.

—Es verdad.

—¿En serio? Y ¿por qué sonríes? ¿Eres masoca?

—No, solo que me encanta tener razón.

—Pero si te llamé Aarón sería porque... me he acordado de él porque, ¿sabes?, es un friki de todo lo sano. De la avena integral para desayunar, de las hierbas para hacer sus limpiezas hepáticas, de su agua templada por las mañanas con zumito de limón... Es que su padre murió de cáncer. Y luego su hermana... bueno, una tragedia. Y el caso es que yo me reía de él, por esa obsesión por lo sano, y mírame ahora.

¡Si me hubiera dado a la avena! Pero no, yo venga a desayunar cruasanes por la mañana.

—No creo que por culpa de los cruasanes estés aquí. Estas cosas pasan y ya está.

—Que no, Roberto, que no, que me pasan a mí por obtusa. Por comer cruasanes y por las preocupaciones, por tomarme demasiado en serio. Y mira. Rajada de lado a lado.

Durante esos cinco días de ingreso en el hospital, Roberto y yo, a pesar de algún que otro momento incómodo, nos convertimos en los mejores amigos. Siempre lo habíamos sido, la única diferencia es que ya no teníamos sexo. Y durante esos días hubo momentos en los que pensé que por qué no nos conformábamos con eso, nos llevábamos bien. Él era atento, inteligente, buena persona, divertido, me cuidaba, me llevaba al baño, aguantaba mis cambios de humor, me animaba. Había dejado aparcado su trabajo para estar conmigo. ¿Qué más quería pedirle a una pareja? Pero a la vez, el hecho de haber estado a las puertas de la muerte —vale, puede que no a las mismas puertas, pero convengamos en que si no me hubieran llevado al hospital de urgencia, tal vez ahora no estaría aquí, y si eso no son las puertas de la muerte, al menos es la antesala— me hizo ver que la vida podía ser demasiado corta, demasiado imprevisible como para andar conformándome. Si íbamos a estar aquí un tiempo indefinido, tal vez mucho, pero tal vez poco, mejor intentar exprimirlo al máximo. Nada de conformarse. Es terrible que nos tenga que pasar algo de vida o muerte para darnos cuenta de que cada día es un regalo, y que tal vez mañana ya no estemos aquí, y que por eso mismo tenemos que intentar vivir de manera intensa. Ay, parecía que me había indigestado con un libro de Paulo Coelho, pero así era como me sentía. Las experiencias de vida o muerte han de servir para algo. Vale, tal vez no sirvan para nada. Pero ya que tenemos que pasar por ellas, al menos darles un sentido. Y a mí, que me hubieran rajado el estómago de un lado a otro, me había hecho querer mi vida, y desear lo mejor para ella. Nada de amigos como novios. Nada de conformarse con una vida cómoda. Nada de nada. Yo acababa de tener en Hong Kong lo que ya denominaría para los restos como mi revelación china: se acabaron los miedos, se acabaron los sucedáneos, se acabaron las mentiras, y se acabó el estar siempre aplazando la vida y conformándome. Y se acabaron las preocupaciones porque sí. Tenía que ir a por lo que quería, porque tal vez mañana todo se acabara de repente. Tenía que disfrutar, tenía que vivir. Y tenía que enamorarme de verdad. Y estaba en mi derecho de volver a sentir lo que había sentido por Aarón, esa intensidad, esas mariposas en el estómago. Tal vez no pudiera ser con Aarón. Se iba a casar con mi hermana. Pues que se casara. Si no era con Aarón, ya volvería a encontrar a otro que me hiciera sentir ganas de saltar de balcón, de gritar su nombre, de besarlo y abrazarlo bajo el cielo estrellado de cualquier pueblo de La Mancha, como por ejemplo Chinchón. Porque no sé si tenía o no derecho a conseguir algo así para mí, pero desde luego no iba a dejar que el miedo me acobardara, que mi baja autoestima, mis incipientes arrugas, mis cuatro kilos de más, mi raja, me dejaran fuera de combate antes de empezar.

Al segundo día en el hospital ya pude caminar. Y al tercero empecé a comer sólido. Aunque lo de comer sólido es un decir, porque la comida era bastante peculiar. Pero me había prometido no criticar al pueblo chino que me había salvado la vida. Y habían sido rápidos y eficientes. Me habían hecho todo tipo de pruebas en muy poco tiempo y todos los días me visitaban mañana y noche los tres cirujanos que habían estado en la operación. Las enfermeras, o la gente de cocina, nunca me quedó claro quién era quién, ni qué representaba cada color de sus batas, pasaban tres veces al día con varias ollas gigantescas por cada una de las plantas, se instalaban en el *hall* y el enfermo, o sea yo en este caso, tenía un *tupper* grande para coger de la olla mi propia ración. Sí, todos los enfermos y los acompañantes metiendo el *tupper* en la olla. *Tupper* que luego lavábamos en los lavabos comunes. La mar de higiénico. Casi todo en esas ollas eran sopas de fideos con carne o pescado. Si en Occidente nos quejamos de la comida de los hospitales, invito a cualquiera a que pruebe la de un hospital chino para que cambie de idea. Benditas sopas de hospital europeo. A pesar de lo poco apetecible de la comida me obligué, o más bien Roberto me obligó, a comer. Y eso ayudó a que cogiera fuerzas. Y tal como habían dicho los médicos, por boca del recepcionista, al quinto día ya me había recuperado casi por completo. Volvía a ser la de antes, aunque con una raja de lado a lado del estomago. Y también con más ganas de vivir que nunca.

También hicimos muchas migas con la señora con la que compartíamos habitación. Era de una población rural y, gracias a nuestro recepcionista traductor, pronto se encariñó con nosotros. Quería saberlo todo de España. ¿Los pueblos pequeños tenían luz eléctrica? ¿Comían tres veces al día incluso en esos pueblos de interior? Ahí nos dimos cuenta de las grandes diferencias de la China rural de interior y la China urbana de las ciudades meridionales. A ella le maravillaba que alguien de cualquier pueblo de España viviera prácticamente igual que uno de una gran ciudad. Para nuestra compañera de cuarto, todo en este hospital era lujo. Mientras que a nosotros todo nos parecía pobre, viejo, desconchado y sucio. A excepción de la excelente atención médica, eso sí. Y no solo los médicos nos visitaban con frecuencia, las enfermeras también. Venían en tropel, había como dieciséis en el ala en la que estábamos, y cuando cambiaban el turno hacían entrar a las otras dieciséis para explicarles minuciosamente los cuidados y los tratamientos de cada enfermo. Así que dos veces al día en la habitación había treinta enfermeras, más los dos pacientes, más los dos acompañantes. Lo del camarote de los hermanos Marx al lado de esto era un espacio vacío.

Nuestra compañera de cuarto estaba casada y su marido pasaba alguna noche allí. Y en vez de dormir en la silla incómoda en la que dormía Roberto, se metía en la cama con ella, pero al lado contrario, con los pies en la cabeza de ella. Porque solo así conseguían encajar ambos en esa cama tan estrecha. Yo le dije a Roberto que probara a hacerlo, a dormir en la cama conmigo e imitando esa postura, pero después de dos patadas que le metí en la cabeza, desistimos de la idea. Además era algo raro estar tan pegada al chico que me acababa de dejar.

Nos hicimos tan amigos de nuestros vecinos que acabaron por pedirnos una foto a cada uno, y Roberto imprimió dos del móvil y ellos las pegaron en la cabecera de la cama, allí donde tenían pegados a sus hijos y familiares. En cuatro días nos habíamos convertido en parte de su familia.

A la sexta mañana, cuando apenas estaba despertando, oí unas voces familiares llegando a la habitación del hospital. ¿Estaba soñando? Abrí los ojos y los vi. A mis padres, a los dos. Entrando por la puerta.

—Hija mía, al fin. Tú no sabes el lío que es conseguir un visado a este país. Cuatro días hemos tardado. Y eso que amenazamos con llamar a la Moncloa —dijo mi madre abrazándome.

—Como si tú conocieras a alguien en la Moncloa —dijo mi padre.

—Estarás contenta —me regañó mi madre—. Hasta que no lo has conseguido, no has parado.

No sabía de qué me estaba hablando. Y ella, sin necesidad de que yo le preguntara, enseguida se explicó.

—¿Cómo era esa novela de la que me hablaste? La chica esa que se finge enferma para juntar a sus padres...

—*Zonas húmedas*. Pero yo no he fingido nada.

Y me levanté el pijama para que vieran la raja del estómago de lado a lado.

—¡Ay, Dios! Pero ¿qué te han hecho? Pero si hablé con Amanda y me dijo que era una incisión de nada, que se solía hacer por el ombligo... Ay, hija, que te han desfigurado...

—Lo importante es que estás bien —dijo mi padre—. Lo estás, ¿verdad?

—Sí, papá.

Mi madre no dejaba de observarme la cicatriz.

—Yo creo que los cirujanos chinos de aquí nunca habían visto un occidental por dentro y se quisieron aprovechar contigo.

—¡Mamá, no seas bruta! —dije señalando a mi compañera de cuarto.

—¿Sabe español? —preguntó mi madre asombrada.

—Ni una palabra. Pero es más lista que el hambre, se da cuenta de todo —le dije—. Es un encanto.

Y les obligué a que la saludaran y como buenamente pude le expliqué que eran mis padres. Ella sonrió y señaló las fotos de sus hijos.

—Uy, esa de ahí lo que se parece a ti, y ese a Roberto.

—Somos nosotros.

—Y ¿por qué os tiene ahí?

—Nos ha cogido mucho cariño.

—Ah... Y ¿cuánto pagas por esta habitación? —preguntó ella sin disimular la cara de asco al revisar todo y al ver dos bragas enormes colgadas en la ducha—. Seguro que contrataste el seguro de viaje más barato. Y ¿qué te tengo dicho yo? Que lo barato sale caro.

—Claro, por eso te has empeñado en viajar en primera —dijo mi padre.

—Mi hija se estaba muriendo en la otra punta del mundo, ya bastante duro era eso como para viajar apelotonada con otros.

—Pues yo he venido de maravilla en turista.

—¿Tú has viajado en primera y papá en turista?

—Él es así, excéntrico.

—No me gusta tirar el dinero. Y menos ahora que tengo que renunciar a la mitad.

—Como ves, tu estrategia para juntarnos no te ha salido muy bien —dijo mi madre.

—Mamá, que yo no quería que me pasara esto. Y tampoco pretendía que vinierais.

—Tu padre se empeñó.

—Y ella también, aunque ahora se haga la dura. Yo le dije que no hacía falta que viniéramos los dos —dijo mi padre.

—Entonces yo le dije que se quedara, que ya venía yo.

—Y yo no iba a dejar a tu madre sola en China. Ella sola es capaz de crear un conflicto internacional.

—No digas disparates, Arturo. El caso es que yo me moría por venir a cuidarte. Y tu padre también.

—Me alegro mucho de veros —dije yo al borde de la lágrima.

Roberto entró en ese momento en la habitación. Y al ver a mis padres sonrió.

—Ya pensé que no llegabais.

—¿Tú sabías que venían? —pregunté.

—Él agilizó todo en la embajada. Este hombre vale su peso en oro. No lo pierdas nunca —dijo mi madre—. Aunque a mí la ventolera esta de veniros tan lejos me parece un desatino. Arturo, ¿por qué no le das de una vez trabajo en el estudio y os volvéis? Porque imagínate el trajín si ella se queda embarazada y hay que venir hasta aquí otra vez. Y que mis nietos no pueden venir al mundo en un sitio como este...

—Mamá, Roberto y yo ya no estamos juntos.

—¿Cómo que no estáis juntos? Si está aquí contigo.

—Porque no me quería dejar sola.

—Ahora mismo os arregláis.

—Mamá...

—¿Tú sabes cómo te ha cuidado esta semana? ¿Y lo pendiente que ha estado de ti y de nosotros? Que no vas a encontrar otro igual, Sara.

—Berta, no te metas donde no te llaman —le pidió mi padre.

—Ni se te ocurra dejarlo —insistió de manera vehemente.

—Mamá, ¿me meto yo en vuestra relación?

—Te metes, claro que te metes.

—Bueno, porque sois mis padres.

—Y tú mi hija y sé lo que te conviene. Ni se te ocurra dejarlo.

—Mamá, me ha dejado él.

—¿Tú? ¿Pero...? —Mi madre estaba completamente descolocada. Le echó a Roberto una mirada que podía significar cualquier cosa, y todas malas.

—Ya te dije que no te metieras —le dijo mi padre.

—¿Tú lo sabías? —preguntó mi madre.

—Algo veía venir.

—¿Ah, sí? —le pregunté—. Y ¿por qué no me dijiste nada?

—Sara, si yo ya te dije que no vinieras, pero claro, tampoco podía retenerte.

—Y casi se muere aquí —dijo mi madre de manera dramática y echándoselo en cara.

—Mamá, que estoy bien.

—Con una raja de lado a lado. Desfigurada para los restos.

—Bueno, es como si me hubieran hecho una cesárea —dije intentando quitarle importancia.

—Y ¿dónde está el niño? Al menos con una cesárea tienes a tu hijo para poder echárselo en cara el resto de tu vida.

—Berta, tienes cada cosa...

—¿Y con esa raja te van a dejar coger un avión?

Yo en eso no había pensado. Y mi madre tenía razón. Hasta que pasara al menos semana y media o dos semanas, los médicos no me iban a permitir volar.

—Como no llegues a la boda de Lu, no quiero imaginarme el drama...

—Lo importante es que se recupere —dijo mi padre con cordura.

—Eso —dijo Roberto.

—Tú a callar, que ya no pinchas ni cortas —soltó mi madre—. ¿Te ha llamado Lu?

Sí, me había llamado unas cuantas veces mientras estaba en el hospital, para preguntarme qué tal estaba, para mandarme fotos de los bocetos de su vestido de novia, para preguntarme detalles absurdos de su boda y para contarme también que Aarón me mandaba muchos saludos y que le había restringido las horas para verla.

—Dice que estoy insoportable con la boda, y como él además se pasa los días encerrado en el estudio o preparando su videoclip, no quiere que le distraiga con tonterías.

—¿Piensa que vuestra boda es una tontería?

—No. Dice que mi manera de obsesionarme es lo que le parece tonto.

—Y a lo mejor no le falta razón.

—Pero soy una novia, las novias se supone que nos volvemos locas. Claro que yo estoy llegando a niveles insospechados.

—Pobrecito.

—Y ¿eso a qué viene?

—Ten cuidado, Lu, que por mucho que te quiera, todo el mundo tiene un límite. Y tú de insoportable eres muy insoportable.

—No te grito porque acabas de salir de una operación. Y porque estás en China. Y ya bastante tienes con lo que tienes. Pero te mereces que te grite.

—Yo solo te digo que te relajes. Que más importante que la propia boda, es llegar a ese día con novio.

—Qué equivocada estás.

No sé por qué me empeñaba en darle consejos a mi hermana, si como siempre iba a hacer lo que le diera la gana. Y si ella misma estropeaba su boda, pues no iba a ser yo quien se pusiera a llorar.

Y cada vez que hablaba con ella por teléfono, Roberto seguía la conversación a mi lado. Aunque fingía no enterarse, yo sé que se enteraba de todo.

—Estás encantada.

—¿Yo?

—Sí, ves a tu hermana cagándola y estás encantada.

—No.

—Sí, y a mí me lo puedes contar. Ahora somos amigos.

—No estoy encantada.

—Si rompe lo tienes todo para ti.

—¡Roberto! No voy a hablar contigo de eso. Y además no va a romper, si la conoceré. Si esa ha nacido con una flor en el culo, y es lista. Antes de cagarla del todo se dará cuenta de lo que puede perder y reaccionará. Además, a Aarón lo tiene embelesado.

—Pero, como tú dices, todos tenemos un límite.

Y yo no quería creer sus palabras, pero a la vez mantenía la esperanza. Porque es verdad que la esperanza es lo último que se pierde, y más cuando has salido viva de una operación a estómago abierto en la otra punta del mundo.

Por fin llegó el día en que los cirujanos chinos me dieron el alta. Y lo primero que hizo mi madre fue convencerme para que me cambiara de hotel. Ella no quería que siguiera compartiendo habitación con Roberto.

—Si habéis roto, habéis roto. Ya está bien de modernidades.

—Me dijo la que tiene un amante.

—Un amante es una cosa muy de toda la vida —dijo mi madre.

—Eso también es verdad.

Y yo me dejé hacer. Porque aunque no me apetecía mucho compartir habitación con mi madre, yo tampoco quería estar con Roberto. Sobre todo por él, que ya bastante me había aguantado durante una semana en el hospital. Así que mi madre y yo compartimos una suite presidencial. «Hija, es que al cambio está tirada». Y mi padre, en la misma planta, se cogió una mucho más pequeña. «Total, si ha venido en turista. Él se hace a todo. Es por naturaleza sufrido». Y durante esa semana y media, mi madre y yo nos dedicamos a darnos todos los tratamientos de belleza y de spa que ofrecía el hotel, y curas de sueño, y comilonas más occidentales que orientales —yo ya podía comer de todo—, y cine, mucho cine, y hasta alguna peli china vimos, y lectura, novelas policíacas, revistas del corazón chinas y americanas, revistas de decoración y de moda, aunque las de moda apenas las miraba, porque no quería que nada me recordara que había dejado mi trabajo. Fueron como las vacaciones soñadas sin el estrés de tener que cansarnos recorriendo y perdiéndonos por una ciudad que nos daba bastante igual. Mientras, mi padre se aventuraba a recorrer Hong Kong. Le parecía un crimen estar en esa ciudad y no descubrir todas sus calles y edificios. Yo, con la raja en el estómago, no estaba de humor para hacer turismo. Y una vez que había asumido que me volvía a España, tampoco tenía demasiado interés en seguir con la farsa de la inmersión china. Además, había comprendido que solo tenía una vida, y quería disfrutarla, y no se me ocurría mejor manera de hacerlo que gozando de todo lo que ofrecían el hotel y mi iPad.

—Qué manos tienen estos chinos, hija.

Mi madre sin duda prefería las manos orientales a la tecnología oriental.

Mi padre volvía por las noches cansado de haber pateado calles y calles, pero feliz y con las pilas cargadas. Estaba lleno de vitalidad, de energía. Todo en Hong Kong le emocionaba: la distribución del espacio, la manera de construir, lo atrevidos y osados que eran a la hora de concebir ciertos edificios. Se sentía inspirado, decía. A su edad y en Hong Kong, se sentía casi como cuando había empezado a estudiar la carrera. Capaz de todo. Si los turistas en Florencia padecían el síndrome de Stendhal, que les hacía enfermar ante tanta belleza, mi padre estaba sufriendo el, recién bautizado por mí, síndrome de Hong Kong, que venía a ser como mi revelación china, pero sin necesidad de que le rajaran el estómago. Cada noche nos invitaba a cenar a mi madre y a mí, y con champán, porque había decidido que a partir de China todos los días iba a brindar con champán, para que no se nos olvidara que en la vida siempre hay algo que celebrar. Y mi madre asentía y le daba la razón, y yo, tal vez porque quería creérmelo, empezaba a ver que entre mis padres volvía a haber algo.

—Hija, si es que parece el de antes. El de cuando lo conocí. Tan lleno de vida, de entusiasmo... Ni una vez ha mencionado la crisis.

—Pero solo habla de edificios.

—A mí me enamoró así.

—Si te soy sincera, y ahora estoy muy empeñada en serlo después de mi revelación china, a mí nunca me han gustado mucho los edificios —dije.

—Y estabas con un arquitecto... Normal que te haya dejado. Mira qué colgante tan bonito me ha regalado tu padre. Dice que es de imitación y que esa es la gracia, porque venir a China y no comprar algo de imitación es como entrar en Manolo Blahnik y, en vez de unos zapatos, llevarte un cinturón.

—¿Te ha puesto ese ejemplo?

—Tu padre siempre ha sido muy atinado con los ejemplos. Y fíjate, me ha convencido. Hace dos semanas habría pensado que era racanería, y ahora me parece todo un detalle. Y ¿sabes qué más me dijo ayer?

—¿Qué?

—«Yo preocupado y obsesionado con la crisis como un imbécil, y el holocausto era perderte».

—¿En serio?

—Ya te digo que cuando quiere sabe hablar, el condenado.

—Ay, mamá...

—¿Qué?

—Que creo que te estás olvidando de Ismael.

—Hija, si te digo la verdad, huele mucho a zoo... Pero ni una palabra a tu padre, que aún no he decidido nada. Que esto no se arregla con una escapada a Hong Kong.

—Bueno, mejor que una escapada a la sierra...

—Eso sí —convino ella.

Durante esa semana y media hablé varias veces con Roberto. Ya había empezado a trabajar y estaba intentando adaptarse lo antes posible. Había hecho buenas migas con todos los occidentales que trabajaban en el estudio. Se iba a adaptar a las mil maravillas. Lo supe. Y, al igual que a mi padre, también se le notaba entusiasmado. El aire de Hong Kong debía de sentar bien a los arquitectos. Eso, o que el hecho de haberse librado de mí le quitaba tal peso de encima que ahora se sentía ligero como una pluma y no podía ni sabía disimularlo. Pero fuera lo que fuese, me alegraba por él.

La noche antes de nuestro regreso, Lu me llamó a través del Skype. Tenía los ojos encharcados en lágrimas.

—Sara...

—¿Has llorado?

—Que dice que o me tranquilizo o me manda a la mierda. Que ya no aguanta más mis cambios de humor.

—Pues tranquilízate...

—Quiero que escuches esto. Es de su nueva canción. Espera.

Y Lu tecleó algo en el ordenador y le dio al *play.* Y yo oí la voz de Aarón con un acompañamiento de guitarra acústica.

> *¿Y si el amor igual que vino se va?*
> *Si todo llegó de repente,*
> *¿por qué no va a tener el mismo final?*

Lu le dio al *stop.*

—¿Lo has escuchado?

—Sí.

—¿Y? ¿Es o no es para preocuparse? ¿Cómo me voy a tranquilizar? Me está mandando una señal, alta y clara.

—Supongo que son los típicos nervios de antes de la boda.

—Que está diciendo que ya no me quiere.

—Lu, pero ¿te lo ha dicho a ti?

—No.

—Entonces no hagas caso de una canción. Eso puede significar cualquier cosa.

—Que no me aguanta, que ya no le gusto. Y no se atreve a decírmelo porque es un cobarde. Como todos los tíos. Al igual que hizo Roberto contigo.

—No compares.

—No comparo, pero son todos iguales. ¿Qué hago?

—Reacciona, tonta. Y saca lo mejor de ti.

—Ya... ¿Y si no sé o si no quiero?

—¿Cómo si no quieres?

—Ay, que ni sé lo que me digo.

Mi madre entró en ese momento en la suite cargada de bolsas.

—¿Qué te parece si hablamos mañana? Yo estaré ya por ahí, ¿vale? —le dije a mi hermana.

—Vale. Buen viaje.

Cortamos la comunicación.

—Creo que me he vuelto loca con la tarjeta de tu padre. Pero es que era todo tan bonito... Y me he dicho, ¿cuándo voy a tener ocasión de volver a Hong Kong? ¿Era tu hermana?

—Sí.

—Dime que no ha roto con su novio.

—¿Por qué dices eso?

—Solo espero que el vestido se pueda devolver, con el dineral que me estoy gastando...

—Se van a casar, mamá.

—Yo de tu hermana ya me espero cualquier cosa.

Al día siguiente Roberto se empeñó en acompañarnos al aeropuerto porque se quería despedir de nosotros. Sobre todo de mí. Y aunque a mi madre no le pareció del todo bien, mi padre le pidió que no se metiera y esta vez ella le hizo caso.

Nos vino a recoger en taxi y tuvimos que alquilar uno más porque no cabían las maletas. Así que mis padres fueron en uno y nosotros en otro. Esta vez el taxista no habló de Ronaldo, ni de nada. Y yo no me mareé, ni me extrañó la manera de conducir adelantando por derecha e izquierda, como si en los primeros seis días en Hong Kong —que había pasado en el hospital— más los que había disfrutado en el spa del hotel ya me hubieran convertido en una experta viajera que se ha adaptado a las maneras y costumbres orientales. En el aeropuerto buscamos durante un rato el mostrador para facturar las maletas. Miles de chinos se despedían de familiares y amigos o recibían a otros miles de chinos. Cuando vimos varios occidentales en una cola, nos acercamos hasta ellos. Y sí, ese era nuestro vuelo. Yo me quedé un rato a solas con Roberto, mientras mis padres hacían cola para facturar.

—Y que me hayan tenido que rajar el estómago para que hayamos tenido que romper y que ahora nos podamos despedir como amigos...

—Es que siempre has sido muy tremenda, Sara.

—Gracias por todo, Roberto. De verdad.

—Tú habrías hecho exactamente lo mismo.

Y le sonreí, porque tenía razón. Yo habría hecho exactamente lo mismo. Mi madre me hizo una señal para que me apurara porque ya nos tocaba a nosotros. Y dejé un momento a Roberto para acercarme al mostrador. Facturé la maleta y la chica oriental del mostrador me preguntó si quería pasillo o ventanilla en un perfecto inglés. Le dije que ventanilla y volví al lado de Roberto. Y nos besamos, como se besan los amigos. Y nos abrazamos como se abrazan los amigos. Y fue reconfortante.

—¿Sabes lo que me dijo mi padre antes de venir a China? Que no tuviera miedo de volverme cuando quisiera, que no tenía que demostrar nada. Tú tampoco. Si te hartas de arroz, vuélvete, ¿vale?

—Vale.

—¿Me lo prometes?

—Prometido. ¿No quieres quedarte más días en Hong Kong? Aunque sea para conocerlo. Porque no habéis salido del hotel.

—Creo que es mi sino contigo: viajar a ciudades que apenas acabo pisando. París primero y ahora Hong Kong.

—Ni se te ocurra echarme a mí la culpa, que bien a gustito estabais en el hotel y no os dio la gana de salir.

—Pues sí.

Anunciaron en inglés que los pasajeros de nuestro vuelo estaban embarcando, y me despedí de Roberto con otro abrazo.

—¿Qué vas a hacer al llegar? ¿Quieres volver a tus plumas?

—Aún no lo sé. Pero tengo catorce horas de vuelo para pensarlo.

—Eso si tu madre te deja tranquila.

—Ya le he dado una pastilla.

—¿Y con Aarón? ¿Qué vas a hacer?

—Asistir a su boda y poner buena cara.

—Eso si se casan.

—Estáis todos de un pesado... Se casan, claro que se casan.

Mi padre se acercó a Roberto y le dio un abrazo.

—Gracias por todo, Roberto. Y tenemos que seguir hablando.

—Los de aquí lo ven bastante claro, no te digo más. Así que es cosa tuya.

—¿Quiénes son los de aquí? ¿De qué tenéis que seguir hablando? —pregunté.

—Cosas nuestras —dijo mi padre.

—Cosas nuestras —dijo Roberto.

18

A DOS SEMANAS DE LA BODA

Mi madre se empeñó en que me quedara en la casa de Aravaca.

—Si ya no tienes la tienda en la casa de la abuela, no pintas nada allí. Además tu padre ya ha empezado las obras. ¿A que sí, Arturo?

—Aún no.

—Arturo, ¿en qué habíamos quedado?

—No sé en lo que habíamos quedado pero no voy a mentir a nuestra hija. Si apenas he tenido tiempo para ponerme con eso.

—Entonces me puedo quedar en casa de la abuela hasta que empecéis las obras, ¿no?

—Tú te vienes con nosotros —dijo mi madre.

—¿Con vosotros? —pregunté, extrañada—. ¿Papá también se va a quedar en Aravaca?

—¿Me voy a quedar? —preguntó mi padre a mi madre, sin disimular su sorpresa y su esperanza.

—Hay muchas habitaciones. Y yo nunca te eché de tu casa.

Mi padre asintió. No era la respuesta exacta que buscaba, pero era mejor que nada.

Toda esta conversación la estábamos teniendo mientras esperábamos un taxi en la cola de la T4 del aeropuerto de Madrid.

—Yo no sé por qué no le has dicho a Lu que cogiera tu coche y nos viniera a buscar. Después de mil horas de vuelo tener que estar esperando ahora un taxi —protestó mi madre.

—Yo a Lu no le dejo el coche —dijo él—. Y menos estos días, que está con la cabeza ida.

—La boda, que la trae a mal traer —apuntó mi madre.

—Pero si no va a haber boda —dijo mi padre.

Parecía una confabulación, todos empeñados en negar la boda. Y yo ya estaba harta de que me crearan falsas ilusiones.

—Se casan, esos dos se casan —aseguré yo.

—Tú por si acaso no te gastes mucho en el vestido —dijo mi padre.

—Pero que sea bonito, por si las moscas —dijo mi madre—. Que con tu hermana nunca se sabe y tampoco querrás ir hecha un adefesio.

Cuando nos tocó el turno del taxi, nos volvimos a encontrar con el mismo problema que en Hong Kong: no cabían todas las maletas.

—Si no te hubieras empeñado en comprar media ciudad... —dijo mi padre.

—Pero si no salí del hotel —dijo ella.

—Solo tú eres capaz de comprar media ciudad sin salir del hotel. Miedo me da mirar la cuenta.

—Ay, no seas agonías, tonto. Con lo bien que te habían sentado los aires chinos, a ver si ya se te va a pasar...

—Pues yo casi me cojo un taxi para mí, y así aprovecho y paso por casa de la abuela.

—Que tú allí no te quedas, Sara —dijo mi madre.

—Bueno, pero déjame al menos que coja algunas cosas. Y te prometo que mañana como muy tarde me tienes en Aravaca.

—Qué obcecada eres...

—Tú entonces te vas con mamá, ¿verdad?

—¿Eh...? Sí, sí —dijo mi padre.

Y se subieron al taxi. Yo le guiñé el ojo a mi padre al cerrarles la puerta y él me sonrió como un niño travieso.

Cogí el siguiente taxi y le di la dirección de la calle Velarde.

Abrí la puerta de casa y respiré. Volvía a la casilla de salida. Mi viaje de cinco años a China no había durado ni tres semanas. Mi vida al lado de Roberto se había dinamitado. No tenía un proyecto de futuro, y mi único compromiso a corto plazo era asistir a la boda de mi hermana. Casi nada. Pero desterré enseguida ese pensamiento de la cabeza. Tenía otras cosas en las que pensar. Y aunque le había dicho a Roberto que iba a utilizar las horas de vuelo para hacerlo, entre la charla de mi madre, las cuatro películas que vi y las horas que dormí, no había pensado en nada.

¿Quería volver al mundo de las plumas? Desde luego tenía claro que no quería enredarme con una tienda. Demasiados sacrificios, demasiados sueños truncados, demasiadas frustraciones. Ya lo había hecho, y no había funcionado. Ahora tenía que empezar de cero, sin presiones, sin pensar en el pasado, sin que me pesaran los fracasos anteriores. Tenía que atreverme a vivir otros sueños, tenía que atreverme a volar. Y lo mejor es que no había por qué empezar esa noche. Tampoco había prisa. Podía abrirme una botella de vino, si es que había alguna en la nevera, o una cerveza en el peor de los casos, y disfrutar de mi soledad. Dejé la maleta al lado del pasillo y me metí en la cocina. Abrí la nevera y, al verla vacía, de repente fui consciente de mi soledad, y tampoco me gustó demasiado. Durante tantas semanas había suspirado por estar sola en mi casa y ahora que apenas llevaba dos minutos en ella ya empezaba a echar de menos el bullicio de la casa ocupada. Apenas tuve tiempo de regodearme en mi pena, porque un ruido me sobresaltó. Provenía del pasillo. Me asusté.

—¿Hay alguien?

Me asomé al pasillo y vi salir de mi habitación a Lu, solo llevaba unas bragas.

—Sara, ¿qué haces aquí?

—¿Y tú?

—¿No llegabas mañana?

—Hoy.

—Yo pensaba que mañana. Si os quería ir a buscar al aeropuerto...

Oí otro ruido que provenía de la habitación. Sonreí a mi hermana.

—Ya veo que lo has solucionado con Aarón. Papá y mamá ya lo daban por perdido.

Lu sonrió incómoda. Y en ese momento se abrió la puerta de la habitación y vi saliendo de ella a... ¡Eric! Completamente desnudo. Casi me caigo redonda allí mismo. ¡No podía ser! ¿Qué hacía Eric en España y con mi hermana?

—¡Eric!

El vikingo se tapó la entrepierna con las manos. Solo me dio tiempo a ver una mata pelirroja.

—Hola, Sara. *I got the job. Here in Spain!*

—*The job* y a mi hermana, por lo que veo.

—Ella me buscó en aeropuerto.

—Y te llevó hasta la cama...

Miré a Lu. Necesitaba una explicación, y una muy buena, porque estaba que no salía de mi perplejidad. De mi asombro. Vamos, que no me lo podía creer, que no me cuadraba nada, que no y que no. Que se empezara a explicar a la orden de ya.

—¿Así es como pretendes solucionar las cosas con Aarón?

—Frío, yo dentro —dijo Eric, y antes de meterse en la habitación me sonrió—. *I'm glad to see you.* —Y nos dejó solas a mi hermana y a mí.

Aunque oímos cantar al vikingo desde dentro: «¡Ya soy español, español, español!».

—Lu, ¿me puedes explicar de qué va esto?

A mi hermana se la veía un poco avergonzada.

—¿Te acuerdas de la canción que te puse de Aarón por el Skype?

—Sí.

—Eso de que el amor igual que viene de repente se va.

—Sí, me acuerdo, Lu. Me acuerdo.

—En realidad...

Y ahí se calló. La miré para que siguiera hablando.

—¿Qué pasa, Lu?

—Que en realidad eso se lo dije yo.

—¿Cómo que se lo dijiste tú?

—En una de nuestras discusiones. Él me dijo que yo no podía estar así de atacada solo por la boda. Que no era ni medio normal. Y que me pasaba algo más. Y entonces se lo solté.

—¿Qué le soltaste?

—Que creía que ya no le quería. Que se me había pasado.

—¿Qué?

—Todo lo que sentía por él ya no lo siento. Se ha ido.

—¿Cómo que se ha ido?

—Pues eso, que ya no lo siento, que lo busco y no lo encuentro. Escucho sus canciones, recuerdo sus tonterías, y nada. Lo que estaba ya no está.

—¿Así, sin más? ¿Todo el amor que sentías se ha esfumado?

—Supongo.

—Lu... pero ¿no ves que no es normal, que no puede ser?

—¿Cómo que no? Hay amores que duran toda la vida, y otros un fin de semana. El mío ha durado cuatro meses.

—Pero...

—Es la verdad. Se acabó. Fue intenso, alucinante, pero ya no está.

—Y no se te ha ocurrido mejor cosa que, después de romper con él, liarte con Eric.

—No he roto con él.

—¿Te vas a casar?

—No. Claro que no. Si Aarón tampoco quiere casarse.

—¿Cómo? ¿Él tampoco se quiere casar?

—Ayer me lo dijo. Que después de todo lo que le había dicho yo, empezó a pensar, y que la canción le salió sola. Espera, que te la pongo entera.

—¿De verdad me vas a poner ahora una canción? Yo casi prefería que te pusieras algo de ropa.

Lu entró en la habitación y salió al segundo con el portátil y con una camiseta en la mano. Y mientras se ponía la camiseta, buscó entre los archivos recibidos en la bandeja de entrada de su correo. Yo, mientras, intentaba digerir todo lo que me estaba contando y darle un poco de sentido.

—Aquí está.

Le dio al *play.* Y la canción volvió a sonar.

¿Y si el amor igual que vino se va?
Si todo llegó de repente,
¿por qué no va a tener el mismo final?
Me lo dijo sin dudar.
Y ahora sé que
lo nuestro fue simultáneo.
Nos enamoramos a la vez
y a la vez nos desenamoramos.

Lu le dio al *stop.*

—¿Qué me dices?

—Que lo estoy flipando. Pero, entonces, ¿habéis roto o solo os comunicáis por canciones?

—Que ya no me quiere. ¿No lo has escuchado? Que ya no me quiere.

—Ni tú a él.

—Ya, pero ¿a que es fuerte que ya no me quiera?

—No sé qué decirte, Lu. Me tienes, o me tenéis, un poquito alucinada. Y yo pregunto, ¿después de la canción habéis vuelto a hablar?

—Claro.

—¿Y?

—Pues que no hay boda.

—O sea, que sí has roto.

—Hemos, que ha sido simultáneo. ¿O no lo has escuchado? En la canción lo dice.

—Que sí, Lu, que sí. Simultáneo, muy bien. Y... y ¿cómo estás?

—Yo creo que me estoy enamorando.

—¿Perdona?

—Del vikingo.

—Tú estás de psiquiátrico.

—Pero ¿tú has visto lo que tiene entre las piernas?

—¡Pues no, Lu! ¡No lo he visto! Pero tú, tú, tú estás muy mal de la cabeza. Pero que muy mal...

—Tranquilita, ¿eh?

—¿Tranquilita? ¿Tranquilita? Acabas de mandar a la mierda tu boda, acabas de mandar a la mierda a un tío como Aarón, a un tío cojonudísimo e increíble como Aarón. Aarón, el que era el gran amor de tu vida, y de repente te lías con el primero que pasa y te pones a hablar de su... de su... de su...

—Polla, sí. Pero es que es descomunal. Un trabuco de cuidado.

—De psiquiátrico. Lo que yo te diga. Tú estás de psiquiátrico. Y tú, tú, tú no puedes ser mi hermana, no. No puedes serlo. Yo es que alucino, alucino. Estás mal, muy mal, fatal.

—Sí que te ha dado fuerte.

—Pero vamos a ver, pero ¿no decías que Aarón era el amor de tu vida, que nunca habías sentido nada igual? Que con él te irías a China, que lo dejarías todo, que... que...

—Pues ya no.

—Ya no.

—No.

—No. Ya no. Y como ya no, te lías con el vikingo. Y aquí nos olvidamos de todo, de lo que has montado, del lío que te traías, de la boda, de... de... ¡Dios! ¡Dios!

—Pero ¿qué te pasa?

—¿A mí? ¿Qué me pasa a mí? Será más bien qué te pasa a ti.

—Chica, ni que yo fuera la primera en la historia en cancelar una boda.

—¡Lu! Que nos has tenido a todos en solfa, danzando a tu son, volviéndonos locos, que si el vestido, que si el amor, que si... ¡Y ahora ya no lo quieres y no te casas! ¡Así, sin más!

—Joder, pues sí que tenías ganas de que Aarón fuera tu cuñado.

—¡No tenía ninguna gana! ¡Ninguna! ¡Para que te enteres!

—Y, entonces, ¿por qué te afecta tanto?

—Porque... porque...

Y ahí decidí callarme. Y Eric salió en ese momento de la habitación para explicárselo a mi hermana.

—She's in love.

—¿Quién? ¿Mi hermana? ¿De quién? Pero ¿tú no habías dejado a Roberto?

—She loves Aarón.

—¿Mi hermana?

—¡No! —exclamé.

—¿Estás enamorada de Aarón? —preguntó mi hermana con cara de perplejidad.

—No digas disparates. Al vikingo se le va la olla. ¿Qué va a saber él?

Eric me miró con aire de suficiencia. Capullo. Yo quise matarlo. Y él ¿por qué lo sabía? ¿Se lo había contado Roberto, o es que yo era tan transparente? Y Lu entonces se dio cuenta de que Eric decía la verdad y de que yo estaba enamorada como una perra.

—Es verdad —dijo, con la misma cara que debió de poner el santo ese que se cayó del caballo cuando tuvo no sé qué revelación—. Estás enamorada de mi ex... Y por eso dices que es cojonudo, y estupendo y... Y por eso estás así de atacada. Qué fuerte eres, tía.

—¡Que no estoy enamorada de nadie!

—¿Desde cuándo?

—Que no... —Pero ahí me vine abajo. ¿Para qué seguir mintiendo?—. Desde los diecisiete años, ¿contenta?

—¿En serio? ¿En serio? Yo lo flipo. ¿Desde los diecisiete? Pero ¿enamorada de verdad?

Yo ya no sabía qué contestar.

—¿E ibas a dejar que me casara con él? ¿Todo esto te lo tenías guardado y no me lo ibas a decir e ibas a dejar que él y yo...?

—Os ibais a casar, yo no me podía meter en medio.

—*She is so generous.*

—Calla, vikingo —le grité.

—Qué fuerte, qué fuerte. Y ¿él? ¿Él lo sabe? —preguntó.

—No. Claro que no lo sabe. Y no lo va a saber nunca —le dije.

—Y ¿por qué no? —preguntó mi hermana.

—Porque... porque... ¡Lu! Porque hace dos días se iba a casar contigo, y porque no tengo ni la más mínima oportunidad con él, ¡si le gustan como tú! ¡Míranos! Somos como el día y la noche.

—Pues eso ahora mismo juega a tu favor. Porque a mí ya no me quiere. Y a lo mejor por mi culpa hasta les ha cogido tirria a las de veinte y de repente le gustan talluditas.

—¿Talluditas?

—Bueno, o de treinta y tantos.

—Treinta. Tengo treinta.

—Susceptible.

—Gilipollas.

—Y ahora ¿por qué me insultas?

—Porque no sé... no sé... porque... porque... La cabeza me va a estallar —dije.

—Ella es impresionada —dijo Eric—. Todo muy fuerte.

—Pero vamos a ver, Lu, ¿a ti te parecería lógico que yo ahora fuera detrás de tu ex, con el que te ibas a casar en dos semanas?

—Pues no sé... A mí lo que no me parece lógico es que no me dijeras que estabas enamorada de él.

—Pero ¿cómo te lo iba a decir? ¿Cómo?

—Pues me sientas y me dices: Lu, te vas a casar con el amor de mi vida.

—¿Sí? Y ¿ tú que habrías hecho? ¿Eh? ¿Eh?

—Eso ya nunca lo sabremos. Como no lo hiciste...

—Eres desesperante.

—Mira, eso que tienes en común ya con Aarón. Se pasó las dos últimas semanas diciéndomelo. Que se desesperaba conmigo. Y que ya había tenido mucho desequilibrio en su vida, y que no quería más. Así, me llamó desequilibrada y se quedó tan a gusto.

—¿Sabes que te digo? Que me voy a dar una vuelta. Necesito salir de aquí.

—Buena idea...

—¡Y ya se lo estás diciendo a mamá!

—¿El qué, que estás enamorada de mi ex?

—¡No! ¡Que no hay boda!

—Vale, vale, qué carácter...

—*She has strong feelings* —dijo Eric.

Y me fui de allí, de la casa de mi abuela, de ese manicomio. Porque tenía que respirar, pensar, gritar...

Salí a la calle. No me entraba ni el aire en los pulmones. ¿Por qué estaba tan alterada si mi hermana ya no se iba a casar con Aarón y eso me daba a mí una oportunidad? Quizás por eso mismo, que de repente dependiera de mí me angustiaba, me llenaba de miedo y, sobre todo, sobre todo, sobre todo, me sentía la más estúpida del universo. Todo lo que me había reprimido, todo lo que me había torturado, todo lo que había sufrido por esa boda, por lo inconveniente de mis sentimientos, por lo inapropiado de todo, por la imposibilidad, por... Si hasta me había ido a China para escapar de la boda. Si había decidido cambiar de vida por culpa de Aarón y Lu. ¡Si casi había perdido la vida en un quirófano por su culpa! Y ahora ellos, de repente, sin más, como quien cambia de acera, como quien se cambia de pantalones, como quien decide afeitarse o no, lo dejaban. Sin dramas, sin gritos, sin torturas varias. Quería gritar. ¡Quería gritar! Y grité. Y asusté a tres *hipsters* jovencitos y barbudos que pasaban por la calle y me miraron como si estuviera loca. Y sí, tal vez los muchachos del barrio me llamaran loca, y unos hombres vestidos de blanco me dijeran ven. Y yo grité, no, señor, yo no estoy loca, estuve loca ayer... pero fue por amoooooor. Vale, se me había colado la canción de Mocedades. Tal vez loca no, pero un poquito desequilibrada sí que estaba. Si es que... ¡Arggg! Volví a gritar. Y esta vez asusté a dos señoras que iban con sus perros. Los perros también me miraron.

Y me puse a caminar. Y caminé mucho. Calle Fuencarral, Lu y Aarón ya no se casaban, Gran Vía, Roberto y yo ya no éramos novios, calle Alcalá, Lu y Aarón ya no se casaban, calle Serrano, yo estaba soltera, Castellana, Aarón estaba libre, y sin darme apenas cuenta llegué hasta la plaza de Colón. Y ahí me detuve. Agotada. Y a pesar de los kilómetros recorridos, no había pensado nada, solo había repetido en mi cabeza lo que ya sabía: Aarón y Lu no se casaban, yo no tenía novio. ¿Y? ¿Qué iba a hacer al respecto? Había intentado invocar a Inma durante el paseo para tener uno de mis diálogos interiores con ella que tanto me aclaraban, pero no apareció. Y, por supuesto, tampoco la llamé al teléfono. No tenía fuerzas. Me toqué la cicatriz. Porque mi raja en el estómago me tenía que recordar mi promesa de vivir intensamente, sin miedo. Pero por más que acariciaba la cicatriz con la yema de los dedos, era incapaz de recuperar esa fuerza y esa determinación que había sentido justo después de saber que seguía viva y que no me había muerto en el quirófano. ¿Tan poco duran los propósitos que uno se hace entre la vida y la muerte? ¿Acaso no había tenido en China una revelación? ¿Acaso no era otra? ¿Por qué otra vez me atenazaba el miedo?

Y súbitamente me entró el cansancio. Al fin y al cabo había recorrido medio mundo en unas horas y había regresado a Madrid, donde todo se había dado la vuelta. No tenía novio, no tenía tienda y mi hermana ya no se casaba con Aarón. Y a lo tonto me había pateado media ciudad intentando procesarlo. Levanté la mano tan pronto vi un taxi libre. Me subí y le di la dirección.

—A Aravaca.

Mis padres se sorprendieron al verme llegar.

—¿Y las maletas? —preguntó mi madre.

—Ya iré mañana a por ellas.

Mi aspecto debía de ser bastante lamentable, porque hasta mi madre se preocupó.

—¿Estás bien, cariño?

—Esta raja no sirve de nada —dije, mostrando mi cicatriz.

—Y ¿para qué querías que sirviera? —preguntó mi padre, un tanto descolocado.

— Y teníais razón, ya no hay boda. Vuestra hija no se casa.

—Si es que lo sabía, lo sabía —gritó mi madre—. Tu hermana me va a oír. Vamos que si me va a oír...

—Ya me ha oído a mí.

—Venga, pasa, y te tomas algo caliente, que lo necesitas —dijo mi padre.

Entré y fui directamente hacia la cocina. Mis padres me siguieron.

—¿Algo caliente? Yo casi prefiero un gintónic.

—Te acaban de operar, Sara —dijo mi padre.

—¡Y no ha servido de nada! —repetí.

Mi padre miró a mi madre con gesto interrogante.

—¿Todo esto es porque tu hermana no se casa? —preguntó mi madre.

—¿Qué voy a hacer con mi vida? ¿Qué? ¿Qué?

—Puedes volver a preparar las oposiciones —sugirió mi madre.

—¡No quiero preparar oposiciones! —grité—. ¡No me fui hasta China para volver y preparar oposiciones!

—Vale, vale, nos olvidamos de las oposiciones —dijo mi madre en un tono conciliador.

—Lu no se casa.

—Ya lo has dicho, corazón —dijo mi padre—. Ya mañana si quieres le echamos la bronca, ¿contenta?

—No se casa con Aarón.

Mi madre negaba con la cabeza, como dándome por un caso perdido.

—Voy a prepararle una tila alpina. Doble. A mí me relaja muchísimo —dijo mi madre.

—Estoy tan cansada...

—Sí, cariño, sí.

Mi madre se puso a calentar agua mientras le pedía a mi padre que buscara la tila. Mi padre abrió un cajón de uno de los muebles de la cocina y sacó una caja de tila.

—De esa no, la alpina, la alpina. Que esa no le va a hacer efecto.

—Si estoy bien... Estoy bien —dije con cara de estar fatal.

—Y mejor que vas a estar cuando te tomes la tila. Dos bolsitas y como nueva, ya verás. Y si podemos hacer algo... Lo que sea, cariño.

—¿Puedo dormir con vosotros?

—¿Con nosotros? —Mi madre se escandalizó ante semejante pregunta—. Sara, por favor, que tienes treinta años.

—Ya... —dije, derrotada.

—Y tu padre, además, aún no duerme conmigo.

—¿No? —pregunté mirando a mi padre. Y él negó con cierta lástima.

—Pero todo se andará —dijo él.

—¡Arturo! Ya veremos.

—No metas a la niña en nuestras cosas, mujer.

—No pasa nada, no pasa nada. Haced lo que queráis. No es de mi incumbencia. Yo ya soy mayor. Me voy a la cama. A la mía. Sola.

Y salí de la cocina. Mi madre me persiguió con la tila alpina en la mano.

—¿No te tomas la tila?

—Ah, la tila. Vale.

La cogí y le di un sorbo.

—Qué rica.

Y me fui con la taza escaleras arriba.

—¿Ha dicho que estaba rica? —oí que decía mi madre—. Sí que está mal, sí...

Me acosté en mi antigua cama. Me tapé la cabeza con el edredón. Y me dormí.

19

El rodaje

A las cinco de la mañana me desperté. Totalmente despejada. Tardé un par de segundos en darme cuenta de que estaba en mi habitación de la casa de Aravaca. No recordaba lo que había soñado, algo raro porque siempre tengo muy buena memoria para los sueños. Pero lo que sí recordaba, nítidamente, era todo lo que había pasado unas horas antes. La revelación de Lu, mi comportamiento errático, mi paseo sin norte por Madrid y el bajón en casa de mis padres. Y ahora sí invoqué a Inma, porque ya tenía fuerzas, y porque necesitaba que ella/yo me explicara.

—Ay, Inma...

—Ya estás quejándote, mal empezamos.

—¿Tú sabes por qué he reaccionado así ante la cancelación de la boda?

—Lo sé yo y lo sabes tú, que por algo me invocas y me inventas. Lo sabes de sobra.

—Pero ¿por qué no me he alegrado? Si encima a Lu, cuando se ha enterado de que estaba enamorada de su ex, casi le ha faltado darme la bendición.

—Me gusta que le llames «ex». Así te vas acostumbrando y se te va metiendo en la sesera que ya no le pertenece a tu hermana, que es un hombre libre.

—Pero ¿por qué me he venido abajo?

—Porque estás cagada. Porque por fin se ha cumplido todo lo que deseabas. Se han ido despejando todas las variables de la ecuación, ya no está Roberto, ya no hay boda, tienes el terreno libre y ahora que ves que no hay ningún obstáculo, solo falla una cosa.

—¿Qué?

—Tú.

—¿Yo?

—Sí, tú. Tú eres tu mayor obstáculo. Y lo has sido siempre. Y eso que la vida hasta te ha regalado una revelación china en forma de raja en el estómago para que te lances. Y ni por esas.

—Pero...

—Tú y los peros. A ver, dime.

—¿Cómo lo hago? ¿Cómo me lanzo? Eso en el caso de que me atreviera, y de que fuera una idea sensata, que ya te digo yo que no lo es. Que igual que he pasado página con lo de las plumas, también debería pasar página con Aarón.

—Mira que eres tremenda, ¿eh? ¿Quién te dijo que tuvieras que pasar página con lo de las plumas?

—¡Tú! Si me dijiste que me aferraba, que me pasaba el día aferrándome a cosas que no me convenían. Que perdía toda la energía del mundo en eso.

—En la tienda, en la tienda... Perdías toda la energía en ese empeño en mantenerla a flote. Que te estaba consumiendo. Pero una cosa es que cierres la tienda y otra que dejes de lado tu pasión por las plumas. Será que no la puedes reconducir...

—¿Cómo?

—Nena, vayamos por pasos. ¿Tú no me habías invocado para hablar de Aarón?

—Sí, sí, pero me lías.

—¿Yo? Tendrás valor...

—Dime, ¿qué hago si no quiero olvidarme de él y si quiero que se fije en mí y si quiero que... ? Bueno, eso, ¿qué hago?

—¿Cómo hiciste para que se fijara en ti la primera vez?

—¿La primera de todas?

—Sí.

—Me apunté a la función de teatro y me inventé todo el lío de las plumas.

—Y le gustó, le gustó tanto que si no te hubieras largado aquello habría acabado en beso.

—Eso dice él, sí. Aunque yo no lo tengo tan claro...

—Pues tienes otra oportunidad para saber si la cosa acaba en beso o no.

—¿A qué te refieres?

—¿No te había invitado a que participaras en su videoclip? ¿A que le hicieras el vestuario?

—Pero me lo pidió porque le daba lástima y por hacerle un favor a mi hermana, para retenerme aquí hasta la boda.

—Eso tú no lo sabes.

—No hay que ser muy lista, Inma.

—Tú a mí no me llamas tonta.

—Que no, que no te lo llamo. Simplemente que las cosas han cambiado, que además lo del videoclip ya lo tendrá muy avanzado, seguro que no le hago falta.

—Prueba.

—Qué fácil decirlo.

—¿Quieres ir a por él o no?

—Pero que ya va a tener a alguien, y que no sé qué tipo de videoclip va a hacer ni si yo podría...

—¿No te dijo el nombre del director de cine que lo iba a realizar?

—Sí.

—Coño, pues búscalo en internet, mira qué trabajos ha hecho, mira a ver si encajas... Lánzate de una vez, que todo te lo tenemos que decir. Que solo falta que mastiquemos el chicle por ti, siesa.

—Eh, eh, que todo esto me lo estoy diciendo yo, que te estoy inventando. No vayas de lista y de que yo no tomo ninguna iniciativa y que no soy capaz y que...

—Vale, vale, susceptible... Tú ganas. Pero en vez de empeñarte en tener razón contigo misma, abre internet y búscalo.

Y le/me hice caso. Y los vídeos que vi del director me gustaron. Mucho. Tenía razón Aarón cuando decía que yo podía encajar...

—Pues llámalo.

—¿Aún sigues ahí?

—A ver... me tienes haciendo horas extras. Llámalo. O mejor, vete a verlo. ¿No dijo Lu que se pasaba todo el día en el estudio de grabación?

—¿Tú sabes dónde es?

—Internet. Si todo está en la red... Seguro que es el mismo estudio donde grabó los anteriores...

—Sí, le pega todo.

—Pues ya estás tardando.

Y volví a hacerle/hacerme caso. Y diez minutos más tarde ya tenía la dirección del estudio. Esperaría a que fueran las once de la mañana, me pondría guapa e iría a preguntarle si aún necesitaba a una estilista para su videoclip. Y si me decía que no, pues... Ay, que no me dijera que no.

De siete de la mañana a nueve cambié veinte veces de idea. Y me probé la poca ropa que tenía en Aravaca. Y como me sentía ridícula con todo lo que me probaba, decidí ir a mi casa, o sea, a la casa de mi abuela, y probarme todo el armario. Algo habría que me sentase bien. Y si aún estaban en la habitación el vikingo y Lu, los echaría y listo. Porque no iba a dejar que mi hermana viera cómo me vestía para el chico con el que hace tres días se iba a casar. De eso nada.

Pero cuando llegué a casa me encontré no solo a Lu, también a Eric, a David, a Chusa y a Inma. Al parecer desde hacía una semana tenían fijada la cita para acompañar a mi hermana a la primera prueba del vestido que le había hecho el diseñador, y mi hermana se había olvidado de cancelarla. Así que Lu les había hecho un café y les había puesto al día. David e Inma, al verme entrar, me miraron con un brillo especial en la mirada.

—Que ya no se casa.

—Lo sé.

—Que ya no hay boda.

—Que sí.

—Que ¿qué te parece? —preguntó Inma.

—Pues qué le va a parecer —atajó Lu—, que ahora tiene el terreno libre para lanzarse a por él.

Todos, excepto Eric, que estaba al tanto, miraron a Lu con la misma cara alucinada que había puesto yo el día anterior.

—¿A ti no te importa?

—No, claro que no.

—Lo de tu hermana es total —me dijo David—. Es lo más, es la caña, qué tía, la bomba, eres la más moderna de Malasaña, y mira que el barrio está lleno de modernos, pero tú eres la más de todas. Hace dos días te casabas y ahora le cedes el novio a tu hermana. Y tan a gustito.

—Yo no se lo cedo, ya no es nada mío.

—Eres lo más, lo más, lo más. ¿Es o no es lo más? —preguntó a todos David.

—Creo que ya lo hemos pillado, David —contesté yo un poco molesta de que mi hermana siguiera siendo la protagonista.

—Y ¿qué haces aquí? ¿Por qué no estás intentándolo con Aarón en este mismo momento? —preguntó Inma.

—Venía a por ropa...

Y antes de que me diera cuenta, todos los que habían ido a la prueba del vestido de mi hermana me estaban probando a mí. Eligiendo la ropa de mi armario. Lo que mejor me vendría para un primer encuentro.

—Ponte el azul, este, el de la faldita corta. Te hace unas piernas estupendas —dijo Lu.

—O mejor los vaqueros de pitillo, esos te hacen culazo, y luego con una blusita así, algo vaporosa, disimulas la tripilla —dijo David.

—Pero ¿qué tripilla? ¡Si no tiene tripa! —dijo Inma.

—Tú guapa siempre —dijo el vikingo.

Yo apenas reaccionaba. David me miró.

—¿Qué te pasa?

—Que lo estoy flipando. Eso de que estéis en mi cuarto decidiendo qué ropa me tengo que poner para ver a Aarón. Y ya que estés tú, Lu, es que... sigue sin entrarme en la cabeza.

—Cuanto antes normalicemos el asunto, mejor —concluyó ella de manera resuelta.

—Y digo yo que, para normalizarlo, ¿no estaría bien que me vistiera yo solita? Ya sé que habíais quedado para lo del vestido, y que os habréis quedado con el mono de probar a alguien, pero no es necesario.

—Nena, ya que estábamos aquí... Y necesitas el consejo de unos estilistas, que tú, desequilibrada como estás, puedes aparecer en el estudio de grabación de cualquier manera. Así que dale las gracias a tu hermana por haberse olvidado de cancelar nuestra cita.

—Eso —dijo Lu—. Dame las gracias.

Yo la miré y sonreí de manera cínica.

—Que me las des.

—¿En serio? —pregunté.

—Súper en serio.

—Gracias —le dije.

—De nada, tonta. Que esto es divertidísimo. Oye, pero esa blusa no, que se le intuye la raja del estómago.

—Es verdad, no vayamos a asustar al roquero. ¿Qué tal esta verde?

—No, mejor la roja —dijo Lu.

Y yo ahí empecé a desanimarme.

—Es que es verdad... ¿adónde voy yo con esta cicatriz? Y justo después de que hayáis cancelado la boda. Que todo esto es un disparate. Que ahora mismo tendríamos que estar ayudándote a ti con el vestido blanco...

—¿Blanco? Yo no iba a ir de blanco.

—¿De qué color ibas a ir? —preguntó David.

—Estaba entre el plata y el rosa chillón.

—¿Rosa chillón? Qué total —dijo David—. Eh, cuando digo que eres total, es que eres total. Tirando a totalísima.

—¿Sí? Pues a mi madre no le convencía.

—¿De verdad vais a seguir hablando del vestido para la boda de mi hermana que no se va a celebrar porque le estoy intentando levantar al novio?

—No te confundas, que a mí ni tú ni nadie me levanta nada. El novio es exnovio. Así que tampoco te me vengas arriba.

—Uy, pelea de hermanas, esto ya estaba tardando —dijo David.

—Que no me peleo —dijo Lu—, solo puntualizo.

—Vamos a dejarlo, de verdad —dije yo, ya desanimada del todo—. Que es muy absurdo, que no me puedo presentar allí y...

—Claro que sí, vas y le dices que quieres aceptar el puesto de estilista en el videoclip.

—¿Y si ya tiene a otra persona?

—Pues te vuelves y ya improvisaremos otro plan.

Yo seguía negando, pero a pesar de ello dejé que me probaran un nuevo conjunto.

—Guapísima, así estás guapísima y ni rastro de raja —dijo David—. Ahora te peinamos, un poquito de *make up* y listo.

Me dejé guiar hasta el baño y entre todos me peinaron y me pusieron un poquito de color y de rímel.

Me miré al espejo. Y la verdad es que lo que vi me gustó. Porque para haber volado al otro extremo del mundo, ser abandonada por mi novio, ser operada a vida o muerte, volver del otro extremo del mundo y ahora intentar quedarme con el ex de Lu, no tenía tan mal aspecto. Vamos, que nadie diría que llevaba semejante bagaje encima.

—¿Has pensando en ideas para la ropa del vídeo?

—Antes tendré que saber de qué va la canción y qué han pensado él y el director. Lu, dime que no es la canción que habla de tu ruptura, porque entonces sí que me da algo.

—Que no, tranquila, que esa aún no la ha ni mezclado. Es otra. Creo que es esa que nos cantó en el pub, no sé si te acuerdas.

Como para olvidarla, pensé. Me despidieron todos en la puerta de casa, como a una novia. Aunque yo, más que una novia, me sentía como una res yendo al matadero. Aunque siempre he pensado que las reses cuando van al matadero no pueden saber que las van a matar, pero vamos, que seguro que intuyen que algo malo pasa allí, sobre todo cuando empiezan a oír los chillidos desgarrados de las otras reses. ¿O ya no chillan las reses en el matadero? Porque, claro, ya las matan con electrodos y no les da ni tiempo a chillar, ¿no? Y ¿yo qué rayos hacía pensando en la manera de matar a las reses?

Lu me había confirmado la dirección del estudio de grabación. Cogí el coche, puse el nombre de la calle en el GPS y arranqué. Durante el trayecto fui ensayando mil maneras, entre casuales y desenfadadas, de ofrecerme para ser la estilista del videoclip. Y sobre todo la manera de abordar el asunto cancelación de la boda. ¿Qué tipo de importancia le tenía que dar? ¿Debería mostrarme compungida, empática? ¿O sonaría demasiado hipócrita? Pero, claro, tampoco podía alegrarme. ¿O sí? Y mucho menos utilizar la frase tan manida «si eso ya lo venía yo venir, si es que no pegabais ni con cola, si esto es lo mejor que os podía pasar». Y ¿por qué no hablaban las revistas femeninas, tan dadas siempre a emitir consejos para todo, sobre qué hacer en una situación semejante? En plan «Los pasos a seguir cuando tu hermana cancela su boda y tú te quieres quedar con su novio».

Paso uno: saludar al exnovio como si nunca se hubiera planeado una boda. Y nunca se hubiera tirado a tu hermana.

Paso dos: hacerle ver que entre las dos hermanas había elegido a la equivocada.

Paso tres: enseñar escote. Por aquello de que tiran más dos tetas que dos carretas. Y cuando hay hormona no hay neurona. Así que tetamen para que no piense demasiado y que toda la sangre le vaya abajo.

Paso cuatro: una vez horneado el exnovio, hacerle ver que a ti te parece de lo más normal que pase de una hermana a otra. Vamos, que tú te has criado con las pelis de Woody Allen, que tu madre te daba teta y te ponía ya *Hannah y sus hermanas*. Y que aunque nunca has vivido en Nueva York o en París, donde esas cosas seguro que pasan a diario, tú has hecho de Malasaña el East Village y el Barrio Latino y el Soho, todo en uno, así que en tu mundo todo esto también puede, e incluso debe, pasar.

Paso cinco: hacerle ver que tu hermana no solo está al corriente de que vas a lanzarte al cuello de su ex, sino que también lo apoya y te anima. Sí, sí, llámala por teléfono si quieres. Y si ha borrado su número de teléfono, porque es de esa clase de novios rencorosillos y que necesita pasar página cuanto antes, pues tú se lo das, el número, digo. O incluso se lo marcas en su teléfono. El caso es que hable con ella.

Paso seis: sobre todo déjale claro que no hay prisa, o que estás dispuesta a que él marque el ritmo. Si quiere un primer polvo aquí te pillo, aquí te mato, para salir cuanto antes de dudas, que ya sabemos lo que le pasó a Hamlet por dudar tanto, por ti, estupendo, pero que si a él se le hace raro, raro eso de meter su polla en una vagina que comparte ADN —aunque desde esta revista modernísima y actual creemos que todo hombre ha fantaseado más de una vez y de dos con tirarse a la hermana de su novia—, pues tú también le dices que sí, que esperas lo que haga falta hasta que él lo crea necesario. Porque a lo mejor también hay un periodo de duelo para eso de pasar de una hermana a otra. Y ahí cada hombre es un mundo, y tal vez hayas ido a dar con uno mojigato. Aunque si tienes la suerte de que tenga una de estas profesiones: apicultor ecológico, psicólogo conductista, actor del método o músico experimental, puedes estar tranquila, querrá polvo nada más le digas hola.

Paso siete: una vez seguidos los seis pasos anteriores, si existe la más mínima oportunidad de que él te vea atractiva, aunque no sea ni apicultor, ni actor de método, ni músico experimental, puedes estar segura de que antes o después conseguirás meter en la cama al ex de tu hermana.

Paso ocho: ya que se enamore hasta el tuétano va a depender de factores ambientales, de coyunturas varias, muy largas de detallar, y, sobre todo, de él y de ti. Ánimo y al toro, amiga.

Y después de imaginarme estos pasos absurdos y chorras pensé que si no volvía a trabajar en el mundo de la pluma podría intentarlo de redactora en las revistas femeninas, a lo mejor tenía un don para la literatura evasiva y petarda. La voz del GPS anunció que a cien metros estaba la dirección solicitada. Y ahí me empezaron a temblar las piernas.

Bajé del coche y busqué el número del edificio. El estudio estaba en una zona de casas bajas, una de esas colonias que abundan en Madrid, donde de repente, al lado de las típicas calles de edificaciones altas, te encuentras dos o tres calles que parecen salidas de un barrio residencial de las afueras, todo lleno de casitas bajas en las que matarías por vivir. Porque lo tienen todo: jardín, a veces piscina, dos plantas, mucho espacio, garaje y, sobre todo, una boca de metro para que puedas llegar al centro en quince minutos.

Me armé de valor y llamé al timbre.

—¿Sí?

—Hola, soy Sara Escribano, quería hablar con Aarón.

—¿Con quién?

—Aarón Humilde, el músico que está grabando ahí.

—Ah, pasa.

Y me abrió la puerta, sin necesidad de dar más explicaciones. Ahí pensé que cualquier fan podría haber venido hasta allí y abordarlo sin demasiadas complicaciones, y que tal vez el estudio debería ser más precavido con la gente a la que dejaba entrar, pero bien es verdad que a mí en estos momentos ese tipo de laxitud a la hora del control de puerta me venía estupendamente.

Entré al estudio y un chico me indicó dónde estaba la zona de grabación. Pude llegar hasta allí sin que nadie me preguntara nada y sin que a nadie pareciera importarle que una extraña como yo se colara hasta dentro. Tal vez tuviera pinta de música, o de técnica de sonido, o de productora musical, qué sé yo. O que simplemente estaban tan acostumbrados a que entrara y saliera gente que a nadie parecía importarle mi presencia. Así que entré hasta la zona de grabación y vi a través del cristal a Aarón. Estaban grabando justo la pista de su voz. Y él al verme se sorprendió. Yo esbocé una tímida sonrisa y él entonces sonrió de manera franca y me saludó a través del cristal. Cantó un par de estrofas. La chica que estaba grabando en la mesa de sonido la pista de Aarón le hizo una señal de que esa toma le valía y Aarón salió de la pecera y entró a saludarme. La chica del control tenía los auriculares puestos y siguió a lo suyo. Sin prestarnos atención.

—¡Sara! ¡Qué alegría verte! Oye, ¿salimos a fumar un piti?

—Vale.

Y aunque yo no fumo, acompañé encantada a Aarón, porque aunque la chica del control no parecía hacernos caso, prefería estar a solas con él. Salimos a la parte de atrás del edificio, donde había un jardín bastante asilvestrado. Aarón encendió un cigarro. Yo empezaba a estar incómoda. Porque no tenía muy claro cómo iba a ir la conversación.

—Qué alegría verte, y entera. Qué mal nos lo hiciste pasar en China.

—¿Ah, sí?

—Claro, Lu estaba preocupadísima.

—Seguro que porque pensaba que si me había pasado a mí, le podía pasar a ella. Y conociéndola ya habrá pedido cita con el médico.

—Sí que la conoces, sí. Pero de verdad que estaba preocupada. Y yo.

—Pues aquí estoy, de vuelta y sanísima.

—Y con una pedazo cicatriz, ¿no? A ver...

Yo lo miré un tanto cortada.

—No te voy a enseñar la cicatriz.

—¿Cómo que no?

Y sin que pudiera darme tiempo a reaccionar, Aarón me subió como si tal cosa la camisa.

—Coño, sí que es grande.

Yo me bajé rápidamente la camisa, me sentía desnuda.

—Espera, déjame regodearme.

Y volvió a intentar subírmela, y yo se lo impedí. Y él volvió a insistir. Sin pretenderlo, estábamos forcejeando. Desde luego no me había imaginado así nuestro primer encuentro.

—Que no seas pesado, que no te la enseño. Que es asquerosa. Tú estás encantado, claro, como me reí de tus hábitos saludables y de tu avena... No creas que no pensé eso cuando estaba en el hospital... Si hubiera comido sano, más fruta, más tés, más...

—Qué va, eso le puede pasar a cualquiera. Pero eso sí, vas a tener que inventarte una buena historia para esa cicatriz.

—¿Que me operaron a vida o muerte en China por una obstrucción intestinal no es suficiente?

—Lo de China mola, la obstrucción intestinal cero. Tienes que buscar algo mejor. Con China va bien algo con una espada ninja, o un accidente en una barcaza que volcó en el río Zhu Jiang, y casi fuiste devorada por alimañas.

—O también puedo hacerme una cirugía estética.

—¿Y desaprovechar todo su potencial?

—¿Qué tal si dejamos de hablar de mi cicatriz?

—De acuerdo. Sabes que ya no hay boda, ¿no?

—Algo me ha dicho mi hermana. —Y como no sabía muy bien qué decir al respecto, a pesar de todos los ensayos, a pesar de todo lo pensado, solo se me ocurrió preguntar—: ¿Qué tal estás?

—Procesándolo. Pero bien, bien. Sobre todo me agobiaba contárselo a la gente a la que había invitado. Porque uno nunca sabe muy bien cómo contarlo y la importancia que debes darle, ¿te pones en plan serio, o lo haces como si no pasara nada? Así que ayer mandé un email colectivo a todos, neutro, serio pero algo payaso, para que vieran que no me voy a suicidar ni nada, y que tampoco soy el mayor cabrón del mundo, vamos, que ni víctima ni verdugo, y ya me siento más liberado.

—Me alegro.

—¿De que no haya boda?

—No, no, no... de que ya te sientas más liberado. Y de que no te sientas ni víctima ni verdugo.

Aarón sonrió.

—Pues sí, estoy liberado por haber mandado el email y, está mal que esto se lo diga a la hermana de la novia, pero liberado también por haber tomado la decisión de cancelarla. —Y enseguida añadió—: Decisión mutua y casi simultánea. No sé qué te ha dicho tu hermana.

—Lo mismo, lo mismo: mutua y simultánea.

—Mutua y simultánea, si hasta he hecho una canción y todo. Uno nunca sabe dónde va a aparecer la inspiración.

—Sí, la he oído.

—¿Lu te la ha enseñado? Qué crack es tu hermana. Qué crack.

—Lu es Lu. Ya sabes... Por algo te habías enamorado de ella. Aunque ya no, ¿no?

—Pues eso parece.

—¿No lo tienes muy claro?

—Sí, supongo, a ver... Ha sido todo tan... tan... tan...

—Tantán.

—Sí, tantán que te cagas. Pero estoy bien, y ella creo que también.

—Ella está estupenda —dije.

—Y yo, ¿eh? Y yo.

—Pues los dos estupendos.

—Sí, todo estupendo —dijo él.

Pero por mucho que dijera que todo estaba bien, que todo era estupendo, yo lo notaba tocado. O al menos no le veía tan bien como estaba mi hermana. Claro que Lu era como era, y Aarón, aunque hubiera dejado de quererla, en el caso de que eso fuera cierto, que empezaba yo a no tenerlo tan claro, pues aún estaría procesándolo, asimilándolo y tratando de convivir con ello. Así que desde luego este no era el momento de abordarlo, ni de insinuarle, ni de hacerle ver, ni de nada de nada.

—Y tú ¿qué tal?

—Pues... bien —dije yo.

—¿Muy jodida por haber roto con tu novio?

—Ahí voy.

—Jodida, entonces.

—Más desconcertada que jodida. Mis planes se han vuelto a ir a la mierda.

—Y ¿para qué están los planes si no? Vaya racha, ¿eh? Aquí parece que no se libra nadie de romper.

—Eso parece. Pero estoy bien, de verdad.

—Me alegro. Y me alegro de que estés de vuelta.

Yo sentí una punzadita en el estómago, que ahora que me habían abierto de lado a lado no sabía si era por culpa de la cicatriz o de lo que me acababa de decir Aarón, eso de que se alegraba de verme.

—¿Ah, sí? ¿Y eso? ¿Por qué te alegras?

—Porque China no te pegaba nada.

—Y... Bueno, ahora lo veo.

—, supongo que uno a veces tiene que ir hasta los sitios para verlo. ¿ómo es esa expresión que usan los ingleses? *I've been there*. Yo ya he ado ahí. Y me parece muy acertada. A veces hasta que no lo pisas, ha que no estás, no te das cuenta de lo obvio. Yo he tenido casi que casne con Lu para darme cuenta de que no podía ser. Y tú has tenido que hasta China para descubrir que tu mundo está aquí.

Pues sí.

Y ¿ya tienes pensado algo?

De eso venía a hablarte.

¡No me digas que vienes a aceptar la propuesta que te hice ante irte?

Si aún no tienes a nadie para el puesto...

No tengo a nadie... porque abandoné la idea del videoclip.

..

Solo podía funcionar si tú hacías el vestuario.

¿En serio?

Claro. Tú te empeñaste en creer que te ofrecía el diseño del ves por pena, o porque eras hermana de Lu, pero mi idea solo tenía o si tú lo hacías.

De verdad?

ara, necesitaba tus plumas para esa idea. Tus plumas y todo tu .

Y ya es muy tarde para retomarlo?

Para nada! Ahora mismo llamo al director y que mande a la a en lo que estábamos trabajando. Si además no nos gustaba a uno de los dos.

—¿O sea, que me contratas?

—¿Puedes empezar esta tarde?

Hice el camino a casa levitando. Bueno, en mi Fiat 500, pero con la sación de levitar. Aarón me quería en su vídeo. No es que solo me quera, es que sin mí había desechado la idea. Sin mí no era nada. Mecesitaba en su vídeo, y yo le iba a demostrar con mi trabajo que me neitaba en su vida. Claro que sí. Le iba a demostrar que tal vez no tuva la edad de Lu, ni su entusiasmo, ni esa lozanía en la piel, sí, yo ademas ahora tenía una cicatriz espantosa, por mucho que a él le hubieradado por literaturizarla, pero, a pesar de ella, yo iba a demostrarle lo mucho que valía. Iba a demostrarle que seguía siendo aquella adolescente a la que quiso besar porque le había dejado fascinado con su talento. Y esta vez yo no me iba a escapar corriendo. No lo iba a hacer.

Esa tarde me reuní con él y con Mario, el director del videoclip, en casa de este. Vivía en un ático enorme y minimalista en Alonso Martínez, y con una piscina privada en la terraza. Era un crío, no tendría más de veintiséis o veintisiete años. Había ganado mucho dinero con un par de películas de terror que se habían visto en todo el mundo. La primera la había rodado con veintiún años. Un talento precoz y sorprendente. Su pasión, además del cine, era la música, y cuando descubría un grupo que le gustaba mucho se postulaba para dirigir gratis alguno de sus vídeos. Y, claro, no había grupo que no quisiera trabajar con él. Porque tener a alguien de su talla trabajando gratis para dar a conocer una canción era un lujo que nadie quería rechazar. Con Aarón estaba fascinado, y yo creo que no solo con su música. Le gustaba todo de él. No había que ser muy lista para darse cuenta. Hacían un buen equipo, además. Conectaban, pensaban parecido y el entusiasmo de uno al juntarse con el entusiasmo de otro se multiplicaba exponencialmente y era muy contagioso. Me contaron su idea. Según Aarón era algo sencillo, y que además, me aseguró, me iba a sonar. Porque se había inspirado en parte en algo que le había contado Lu sobre mi Ave del Paraíso cuando estaba arrancando. Al tercer mes, para atraer clientes y llamar la atención, había convencido a mi hermana y a unos cuantos amigos suyos modelos para que hicieran de maniquíes humanos en el escaparate de la tienda. Los vestí con plumas, y poco más. Eran cuerpos semidesnudos tapados estratégicamente con plumas. Y la verdad es que la propuesta había llamado bastante la atención, aunque no sirvió para subir las ventas, pero sí para que yo me pasara luego varios días limpiando las huellas del enorme cristal. A Aarón esa historia le había llamado la atención. Tal vez porque en su momento se imaginaba a Lu haciendo de maniquí, y eso le gustaba. Así que su idea tenía mucho que ver con eso. Quería contar la historia de amor entre un niño de diez años y una maniquí humana vestida con plumas coloridas y espectaculares que ve todos los días en el escaparate de una tienda que ocupa todo un edificio. El caso es que solo el niño ve que es humana. Cobra vida cuando él la mira, nada más. Y serán los otros maniquíes, en todos los balcones escaparate del edificio y también ataviados con plumajes, a cada cual más fascinante y elaborado que el anterior, los que la ayuden a escapar para que se pueda reunir con el niño. El director apostillaba que quería un *look* muy a lo Spike Jonze y su película *Donde viven los monstruos*. Y, mientras tanto, Aarón seguía contando su idea. Que el maniquí, ayudado por los otros, lograría huir y se reuniría con el niño en medio de un bosque con un lago donde estarían tocando Aarón y su banda. Allí acabarían llegando todos los demás maniquíes, y el niño y la maniquí humana bailarán entre plumas y una guerra de almohadas, y habría muchas pantallas de cine donde se proyectarían imágenes en blanco y negro. Habría cañones de luz y otros cañones disparando plumas, como si fuera confeti.

—Pero sois conscientes de que para esa idea habría que vestir a... ¿Cuántas personas? ¿Treinta, cincuenta? Y luego lo del bosque, las plumas, las pantallas, la gente. Esa es la locura que queréis. Vamos, que estamos hablando de una superproducción a la altura de las bandas americanas.

—Sí —dijeron al unísono.

—Esa es la idea.

—Y ¿cómo lo vais a pagar?

—Pero ¿esta chica que me traes es la directora de arte o de producción? —preguntó el director a Aarón.

—Es que sé lo que cuestan las cosas —dije yo—. Y sé lo que os tendría que cobrar por esto. Un pastón. Aunque yo trabajara gratis, os saldría por un pastón.

—Yo no quiero que trabajes gratis —dijo el director.

—Ni yo —dijo Aarón—. Tenemos detrás una marca de bebidas. Están dispuestos a tirar la casa por la ventana.

—Y hay una revista que tiene también su canal de televisión que quiere poner dinero.

—Este videoclip va a ser la caña y se va a ver. Mucho. Vamos a liarla bien —dijo el director—. La canción se lo merece. Y Aarón más.

Yo a todo esto no había escuchado la canción.

—Tendré que escucharla.

—No —dijo Aarón.

—¿Cómo que no? —pregunté, extrañada.

—Eso, ¿por qué no la va a escuchar? —preguntó el director.

—Porque no quiero que la canción la condicione y la limite. Quiero que lo que diseñe sea mucho mejor que la canción. Y además, la canción habla de amor, pero tampoco tiene nada que ver con esta idea que te hemos contado.

—Eso es verdad —dijo el director.

—No hay nada más aburrido que los vídeos que son una recreación literal de lo que dice la canción.

—Pero... —protesté yo.

—Pero nada. Vamos a estar contigo si quieres un par de días o el tiempo que haga falta detallándote nuestra idea, y con eso tú empiezas a pensar. A lo grande.

—Y ¿de dónde voy a sacar tanta pluma?

Aarón sacó de su cartera una nota con varias direcciones de páginas web.

—Ya he hablado con ellos, son indios, pero en semana y media tienen aquí todo lo que necesites. Menos de flamenco rosa —dijo con una sonrisa—. Y esta es de una granja de avestruces, y esta de patos. Y también están avisadas. No te cortes pidiendo.

—¿En una semana podrás tener todos los bocetos? Al de arte le vendrían de maravilla. Piensa que todo parte de lo que tú hagas —dijo el director—. La clave de este vídeo son tus diseños, tenemos que conseguir llamar tanto la atención en el mundo de la moda que hasta *Vogue* te va a querer en la portada.

Yo miré a Aarón, ¿este chico estaba mal de la cabeza?

—¿Sabes qué se me da mejor? —me dijo Mario—. Sacar de mis colaboradores lo que ni ellos mismos sabían que tenían dentro. Y Aarón me ha dicho que tú eres muy buena. Y me fío de él. Conmigo no vas a ser buena, vas a ser alucinante.

—Ya le has escuchado. Y yo estoy de acuerdo. Vas a ser alucinante. Lo sé —dijo Aarón.

Y yo sonreí como una tonta. Porque si lo decía él, tenía que ser verdad. Y, además, yo necesitaba demostrárselo. Necesitaba que él viera todo lo que había en mí, como una vez, hace mil años, lo había visto.

Me fui a casa llena de entusiasmo y cargada de mil ideas. En mi cabeza bullían como un torbellino. Me sentía tan viva, tan llena de ilusión que de pronto me pareció imposible que hace unas semanas yo hubiera estado dispuesta a dejar todo esto de lado, cuando realmente era lo que me llenaba de vida. Y era Aarón quien me lo había vuelto a recordar. Quien, sin necesidad de un beso, había devuelto a la vida a esta durmiente. ¿Cómo no iba a sentir todo lo que sentía por él?

Tenía que llamar a mi padre para hacerle una pregunta, y para pedirle algo muy concreto.

—Papá, ¿cuándo van a venir Mariano y los suyos a empezar con la obra?

—La próxima semana.

—¿Lo podrías retrasar durante tres más?

—¿Y eso?

—Necesito el taller para trabajar.

—Pero, Sara, ¿no habías dejado atrás todo esto?

—No quiero abrir la tienda. Te lo juro. Pero me acaba de salir el proyecto más loco del mundo. Y si no puedo hacerlo en el taller, no pasa nada, ya encontraré el lugar, porque esto lo hago como me llamo Sara. Papá, va a ser lo más alucinante en lo que he trabajado nunca.

—Sara...

—Pero entiendo que me digas que no, y lo entiendo, solo que este proyecto me está devolviendo a la vida.

—Sara...

—No pasa nada, papá, en serio, pero tenía que pedírtelo, porque era más cómodo, pero entiendo que me tengo que buscar la vida solita, y está bien, no pasa nada... Y puedo alquilar algún lugar, y hasta me vendrá bien, así que tranquilo. No tenía ni que haberte llamado.

—Sara, el taller de la abuela es tu taller. Siempre lo ha sido. Retraso la obra el tiempo que me digas.

—¿De verdad?

—Creo que no te llegué a decir que antes de irte a buscar a China hice testamento.

—¿Testamento? Ay, papá, qué cosas tienes, qué mal rollo. ¿Para qué haces eso? Si eres muy joven.

—Ya, ya, pero nunca está de más. El taller y la tienda y el piso de la abuela serán para ti. A tu hermana le dejamos la casa de Aravaca.

—Pero... ¿no ibas a vender el edificio de la abuela?

—Ya no. Pero cuando acabes este trabajo, entra Mariano y empieza la obra, que lo último que quiero es que se te caiga la casa encima. ¿De acuerdo?

—Papá...

—¿Qué?

—Que no sé qué decir.

—Pues no pierdas el tiempo y ponte a trabajar.

Y le hice caso. Claro que se lo hice. Ya habría tiempo de volver a discutir con él lo de la casa de la abuela. No necesitaba esa herencia. De verdad que no. Porque si algo tenía claro en esta nueva etapa de mi vida era que no quería enterrarme de nuevo en la tienda, eso había quemado todas mis energías, por aquello que mis amigos me echaban en cara, mi obcecación, mi empeño en aferrarme aunque eso en ocasiones supusiera morir ahogada. Y ya no quería ahogarme más, yo ahora quería volar. Con plumas o sin ellas. Con Aarón o sin él.

Y con esa idea en la cabeza comencé a trabajar en los bocetos. Día y noche. Me reunía unas horas con Aarón y el director, e íbamos desechando algunos y mejorando otros. Qué gustazo trabajar en un proyecto estimulante y con gente de talento y que te entienda. Cada día que pasaba yo sentía que los bocetos mejoraban, y cada día que pasaba yo me sentía más cerca de Aarón. Me encantaban su entusiasmo, sus ideas más disparatadas, su lado infantil, su alegría, me encantaba todo en él. Y nos lo estábamos pasando tan bien que por eso mismo a mí ni se me ocurría forzar la máquina, ni cruzar los límites del trabajo. Ya habría tiempo para intentar algo. Vale, que yo cada día delante del armario tardaba más tiempo de lo habitual en vestirme, porque quería estar siempre atractiva, y sentirme guapa, y vale que cada día David, Chusa e Inma me llamaban para preguntarme si ya había dado el paso, si ya me había lanzado. Y yo siempre contestaba lo mismo: estoy tan feliz así, lo estoy disfrutando tanto que por nada del mundo quiero que esto cambie.

—Cagada.

—Cobarde.

—Pero mira que eres tonta. Si además se ha inspirado en ti, en tu trabajo para este vídeo, si no puede estar todo más claro.

—Qué mejor que ahora para lanzarte. Así, entre boceto y boceto, entre discusión y discusión, atacas. ¿No dices que estáis más en sintonía que nunca?

—¿No dices que ya ni habla de Lu? ¿Que lo de la boda parece algo que le iba a pasar a otro?

Pero por más que me insistieran, yo seguía en mis trece. Ahora lo importante era el trabajo, seguir disfrutando de él. Y sí, es verdad lo que decía Chusa, que la idea del vídeo, todo ese universo con las plumas, todo apuntaba a que yo estaba en su cabeza de alguna manera. Pero ahora no había tiempo.

—Nena, ni que estuvierais construyendo una estación espacial, digo yo que entre vestidito de plumas y boa de plumas bien podréis parar un rato para echar un polvo.

—¡Que no! ¡Que me dejéis en paz!

Pero supongo que sus palabras, aunque me negara a escucharlos, estaban haciendo su efecto, porque yo cada día tardaba más en elegir mi ropa, y cada día le echaba más pomada regeneradora a la cicatriz... Y hasta le pedí cita a Inma para depilarme.

—Ay, que estás a puntito de caramelo... Ay... mi niña, que va a follar con el amor de su vida... Ay...

—Lo llego a saber y voy a que me depile otra.

—¿Otra? ¿Otra que conozca tu pelos mejor que yo? No digas disparates. Oye, y la cicatriz está mejor, ¿eh? Yo creo que con una luz tenue apenas se nota, así de tres velas, o de dos velas...

—Y a oscuras ya ni te cuento —le dije.

—Hija, si era por animar. Oye y ¿lo del vikingo y tu hermana va en serio? Pero ¿a ese no le gustaban más los tíos?

Una vez aprobados los bocetos por el director y por Aarón yo empecé a confeccionarlos. Había pedido ayuda a Chusa y a David y se instalaron en el taller conmigo. Como Aarón ya había dado su aprobación a todo, ya no teníamos una excusa para vernos. Y los días, a pesar del trabajo, se me empezaban a hacer un poco largos sin que él estuviera por allí.

—Pero llámalo, y dile que se pase, que le quieres consultar algo...

—Eso apesta a excusa —decía yo.

—¿Y qué más da? Si seguro que él está igual.

—Pues si me quiere ver solo tiene que llamarme o pasarse.

—Ya, nena, pero era él quien se iba a casar con tu hermana. Le dará cosa. Aquí o el paso lo das tú o te quedas sin merienda —dijo David.

—¿Sin merienda? ¿Podemos elevar un poquito el nivel de las metáforas?

—Huy, perdone usted, señora ministra, las elevamos, las elevamos. ¡O te lanzas o no te la mete! ¡Pavisosa!

Pero yo no me atrevía a llamarlo. Si seguro que se pasaba para ver cómo iban los vestidos, que digo yo que por mucho que confiara en mí tendría curiosidad, o seguro que venía con el director, o aparecía los días que tuviera que probar los trajes a los actores, o si no ya el día que empezáramos a colocar las plumas en el escenario, y si no pues... los tres días de la grabación.

Y los días seguían pasando y Aarón no daba señales de vida. Así que cuando ya tenía confeccionada la mitad del vestuario, me atreví a llamarlo.

—Sara, ¿cómo vas?

—Está quedando todo muy bien.

—Pues claro, los bocetos eran geniales.

—Y la verdad es que me apetecía que les echaras un vistazo.

—Ya... A ver si puedo pasarme mañana o pasado, es que no veas el lío que tenemos por aquí. Es lo malo de querer ser ambiciosos con el vídeo, que todo son problemas...

—Tú, tranquilo, cuando puedas. Si tampoco es tan importante.

—Me paso, me paso... Pero, vamos, que si tú estás contenta, me quedo tranquilo.

Y pasaron los dos días, y Aarón no apareció. Decidí no llamarle más. Si tenía que consultar algo, mejor hacerlo con el director. David, Chusa y yo acabamos de confeccionar el vestuario y ninguno volvió a mencionar a Aarón, porque lo prohibí tajantemente. Por el bien de todos. Que ya estaba harta de sus comentarios animosos, de sus elucubraciones, de sus «¿Por qué no se habrá pasado?», «¿Será verdad que no tiene tiempo?», «¿Será que...?».

—¡Que os calléis! Aquí estamos a lo que estamos. A las plumas. Al trabajo.

—Sí, mi generala.

—Sí, mi comandante.

Una vez terminamos, los de producción nos ayudaron a llevar todo el vestuario a uno de los sets de rodaje. Teníamos un par de días para hacer pruebas. Y estaba convencida de que ahí sí vería a Aarón. Al fin y al cabo a él también tenía una cazadora que probarle. El director estaba entusiasmado con todo lo que había confeccionado.

—Esto es increíble. Lo tienen todo: son imaginativos, espectaculares, románticos, frescos... ¡Brutales! ¿Sabes qué? Voy a avisar a dos editoras de las revistas de moda más importantes de este país para que se pasen los días de grabación y hagan un reportaje. Esto se tiene que ver, Sara.

—Gracias... Pero yo con que quede bien el vídeo...

—Y también tengo una amiga bloguera...

—¿Cómo se llama?

—Carlota.

—¡No! Por favor te lo pido, a esa no la llames. Ya me destrozó una vez. Y no podría soportar otra humillación.

—Vale, vale, como quieras...

Mientras hablábamos debió de llegar Aarón al set, porque de pronto lo vi, iba acompañado de varios de la banda y de una chica de producción. De pronto me pareció que la chica era demasiado amable y demasiado dispuesta, y que lo tocaba demasiado. Sara, por favor, no empieces con tus paranoias, recuerda que Aarón aún está de luto post boda. Lo que menos le interesa ahora mismo es tontear con nadie. Y si la chica quiere hacer méritos acercándose a él, no es tu problema. Así que a lo tuyo.

Aarón se acercó a mí y me saludó con un abrazo efusivo. Y que duró más de lo estrictamente necesario. Yo casi me derrito de placer. Todo estaba bien entre nosotros, todo iba por buen camino. Se disculpó por no haberse podido acercar al taller. Quería hacerlo, se moría de ganas, pero no tuvo ni un segundo libre. Miró varias de las prendas.

—Yo sabía que eras muy buena. Pero eres mejor.

—Qué tonto que eres —le dije, azorada.

—¿Esa es mi cazadora?

—¿Te la quieres probar?

—¡Aarón! —lo llamó el director.

—Luego vengo y me la pruebo.

Yo sonreí feliz, volvía a levitar, todo estaba bien entre nosotros. Y cuando le estuviera probando la cazadora, cuando lo tuviera todo para mí, me iba a lanzar. Ya estaba bien de cobardías. Que no me habían rajado el estómago para volver a ser la misma de antes. Aarón me había dicho que era la mejor, y que todo estaba bien, y que me había echado de menos. Bueno, puede que eso no me lo dijera, pero lo sentí así.

El día pasó a toda velocidad, había mucho que hacer, y de vez en cuando yo veía a Aarón con el director, decidiendo, opinando, hablando con los directores de equipo, diciendo a esto que sí y a aquello que no. La de producción de vez en cuando les traía tés y cafés, y dejaba su mano sobre el brazo de Aarón más tiempo del debido, y yo solo quería que se le cayera un foco encima o algo... ¡Sara! No, no, si todo estaba bien... Llegó el turno de probar la ropa a dos de los músicos. Y como yo allí solo era la de vestuario, y no la hermana de Lu, ni la amiga de Aarón, ellos empezaron a hablar como si yo no estuviera.

—¿Has visto cómo está la de producción? La rubita...

—Tú no metas ficha y déjasela al jefe...

—Ya, coño, si para eso se la hemos traído. A ver si así deja de penar por la chunga de su ex... Que lo trae por la calle de la amargura.

—Con un polvo con una rubia no la va a olvidar. A Lu la lleva bien adentro...

—Ya, coño, pero de alguna manera tendrá que empezar a curarse. Yo tres meneos con esa y me olvidaba hasta de mi nombre.

Le clavé un alfiler. No sé si a propósito o sin querer. El caso es que se lo clavé con ganas. El músico se quejó.

—Tía, ten cuidado.

—Pídele a la de producción una tirita...

—Cómo sois las tías, ¿eh? Protegiéndoos unas a otras. Que no te siente mal si Sandra, la de producción, está deseando liarse con él. Si la sacamos de su club de fans... Casi nos paga por venir a currar a su lado.

—Ya, ya... —dije—. Y, una pregunta: ¿de verdad creéis que sigue enamorado de su ex?

—Como un imbécil.

—¿Os lo ha dicho?

—Qué va. Se hace el duro porque ya bastante humillante fue que la otra lo dejara a dos semanas de la boda, pero está roto.

—Roto, roto —repitió el otro.

Tuve que hacer un esfuerzo sobrehumano para no salir pitando de allí. Aguanté hasta última hora y tuve la suerte de no volver a cruzarme con Aarón. No quería que se me notara en la mirada que estaba hundida. Todo lo que había creído, todo lo que había pensado, todas las ilusiones que me había hecho... Pero ¿por qué siempre me pasaba lo mismo con Aarón? Me dejaba llevar, confundía su amabilidad, su atención, sus cuidados con otra cosa, y luego me daba el batacazo. ¿Es que no vas a aprender nunca, Sara? Si además estaba todo tan claro que solo una ciega como tú se negaba a verlo. La inspiración para ese vídeo no habías sido tú, sino Lu. Ella es el maniquí humano. De alguien como ella se enamora el niño. Y ese niño es Aarón, que no puede olvidarla, que sigue enamorado y fascinado con ella. Si por eso no quería que escuchases la canción, para que no te molestara. Y ahí me vinieron a la cabeza los versos de la otra canción, esa que había cantado en el pub y que creí que me había cantado a mí, pero que en realidad se refería a Lu. Todo, siempre, se refería a Lu. Porque, como bien decían sus colegas, era incapaz de olvidarla.

Me niego a quererte.
Me escapo de ti.
Pero la gravedad con su ley

me hace volver a caer.
Y ahí estás,
tan cerca otra vez
que tengo que huir.

Huye, Sara, huye. Esa canción te viene que ni pintada. Huye. Y esta vez no hace falta que te vayas a China. Simplemente huye de su lado. No te hagas más daño.

Al llegar al taller llamé a David por teléfono.

—¿Te hacen unas cañas? Me quiero emborrachar.

—¿Y eso? ¿No me digas que te has lanzado y te ha dicho que no? No puede ser...

—No es eso...

—Entonces ¿para qué te quieres emborrachar? Nena, que tú eres de resacas horribles y tienes que estar concentrada en el videoclip.

—Ya no hay videoclip para mí. Lo dejo.

—¿Qué? ¡Voy ahora mismo para allá!

David apareció a la media hora con doce latas de cerveza.

—Pero, vamos a ver, ¿cómo es eso de que lo quieres dejar? ¿Qué bicho te ha picado?

Y le conté todo lo ocurrido. Y que ya no podía más, y que tenía que dejar de hacer el imbécil, pasar página. Como había hecho con la tienda, con Roberto...

—Pero ¿tú has visto lo feliz que has sido estas tres semanas, lo que has creado para este videoclip? Nunca habías sido así de buena. Ni para mi desfile. Y ya me duele, pero es la verdad.

—Me da igual.

—De eso nada. Sara, si no quieres volver a ilusionarte con Aarón, perfecto. Pero no jodas lo mejor que te ha pasado en la vida por un berrinche.

—¿Un berrinche? David, que lo hago por mi propia estabilidad emocional.

—Pues la estabilidad emocional la aparcas hasta que acabe el videoclip...

—Es que no voy a resistir estar ahí viéndolo y... Joder, que es puto *déjà vu* esto.

—Tonterías, Sara. Eres mucho más fuerte de lo que crees. Tía, si te has recorrido medio mundo, te han abierto en canal, y aquí estás, ¡viva!, y habiendo creado las piezas más alucinantes que he visto en años.

—Pero David...

—Dime que no te gusta hasta el delirio todo lo que has creado.

—Me gusta.

—Dime que no puede ser la magnífica oportunidad que estabas buscando. El vídeo este se va a ver en todos lados. Y las editoras esas que van a ir a ver el rodaje...

—El director estuvo a punto de llamar a Carlota Hamilton.

—¡Pues que vaya! Y así la dejas con la boca abierta.

—David...

—Sara, quieres superar a Aarón, quieres pasar de él, perfecto. En la vida no se puede conseguir todo, ni de lejos. ¿Y qué?

—Ya... Pero...

—Ni peros ni nada. Tú estás a un paso de coronarte a nivel profesional. ¿Lo vas a tirar por la borda porque no puedes conseguir a un chico? ¿En serio? ¿Qué eres, una niña pequeña con una rabieta porque no le han regalado todo lo que esperaba? ¿Dónde está escrito que vas de conseguir todo lo que quieres? ¿No ves que es narcisista, infantil y, sobre todo, completamente irreal? Aprovecha lo que tienes y no lo eches a perder por la frustración de no conseguir una fantasía.

—Joder... David... Sí que lo tenías ahí dentro...

—Es que me leo muchos libros de psicología cognitiva.

—¿Tú?

—Sí, yo, ¿qué pasa? ¿Por qué crees que me recupero tan rápido cada vez que un chulo me rompe el corazón? Porque tengo una mente entrenada para ello.

—Qué cosas...

Pero el caso es que no le faltaba razón. No le faltaba ninguna razón. Podía acabar el vídeo, podía disfrutar de lo que había conseguido y no lamentarme por lo que no podía conseguir.

—Dime que mañana vas a estar allí a primera hora, con la mejor de tus sonrisas y con todos tus ánimos. Eres una profesional, Sara. Dilo.

—Soy una profesional.

—Y aunque veas a Aarón besar a esa rubia para no penar por tu hermana, tú vas a seguir trabajando, y no vas a escaparte como una niña pequeña. Dilo.

—David...

—Dilo.

—Que sí, que no me voy a escapar. Que a mí como si se monta una orgía allí delante de todos.

—Bueno, si se monta una orgía me avisas, a ver si pillo cacho.

—Tú mejor ven mañana conmigo, con orgía o sin ella, que voy a necesitarte cerca. ¿Te parece bien?

Y David me acompañó el día siguiente al set. Para ayudarme, darme ánimos o lo que hiciera falta. Era el día de la grabación y a mí todo el frenesí me recordaba a los momentos previos a un desfile. En medio de toda la vorágine recibí una llamada de teléfono, era Lu. Hacía días que no hablaba con ella.

—Hola, ¿cómo va ese vídeo?

—Aquí estamos, arrancando, esto es de locos.

—Oye, te llamo porque Aarón me ha pedido que me pase esta mañana por allí, que me manda un coche de producción a recogerme.

—Ah...

—Y yo lo quería consultar antes contigo.

—¿Conmigo?

—Sí, no sé, es que no sé cómo llevas las cosas con él, y tampoco quería molestar o crear una situación incómoda.

—¿Qué dices, Lu? Para nada, es tu ex, solo faltaba que me tuvieras que pedir a mí permiso.

—¿Seguro que no te importa? Yo te juro que no tenía ningún interés en ir, pero ha insistido tanto...

—Que no te preocupes y ven.

Cuando colgué, David, que se había enterado de la conversación a medias, me pidió detalles. Y yo le conté lo que me había dicho mi hermana. Ninguno de los dos entendimos por qué ese afán de Aarón en que viniera Lu.

—A ver si va a querer que sea la maniquí del escaparate.

—¿Tú crees? —pregunté, alarmada—. Pero si el vestido que hemos hecho no es de sus medidas... Es para la otra chica.

—Bueno, querrá presumir de superproducción con su ex, entonces.

Yo no quise darle más vueltas y seguí trabajando. Y al rato los de producción nos dijeron que había cambio de planes. Siempre estaban consultando el parte meteorológico, y resulta que acababa de entrar una borrasca en la Península y que en dos días llovería, y por lo tanto ese día y mañana teníamos que rodar en el bosque, para aprovechar el buen tiempo, y que volveríamos al set cubierto cuando lloviera. A mí me dio igual, porque yo lo tenía todo preparado, y además lo único que quería era acabar cuanto antes, no me importaba por dónde empezáramos.

De modo que cargamos todo en las furgonetas de producción y nos pusimos en camino. Yo ni había preguntado qué bosque y qué lago habían localizado, y cuando cogimos un desvío de la carretera, un cartel llamó mi atención: Pantano de San Juan. Y de repente caí en que allí, en el pantano, era donde se iba a celebrar la boda de mi hermana. Y por qué Aarón le había mandado un coche para recogerla.

—David, va a declararse otra vez. O incluso a improvisar su boda.

—¿Qué? ¿De qué hablas?

—El bosque, el lago del vídeo, es en el pantano de San Juan. La boda iba a ser allí. Y Aarón ha avisado a mi hermana por eso.

—No jodas...

—¿Por qué si no ese empeño en hacerla venir?

—Ay, madre, que tiene su lógica, sí...

Mi ánimo se nubló. Si ya me había costado encontrar fuerzas para afrontar el día, ahora este descubrimiento lo hacía todo insoportable. Iba a presenciar cómo Aarón se volvía a declarar a mi hermana.

—¿Y si le digo al conductor que pare, que dé la vuelta, que me encuentro fatal?

—Nena, de perdidos al río. Tú ya puedes con lo que te echen.

—No lo tengo nada claro.

—Ya verás como sí —dijo mientras me apretaba con cariño y firmeza la mano.

Cuando llegamos al pantano todo el mundo estaba en marcha, colocando focos, cámaras, micrófonos. Los del equipo de arte estaban empezando a montar mis esculturas, y con la ayuda de David y de la gente de producción comenzamos a bajar los vestidos y las plumas de las furgonetas. Las siguientes horas pasaron como en un sueño, yo apenas quería pensar en mi hermana y en Aarón, además tampoco tenía tiempo, ocupada como estaba organizándolo todo y vistiendo a los actores y modelos. Eso sí, cada vez que llegaba algún coche, yo comprobaba si mi hermana bajaba de alguno, pero de momento nada. Y cuando estaba vistiendo a una de las modelos, alguien tocó mi hombro. Me di la vuelta y vi a mis padres.

—¡Papá, mamá! ¿Qué hacéis aquí?

—Aarón me llamó y nos pidió que viniéramos —me dijo mi padre.

Yo palidecí.

—Entonces es verdad. Ya no hay duda.

—¿Qué pasa, hija? Te has puesto blanca.

—Venís a la boda, ¿no?

—¿A qué boda?

—A la de Lu.

—Pero... ¿se casa? —preguntó mi madre sin entender nada—. ¿No la había anulado? ¡Y nosotros con estas pintas! —Miró a mi padre—. ¿A ti te dijo que viniéramos aquí a su boda y se te ha olvidado decírmelo?

—Que no, Berta, que Aarón no me dijo nada de una boda.

—Pero ¡no veis que estáis en el pantano de San Juan! —grité yo—. ¿No se os ocurrió pensar que aquí era donde lo querían celebrar desde el principio?

—A mí me dijo no sé qué de hacer bulto para un vídeo. —Y mi padre miró a su alrededor—. Y esto parece más un rodaje que una boda, ¿no?

—Sí, pero porque Aarón quiere darle una sorpresa.

—Yo no voy a asistir a la boda de mi hija vestida de cualquier manera, no, señor —replicó mi madre. Y miró a su alrededor—. El caso es que el sitio es bonito, fíjate que yo siempre fui reacia a que se casara aquí, y tiene un no sé qué romántico. —Y después fue mirando uno a uno a todo el mundo—. Claro que esta gente tampoco viene vestida de boda.

—Los del cine, que son así —dijo mi padre.

—Y Lu ¿dónde está? —preguntó mi madre—. Y ¿con qué vestido va a venir?

Un chico de producción se acercó a nosotros.

—¿Cómo lo llevas, Sara? Mario te necesita cuando puedas. Tiene que hablar contigo.

—Dile que voy ahora mismo.

El chico miró a mis padres.

—Supongo que ustedes serán figurantes.

—Nosotros somos los padres de la novia —dijo mi madre, cargada de dignidad e incluso indignación.

—Ah... Pues yo de eso ya no sé —dijo el de producción con desconcierto—. Solo les pido que no molesten demasiado al equipo.

Y dicho esto se alejó. Mi madre lo miró con desprecio.

—¿Este es uno de los que se encarga de la boda? Qué maneras...

—Quedaos por aquí, yo tengo que ir a hablar con el director.

Y me alejé de mis padres, mientras oía que mi madre le preguntaba a mi padre:

—¿Director? ¿Director de ceremonia, de orquesta? ¿Para qué necesitan un director? Ay, si los casara un cura como Dios manda, estaría todo mucho más claro.

—Berta, tú no te emociones, porque no sé yo si habrá boda...

Y yo, mientras me acercaba a Mario, quería darle la razón a mi padre. Y puede que boda tal vez no hubiera, pero declaración en toda regla, eso me temo que íbamos a tener que presenciarlo. Maldito Aarón. Mario me consultó unas cuantas cosas, y una vez que aclaré sus dudas, quise preguntarle sobre si estaba al tanto de todo lo que planeaba Aarón.

—¿Tú sabes algo?

—¿De qué?

—De Lu.

—¿Quién es Lu?

—O sea, que a ti tampoco te ha dicho nada. ¿Dónde está Aarón? ¿Por qué no está aquí?

—Está con las pruebas de sonido. Que aunque vayamos a utilizar música en directo, quiere que suene como en un concierto. Es un perfeccionista.

—Un perfeccionista y un capullo. —Y pensé: si yo te dijera para qué quiere el micrófono...

—¿Va todo bien? —preguntó Mario.

—Sí, sí...

El ayudante de dirección se acercó a nosotros para preguntarle algo a Mario y yo aproveché el momento para volver al trabajo. Vi a Aarón a lo lejos y me saludó con la mano y una enorme sonrisa, al tiempo que me hacía un gesto de que luego me vería. Capullo. Maldito capullo. Me saludaba y sonreía como si tal cosa. Maldito Aarón.

Me acerqué a donde estaban David y mis padres y vi que mi hermana ya había llegado y que mi madre discutía con ella.

—Pero ¿se puede saber cómo vienes vestida así?

—Y ¿cómo quieres que venga?

—Tanto empeño en que te pagara el vestido para que ahora vengas en vaqueros. ¡A tu boda!

—¿A mi boda? —Lu me miró, al verme aparecer—. ¿Qué le pasa a mamá? ¿No me digas que ha bebido?

—No te hagas la tonta, que te casas —dijo mi madre.

—Pero que anulamos la boda, mamá.

—¿Ah, sí? Entonces ¿qué hacemos aquí, en el pantano? ¿No era aquí donde la ibas a celebrar?

—La iba a celebrar. Pero ya no. No me caso.

—Yo no entiendo nada —dijo mi madre, mirándome.

—Y ¿me vais a explicar qué hacéis aquí? —preguntó Lu refiriéndose a mis padres.

—Que nos ha llamado Aarón, ¡por tu boda! —gritó indignada mi madre.

—Que no ha podido olvidarte, Lu —le expliqué yo.

—¿Aarón?

—Sí, claro. Por eso te ha llamado.

—Que no, que me ha llamado porque está superorgulloso de lo que estáis haciendo y quería que lo viera...

—Eso es lo que te ha dicho. Pero no te ha olvidado. Si todo el vídeo gira en torno a ti... Y mira dónde transcurre. En el pantano.

—Que no, que no —dijo Lu, cada vez menos convencida.

—Blanco y en botella. Te casas, en vaqueros —se lamentó mi madre—. Y ni fotógrafo, ni *catering*, ni... ni... Mira que yo soy moderna, pero un poquito de algo, qué os costaba. Eso sí, plumas para aburrir —dijo mi madre señalando las bolsas de plumas que unos de producción estaban metiendo en los cañones.

—Me estáis volviendo loca, ¿eh? —dijo Lu—. ¿Dónde está Aarón?

Lu lo vio a lo lejos. Quiso ir hacia él pero yo se lo impedí.

—Por favor, Lu, no le digas nada, que se va a llevar una decepción si sabe que le hemos arruinado la sorpresa.

—¡Que me dejes en paz!

Lu se encaminó hacia él. Y yo no pude hacer otra cosa más que quedarme en el sitio. Observando. Pero justo cuando mi hermana estaba a pocos metros de él, el ayudante de dirección se lo llevó hasta el escenario improvisado y Aarón se acercó al micrófono.

—Hola a todos, muchas gracias por el trabajo estupendo que estáis haciendo. Y muchas gracias a todos los que sin trabajar en el vídeo habéis aceptado mi invitación. Para mí es muy importante estar rodeado hoy de las personas a las que quiero, porque... Hay cosas que hay que decirlas de una vez y en voz alta, y delante de todo el mundo. Con valor, y asumiendo las consecuencias.

Yo cerré los ojos, como cuando en una película de terror no quieres sufrir viendo lo que va pasar, pero como a la vez no quieres perderte nada de la trama, no te tapas los oídos. Así que seguía escuchando a Aarón perfectamente.

—Hoy vamos a grabar el vídeo de la última canción que he compuesto y de la que más orgulloso estoy. Hay canciones que se componen en diez minutos y otras que necesitas media vida para hacerlo. Y aunque os vais a hartar de escucharla durante todo el día, ya que la iremos soltando desde los equipos para las tomas que necesitemos, quería que esta primera vez fuera en directo. Así que si mi banda está lista...

Los del grupo, mientras él hablaba, se habían ido colocando a los instrumentos y asintieron. Los primeros acordes empezaron a sonar. O sea, que la declaración de Aarón a Lu iba a ser en forma de canción, muy apropiado y muy inteligente por su parte, a ver quién se resistía a semejante parafernalia. Al menos había que reconocerle al muy capullo que se lo sabía montar bien.

Aarón volvió a hablar.

—Hace tiempo le prometí a alguien una canción, y aunque llega quince años tarde, siempre cumplo mis promesas. Sara, aquí la tienes.

Y, de repente, un cañón lanzó miles de plumas que gravitaron sobre nosotros. Las plumas flotaban y yo, aturdida, pensaba en lo que acababa de decir. ¿Había dicho Sara? ¿Sara? ¿Mi nombre? ¿Sara?

Mi hermana me miró. Entre las plumas. David me miró. Entre las plumas. Mis padres me miraron. Entre las plumas. Yo miré a Aarón. Entre las plumas. Y quise preguntarle: «¿No te has confundido de hermana? ¿Has dicho mi nombre? ¿Seguro?». Y como si Aarón hubiera intuido mis pensamientos, me sonrió. Acercó sus labios al micrófono y los primeros acordes empezaron a sonar. La melodía era sencilla. Preciosa. Y llegó su voz, cavernosa, susurrante, grave... Mientras clavaba sus ojos en mí.

Aún sueño
con noches de verano,
con guerras de almohadas,
con plumas al vuelo.
Aún siento
que cuando
cierro los ojos
te veo.

Te perdí por no atreverme.
Te encontré cuando era tarde.
Te negué más de tres veces.
No era lícito quererte.

Yo era incapaz de procesar todo lo que estaba escuchando. De verdad que era incapaz. Y quería gritárselo: no cantes más, que ya no lo proceso. Que suena bien, pero no sé si lo escucho. Que es demasiado bonito, y que no me puede estar pasando...

Y me iba, y me escapaba,
pero seguías en mi mente.
Ahora todas mis canciones
llevan tu nombre escondido.
Porque la gravedad, con su ley,
me hace volver a caer.
Y ¿sabes qué?
Ya me he rendido.
Esta vez quiero caer.
Quiero caer.
Quiero caer.

Esta vez quiero caer.
Quiero caer.
Quiero caer.

Quería caer. Quería que la gravedad le arrastrase. Y yo era su gravedad. Y quería caer. Y ¿quién era yo para negarme? La canción terminó y todos empezaron a aplaudir. Yo no. Yo estaba sin poder reaccionar. Mi hermana se acercó.

—Para mí que te está llamando gorda, con todo eso de la gravedad...

—¿Eh?

—Que yo creo que te quiere, ¿no?

—Me ha compuesto una canción —dije yo, intentando asimilarlo.

—Y muy bonita.

—Y ahora ¿qué hago?

—Ya va siendo hora de que hagas lo que te salga del coño y preguntes menos. Digo yo.

—Pues también es verdad. ¿A ti todo esto te parece bien? —le pregunté.

—Sara, olvídate de mí.

—Pero...

—Yo estoy genial. De verdad.

Y eso me animó a acercarme hasta el escenario improvisado. Aarón se bajó de un salto y se aproximó a mí. Había cierto temor en su mirada.

—¿Qué te ha parecido?

—Ya entiendo por qué no querías que la escuchara. Pero ahora no sé si mis plumas y todo lo que hemos montado viene muy a cuento con la canción.

—¿Eso es todo lo que vas a decir?

—No —sonreí—. Quiero besarte, pero sé que mis padres están mirando.

—Para eso los he traído. Para que lo vean, y así luego tú no tengas que pasar el bochorno de explicárselo.

—Tú siempre tan considerado.

—No quiero que nadie piense que le has robado el novio a tu hermana. Este novio siempre estuvo enamorado de ti. Aunque lo negara, aunque quisiera querer a Lu, y de verdad que creía que la quería, y de verdad que lo intenté, pero tú te fuiste colando y... Bueno, reconozco que tardé un poco en admitirlo.

—¿Un poco?

—Casi tanto como tú. Pero ¿te acuerdas de aquella noche en el balcón? Me sentí tan bien contándote lo peor de mi vida que ya no me lo pude negar más. Aunque fui un cobarde y me callé. ¿Me perdonas?

—Yo creo que te has ganado ese beso.

—¿Sí?

—Sí.

Y Aarón acercó sus labios a los míos. Y nos besamos. Y yo de repente entendí todos los besos de los cuentos de hadas. La bella durmiente, la Cenicienta... Todos estaban en ese. Porque hay besos que saben a final feliz, y a principio de todo.

Aarón despegó sus labios.

—¿Qué tal?

Yo lo miré, respiré hondo y me atreví a decirle:

—Sabes que tengo una raja en el estómago y diez años más que mi hermana, ¿verdad?

—Tengo otra canción que también habla de eso, pero preferí declararme con esta.

Sonreí. Sonreí encantada.

Mis padres se acercaron a nosotros. También David, que no pudo evitar darme una palmada en el brazo y un pellizco. Y luego un abrazo a Aarón y dos besos y...

—David, ya...

—Ay, nena, es que ha sido tan bonito. Y no querías venir...

—Entonces ¿la boda va a ser contigo? ¿Hoy? —preguntó mi madre, algo sobrepasada—. Porque os traéis un lío...

—Mamá, que no va a haber boda.

—¿Cómo que no va a haber boda? —preguntó mi padre—. Claro que la va a haber. Berta, ¿a ti no te ha gustado este sitio para celebrarla?

—Arturo, que no te enteras, que las niñas no se casan, ninguna de ellas.

—Pero nosotros sí nos podemos casar aquí.

—A ti no te llega el riego a la cabeza. Si ya estamos casados.

—¿Seguro? Porque yo no lo tengo muy claro. Y me encantaría renovar mis votos. Aquí, contigo.

—¿De verdad? —preguntó mi madre. Mi padre la miró con una ternura que podría empaquetarse y venderse como regalo de Navidad, e hincó una rodilla en el suelo.

—¿Quieres casarte conmigo?

—¡Lu! —gritó mi madre, levantando y moviendo el brazo para que mi hermana la viera—. ¡Ven, que tu padre me acaba de pedir matrimonio!

Lu se acercó corriendo, mientras mi madre le hacía señas para que se diera prisa. Y cuando llegó a nuestro lado, mi madre sonrió a mi padre.

—Sí, Arturo Escribano, me quiero casar contigo otra vez.

Mi madre se lanzó a sus brazos y se besaron. Como se besan dos novios que se acaban de conocer, o que llevan treinta años casados.

—Pero el bodorrio te va a salir por un pico, que lo sepas.

Mario, el director, se acercó a nosotros.

—Esto... Yo no quiero romper el momento, pero aquí hemos venido a rodar un videoclip.

Y lo rodamos, claro que lo rodamos. Y salió tan bien como nos lo habíamos imaginado, o incluso mejor. Yo seguía pensando que no tenía demasiado que ver con la letra de la canción, pero a nadie pareció importarle. Porque el vídeo se puso en todas las plataformas, alcanzó más de cuatro millones de visitas en YouTube y la canción llegó a sonar en todas las emisoras durante muchos meses. Aarón ganó un Grammy latino con la canción. Y yo, bueno, no conseguí salir en la portada del *Vogue*, pero Mario se empeñó en contratarme de estilista para su siguiente película. Iba a ser su primera incursión en el cine histórico, en la época de Carlos V, y quería hacer algo muy loco, muy elocuente y muy alejado de lo que se había hecho hasta entonces. Y quería que yo le acompañara en su aventura. Y no quise ni supe negarme. Iba a ser el principio de toda una nueva carrera para mí.

Mi padre contrató a Eric para que se hiciera cargo de su estudio en Madrid, mientras él se expandía por China, porque se acababa de asociar con el estudio de Roberto, y como los tres primeros años iba a estar viajando frecuentemente, quería dejar a alguien con el empuje y las ideas de Eric al mando del estudio madrileño. Y el vikingo aceptó sin dudarlo.

Mi madre estaba encantada con la expansión china, porque ya se imaginaba todos los regalos y toda la energía renovada que traería mi padre a cada regreso de Hong Kong.

Mi hermana decidió que no quería tener un novio que trabajara con su padre. Pero eso fue claramente la excusa para poder dejar al vikingo de una manera elegante. Ella ya le había echado el ojo a otro, a un cámara del videoclip, un cachas con coleta y pinta de surfero. «De este sí que me he enamorado, Sara. De verdad».

Yo me quedé embarazada a los ocho meses de estar con Aarón. Y entre los dos decidimos que si era niña se llamaría Henar y si era niño se llamaría Guillermo. Bueno, sí, los nombres ya los tenía yo planeados desde hacía mucho. Y aunque había aprendido a no aferrarme, a dejarme llevar y a que la vida me sorprendiera, los nombres me seguían gustando.

Fue un niño y se llamó Guillermo.